GRAND FINAL I SKOJARBRANSCHEN

KERSTIN EKMAN

GRAND FINAL

I SKOJARBRANSCHEN

ROMAN

ALBERT BONNIERS FÖRLAG

www.albertbonniersforlag.se

ISBN 978-91-0-012685-8
© Kerstin Ekman 2011
CPI Books, Leck, Tyskland 2011

FÖRLÄGGAREN HAR KAVAJ och t-shirt. Själv har hon satt på sig en jacka i rosa. Den är av tunt imiterat skinn och till den bär hon grå byxor och vit sidenblus. Hon tyckte att det såg bra ut i hallspegeln hemma, men så fort hon kommer in i rummet och ser hur han är klädd känner hon sig gammal och löjlig.

För ett tag sen stod hon på ett övergångsställe på Valhallavägen bredvid en skaldinna som hon trott var död men som såg högst levande och prydlig ut i vinröd kappa och basker med silverbrosch. Som vi såg ut på femtiotalet tänker Lillemor. Och häromdan var det en bild av Nelly Sachs i Svenskan: blå sidenklänning med krage, halssmycke av silver med små kläppar. Säkert också pumps fast de syntes inte på bilden. Antagligen likadana som mina.

Han har pratat ett tag och hon har inte hört på. Det är genant att medvetandet så lätt och av minsta anledning halkar ner i det förflutna. Och nu när hon blir medveten om hans svada kommer tanken: han kanske ber mig att skriva mina memoarer! Hon känner obehag, inte långt från skräck.

Ursäkta mig, säger hon. Jag hörde inte riktigt.

Döv är hon inte. I alla fall inte riktigt och inte än. Men när tankarna vandrar iväg måste hon skylla på något.

Jag har fått ditt manus, säger han onödigt högt och så klappar han, nej, han slår förresten med handen på en tjock pappersbunt. Det är så konstigt att hon finner det klokast att tiga. Hon märker ju att han är arg. Där sitter han bakom sitt skrivbord och slår auktoritativt på en manusbunt men han är klädd som karlarna var på ölkaféer förr i tiden. Låg det inte ett i Folkets hus? Liksom på baksidan. Där satt fyllona med kepsarna på inomhus, klädda i kavaj och undertröja. Skäggstubb hade de också precis som han.

Nu får du komma till saken Max, säger hon. Du har kallat mig hit så du har väl ett ärende.

Nej men snälla Lillemor! Nu reser han sig och försöker låta jovial. Han kommer till och med och sätter sig bredvid henne i den lilla soffan. Men han är arg.

Jag har absolut inte kallat dig! Jag ville bara att vi skulle träffas. Det här med ditt manus kan jag ju inte klara ut på telefon.

Jag har inte skickat nåt manus.

Nej, jag vet att du inte har skickat det hit. Inte till oss.

Sen blir det tyst, en alldeles för lång tystnad. Han är nog rädd för att ha tappat greppet för han återvänder till sitt skrivbord, tornar upp sig i kavaj och undertröja och ser strängt på henne.

Du skickade det till ett annat förlag, säger han. Jag har väldigt svårt att förstå varför.

Paus. Tydligen plats för förklaring. Men eftersom hon inte har någon tiger hon.

Du kanske undrar hur jag kan ha ditt manus här.

Ja, sannerligen, säger hon. Eftersom det inte finns.

Då lägger han handen på det igen. Han har svart hår på de nedersta fingerlederna. Hon undrar om han har det på bröstet också. Det är i så fall rysansvärt. Sune var i alla fall slät. Som Jakob. Det här är Esau, han är uppblåst men kanske inte ondsint. Nu saknar hon våldsamt, nästan smärtsamt sin förra förläggare. Förresten alla tre förläggarna som hon har

6

haft här. Den förste, blyge rödlätte som hon förhandlade med. Den andre, den korrekte torrhumoristen. Och så Sara, den kära som har pensionerat sig. Mest saknar hon henne. Kom till saken nu Max, säger hon och låter trött eftersom hon vill låta så. Du har ett manus som du hela tiden klappar på som det vore en liten hund. Men du klappar inte kärleksfullt.

Nej men det är klart jag är ledsen, säger han och lyckas verkligen låta bedrövad. Jag trodde aldrig att du skulle lämna oss, inte efter alla dina år på förlaget, det är ju över femtio.

Femtiotvå, säger hon.

Och det utan att säga nånting! Bara –

Hon avbryter honom.

Om manuset är skickat till en annan förläggare hur kan du då ha det och klappa på det hela tiden?

Lillemor, jag förstår dig inte och jag tycker inte du ska ge ut det här.

Var snäll och svara på min fråga nu, säger hon. Hur kan du ha ett manus som är skickat till en annan förläggare?

Det blir tyst igen, väldigt länge.

Vi har ju kontakter, säger han till slut. Vi – jag menar inte *vi* men koncernen äger ju förlag som, ja – som du kanske inte riktigt är medveten om att de har bytt ägare. Du har ju skickat det till Rabben och Sjabben. Och någon – namnet kan göra detsamma – har jobbat hos oss och vill hit igen. Så han ringde.

Tystnad igen. Han drar ner undertröjans linning med långfingret och kliar sig. Han har verkligen svart hår nästan ända upp på halsen. En skolpojke tänker hon. En skolpojke med grov röst och svart hår på bröst och fingerleder.

Och du har köpt loss det?

Man kan kanske uttrycka det så ja. Så du kommer att få en refus förstår du. Ja, till den där pseudonymen och adressen

7

du angav. Ett brev där det står att boken inte passar deras förlagsprofil men att han hoppas att du inte har något emot att han sände det vidare till oss.

Blev det dyrt? frågar hon och är verkligen road nu.

Jaa – jo det blev det faktiskt. Men jag tycker det är värt det.

Manuset?

Nejnej. Det här är ingenting som jag tycker du ska ge ut.

Jag ville bara hjälpa dig.

Med vadå?

Det kan han uppenbarligen inte svara på. Nu trummar han på den förargelseväckande pappersbunten. Paperassen. Det ordet har hon hört så många gånger under sitt långa författarliv att hon till slut slog upp det i sin Larousse: papier sans valeur. Men det kan han inte veta.

Låt mig läsa, säger hon. Jag blir faktiskt nyfiken.

När hon reser sig för att ta manuset lägger han båda händerna på det och säger att det är dynamit och att hon absolut inte får ta det med sig. Men nu verkar det som om han nästan tror på att hon inte vet vad det står i det. Tror eller inte tror. Han kanske är mittemellan och i alla fall mycket besvärad.

Jag vill läsa, framhärdar hon.

Då får du göra det nere i författarrummet. Det här manuset får inte komma ut ur huset.

Han bär manusbunten när de går nerför trapporna. Det gör ont i Lillemors knän. På nerväg smärtar artrosen. Första gången hon gick uppför den andra trappan, den som förde henne till bokförläggarens rum, hade hon högklackade skor. Det kan hon inte ha längre. Hon minns också att håret stod som en ljus änglagloria kring huvudet och hon fick inte styr på det ens med pilsner och papiljotter. Det måtte inte ha funnits hårbalsam på den tiden tänker hon och så blir hon generad för han har sagt något igen som hon inte hört. Hon måste fråga om och be att han stannar och vänder sig om. Annars hör hon inte.

Jo, jag sa att du kan inte mena att du vill ge ut det här. Det blir ju i så fall nästa år. När du fyller åttio. Det kan du väl inte vilja. Det vore ju inte heller värdigt Lillemor Troj att komma ut under pseudonym.

Han tycks ändå tro att hon skrivit det där manuset. Är det så dåligt?

Absolut inte! Men det är ju – ja vad ska jag säga – det är ju nåt helt annat än det du brukar skriva.

När de äntligen kommit till trappavsatsen och ska börja på nästa ner till bottenvåningen säger han:

Det här är ju en ren underhållningsroman.

Då stiger hon ner i tidens brunn igen och lika tydligt som ordet paperasse hör hon orden: Vad är det egentligen för fel på underhållning?

När de kommer in i det lilla författarrummet med porträtten av nobelpristagare och andra stora manliga författare på väggarna lägger han pappersbunten på skrivbordet och säger:

Jag tycker du ska titta igenom det här igen. Du kommer säkert till ett annat beslut då. Jag är övertygad om det, Lillemor. Vill du ha lite kaffe?

Tack gärna.

Det är skönt att han går. Hon blir nervös av honom. Här där hon så många gånger suttit och skrivit dedikationer i sina böcker känner hon sig hemma. Så fort han gått tar hon bunten och så börjar hon läsa från början.

9

Ungdom Glädje List

Vid tre tillfällen i oktober 1953 smög jag på Lillemor Troj i Engelska parken. Jag är säker på att hon såg mig stå under träden men det låtsades hon inte om och det berodde på att jag är från Kramfors. Det är hon också fast det ville hon inte bli påmind om. Hon sa alltid att hon tog studenten i Härnösand, vilket för övrigt var sant. Andra gången jag stod där var vi så nära varandra att jag tyckte hon borde vara tvungen att hälsa. Men hon äntrade sin cykel och tittade rakt fram. Nu hade jag alltså två gånger gjort mig fri för att vänta på henne. Det kunde inte fortsätta för min närmaste chef var missnöjd med att jag tog ledigt. Jag arbetade vid den här tiden på stadsbiblioteket i Uppsala. Jag visste inte var Lillemor bodde, bara att hon börjat läsa litteraturhistoria med poetik och ville jag träffa henne måste jag passa tiderna för examinatorierna i Philologicum längst bort i parken. Jag sa att jag skulle till tandläkaren och tredje gången sa min chef att jag tycktes ha dåliga tänder. Då såg jag rakt igenom hans bruna kostym. Jag såg att bomullsundertröjan var grågul som långkalsongerna och lagad i ärmlinningen. Bröstet med grå hårtofsar och fläckar helt utan pigment var insjunket över två felande revben och en utläkt tuberkulös härd.

Detta är min konst. Jag tycker inte ens att den är svår.

Jag kan också penetrera byggnader. Från min utkikspost såg jag huset där en liten professor med ägghuvud genom charmeusetyget i fickfodret fingrade på kuken när man gick igenom Wordsworths Ode to the West Wind. Jag hörde Lillemor yttra sig. Hon använde ordet frappant. Det var frappant att Wordsworth ansåg att förnyelsen skulle komma ur hans ord samtidigt som de liknades vid gnistor ur en utbrunnen askhärd och vid en virvelstorm av löv. Hon sa detta blygt som det anstod hennes kön men samtidigt hoppfullt säkert. Hon hade alla skäl i världen att vara säker för ägghuvudet intensifierade sitt fingrande när han såg på henne.

Jag hade gått de där examinatorierna för tre år sedan. Visserligen var de alldeles i början nu, så de talade snarare om antiken. Kanske om Sappho. Men fingrade gjorde han, det var jag säker på.

Förmågan att se genom stenväggar och undertröjor var något som jag roade mig med vid den här tiden. Mer hade det egentligen inte blivit av den. Den gjorde min väntan kortare där jag stod med de rågummisulade promenadskorna nerkörda i löven som i svavelgula, brandröda och svartprickiga drivor ruttnade under träden.

Den här gången, den tredje, tänkte jag inte låta lura mig. Nu hade jag ställt mig bakom en lönn helt nära ingången till Philologen. I samma ögonblick som Lillemor satte sig på cykeln tänkte jag kliva fram.

Nu svärmade de ut. Deras röster hördes som fåglars i den tysta parken. De tände cigarretter och pipor. Eldflugor glödde under deras ivriga blossande. Det skulle bli tumörer och emfysem av det och jag såg deras hår gråna och deras kinder torka och falla in. Jag såg också tre fyllon som höll till på Pontus Wikners grav, två män och en fet förbrukad kvinna med trosorna nerhasade på låren. Men det var häromåret för så gick det inte till då, möjligen i Dragarbrunn. År 1953 föll löven tyst över ofläckade gravstenar på kyrkogården. Men i princip är det inte svårare att genomtränga tider än byggnader och kroppar.

Den här gången var jag beredd. I samma ögonblick som Lillemor satte sig på cykeln och lät den grå plisserade kjolen falla ut kring sadeln tog jag ut riktningen och klafsade genom löven. Vi möttes på grusgången. Hon vinglade till och hoppade av cykeln. Jag sa hej och hon spelade förvånad. Så började vårt liv tillsammans.

Det gör ont när jag tänker på att hon har velat ta det ifrån mig. Det verkar dessutom som om hon tror att det ska gå lätt. Ändrar hon sig – och när har hon inte ändrat sig! – lägger jag den här historien i kartongen för havererade projekt. På vinden har jag kartongen och alla boxar och pärmar. Och jag har hennes dagböcker. Den förlusten kan hon ju fundera på när hon upptäcker den.

När hon hade gift sig skrev hon att radioapparater bullrade i det lyhörda huset, toaletter brusade och skåpdörrar slog och att hon trodde att man skulle bli blyg av riktig tystnad. Och sen skrev hon att hon hade tvättat sina volanggardiner i köket och färgat dem ljusblå med en liten dosa pulver. De har tagit upp det blåa på himlen la hon till, för hon försökte alltid se saker från den ljusa sidan. Himlen hade alltså flyttat in i hennes kök och hon var en ängel som stekte sill och skulle bli blyg av tystnad. Fast jag tror att hon snarare skrämdes av den.

Presens var en tempusform som hon ogillade. Förbjöd den faktiskt. Hon sa det var ångestens tempus. Fast där tycker jag hon tog i. Man ska för övrigt inte slarva med ett ord som ångest och det sa jag åt henne.

Nåja ängslan då, sa hon, för ångest är väl dom där darriga morgontimmarna innan recensionerna har blivit lästa.

Ånej, det är bara ängslan. Du om någon borde veta vad ångest är.

Men presens är omöjligt i översättningar sa hon. Särskilt på engelska. I anglosaxiska språkområden skyggar dom för det. Skyggar för närvaro alltså. För presens är ingenting annat än närvaro. Det var imperfektum Lillemor ville ha, antagligen för att man då har lämnat saker och ting bakom sig och behärskar dem i en berättarform fast som gjutjärn. Ännu värre vore förstås pluskvamperfektum, den gubbiga tempusformen gör man klokast i att lämna ifred. I den blir det förflutna ytterligare skjutet bakåt, det är som att stolpa omkring i mycket avlägsna minnen som blivit färglösa som gamla diapositiv. Om presens är ångest så får hon den av mig. Imperfektum blir mitt för allting tycks ligga bakom mig nu. Livet. Det är bara det här jävla harvandet kvar. Opp och sätta på radion och tevattnet. Harva på.

Nästa gång jag träffade henne var det på konditori. Jag hade föreslagit Landings men hon föredrog Güntherska som låg lite avskilt på Östra Ågatan. När vi till slut möttes i Engelska parken hade jag utan preludier lagt fram mitt ärende och hon hade blivit häpen. Indignation och avvisande hade jag förstås räknat med, för hon var konventionell, vilket var nödvändigt eftersom familjen var på väg uppåt.

Jag kan i varje fall inte göra det utan att ha läst det, hade hon sagt och nu hade hon haft två dagar på sig för den saken. Nästan trekvart fick jag vänta innan hon dök upp. Hon var rosig om kinderna, hon hade väl cyklat igen, och hon tände en cigarrett.

Novellen var inte dum alls! sa hon. Du kan ju skriva.

Jag vill ha första pris.

I kvalmet av kaffe, vanilj och tobaksrök tittade jag på kortet som Lillemor tagit med sig. Det var ett ateljéfoto. Det blonda håret var välfriserat med snedbena och lockig lugg. Bakhuvudet som var slätt ner till kransen av lockar i nacken syntes inte. Ögonen var mycket stora och djupa. Ovanför dem var de välplockade ögonbrynen diskret markerade med penna. Munnen var välmålad, glänsande av läppstift. Hon hade samma skära urringade angorajumper på sig som hon bar i detta nu men på bilden var den ljusgrå. Ett pärlhalsband låg prydligt över nyckelbenen som såg ömtåliga ut.

Nu kom servitrisen och Lillemor beställde in kaffe och två chokladrullar med pistage och grädde. Eftersom hon hade rökt den sista cigarretten i paketet kompletterade hon beställningen med en ask Malboro. Jag förstod att jag skulle få bjuda henne så jag rättade det sista till två lösa Boy. Hon hade slickat på läpparna. Girigheten som hon inte visste om låg långt före tanken.

Jag tycker det är obehagligt med kortet, sa Lillemor. Vad ska dom ha det till?

Publicera. Det är ju en bildtidning.

Hon såg på mig, eftertänksamt. Jag var ju inte vacker, men det var hon. På Güntherska hade jag satt mig så att jag hade konditorispegeln i ryggen. I vanliga fall skulle jag inte ha brytt mig om det, men nu var frågan om utseende så viktig, för att inte säga fatal, att jag undvek det direkta beviset för att jag aldrig skulle vinna något pris i en bildtidning. Jag hade tagit studenten med stort A i alla ämnen utom gymnastik. Men det var ju inte det saken gällde nu.

Vi gjorde upp att Lillemor skulle få hälften av prissumman på femhundra kronor mot att hon skickade in novellen i sitt namn och att hon infann sig på restaurant Metropol i Stockholm för att ta emot priset.

Du verkar säker!

Ja, sa jag. Jag kommer att vinna.

Naturligtvis ångrade hon sig. Redan efter en vecka ringde hon och sa att det verkade fnoskigt att ta emot ett pris i en novelltävling för en annan människas räkning. Dessutom var det ju bedrägeri. Hon ringde till biblioteket vilket retade upp min chef. Vi fick inte ta emot privatsamtal. Hursomhelst ångrade hon sig tillbaka igen. Hon hade förresten redan skickat in både novell och fotografi. Att det blev ett förstapris berodde inte bara på att jag skriver bra. I stället för det självklara att låta Lucian bli offer hade jag låtit henne mörda i tävlingskonkurrensen. Det var fränt och det gillade gubbarna i juryn säkert lika mycket som de gillade det insända fotografiet av Lillemor Troj. Mordmetoden var förstås diskutabel. Man blir nog bara illamående av att dricka ett glas vatten i vilket det stått liljekonvaljer några timmar. Men det gick vägen. Det är väl tveksamt om decembers iskonvaljer överhuvudtaget har kraft att avge något gift och jag hade fått en syrlig kommentar i bildtidningen av den tidens etablerade kvinnliga deckarförfattare som satt i juryn. Det var uppenbart att hon inte hade röstat på min novell.

Vi satt i Lillemors rum på studentskehemmet Parthenon i Sankt Johannesgatsbacken. Hon berättade med bravur om sitt Stockholmsbesök och hur hon tog emot priset. Jag vet inte om jag redan då ville komma åt den där ådran som hon har, den dramatiska. Hon är en performer. En sådan slocknar utan publik. Den talangen är kanske inte medfödd men förvärvas tidigt. En söt flicka lär sig driva upp sina upplevelser så att återgivandet blir hörvärt.

Hon kokade vatten i en elektrisk kastrull och bjöd på te. På bordet mellan oss radade hon upp presenterna som hon och Luciakandidaterna fått. De kom från firmor som skulle omnämnas i tidningens reportage. Nu fick jag välja mellan en miniatyrflaska parfym (Hermès) och en dosa med pancake som gjorde hyn slät och brunskär, mellan ett par sömlösa nylonstrumpor och en liten makeupväska av rosa plast med dragkedja. Fast strumporna satt redan på Lillemors ben. Hon hade löst ut checken med prissumman och gav mig nu pengarna och jag gav henne tvåhundrafemtio kronor tillbaka. Hon satt i en korgstol som hon målat med svart lackfärg och lagt en röd kudde i. Bakom henne på väggen hängde en kalebass och en oinramad färgreproduktion av en Van Goghtavla, ett gatukafé om kvällen. Det rann ljus från gatlyktorna ner i reproduktionens anilinskuggor. Jag satt på ottomanen. När jag la ner sedlarna i min plånbok sa Lillemor: Nu tycker jag du ska köpa dig en ny kappa. Jag förstod inte vad det var för fel på min bruna kappa. Jag hade sytt om den till jacka.

Du ska inte gå i en sån där gammal avklippt kappa, sa Lillemor. Då ser du bara större ut.

Det tillkommer mig inte att göra mig mindre än jag är, svarade jag.

Att vi skulle bli vänner hade jag inte trott men jag hade nog tänkt mig att vi skulle träffas. Det blev inte så. De två gånger därefter som jag dök upp på Parthenon bjöd hon mig inte på te. Sista gången berättade hon att hon hade förlovat sig. Fästmannens foto stod på byrån och tycktes iaktta oss medan vi pratade. Han verkade mycket mörk. Men fotografiet var bruntonat och han hade i själva verket den svenska ingentingfärgen på håret. Med åren skulle hans buk bli tung vilket i förening med hans korta ben var fatalt.

Där satt Lillemor. Hon hade passat mig så bra. På bilden i tidningen var hon bländad naturligtvis, men i ljusfloden skars en ruta ut, en sluttning reste sig blanksvart, skulpterad av höfthållaren, och ryschet kring brösten mildrade det spänt stramande och fick henne att se flickaktigt sårbar och förvirrad ut. Ja, precis så tacksam, överväldigad och genomlycklig som en flicka borde te sig om hon fått första pris i en deckar-novelltävling med Luciamotiv. När jag såg bilden trodde jag nästan själv på bedrägeriet. Hon var perfekt. Först hade hon varit Lucian i novellen. (*Vad händer i den mörkaste av nätter? Vem var den vitklädda flickan med blodfläck på bröstet? Skicka in Din novell till vår redaktion före den 15 oktober.*) Sedan hade hon tagit emot priset och stått på podiet med smäckra smalben. Nu var hon alltså för-lovad. Varför skriver du inte en deckare? sa hon. Nu behöver du väl inte ha komplex längre.

Hon trodde att det var självförtroende man behöver för att skriva. Men hon hade fel. Man behöver anonymitet.

JA, JAG ÅNGRADE mig tänker Lillemor. Men den där konstiga människan sa antagligen bara: Äh vadå! Och så la hon på luren. Hälften av prissumman var precis det belopp som jag varje månad fick ut på mitt studielån så det var väl inte så konstigt om jag ångrade mig tillbaka igen. Men jag sa aldrig något till en enda människa om mitt mellanhavande med Babba Andersson.

En förmiddag den hösten hade hon ringt till Babba och talat om att hon fått ett brev där det stod att hon hade vunnit. Eller hade hon sagt vi? Människan verkade i alla fall inte ett dugg förvånad. Någon gång i början av december tog Lillemor tåget till Stockholm och letade på restaurant Metropol i hörnet av Sveavägen och Odengatan. Därinne satt en jury av åtta herrar i randiga kostymer och så den där äldre deckarförfattarinnan asymmetriskt draperad i crêpe de chine och en chefredaktör i blazer med klubbknappar. Det är underligt att texten i paperassen kan framkalla minnen som hon knappt visste om att hon hade. Hon ser tio Luciakandidater i vita blusar och snäva svarta kjolar komma in i gåsmarsch och ställa upp sig på ett podium.

Hon måste ha suttit bland herrarna och tittat på dem för hon minns dem just så: uppe på en estrad. Ett par av dem vackrare än hon och flera hade större bröst och mer skulpturala stjärtar. Men ingen var så till den grad Luciatyp som jag, tänker hon. Det hade hon ju förstått av de komplimanger hon fick. Sen stängde juryn in sig i enskilt rum med sin middag så hon fick nog äta med Luciakandidaterna. Hon minns inte riktigt. Bara att flickrösterna blev gälla av upphetsning inför avgörandet. Juryn kom ut till kaffet, likören och groggarna och då fick kandidaterna rätt handfasta komplimanger. Men ingen la handen på Lillemors stjärt. Som akademiker och novellförfattare behandlades hon förstås på ett annat sätt än affärsbiträden och kontorister. Läsekretsens röstsedlar hälldes upp ur en kartong och räknades. De vägdes mot juryns avgörande. Den flicka som blev bildtidningens Lucia grät. De övriga nio log väl fast det stretade. Hon minns bara den där som grät så att mascaran la sig i en gråsvart lavering under ögonen. Fotografernas stora runda lampor bländade och kamerorna slamrade. Sen var det hennes tur att stiga fram på podiet och chefredaktören höll ett tal för henne och det blixtrade igen.

Det hade hon kanske inte tänkt sig. Hon hade trott att de skulle nöja sig med ateljébilden där hennes hår, ansikte och kläder var i ordning. Det var något blossande, okontrollerat, ja något sanslöst över de där minuterna när hon stod på podiet och blixtarna ur de blanka lamptrattarna bländade henne. Just då måtte jag väl ha ångrat mig, tänker hon. Jag måste ha varit rädd för att det skulle komma ut. På nationen. På examinatoriet.

Precis när hon tänker det kommer kaffet och reflexmässigt lägger hon händerna över sidan som hon just läst. Det är Kattis som bär ner koppen med cappucino. Hon vet precis vad Lillemor vill ha. Förläggarsekreterare finns det inte längre, alla är assistenter eller något ännu finare. Men kaffet får de förstås fortfarande bära. Kattis ser manusbunten och ropar:

En roman igen! Å, så underbart Lillemor!

Hon tror på den vänliga själen men skakar i alla fall på huvudet.

Du har alltid varit så hemlighetsfull, säger Kattis.

Och du kan ge dig fan på att jag har haft skäl till det tänker Lillemor och avböjer artigt bullen som hon erbjuder henne.

Ring opp till mig om du vill ha juice eller frukt eller nåt. Ska du sitta länge?

Jag vet inte, säger Lillemor. Men hon inser att det ska hon inte för det skulle innebära ideliga avbrott. Vänligheterna kommer att hagla. Och snart kommer Max ner och kollar henne.

När Kattis gått tar Lillemor den stora manusbunten och stoppar ner den i sin Furlaväska. När hon köpte den var hon noga med att den skulle rymma A4-format. Den rymmer faktiskt hela paperassen.

Hon vill inte gå ut genom receptionen utan stannar framför dörren till gården och funderar. Det går att komma ut genom att trycka på en knapp med nyckelsymbol. Men hon är inte säker på att det går att komma vidare ut på Luntmakargatan. Hon vill inte gå ut på Sveavägen för risken är att Max redan har upptäckt att författarrummet är tomt.

Den stora porten åt Luntmakargatan går upp och in stånkar en lastbil. Hon snabbar sig över gården och smiter ut. Manusbunten i väskan känns tung. Max tror nog att hon skrivit detta. Så långt är allting bra.

Men om han inte tror det? När hon hade läst det första avsnittet nere i författarrummet kände hon ett lätt illamående.

Hon måste få vara ifred. När hon hunnit fram till Tunnelgatan och är på väg ner till Hötorgets T-banestation inser hon att Max redan kan vara efter henne. Han tar förstås en taxi som får stå och vänta tills hon kommer upp från stationen på Karlaplan och går in på Breitenfeldsgatan och fram till huset. För honom som både tror och inte tror måste manuset i väskan vara en sorts Schrödingers katt. Han måste öppna lådan för att få veta. Så hon tar av in i tunneln i stället och halvspringer förbi en smutsig och frusen fiolspelare och efter mindre än tio minuter rusar hon förbi Hjalmar Söderberg med Tomas Webers röda handskar och är sen snabbt inne på Kungliga biblioteket. Hon måste knöla ihop sin kappa i en liten box eftersom alla de stora där man kan hänga en Max Mara i kamelhår är upptagna så här sent på eftermiddagen. Måtte hon nu bara komma igenom med väskan där hon har manuset. Hon hänger den på vänster axel och gudskelov nickar kvinnan i disken vänligt igenkännande och märker inte att hon har någonting alls under armen. Men precis som Max insett ligger det en bomb där och innan den tickat sig fram till ett avgörande måste hon få vara ifred med läsningen.

Hon går genom en av de tröga gamla svängdörrarna in i stora läsesalen och fortsätter sen mot tidskriftsrummet men kommer i sista stund på att det är flyttat. Där trivdes hon och gladde sig åt att hon fortfarande inte hade lagt ut mer om magen än att hon kunde ta genvägen in till borden mellan en pelare och en bokhylla. Skyddsfönstren mot alltför skarp sol gav ett behagligt och jämnt ljus under lysrörslamporna. Hon vill vara i det gamla tidskriftsrummets ljusa lugn och tidlöshet nu men måste alltså ge sig ner i underjorden där det inte finns något dagsljus.

Det är nästan tomt därnere. När hon tänt lampan ovanför skrivbordsskivan och lagt upp den tjocka manusbunten kommer en student och sätter sig på platsen bredvid hennes fast det finns så många lediga skrivbord. Han är väl ett sånt där vanedjur som hon själv som helst vill ha sin vanliga plats. Nu börjar han koppla upp sin dator. Hon försöker koncentrera sig på manussidorna men det kommer idoga knäppningar från tangentbordet och ett luckert snörvlande från hans näsa.

Då och då snyter han sig innehållsrikt i en pappershandduk från toaletten så hon flyr och sätter sig i stället i läshörnan där det för tillfället är tomt. Men det kan komma någon och för att inte dra uppmärksamhet till det tjocka manuset drar hon fram en inbunden tidskriftsvolym ur en hylla. Det råkar bli Ny Illustrerad Tidning från något år på 1880-talet och hon slår upp den på bordet. Hon kan fortfarande höra sin före detta bordsgranne snörvla, fast avlägset nu.

Hon hinner inte mer än repetera det hon redan läst om mötet i Engelska parken förrän hon får sällskap vid bordet. Gudskelov är det ingen bekant. Men alla känner apan och apan känner ingen så hon blir inte förvånad när karln som har runt ansikte och skepparkrans och är i hennes egen ålder väser:

Ny roman på gång?

KB har blivit ett gubbdagis tänker hon. Här springer alldeles för många pensionerade gamla humanister och hungrar efter sällskap.

Kollar citat bara, muttrar hon och försöker se upptagen ut. När hon stirrar ner i Ny Illustrerad Tidning ser hon en anfang där det sitter en utmärglad gosse med krycka. Ovanför honom svävar en skyddsängel och undertill är det en kvast med blommor. För att se trovärdig ut läser hon dikten som heter Förbarmande.

Hur kan ditt hjerta stå emot
En bön af dem, som utan bot
I lifvets morgon dömts att lida?

Det kan inte hjälpas att hon tänker på fiolspelaren i tunneln och att hon rusade förbi utan att lägga någonting i hans låda. Och när hon fortsätter ser hon tevebilder med utmagrade barn från Afrika framför sig. Fast med uppsvällda magar och stora ögon. Skalden missade något där men annars är det ju till sitt innehåll en tidlös dikt.

Små vilsna ögon skyggt dig be
Små bleka läppar söka le
Men darra av osägligt we
Och hwiska: hjelp, du får ej bida!

Hennes granne vid bordet har nu lagt ifrån sig Nordisk tidskrift och böjer sig skamlöst fram och läser han också. Hon ser på honom med vad hon hoppas är en tuktande blick men det bekommer honom inte. Han ler inställsamt och viskar: Uselt va? Riktigt pekoral. Nu har du nåt roligt på gång. Eller hur?

Då reser sig Lillemor, tar sin manusbunt och lämnar rummet. Hon är förvissad om att han aldrig skulle ha vågat säga att dikten var usel om han inte sett namnet Carl David af Wirsén under den. Alla tider har sina överenskommelser. KB kommer att stå kvar om hundra år och någon kommer att flina åt vad Lillemor Troj skrev om de fattiga i romansviten Ormspott. Fast förresten – vem skulle det vara? Det enda hon är säker på är glömskan. Den är en katarakt. Vi störtar ner i den. På Wirséns tid gled man saktare.

Vart hon ska ta vägen för att få vara ifred vet hon inte, så när hon kommit upp ur underjorden blir hon stående i ett fönster i stora läsesalen och stirrar på den överdimensionerade Linné mellan frostnupna dahlior. Hon har tagit en bok ur hyllan med encyklopedier och lagt den framför sig. Det är ett Aschehoug–Gyldendallexikon och när hon hör steg bakom sig läser hon förvirrad några rader för att se upptagen ut. Då lär hon sig att airbag heter sikkerhetspute på norska. Ja, den som bär på den här väskans innehåll kunde ha nytta av en sikkerhetspute. Det är inte bra att stå lutad mot fönsterbänken och stirra ut på Humlegårdens träd som bleknat ner i en sjukt grågrön färg. Ångest är presens tänker hon, och vill börja läsa igen, försvinna i imperfekt. Men det kan hon inte göra härute bland folk. Om det inte är ångest hon känner så är det i alla fall rädsla. Ett helt vanligt orsakslöst ångestanfall vore att föredra. Att få ge upp och svimma eller skrika. Allting är dårhusgrönt omkring henne. Var det inte just den färgen på väggarna i avdelning 57? Det minns hon inte, men hon är rädd att om hon fortsätter att läsa får hon veta det. Pelarna med sina pseudokorintiska kapitäl är spygröna. Jag får inte svimma, tänker hon, inte ens vackla med manuset. Hon stirrar ner i golvet men linoleummattan är också grön. Överallt traskar folk med bördor av böcker. Ingenstans kan hon sitta ifred för hon kan ju inte ge sig upp i gallerierna. Där är det för trångt och finns bara lässkivor att lägga Svenska Adelns Ättartaflor eller Skara stifts herdaminnen på. Högst upp brukar hon få svindel i den trånga gången med Vitterhetsakademiens handlingar och bara ett svagt räcke mellan sig och djupet därnere.

Då kommer hon på att hon ska gå in i forskarsalen och ta trappan upp till galleriet som är brett och tryggt och har ett starkt staket. Där sätter hon sig vid ett bord så att hon har ryggen åt Konkordans över Vilhelm Ekelunds skrifter. Den närheten är naturligtvis inte riktigt betryggande men hon behöver inte öppna någon av de fyra tjocka volymerna. För här är hon ensam. Därnere sitter forskarna med tända lampor under gröna glaskupor och ovanför dem och nedanför henne lyser de vita ljusgloberna.

Orgasm Refus

Jag skrev på registerkort som jag tog hem från biblioteket. Överst hade de ett passande utrymme för en rubrik, under detta två röda ränder och sedan följde vanliga radlinjer i gråsvart. Det fick rum tjugotvå rader på ett kort om man använde bägge sidorna. Kortens utformning bestämde formatet på det jag skrev. På sätt och vis bestämde det också innehållet. Berättelser fick inte rum på korten. Jag skrev med reservoarpenna och bläck och förvarade korten i en box med alfabetiskt register.

Novellen om knivmordet på Lucian hade jag funderat ut under promenader då jag knappt visste var jag befann mig. Jag var i ett rus som lika gärna kunde ha varit kemiskt. Med list och möda hade jag skrivit rent berättelsen på bibliotekets Underwood, hela tiden beredd på att stadsbibliotekarien kunde slå ner på mig. Under utformningen hade jag använt fyra av korten i boxen. De hade rubrikerna Spirelladamen, Manskörens Lucia, Kyssäkta läppstift och Asis. Den sista hade jag skrivit efter ett söndagsbesök på Anatomiska institutionen tillsammans med en studentkamrat som blivit medicinare.

För att få med Spirelladamen hade jag gjort ändringar i min plan. Jag upptäckte att jag hade älsklingar bland korten, men novellskrivandet gav också upphov till utrensningar. Abstrakta resonemang och lyriska impressioner var inte särskilt användbara och kunde efter en tid i boxen verka avslagna. Noggranna verklighetsbeskrivningar och anekdoter från Kramfors och stadsbiblioteket stod sig i allmänhet, men också rena elakheter, raptusar av ilska och nattliga drömmar om de inte var alltför röriga.

1951 hade jag lärt känna en folkskollärare som hette Herman Gustafsson. Han läste historia på B-avdrag vilket betydde att han under studietiden fick ut en del av sin lärarlön. Han hade redan läst litteraturhistoria och nordiska språk och tänkte ta en fil mag, inte för att bli adjunkt utan för att söka en rektorstjänst. Det var ingenting vagt eller drömskt med Hermans planer. Han tänkte fullfölja vad han föresatt sig.

Han lånade mycket på stadsbiblioteket och erkände att han kände sig mer hemmastadd där än på Carolina. När han förstått att jag var fil kand och bibliotekarie hade han blivit generad fast det egentligen inte låg för honom. Han hade trott att jag var assistent i utlåningsdisken. Vi började äta lunch tillsammans på mjölkbaren vid Fyris torg. Jag sa att han gärna kunde kalla mig Babba för det var vad jag kallats hemma och i skolan. Det var ingen som sa Barbro. Från början hade han sagt fröken Andersson efter min namnskylt på informationsdisken.

Herman var stor och tung. Hans kinder hängde och ögonen satt tätt ihop. Han hade gråblont hår som var en halv centimeter långt över hela skallen när det var nyklippt. Frisyren kallades crew cut och hade via filmerna kommit från ockupationsstyrkorna i Tyskland. Tillsammans med hans bastanta kropp med tunga lår och underläggar, kom det honom att se ut som ett underbefäl i amerikanska zonen.

Herman och jag var inte förälskade men vi hade en vänskap. Vi läste samma böcker, brände stearinljus och kokade te. Ganska snart började vi ligga med varandra. Han hade en fästmö i hemstaden och det visste jag hela tiden. Som älskande par var vi ogenerade, kanske just för att vi inte älskade varandra. Vi gav varandra instruktioner och rättade här och där ett handgrepp. Trots att vårt förhållande var sakligt hamnade vi ofta i en långvarig svindel av njutning. Hjärtana slog, svetten dröp från Hermans raggiga bröst, det hettade och sved lustfyllt i slemhinnorna. Muskelknippen utanför vår viljekontroll började dra sig samman och spritta eller skälva. Efteråt skämtade vi om det. Men de förtätade ögonblicken avsatte också något annat. Det hände att jag fick en stark känsla av att vara mycket nära Hermans själ eller verkliga person. Eller Herman som barn.

Han fick syn på min kortbox. Av ren nyfikenhet öppnade han den när jag var ute och köpte kaffebröd. Han satt med boxen i knät och bläddrade när jag kom tillbaka. Det gick inte att avgöra hur många kort han hade läst.

Samlar du aforismer och sånt? frågade han. Han förstod inte att han hade förgått sig. Jag svarade med svårighet för min mun var torr.

Det stämmer, sa jag.

Sen tog jag ifrån honom boxen och ställde den på byrån. Där stod en malmstake med tung fot och när jag såg den och sen flyttade blicken till hans bakhuvud tänkte jag att det skulle ta lång tid att slå ihjäl Herman som var så stark.

Fast det var nån sorts beskrivningar också, sa han. Tar du ut citat ur böcker?

Ja.

Jag låste in boxen och hade den sedan alltid inlåst när han besökte mig.

En kväll uppmanade han mig att skriva en novell och skicka

in den till All Världens Berättare. Jag förstod att förslaget hade samband med korten. Han hade aldrig trott att det var citat.

Du har ju talang, sa han.

Ordet fyllde mig med tung ilska men jag teg. Han började med wienerbröd i munnen skissa på en historia och blev så entusiastisk för den att han sparkade till det elektriska elementet. Det hamnade för nära byrån och medan vi senare på kvällen låg i sängen tillsammans brände det en stor svartbrun fläck i träet på byråns gavel.

Jag fick ersätta det förstås och det blev dyrt. Värdinnan soulagerade sig på detta sätt för att vi hade samlag på hennes ottoman. Hon hade upptäckt vad vi hade för oss när hon gick ut genom att helt enkelt mycket tyst komma tillbaka. Vid ett tillfälle såg vi draperiet som satt över dörren till farstun röra sig i draget och förstod att hon öppnat den för att höra oss bättre. Då satte vi på radion och lät henne lyssna till ett föredrag om renskötsel medan vi hetsade oss fram till en alltför tidig klimax.

Efter ett tag sa värdinnan upp mig och jag gick lugnt med på att flytta. Det var nu inte meningen. Hon hade bara velat göra slut på förhållandet. Men det skulle bli svårt att hyra ut det långsmala och dragiga rummet som en gång varit jungfrukammare. Huset låg på Svartbäcksgatan och hade torrdass inne. Dasset var granne med mitt rum och det doftade svagt i farstun. Jag fick stanna. Värdinnan vågade inte ens portförbjuda Herman.

Hermans historia, som han fantiserade ihop medan vi drack te och åt wienerbröd, handlade om en präst som tog emot konfirmander till sommarläsning. Han fick en munvig och raljant yngling bland sina adepter. Det visade sig vara djävulen.

I Hermans berättelse var den unge djävulen inte mycket

värre än Karsten Kirsewetter och jag kunde ana förebilden; svart rakt hår, svarta spelande ögon, lättväckt könsorgan. Jag gjorde honom vitblond och skruvade upp hans raljans tills den klibbade en smula och sen skrev jag rent manuskriptet i mitt spiralblock på bibliotekets Underwood. Jag vet inte varför jag gjorde det. Kanske ville jag imponera på Herman. Han blev eld och lågor. Han kunde inte alls förstå att jag inte ville skicka in den. På våren 1954 blev han färdig med sin examen. Han bytte namn till Bärenryd och sa adjö till mig. Det var underförstått att han skulle hem och gifta sig. Vi skämtade men var båda en smula rörda sista gången vi låg med varandra.

Tre veckor efter Hermans avresa fick jag ett tjockt kuvert från tidskriften All Världens Berättare. Det innehöll den karbonkopia av novellen som jag gett Herman och ett brev med bara en rad:

Vi har tagit del av Eder insända novell och tackar för Edert intresse.

Jag satt på ottomanen, framåtlutad med öppen mun och väntade på att förödmjukelsens smärta skulle gå över. Det gjorde den inte. Den satt alldeles ovanför mellangärdet. I fokus för min blick, när jag till slut lyckades rikta in den, stod byrån med sin svarta brännfläck stilla. Men i utkanten av synfältet vajade eller krälade någonting. Draperier, tapetmönster.

Jag hade aldrig varit allvarligt sjuk. Några fobier hade jag inte heller haft och inga attacker av ångest. Det som nu hände förstod jag inte. Det vill säga det måste ju förstås som kroppslig smärta. Den emanerade från mellangärdet och den pressade upp luft ur strupen och den öppna munnen i små korta stötar. Det stack i handflatorna.

Det blev inte bättre när jag la mig på sängen för då tillkom ett häftigt illamående. Taket rörde sig, fuktfläckarna som

29

annars roade mig därför att de liknade djuransikten, kartbilder och frukter liknade inte längre någonting. De var bara oroliga former bildade av bruna ränder naggade i kanten. En sorts mönster utan tvekan, eftersom den naggade och bågiga linjen upprepades. Men fullständigt meningslöst. Rummet var kvavt. Jag kände den täta lukten av dammiga draperier mängd med en svag dassdoft. Det var lukten av mitt liv.

Hur kunde det bli så här? Jag hörde hästhovar som dumpade i motlut oppför Svartbäcksgatan och tänkte att hästen var på väg till slakteriet i Boländerna. Fick gå själv. Jag gick av och an med tunga steg. Efter någon timme började jag känna mig löjlig. Jag drack lite vatten. Det blev det inte bättre av. Jag var förvandlad till två: en som kved av smärta och försökte dämpa kväljningarna och en som såg med löje på den misshandlade.

Ja, det var misshandel. Jag tog brevet och letade fram namnet på redaktören som undertecknat det. Uno Florén. Uno Florén. Jag tuggade det tyst och det sa mig ingenting. Namnet hade inget ansikte så tankarna fortsatte knyckigt och de hittade till slut Herman. Jag såg hans stora, rödbrusiga ansikte när han la in stuvade makaroner i det. Jag fick äntligen kräkas.

Jag började gå. Jag gick och gick så fort jag var ledig från biblioteket. Gick ända ut till Rickomberga, till Vaksala kyrka eller till Ulleråker där det hände att jag längtansfullt tittade på sinnessjukhusets gallerfönster. Jag hade inte svårt att sova, tvärtom föll jag ner i sömnen som medvetslös. När jag vaknade var smärtan där lika visst som om en synål körts in i en blottad pulpa.

Uno Florén var en tom fläck, men Herman Gustafsson kunde jag se: han satt på mjölkbaren och lastade in makaroner. Det hade blivit en sorts stillestånd. Kortboxen ställde jag längst in i garderoben, bakom resväskorna. Korten hade varit en källa till nyterhet, munter elakhet och ett slags upprymd ömhet som kunde gälla hyresvärdinnor likaväl som ett plank och 1700-talsportar i Dragarbrunn. Ibland hade de varit rusframkallande. Jag hade inte haft en aning om deras giftiga potential. Nu hade de exploderat som kreosot i en inflammerad tand. Naturligtvis blev det bättre. Hösten gick. De blöta och tanketomma promenaderna gav till slut lindring. Anfallen av smärta kom med längre mellanrum. Tanken på den tomma fläcken Uno Florén eller den lätt fnasiga och rödådrade fläcken Herman Gustafsson gjorde fortfarande ovillkorligt ont. Men jag lärde mig att disciplinera min tankeverksamhet.

Är det inte vad människor i allmänhet gör?

HERMAN ÄR EN chock. Eller också är han ett påhitt. Men varför skulle Babba hitta på en stor rödfnasig karl med tung buk och bastanta underben och påstå att han är en god älskare? Och kan det verkligen vara sant att hon legat med en karl? Lillemor måste lugna sig. Därför tar hon en volym av Frödings brev i hyllan bakom sig och lägger den uppslagen så att bordet ska se upptaget ut. Sen knölar hon ner paperassen i väskan igen och går den något smärtsamma vägen nerför spiraltrappan. Ner till Sumlen är det en lång trappa till men hon måste få kaffe. Hon stack ju ifrån det som Kattis kom med. Koffein lugnar numera. Hon kan till och med somna på det.

Det är inte mycket folk i kaféet en halvtimma före stängningsdags. Och gudskelov inga sällskapshungriga gamla forskare eller geronter från litterära sällskaps styrelser. Hon skulle kunna ta fram manuset men gör det inte för hon måste fundera på vad det kan stå i fortsättningen. Klibbig känsla att tänka på det. Men bäst att försöka vara förberedd.

Babba lärde känna Herman 1951 står det. Två år senare skrev hon Lucianovellen som fick pris. Det var väl den tid det tog för henne att komma över refuseringsbrevet från All Världens Berättare. Eller snarare att inse att hon inte ville utsätta sig för den risken mer. Den fick jag ta tänker Lillemor som mindes 1953 som det år då hon förlovade sig med Rolf.

Det var sent på hösten men hon sätter det inte alls i samband med Lucianovellen och Stockholmsresan. De ligger i ett annat fack i minnet.

När Rolf och hon måste förlova sig ville hon att det skulle ske vid Ulvafallet. Det var originellt och han visste nog inte vad han skulle ha för ansiktsuttryck när hon föreslog det. Hennes menstruation hade uteblivit i elva dagar och det hade varit en stormig period. Han försökte hålla sig lugn och lugna henne. En grå morgon kom blodet i alla fall. Hon trodde först inte att det var sant. Fläcken på hennes babydolltrosa var så liten. En strimma. Det såg ut som rost. Hon tänkte på rostiga spikar i bykkar och skrapade på fläcken med pekfingernageln. I vatten blev den suddig och luktade järn.

När det var över kom en förnyad våg av rädsla. Ja, skräck. Hon sa till Rolf att hon inte längre vågade ligga med honom. De måste förlova sig. Hon måste ha någon säkerhet. Efteråt ångrade hon sig för det var ju han som borde fria. Hon hade många gånger tänkt ut hur det skulle gå till och nu hade hon omintetgjort möjligheten. Hon tyckte att livet var lika trassligt, kladdigt och gråblekt som den där tisdagsmorgonen då hon upptäckt den roströda strimman.

Rolf skulle snart vara klar med sin pol mag och börja med lic-avhandlingen i statskunskap. Han var väl ingen festprisse direkt men sällskapsbroder var han och ansågs kvick. Han ville gärna ta livet från den lättsamma sidan, så Lillemor hade känt sig usel när hon grät så upplöst i hans armar.

Om det varit så illa som hon trott hade man förstås kunnat ordna det. Gynekologiprofessorn på Akademiska hade privatmottagning i ett stort modernt stenhus vid ån som han var ägare till och som kallades Gula paviljongen. På en Juvenalmiddag utan damer hade huset förekommit i en kuplett under det namnet. Refrängen var helt enkelt den ursprungliga, av Emil Norlander.

33

Vill ni gå med oss in
i den gula paviljongen
där guden Amor själv
sedan länge sitter fången?
Vi slå, om blott ni vill,
en killekillekillekill,
en liten kärleksdrill.

Rolf hade skrivit den men han hade inte visat den för Lillemor. Men hon hittade den i en skrivbordslåda och blev mycket illa berörd. Hon visste att det där huset också kallades Ofödda barns minne. Varför kommer det här upp? Är det Rolf i ett nötskal? Killekillekillekill och en liten kärleksdrill. Jösses, tänker hon. Jag har praktiskt taget glömt honom. Och nu går han med rullator.

Hon minns att han såg generad ut när han efter en söndagsmiddag berättade för sina föräldrar att de skulle förlova sig. Man kunde undra vad pappan skulle ha sagt om han kunnat säga något. Han satt i sin stol och såg på dem med sina vänliga ögon. Han hade varit kommunalborgmästare i en bergslagsstad men fått hjärnblödning tre år tidigare. Då hade de flyttat tillbaka till Uppsala och bosatt sig i generalens våning vid Stora torget. Han använde den inte längre utan bodde med sin hushållerska på släktgården utanför stan.

Mamman var inte entusiastisk men hon gick i alla fall efter en karaff med portvin och fyra glas så att de kunde skåla för förlovningen. Att den skulle ske vid Ulvafallet var förstås min idé inser Lillemor. Jag sa väl något i stil med att vi ska göra det i naturen och sen får vi göra allt det där vi måste. Låta dem ha sina middagar. Annonsera. Skicka oss på visiter. Jag var en liten fjompa. Undrar om huset vid Stora torget är kvar? Där öppnades i alla fall Hennes & Mauritz sen. Eller hade det redan gjorts? Fyrisån hade ett litet nätt vattenfall med någon sorts byggnader vid sidorna. Rolf måste ha kört dit i sin pappas svarta Ford Eifel som hade stått uppallad under kriget. Det var kallt i vattendimman från fallet, det minns hon tydligt. Och att han tog det humoristiskt, trädde ringen på hennes smala finger och kysste henne rart och osexuellt. Han kände väl att stämningen var sån. Det kom en vindil och gula löv klibbade fast på biltaket. Himlen var gråblek, slät som hud. Gräset var brungult och förvuxet och det krällde av fukt och svamp. Eller är det ett senare minne? Det där var väl knappast naturen som hon tänkt sig den. Vattenfallet lät ju alltid som en bilmotor.

Jag tänker be.

Hon blir generad när minnet poppar upp. Rolf måste ha sett besvärad ut. Visserligen gick han i högmässan med morfar och hushållerskan var gång han besökte Sjöborg. Men det hörde till sällskapslivet. Konstigt nog ser hon alldeles tydligt framför sig att han hade en stor gul tvättsvamp i handen medan hon bad Fader vår i blåsten och såg ner i strömvirvlarna under fallet. Han hade kanske tänkt passa på att tvätta bilen men hon kan inte minnas att han tagit med en hink.

Personalen i Sumlen har börjat slamra uppfordrande med stolar som ska stjälpas upp på borden för att golvet ska vaskas. Vagnen med disk skjuts skramlande ut i köket. Lillemor vet inte vart hon ska ta vägen. Hon kan förstås sitta på galleriet ovanför forskarsalen för det är några timmar tills hela KB stänger.

Nu dyker en kvinna upp. Har hon hela tiden suttit bakom ryggen på henne? Hon böjer sig fram och lägger handen på Lillemors arm. Det gör de nästan alltid. De gör det på ICA eller i Hallen eller i Hedengrens eller rentav ute på gatan.

Även fullständiga främlingar lägger sin hand på hennes arm. De vill väl förvissa sig om att jag är verklig, tänker hon. Men det är jag inte. De är vänliga och de börjar nästan alltid med samma fras: *Jag måste få säga.* Den här kvinnan är inget undantag. Hon har brunt gråsprängt hår, absolut spikrakt och tvärklippt nedanför öronen och i luggen. Koftan är vad Lillemor brukar tänka på som ett intellektuellt plagg; den är av bomull, tvärrandig i två grå nyanser och den når ner på låren. Hon har glasögonen i en snodd på bröstet.

Jag måste få säga hur mycket dina böcker har betytt för mig. Tack!

Lillemor vet precis vad hon ska svara. Hon gör det alltid med en viss ödmjukhet. Den är klädsam men också ett krav. För de förväntar sig att hon ska vara trevlig, blygsam, glad, djupsinnig, och förtjust. Babba skulle sannerligen inte vara allt det där. Inte någonting av det. Lillemor är det, i alla fall hjälpligt. Men den här gången faller hon ur konceptet och säger:

Tacka inte mig.

Kvinnan ser förbluffad ut. Sen ropar hon till:

Du menar att du inte... att det inte är din förtjänst. Att du...

Just det, säger Lillemor.

Sen smiter hon. För nu vill hon hem. Det är bara hemma hon kan vara helt säker på att slippa blickar och röster och folk som tar i henne. Kvinnan kommer väl inte efter henne i trappen? Hon kanske vill veta mer. Om det är Inspirationen eller rentav Gud som inger Lillemor Troj hennes romaner. Nu måste hon helt enkelt hem. Även om Max sitter i en taxi utanför.

Vara ifred. Det är mitt mantra, tänker hon. Jag måste få vara ifred med den här skrämmande pappersbunten.

Sherry Ostkupa Köttkvarn

1954 gifte sig Lillemor med en statsvetare som hette Rolf
Nyrén. Första lysningsmottagningen var i Kramfors och jag
var där. Astrid Troj hade lyckats få dit försäljningschefen på
bruket eftersom hon kände hans fru från Röda Korset. Två
lärare infann sig, en med sin fru och en som luktade vitlök.
Han var hälsofantast och bror till kontraktsprosten. Astrid
Troj hade varit ängslig i förväg men alla på deras sida kom
i hattar. Från Nyrén-Uddfeltdssidan kom bara Rolfs mor
och hans två systrar. Det gick inte att se Astrids nervositet
utanpå om man inte hade mycket skarpa ögon. Den tycktes
bara göra henne älskvärdare och mer obesvärad. Nu var det
ju vår, ja försommar. Det gjorde villan större (tyckte Astrid),
altandörrarna stod öppna mot plattorna och stenpartiet. Men
Lillemor hade säkert sagt att de skulle bära bort soluret och
Kurt Troj hade gjort det för han litade på sina fruntimmers
stilkänsla. Lillemors hade för var månad i Uppsala utvecklats.
Numera sa hon lunginflammation, inte lunginflammaschon,
och hon lät ingen oböjd norrländsk predikatsfyllnad slippa
ifrån sig. Ja, norrländsk var ett ord hon börjat använda. Det
skulle ha retat henne som gymnasist; ångermanländsk skulle
det heta.

Villan var som en papplåda och säkert köpt från katalog,

sa äldsta svägerskan halvhögt. Det var ljust inne med slöjor av blå cigarrettrök i solstråken. Det doftade vin, sherryn var halvsöt och fick näsvingarna i plågad skälvning på yngsta svägerskan. På matsalsbordet lades presenterna. Damastduk med gammalt mönster och moderna filtar randade i ljusgrönt, rosa och gult. Salladsskålar av teak. Brödrost. Desserttallrikar med blommönster. Frun till försäljningschefen på bruket vände på dem och såg att märket var Bavaria. Hon och de andra damerna skavde sig längs bordskanten och läste på korten.

Lillemor hade en skär klänning med bolero över rynkad kjol. Astrid sydde bra, billigt blev det också. Lillemors hår var elektriskt, skyade upp sig fast hon haft det över en nätkorv för att få en pagerulle. Det stod som en mandorla av solljus omkring henne och hon hade ingenting att frukta, hon var ung. Hennes vänlighet var euforisk när hon talade med svägerskorna. Den äldsta luktade hund konstigt nog. De hade ställt sig kring vitrinskåpet och det tycktes oroa Astrid.

Jag hade kommit tidigt och ställt en ostkupa på presentbordet. Det var den tredje och absolut inte den dyraste. Lillemor lät nästan beschwipst när hon sa att ostkupor kunde man ju aldrig få för många av. Men sen rättade hon sig, man kunde ju byta, och sa med låg röst: Din byter jag aldrig, men var är den köpt? Bosättningsaffären?

Ostkupan var av grönt glas med blommor inetsade. Ett slags eviga blommor, inget modernt. Men den stod på en bricka av teak. Jag drog mig mot väggen.

Du måste ta tårta, sa Lillemor.

Vi var ju inte vänner precis, ostkupa var att gå till överdrift. Men vi hade i alla fall den där novellen och förstapriset gemensamt. Jag stod bredvid skåpet och lyssnade. Rösterna hade blivit gällare.

Men det måste vara mycket gammalt!

Antikt menar du?

Knappast, men det påminner mig om något. Det är originellt, titta på hyllorna och glasrutorna. Vad tycker fröken Nyrén?

Ungenberg. Doktorinnan Ungenberg.

Å, förlåt mig. Doktorinnans mamma sa bara...

Ja, ska jag säga vad det liknar?

Kurt var ovetande och hällde upp sherry åt dem. Men längre bort i rummet hade Astrids rygg stelnat. Lillemor var för upprymd av starkvin och vänlighet för att ana någon fara och var dessutom van vid farfars skåp.

Nu hissade Rolfs äldre syster upp rösten och sa till Kurt Troj:

Ni *måste* slita vår lilla tvist!

Astrid Troj sneddade snabbt över parketten, men kom för sent.

Ta lite tårta, sa hon. Jag tror inte damerna har fått något med av Sans Rivalen.

Det var utsiktslöst. Detta var inga dunungar. Det var rovfisk.

Vad *är* det för skåp? Det är uppenbarligen antikt, ja gammalt i alla fall. Men vi förstår inte... det är hemskt originellt.

Min syster doktorinnan Ungenberg har en bisarr idé.

Och doktorinnan som var Rolfs yngre syster uttalade nu sin idé:

Frisörskåp. Jag tycker att det liknar det.

Och därefter den äldre systern:

Är det nåt som har gått i släkten?

Snart om en timma eller två skulle Astrid få slänga ett glas in i öppna spisen och svära högt, ja faktiskt skrika i papplådan. Men inte än. Och Kurt skulle inte förstå, han skulle inte riktigt förstå. Men det handlade om hår på golvet och skäggskrap på emaljen. Rakborstar, tvålkoppar, manglade

39

ansiktshanddukar och striglade rakknivar på hyllorna. Farfar barberaren. Som tog i andras kroppar.

Än ville de inte gå. De drog ut på triumfen i dovhet och sötma. Jag åt hela tiden marsipantårta, småkakor, vindruvor, konfekt, salta kex och sandwich med ost och ansjoviskräm. Stod bredvid skåpet och hörde vartenda ord. Jag gick därifrån bland de sista fast jag knappast haft någon att tala med på hela tiden. Jag stod där så länge bara för att jag aldrig hade varit i närheten av högborgerligheten. Det var intressant att höra den tukta parvenyer. Ostkupan tog jag med mig när jag gick.

Generalen kunde inte komma till den andra lysningsmottagningen i Uppsala för han var rullstolsbunden. Två kandelabrar i nyrokoko stod mitt på presentbordet, höga och vittfamnande. De var från honom och hans hushållerska hade putsat upp dem. Lillemor ropade oooo! och tanken hur de skulle komma att ta sig ut på bordet i matvrån fem våningar upp i punkthuset i Stabby föll henne tydligen inte in.

Det är nysilver kära barn, sa Rolfs mamma och Lillemor önskade säkert att hon inte hade ropat så högt. Hon hade gråblå sidenklänning. Astrid hade väl tyckt att bomull passade en ung flicka och att den skära klänningen med bolero som hon haft i Kramfors blev lyckad. Men i våningen på Stora torget i Uppsala skulle det vara siden. Och halsband med pärlor. Odlade, doserade. Lillemor sa ärligt att det var hennes mammas fyrtioårspresent. Jag tror att hon hade börjat använda uppriktighet i trängda lägen. Flickaktigt frankt. Inget att tillägga.

Det var yngsta systern som var värst, doktorinnan. Den äldsta bodde fortfarande hemma och hon luktade verkligen hund. Jag gick nära för att känna efter.

Alla som anlände sa något om generalens kandelabrar. Jag

hade bytt ostkupan och hade min nya present med mig. Lillemor packade opp kartongen och där låg en köttkvarn som hon la långt ifrån kandelabrarna.

Då råkade en dörr gå opp, en som skulle ha hållits stängd, och äldsta systerns tre hjorthundar slapp lösa. I panik inför folksamlingens skarpa vittringar och röster sprang de varv på varv runt våningen och hoppade tredje gången över en soffa med fyra damer som skrek. Utspillt kaffe, en hatt på golvet bakom soffan och ett hjärta som antagligen spratt fisklikt. Damen måste läggas på säng, Lillemor hjälpte till och det gjorde jag också. Jag kände unkenheten i sovrummet. Fint var det. Men unket. Som om något åldrades mycket fort här. Kandelabrar och visithattar skulle nog snart vara döda hieroglyfer, glömd bråte.

LILLEMOR FUNDERAR PÅ Sjöborg i taxin hem från KB. Huset var av trä med flyglar. Kan det finnas kvar? En Mälarvik öste trögt grönt vatten mot leran i stranden. Är det de skarpa minnesbilderna som gör folk tacksamma? Det kanske finns erogena zoner i minnet som stimuleras när man läser romaner. Babbas text har framkallat generalen fast det egentligen inte står något om honom i den. Han var ju inte på lysningsmottagningen. Men de måste tacka honom för kandelabrarna så de hade väl farit ut till Sjöborg i den där Ford Eifeln.

Hon tänker på Rolfs morfar, att han hade bruna fläckar och blåsvullna ådror på händerna. Att allt på honom var slappt, hängande och rinnande. Han var ojämnt rakad också. Det måste ha varit svårt att få den gamla huden så spänd att det gick att skrapa den.

De träffade honom i biblioteket. Hushållerskan körde in hans stol och parkerade honom. Hette hon inte fröken Lundbom? Vad hon än hette så slog hon sherry i glasen och bredde ut en serviett i generalens knä. Lillemor hade först trott att han var bortom all redighet. Men då frågade han var hennes far var anställd och hon svarade käckt att han hade egen firma.

Vad gör han?

Han har en båttillverkning.

I telefonkatalogen står det kamrer, sa generalen. Det tickade i biblioteket eller utanför. Någonstans fanns en klocka. Sen kommer hon på att det är i taxin det tickar. Chauffören har gjort något med datorn så att ett kvitto ska matas fram. Hon gräver efter sitt Master Card och ger honom det. Vad i herrans namn hade hon sagt till generalen? Att pappa var på bruket förut. Att titeln kamrer stod kvar liksom. Nåja, sa generalen som inte var gaggig. Jag ska höra med Odde.

Odde var ett osannolikt namn att säga i förbigående. Han var koncernens styrelseordförande på den tiden. Ett par gånger om året reste han från Stockholm upp till bruket, så han fanns verkligen. Men mest var han ett kostymtyg av otänkbar kvalitet.

Efter lunchen som var påver hade Rolf och hon gått till gymnastikhuset. Det hade fönster mot sjön, ribbstolar och en torr lukt för det var länge sedan unga generalssöner tränade här. Rolf ville att de skulle hänga i trapetserna, nakna. Hon stilla, han pendlande från sitt håll. Han ville försöka träffa rätt. Det fordrade högt stånd.

Rolf hade så många sexuella påhitt. Hon blev trött och såg Mälarvattnet bli brungrått vid stranden för det hade blåst upp och vågorna fradgade. Rolf försökte. Det var ju fråga om precisionskrav och då var det inte lätt att hålla erektionen vid liv.

Lillemor kände denna djupa trötthet. Ändå bara i början.

Trött av striden är tanken som kommer för henne nu. Då säger chauffören:

Nu får du ta och skriva på här.

Han håller fram brickan med kvittot och pennan och har tydligen väntat en bra stund.

Förtvivlan Vanvett Råttor

Den 13 september 1959 klockan 22.02.30 svensk tid hasade Lunik II ned på månen och kraschade och när det var klart spelade radion Schubert. Den 14 september var en halvmulen dag i Uppsala men många tittade på himlen. Tage Erlander var statsminister och Gustaf VI Adolf kung. Själv drog jag på sjätte året en biblioteksvagn genom kulvertar och korridorer på Akademiska sjukhuset. Lunik befann sig mellan Stillhetens, Klarhetens och Ångornas hav.

På eftermiddagen kom jag till Psyket. I 56:ans korridor satt en man i urtvättade blå sjukhuskläder. Han satt beredd att ta fram kuken när jag knuffade bokvagnen ur hissen. Medan han fumlade fortsatte jag till 57:an som var en stillsam avdelning med pelargonier.

En dörr stod halvöppen. Jag såg en säng med grönt överdrag och en kvinna som satt hopsjunken på den och åt från en tallrik på den höga vagn som var nattygsbord. Hon åt förresten inte, hon höll bara i skeden.

Vill ni låna böcker? frågade jag.

Hon tittade upp. Bedrövlig som månen, urgröpt och gråfläckig. Sist jag hade sett henne var på en klasskamrats bröllop i Kramfors. Då hade hon haft en klänning med två eller tre lager blekblå sidenbubblor till kjol och en silvergrå tyllros i ett veck. Hon tittade ner i tallriken igen, namnlöst utstyrd i sjukhusets rutiga bomullsmorgonrock.

Känner du inte igen mig? sa jag.

Dagen därpå kom jag på besökstid. Då var dörren stängd men jag knackade på. Det hördes inte ett ljud därinifrån. Jag öppnade och trodde först att rummet var tomt, sen såg jag att Lillemor Troj satt hopkrupen bakom fåtöljen vid fönstret. Man fick inte se hennes ansikte för så majestätisk var hennes sorg. Hon var måndrottningen själv. Galen och sträng. Fast så farligt var det inte. Men det förstod hon inte själv. Början, kulmen och slut, det var Lillemors specialiteter. Men här hade hon hamnat i tidlösheten. Hon var torr i mun och darrbent. De tog till starka saker för att få henne att tänka på annat: insulin, barbitursyra. Jag var övertygad om att de hade en genuin glädje av det, som mexikanska kockar. Ju starkare dess bättre.

Fast så hade inte Lillemor förstått det. Hon trodde: ju galnare desto starkare. Med början, kulmen och slut berättade hon att professorn hette Maklow, hans egen mixtur med opium kallades Mackipiller. Det var blågrå kulor, rullade i nikt. Dem hade hon fått efter första besöket på hans mottagning och satt i sig dem allihop en valborgsmässonatt. Hon hade inte mått särskilt bra efter magpumpningen och trodde att hon var sinnessjuk och att allt var slut.

Det var hon inte och snart nog måste hon medge det. Hon hade bara hamnat på ett ställe där de fordrade, milt som mammor, att hon skulle äta med ett urmakarbiträde som hade butik på Drottninggatan (det var en blandad avdelning) och en slaktare från Boländerna som kallade biträdena för brallisar och en fru från Enköping som hade slitit av sig håret. Sen skulle hon diska kaffekoppar ihop med den nästan skalliga Enköpingsfrun och spela Fia med ett biträde som hade tankarna på rast för hon måste vaska korridorgolvet innan hon gick hem. Gick av som det hette.

Ett fränare gäng satt och rökte i trapphallen. De spottade ut tabletterna. Så snart syster stängt dörren smattrade det i papperskorgen. En telefonist på Domus blekte håret med vätesuperoxid så att det fräste i handfatet på toalettrummet. Hon rymde och lånade motorcykeln av sin bror som var skinnknutte och körde in i en häck. En pojke som satt bredvid när hon berättade det sa att han gärna körde över djur när han var ute och åkte. Lillemor som suttit med ett par gånger, slutade röka och kröp tillbaka in bakom fåtöljen på sitt rum.

Den här gången kröp hon fram när jag kom och satte sig att stirra ut genom fönstret utan att säga något.

Asparna i branten nedanför Sten Sturemonumentet är alldeles svavelgula nu, skrev jag i kartoteket senare och strök ordet alldeles. Men blekt grönt dröjer kvar och rost och brunt smyger opp som små prickar. Döende löv är som hår. Aspen tappar det av bekymmer, kommer inte ihåg att det går över, ja förtvivlar mot mossan och jorden. Bredvid står enbuskarna som inte behöver uthärda, de trivs bara. Jag kom tidigt i enbuskåldern.

Ack ack ack vad de där höstdimmorna är mjuka om hjärteroten. Lärde mig hösten av Ekelöf, det var väl 1951. Tänk om man kunde dela med sig av årstidernas barmhärtighet, nej av sensommarens mot hösten barmhärtighet. Att inte låta sig jäktas mot döden.

Jag mindes nu att Lillemor hade haft Ekelöfs Om hösten fastspänd på pakethållaren när vi äntligen träffades i Engelska parken. Jag hade tagit fram min rulle med tunna kopiepapper genom vilka blå karbonskrift skymtade och räckt henne den. Hon fnös och spände fast den ovanpå boken.

Så där skulle du inte lägga böcker, sa jag.

Äsch, det är bara nåt jag köpt hos Bok-Viktor.
Hon ljög nog. Diktsamlingen var ju bara två år gammal.
Hejdå, jag måste till tandläkarn! Hon trampade iväg under träden. Kjolen spändes ut som ett veckat parasoll av fartvinden. Hon var förfärligt söt. Ömtålig i sitt vacklande liv som hölls upp av sanna eller osanna små utrop.

Nästa gång jag kom till avdelning 57 var det med min biblioteksvagn och då hade hon en kinesisk pyjamas av svart satin på sig. Hon var sminkad och håret var uppsatt med en nästan vitblond nylonfläta runt hjässan. Bättre och bättre dag för dag, sa ett biträde som var från Tierp och kände Lillemors städfru. Fast det fick hon inte berätta.
Jag kan inte läsa, sa Lillemor. Det blir inga ord. Bara bokstäver.
Skit i det, sa jag.
Jag kan inte lyssna på musik heller. Det blir bara ljud, inget mer.
Dom spelar väl mest smörja i alla fall, sa jag.
Då började hon tala om Schubert, hur de spelat hans musik när Lunik II landade på månen.

Jag klev omkring oppe vid monumentet varenda eftermiddag nu och besökte Lillemor ända upp till fyra gånger, sen fem gånger i veckan och till slut varje kväll. Jag fick komma på särskild besökstid efter arbetstidens slut, för Lillemor ville hellre spela luffarschack med mig än Fia med ett tankspritt biträde. Vi använde geléråttor i stället för kryss och ringar. Röda och gröna. De gula åt vi upp.
Vi pratade. Lillemor var suverän på att berätta och varför skulle hon känna skam inför mig? De andra, de himmelskt vita gestalterna, ville sända elström genom hjärnan på henne.

Men jag hörde till jorden där man gömmer sig och använder list. Jag sa:

Enda sättet är att lura dom, annars kommer du aldrig härifrån.

Hurdå?

Du ska låtsas vara frisk.

Det är inte så enkelt.

Kan man spela galen så kan man spela frisk.

Men de var inte så lättlurade som jag trott. Lillemor slapp elchockerna för det fanns en hygglig och rätt förnuftig avdelningsläkare där. Han tyckte inte heller det var bra att hon fick så mycket mediciner. Han menade att hon borde bearbeta sina problem. Hon berättade vad han sagt och gjorde det på ett roligt sätt mitt i bedrövelsen. Det var hennes talang.

Maklow gav tillstånd till tre terapisamtal per vecka och för att hon överhuvudtaget skulle få ord ur sin svullna mun och över sina stela läppar hade man dragit ner på medicindoserna. Men hon satt snart bakom fåtöljen igen. Att hon talade med mig, började klä sig, måla sig och sätta upp håret med den blonda lösflätan betraktade de som ett under och de ville förstås komma åt min metod.

Men jag hade ingen. Hon fick prata på bara och den hösten berättade hon i stort sett hela sitt liv för mig medan vi spelade luffarschack på stora papper från terapin som vi rutat upp med spritpenna. Ibland åt hon upp alla geleråttorna medan hon talade.

Läkaren gav sig inte så lätt och när han åter fick henne i terapi stoppade han opp hennes utsagor. Han ville tvinga henne att förstå det som, omedvetet förstås, fanns bakom dem och som styrde både hennes berättande och hennes liv.

Som vadå? sa jag.

Jag tror att han menar min mamma.

48

De hade förbjudit Astrid Troj att ringa. Tillståndet försämrades av att modern omväxlande sa att Lillemor borde ta sig i kragen och att hon hade gett opp om henne. Avdelningsläkaren hade under samtalen nämnt en bok som han läst. Den hette Att förverkliga sig själv och var skriven av den tyska psykoanalytikern Karen Horney. Lillemor sa att om inte den människan varit död skulle hon ha åkt för att träffa henne. Det var hennes första uttryck för att vilja något och därför åtog jag mig att skaffa boken från Lundequistska bokhandeln. Hon ville läsa ikapp avdelningsläkaren och nu började hennes receptiva och imitativt fungerande hjärna att arbeta igen.

Det finns tre sorters neurotiska lösningar, meddelade hon nästa gång jag kom. Hon la upp en gul geléråtta på sängbordets perstorpsplatta och sa:

Den expansiva lösningen i maktens tecken. Det är mamma. Sen har vi nummer två som är jag. Den självutplånande lösningen i kärlekens tecken.

Hon la en röd råtta bredvid den gula.

Och till slut har vi resignationen i frihetens tecken.

Låter bra, sa jag.

Inte alls. Det är den värsta. Det är Rolf, sa hon och klämde ner en grön råtta bredvid de två andra.

Jag hade svårt att se det självutplånande hos Lillemor.

Men Roffe, sa jag i stället. Efter allt du berättat om honom verkar han inte särskilt resignerad.

Det menas inte passiv och oföretagsam, sa hon. Men han har ingen bestämd avsikt med sitt liv och han viftar bort frågor som gäller mål och mening. Jag tror att han i grunden inte hoppas på nånting utöver – tja, det vanliga.

Det är nog inte så ovanligt, sa jag.

Hursomhelst piggade den där boken upp henne och snart kom hon bättre överens med avdelningsläkaren också. Hon

49

kände sig naturligtvis mer jämställd när de hade läst samma bok. Lillemor gillade inte underlägen. Han var för övrigt en ganska klok karl.

Det gick framåt men Lillemor kom inte ut förrän till Lucia. Många av hennes berättelser var underhållande och en del av dem hamnade i min kortbox. Men i november hade vi börjat hitta på en intrig till en deckarnovell i stället. Den växte och när hon for hem räckte den till en roman, men den var oskriven.

Den skriver du snart ihop, sa Lillemor, men kom ihåg att jag ska ha provision. Så for hon i en taxi och hon var klädd i tweedulster med uppslag av kamelhårsfärgat ylle och en yvig rödrävsmössa.

Lillemors elände hette ångestneuros. Men Maklow kallade det för endogen depression och sa att det inte hade något samband med hennes upplevelser, till exempel på valborgs-mässoafton, det kom inifrån. Det var kemi i hjärnan, något som de förstod sig på. Och hon hade ätit sina Mackipiller och sina sömntabletter och just på valborg hade en av Rolfs läkarbekanta kommit med ett kuvert med några Ritalina för han hade fått veta att hon kände sig trött och nere. Sen vart det piggt, hela cocktailpartyt, det vart en riktigt uppsluppen fest som varade långt in på natten. De hade det där partyt för att de bodde så centralt numera. Folk kom in efter Carolina-backen med småbarn och ballonger. De var ju i den åldern när man inte sprang i backen längre och kvinnorna hade hattar i stället för studentmössor, åtminstone de som var fruar.

De flesta gick kanske hem och la sina ungar men många var kvar och framåt tvåtiden på natten var det fortfarande full fart. Lillemor svängde ihop en vickning med pyttipanna och nubbe och hon letade efter Rolf för att fråga var han hade brännvinet för hon hittade det inte i kylskåpet. Det blev aldrig aktuellt med brännvin för hon kom på Rolf och en jurissa som han kände från nationen längst inne i skräprummet som Lillemor hade tänkt ha till barnkammare och där det faktiskt stod en soffa. Det var den natten det gick illa för henne. Lillemor har klappat samman som du vet, sa Rolf Nyrén när jag stötte ihop med honom på avdelning 57. Han kom med en bukett astrar när jag kom med mina geléråttor. Men han trodde att allt skulle gå bra.

De vräkte i henne barbiturater och insulin och föregångarna till bensodiazepiner, som kom i provförpackningar från Amerika, och de försäkrade henne att det här var rätta metoden. Allt fungerade ju: automatiska brödrostar, värmen i bilarna, adoptioner av utländska barn, ATP, hela demokratin fungerade. Vem kunde ha gissat att det skulle bli nerfall i hjärnan på Lillemor och att just hon skulle vara så svårbehandlad och sätta sig bakom en fåtölj och vägra prata? Hon hade stått och sett på Nyréns guppande stjärt och jurissans utspärrade och uppåtvikta ben. Antagligen med båda ögonen.

Hon har olika ögon. Om man tittar noga på ett fotografi av henne, vilket som helst från alla dessa tider men rakt framifrån, ser man det: ena ögonlocket, det högra, skymmer mer av ögongloben än det vänstra gör. Man kan få den idén att hon bara tar in drygt halva livet. I taget.

Livet med Roffe skulle också fungera, det hade hon trott starkt på. Men där i soffan på valborgsnatten blev det för mycket även för det andra ögat och hon hade gått spikrakt in och tagit alla sina Mackipiller ovanpå Ritalinan.

Medan Lillemor Troj så framgångsrikt svindlat sig fram i världen har jag naturligtvis också haft ett liv. Men nu är det här hennes biografi för det är ju hon som har synts på bilderna. Tiden gick som det brukar stå i gamla romaner. Den gick för mig också fast jag knappt märkte det när jag i kliande vantrivsel harvade omkring på biblioteket. För Lillemor var jag väl som en av de romansviter som numera befinner sig i bibliotekens källare. Eller också satt jag på stenarna. Hon mindes säkert tillståndet från Buddenbrooks: att sitta på stenarna var att vara utanför, i det fallet badortslivet och societeten som Tony Buddenbrook fick delta i men inte hennes svärmeri. Jag satt på stenarna bland illaluktande böcker och tjatiga människor. Att hamna i källaren är motsvarigheten i litteraturen. Numera lever Släkten Thibault ett källarliv, som inte är något liv, tillsammans med Rött och svart och Wilhelm Meisters läro- och vandringsår. Men inte ens på den tiden ville folk läsa Roger Martin du Gards släkthistoria i sju band när det fanns Vic Suneson och Maria Lang. I varje fall inte sommartid. Det gjorde mig förbannad på två egentligen oförenliga sätt. För det första för att de flesta frivilligt tycktes välja skit i stället för god vara, för det andra för att mina överordnade frynte på näsan åt dem som lånade underhållningslitteratur. Ändå var det här bara början.

Till hösten skulle ju de gamla bli efterfrågade igen, som kurslitteratur. Men att deras utsikter inte var lysande begrep jag redan då.

Fast, å andra sidan, vad är det egentligen för fel på underhållning?

52

KLOCKAN ÄR BARA fem. Det är timmar fram till sömnen – om hon ens vågar hoppas på att den kommer. Medvetandet kan vara inställt på att plåga sig självt. Då far lösryckta bitar ur hjärnans sopstation omkring utan att vara förebud om den djupa dvala som är Hypnos gåva. De virvlar runt som om det varken fanns val eller vilja. Nuförtiden hör hon ofta ett brus när hon ligger vaken. Det är antagligen en lätt tinnitus som bara är förnimbar när det blir tyst omkring henne. Men ljudet skrämmer Lillemor. Hon tänker på det som ett sorl, ibland ett larm ur kaosnatten.

På Rotbol brukade hon sova med lillfingret inpressat i det öra som inte låg mot kudden. Det var för ljudens skull. Men det var åtminstone reella ljud: nästan ohörbara knäppar och ibland ett litet rassel som gjorde små stötar mot medvetandet och hissade upp henne när hon var på väg ner i sömnens brunn. Var det råttor?

Hon var på torpet för tystnadens skull den där sommaren 1960 och i stort sett var det väl tyst om dagarna. Men nätterna var fulla av små ljud. Det finns ett ställe i hjärnan som heter amygdala. Egentligen är det två ställen och de ser ut som mandlar. Det vet hon. Men vad hjälper det att veta? Amygdalas mandlar sköter om vaksamheten. De får människan att spritta upp som en hare spritter ur gräset. De är helt enkelt skräckcentrum och bortom allt förnuft. Hon önskar att de kunde opereras bort. De behövdes ju på stenålden men inte nu.

Hon tar fram ett paket med nudlar. Det får bli så enkelt, för hon står inte ut med att gå till Sabis i Fältöversten och riskera att någon på nytt tar i henne och tackar henne för allt hon skrivit. Hon kan koka upp en näve djupfrysta ärtor och lägga i nudlarna så blir det nyttigt. Rotbol tänker hon på medan nudlarna kokar sina fyra minuter.

Hon hade inte haft någon bra vår. Redan i mars var det för mycket att göra: manuset till filmen för Lantbruksförbundet som Rolf skrattade åt och kallade för Från ax till limpa. Det var väl den våren? Hon ville inte skriva det men måste för pengarnas skull. Och hon slet med speakertexten till filmen om den svenska enhetsskolan och den nagelfors i version efter version av Skolöverstyrelsen så att hon hela tiden fick göra om den. Hon satt i klippbordet till långt fram på kvällarna och försökte tillsammans med fotografen få fason på materialet i filmen om Sverige som turistland och hon bearbetade replikerna i ett manus till en deckarfilm. Det var skrivet av en rätt känd författtare som inte visste hur människor talade. Under hemresan satt hon och skrev på en deckarserie som Tage Danielsson beställt för radion. Hon hade råd till månadsbiljett i andra klass nu när hon arbetade som freelance, så det gick att arbeta på tåget. I tredje klass hade pendlarnas kortlappar dunkat och rösterna tjoat. Hon tjänade mer än hon gjort som fast anställd, men hon tog på sig för mycket.

Mittemot Ragnar Edenman satt hon en kväll på tåget hem till Uppsala och fick klart för sig att hon var med barn. Insikten kom mitt i jäktet. Med ecklesiastikministern framför sig kunde hon lägga ihop sin uteblivna mens, sin konstiga trötthet och de svullna brösten och begrep med ens hur det låg till.

Bara två veckor senare gick hon omkring och mumlade: Bli kvar hos mig, bli kvar hos mig! och försökte hålla ihop sin kropp om det växande fostret. För nu hade hon fått strimmor av blod i byxan igen och underliga smärtilningar i buken. Hon sa ingenting till Rolf för hon var rädd att mer ont kunde framkallas med ord. Så hon gick där och mumlade och kom inte ens iväg till gynekologen. Hon var rädd för honom. Han vore också i stånd att framkalla något elände.

En kväll hade de middagsgäster. Det var en gammal kurskamrat och hennes man. Hon hade lagat en invecklad rätt på nordsjöål som hon stuvat med citron, vitt vin och grädde. Den bar hon in i en emaljerad järngryta men när hon kom till bordet och skulle ställa ner den fick hon en våldsamt sprängande smärta inne i buken. Den fällde henne framåt med ett stön och hon tappade järngrytan praktiskt taget i knät på kurskamraten. Till att börja med var det henne de andra ägnade sig åt för hon höll på att bli skållad av det heta kletet med fisk och sås. Lillemor fick nya smärtkörare och ingen la egentligen märke till att hon gick in och la sig på sin säng.

Konstigt nog ringde Rolf inte efter ambulans. Det tänkte hon på först efteråt och för att professorn frågade henne varför han inte hade gjort det. Hon hade bett honom leta på några smärtstillande piller som han fått när han hade en tandinflammation. Så småningom hade hon domnat bort och gästerna hade gett sig av. Fiskkletet var kvar på bordet och till och med på böckerna i bokhyllan när hon på svaga ben steg upp nästa morgon.

Hur är det med dig älskling? sa Rolf och så kom de överens om att hon skulle beställa tid hos doktorn. Han for till Carolina och sitt forskarbord där och Lillemor skrapade upp stelnad fisksås och illaluktande bitar av nordsjöål.

Gynekologiprofessorn sa till henne att ta en taxi till sjukhuset och där la han in henne direkt. Hon hade en tubargraviditet. Det visste hon inte vad det var men översköterskan på privatavdelningen sa att det betydde utomkvedshavandeskap. Först när hon var opererad och det hela skulle vara över fick hon veta att ett befruktat ägg hade fastnat i en äggledare och inte kunnat komma vidare på grund av sammanträngningar där. Fostret utvecklades alltså utanför livmodern på ett ställe där det inte fanns någon plats för det att växa. Det fanns också ett foster i livmodern. Tankarna på det kom tillbaka när hon låg på Rotbol och försökte fira sig ner i sömnens brunn. Råttorna rasslade. Fast det var kanske bara möss i alla fall. Men det var något hopplöst grått och råttluktande med livet dessa sommarnätter. Hennes liv. Allas liv. Är det så här?

Brist Foster Ägg Smuts

När jag tänker efter gick det faktiskt bara lite mer än sex månader tills Lillemor hörde av sig. Det verkade längre. Hon hade knappast haft tid med mig när jag hade ringt till henne för hon var mitt i sitt liv med festblåsor från Leja, varav en var från Paris. Fast prêt à porter, det deklarerade hon ärligt. För mig i alla fall.

Nu hade hon det där fladdret på rösten igen och sa att hon inte kunde prata öppet för hon ringde från en granne. Hon var på torpet, ensam. Varför var hon ensam? För att Roffe måste arbeta på sin avhandling. Jag trodde snarare att han satt på Flustret och drack lätta sommargroggar, men det sa jag inte eftersom hon lät bristfärdig.

Vi kunde skriva den där deckaren som vi hittade på. Om du inte redan gjort det? Och om du kan komma.

Jag går på semester på fredag, sa jag. Det var onsdag nu och hennes röst sa mig att det var nätt att hon skulle klara de två dagarna. Det hade varit ganska hård press på mig att ta en senare semester. Min chef ansåg att den gifta biblioteks-personalen kom i första hand. Om man hade familj att jämka ihop sina tider med så måste man få företräde till de åtråvärda juliveckorna. Det gjorde mig så förbannad att jag höll på min rätt trots att jag inte hade andra semesterplaner än att åka hem till Kramfors. Jag hade tänkt sitta och läsa och kanske åka ut på älven i farsans plasteka från Gustafsson & Troj och fiska med honom och Emil.

Jag var glad för att Lillemor hört av sig och när jag fick se henne var hon så patetisk att man bara kunde tycka synd om henne. Hon var urgröpt i ansiktet, hade svartblå skuggor under ögonen och vassa armar som stack ut ur holkärmarna på en grå klänning med vita prickar. Den var rakt skuren, utan midja. Hon hade köpt den för att hon var med barn men det blev inget sa hon.

Så lät det först. Tappert, nästan sammanbitet. Det var som vanligt svårt att förstå sig på människokonceptet Lillemor Troj. Hon kunde inte sova och det hade hon inte behövt berätta, det syntes.

Det är väl inte så konstigt, sa jag. Du är ju mörkrädd. Ändå bor du mol ensam i en stuga utan grannar och med en galen gubbe som smyger på dig.

Honom upptäckte jag första dagen. Han stod i ett albuskage och gluttade lystet på Lillemor som lagt sig i bikini på en filt medan jag satt inomhus och läste igenom vårt deckarpåhitt som hon från sin filmvärld kallade en synopsis. Jag smög mig på gubben bakifrån och röt:

Vad håller du på med?

Ja sulle lämna nåra ägg, sluddrade han och tog verkligen fram en papperspåse.

Ta dina skitiga ägg och stick härifrån, sa jag.

Han blängde ont på mig och jag tänkte att den där får vi se upp med. Ett par dagar senare hörde jag i affärn att han förra sommarn nästan skrämt livet ur sin fru genom att hota med självmord och sen gått ut i vedboden och avlossat en slaktmask för grisar. Handlarn som var mycket meddelsam hade ingen vispgrädde till våra smultron som vi plockade spilkumsvis, men han erbjöd sig att ta opp en överåldrig tetra grädde som han ansåg sig ha fräschat upp i frysen. Frysbox var en så ny företeelse att den tillskrevs magiska egenskaper. Jag insåg nu om inte förr var Lillemor hamnat. En annan galning hade skjutit med hagelbössa på henne när hon var ute och letade växter. Hon trodde sig ha sett vattenaloe i en mörk skogstjärn och var på väg att klättra ner i branten till den när haglen började smattra mot bergväggen. Hållet var långt och anledningen till att hon hann undan var att hon i sin brådska ramlade ner från berghyllan.

I affärn fick jag veta att friherren som ägde godset, bruket och markerna och som också arrenderade ut torpet åt herrskapet Nyrén, hade anlagt sportfisketjärnar med inplanterad ädelfisk. Han hade satt ett par gamla skogsarbetare att vakta tjärnarna för tjuvfiskare och de tog sin uppgift på allvar. Det var ett under att hon var oskadad så här långt.

Lillemor hade ingen självbevarelsedrift. Hon tänkte framförallt på hur hon skulle ta sig ut, hur hon borde uppföra sig och på vad som var hennes skyldighet.

Hennes främsta skyldighet tycktes vara att tro folk om gott. Att hon fortfarande ville tro på pratmakaren Roffe Nyrén var kanske inte så underligt. Hon hade ju satsat hårt och gift sig med honom. Men varför skulle hon tro gott om en brännvinsluktande gubbe som kom med ägg som det var hönsskit och dun på och varför pinade hon sig ensam igenom nätter i rädsla på ett ödsligt ställe i Roslagsskogarna? För att inte höra alla konstiga och skrämmande ljud hade hon legat med ett finger inkört i örat. Hon längtade efter att klockan skulle bli fyra för då hade solen gått upp och hon brukade kunna domna av ett tag.

Jag frågade henne varför hon inte hade åkt hem när hon var så rädd och hon sa att i Eriksberg bodde de vid ändhållplatsen för sexans buss. Den stod nedanför sängkammarfönstret och gick på hårt vibrerande tomgång i mycket långa perioder. Huset var så lyhört att hon kunde höra tysklektorn från Magdeburg kissa om nätterna när allt annat var tyst. Jag kunde inte ligga och lyssna på det där, sa hon. Och Rolf måste arbeta på sin avhandling. Det hela var inte lätt att begripa men efterhand klarnade det. Hon hade upptäckt att hon var gravid. Det var på Stockholmståget hon hade förstått det. Och hon hade ju inte varit Lillemor om hon inte hade fått denna insikt som en oerhörd uppenbarelse och satt sig på cykeln när hon kom fram till Uppsala och cyklat ut till Eriksberg fylld av en känsla av mening och fullbordan. Och sen gick det alltså snett.

Hon hade som vanligt pendlat till Stockholm och filmbolaget, där hon inte skrev reklamtexter, det var hon noga med att påpeka. Hon gjorde speakertexter och var framförallt inte scripta, vilket var den tidens kvinnliga filmyrke. Hon "satte ihop" (så uttryckte hon sig för hon undvek ordet regissera) bilder och texter till kortfilmer som ibland handlade om konst. Hon var ju fil mag nu med förutom betyg i litteraturhistoria och nordiska, en tvåa i konsthistoria och en etta i estetik i sin examen.

Men graviditeten slutade i nån sorts katastrof och hon var dålig efteråt och fick flera blodtransfusioner. Hon var fortfarande gravid när det var över men jag vet inte hur mycket hon vågade hoppas på det. Till slut åkte hon hem med sin livmoder och dess dyrbara innehåll som måste ha varit rätt skakat. Hur och var det andra fostret kom ut ville hon inte berätta om så jag antar att det var på toaletten.

Här satt hon nu med tepåsar under ögonen av sömnbrist, darrig och med tunn röst och sa att vi skulle skriva den där deckaren vi hittat på. Hon hade anteckningarna från avdelning 57 kvar, det var en massa blad i ett spiralblock i A4-format. Jag la mig på sängen och läste och avbröt mig bara för att gå ut och köra iväg den där gubben med flottig keps och en påse hönsägg. När jag var färdig sa jag till Lillemor att det här kan vi inte göra nånting av. Hon blev oerhört besviken och försökte försvara våra påhitt. Men jag påpekade att det där att ha ett litterärt citat som motto för varje kapitel hade vi stulit från H.K. Rönblom och den akademiska atmosfären och det uppstyltade sättet att prata var från Maria Lang. Uppsalamiljön var dammig och själva historien långsökt och knappast trovärdig. Det är väl ingen som begär trovärdighet av en deckare, sa Lillemor. Kanske inte hittills. Men det är dags att försöka med en sån alla fall. Menar du realism? Jag vill absolut inte läsa i såna där böcker från Carolinas giftskåp om riktiga mord på småflickor och sånt.

Hon visste att jag hade läst Otto Wendels Handbok i brottsplatsundersökning och att jag i tidningsläggen hade fördjupat mig i både Gerdmordet och Kerstinmordet. Men jag insåg att realism inte skulle få henne att sova bättre.

LILLEMOR ÄTER SINA nudlar i skymning för hon är rädd att Max ska komma i en taxi och titta upp mot hennes fönster. Hon har lyssnat på telefonsvararen. I fem meddelanden har hans röst gått från upphetsning över nätt och jämnt maskerad ilska till gnälligt vädjande och slutat i uppgivet tjat. Det svartraggiga benranglet är i upplösning. Mobilen har hon haft avstängd sen hon kom in på KB men nu sätter hon på den och den börjar genast ringa och hon svarar inte. Hon knäpper inte fram det sms som den signalerar, stänger bara av den. Men sen ångrar hon sig och sätter på den igen. När hon ska skriva sitt eget läser hon i alla fall hans meddelande.

mste talas vid
manus oroar mkt

Nu börjar hon knappa in:

sista minuten till Palma
nu på Kastrup
ses om 14 dar

Men när hon ska sända iväg det ångrar hon sig, raderar det och börjar om. Varför ska man alltid vara så ängsligt realistisk när man ljuger? Hon knappar in:

sista minuten

Då får hon syn på Svensk Botanisk Tidskrift på soffbordet
och raderar igen. Nu skriver hon med tillförsikt:

oväntad ledig plats Egypten
botanisk resa Täckholms spår
nu på Kastrup
ses om 14 dar

Efter några ögonblicks eftertanke lägger hon till:

öknen blommar
Lillemor

Sen tar hon manusbunten och går in i sovrummet som ligger
åt gården, stänger dörren efter sig och tänder sänglampan.

Lunta Mörker

Det var inte så att jag den där gången i Engelska parken gav mig på en människa som jag bara kände till utseendet. Jag var sen långt tillbaka bekant med henne och hade gjort henne tjänster.

Under skoltiden vikarierade jag av och till på biblioteket i Kramfors där jag fick stämpla in återlämningsdatum i den lilla pappersvingen på bakre pärmens insida. Stämpelfärgen var violett, i de populära romanerna gick raden av datum, något krokig, långt neråt. Men Lillemor lånade sånt som inte hade många stämplar. Hon kom med alla delarna av Forsytesagan i famnen och jag sa förstås att så där många fick hon inte låna på en gång.

Men jag läser fort, sa hon, och jag gillar såna romaner som är i många delar så dom räcker ett tag.

När hon kom med tre delar av Släkten Thibault klagade hon över att resten var utlånade och hade varit det länge. Då sa jag lite överlägset utifrån nyvunnen katalogiserings-kunskap att Honoré de Balzacs La comédie humaine var nånting för henne. Hon blev alldeles upptänd av tanken på en romansvit i åttiofem delar och jag fick medge att så mycket av Balzac hade vi inte på biblioteket. Så mycket var nog inte ens översatt. Men jag hade blivit nyfiken på henne och när jag hade läst ut Släkten Thibault, för det var jag som hade de felande delarna, tog jag dem med mig och letade på stället där hon bodde med sin pappa och mamma.

Precis som jag var hon enda barnet men till skillnad från mig tog hon tydligen inget sommarjobb för jag hittade henne i en hängmatta som var uppspänd mellan två rönnar. Det var en regnig dag och Lillemor låg med ett paraply över sig insvept i en brungrå filt och med en örngottsklädd kudde och läste så intensivt att hon inte märkte att jag kom förrän jag stod alldeles inpå henne. När hon tittade upp såg hon förvirrad ut. Det visade sig att hon var mitt inne i slutet av tredje delen och Antoine Thibaults uppgörelse med sig själv efter den dödliga insprutningen. Hon svalde ett par gånger innan hon kunde börja prata. När hon såg vilka böcker jag hade i famnen sa hon:

Har du läst om barnet – insprutningen?

Det hade jag förstås.

Det är hårt att likna ett döende barn vid en sprattlande höna, sa hon.

Du kan inte tvivla på hans medkänsla.

Att just hon, den prydliga, läste sånt som väckte äckel och medlidande förvånade mig. Skulle hon inte helst ha velat tro att världen var lika söt och läcker som hon själv såg till att göra sig vid spegeln?

Söt är ett märkligt ord när det används om flickor. Sackarinhaltigt. När jag gick i gymnasiet brukade jag på sommarloven hjälpa till i konditoriet där morsan jobbade. På den tiden var det inte lämpligt att en läroverkselev arbetade som servitris. Men någon lärare från mitt läroverk i Härnösand skulle knappast dyka upp i Kramfors.

Lillemor Troj kom ofta. Morsan sa att hon och hennes väninnor snaskade bakelser så fort de fick ihop tillräckligt med pengar. Men Lillemor var värst. Hon kom också ensam och jag räknade ut att hon var så sugen på det söta att hon inte alltid ville dela med sig när hon fått ihop pengar. Sött åt den söta tänkte jag. Men jag visste samtidigt vad hon läste och förstod mig inte på henne.

En dag frågade hon mig om det inte fanns kaksmulor. Det var ett uttryck från min barndom som fick mig att minnas påsar med krossade kakor och havererade bakelser som vi köpte för fem öre i just det här konditoriet. Lillemor måste också ha gjort det. Då började jag förse henne med trasiga bakverk som vi inte kunde ta betalt för.

Men kaffet får du pröjsa, sa jag.

Jag kände ändå en viss motvilja mot att fylla den där prydliga figuren med sötsaker till övermått. Men hon blev inte tjockare av sina excesser. Långt senare, under sjukhustiden, hörde jag henne säga:

Jag får inte behålla mat.

Spyr du?

Jag får kväljningar och måste kräkas.

Redan då undrade jag om hon hjälpte till med två fingrar i halsen. Under vår skoltid var det här ett beteende som man aldrig hörde talas om. Men ju mer vårt välstånd har stigit, desto vanligare har det blivit.

Jag kan inte föra liknelsen mellan läsandet och sötsaksätandet längre än till omättligheten. Det man läser kan man ju inte befria sig från.

Vår första Roslagssommar, då jag kört iväg gubben med äggen och ordnat opp en hel del andra saker, såg jag henne mest som en prydlig tomhet. Hon låtsades fortfarande tro på sitt hopplösa äktenskap. Gud verkade inte aktuell längre fast ibland låtsades hon det också.

Hon delade sin tomhet och det förlorade hoppet med många. Skräcken för atombomben och dess giftiga askregn hade klingat av på de tretton år som gått sen byggnader, människor och sand smälte ner i Hiroshima och Nagasaki.

Den hade efterträtts av en malande tomhetskänsla, av järnridåtillståndets status quo som ingen hade kraft eller fantasi nog att tänka sig ett slut på. Folkhem och socialdemokrati ingav inte längre kamplust. De troende hade väl uppnått sitt lyckorike när jobbare som farsan köpte bil och motståndarna hade gett upp inför nivellering och utarmning genom skatter. Tillstånden påminde om varandra fast det ena var däst, det andra giftigt. Det var status quo där också. Till och med mina föräldrar vände generat bort blicken när deras företrädare i facket fick pampmagar.

De läste vid köksbordet där lysrörslampan var en välsignelse när synen började svikta. De fyllde sig med afrikanskt mörker och månadslånga regn, indisk urtidsskräck i bergens grottor och klibbig kärlek i kolonier som höll på att avvecklas. Det var jag som satte Greene, Forster, Shute och Maugham i händerna på dem. De hade läst våra proletärförfattares livsbeskrivningar så att de kunde dem utantill för de hade köpt dem genom arbetsplatsombudet och ställt dem på stringhyllan i köket. De läste ofta om dem. Jag skäms när jag tänker på att jag lockade dem från denna värld av rent skurna träsnitt till slingrande mörkertavlor tunga av främmande världsdelars oljor.

De trodde att de fyllde sig med kunskap, men deras läsning liknade de bakelser som Lillemor en gång i tiden proppat i sig. Tomheten skulle de aldrig ha känts vid. Det gjorde nog ingen av oss för detta är ju sena reflexioner i en helt annan tid. Jag undrar om någon del av mänskligheten någonsin levt så i nuet och så innesluten i ett mycket litet världsrum som vi gjorde då. Världen måste faktiskt ha varit större för Attilas hunner. När jag läste Josef i Egypten tyckte jag att Thomas Mann lyckades skildra vårt välmående förrum till utplåningen i hela dess överdåd. Eller dödsrum helt enkelt. Som alla riktigt bra författare var han ute i förtid.

Jag undanhöll mina föräldrar Nevil Shutes På stranden för det är en instinkt hos barn att skydda sina föräldrar. Jag ville inte att de skulle läsa att norra halvklotet hade ödelagts av en atombomb och att radioaktiviteten var på väg ner mot det södra. Jag tänkte själv inte så mycket på utplåningen utan var väldigt nöjd med att bensinen kostade sjuttiofem öre litern och att Lillemor och jag kunde blåsa ut på en rak, för timmertransporter anlagd väg till hennes torp och kuckla ihop vår romanhandling. Vi visste att massaveden forslades till pappersbruket i Hallstavik men än hade inte skogen runt torpet där Lillemor botaniserade fallit för motorsågarna. Vi tänkte inte på det. Jag kan inte förklara oss, bara beskriva hur vi tryckte gasen i botten och for ut från stan med samma evighetskänsla som Vergilius måste ha haft då han skildrade herdarnas doftande lundar i Bucolica. Eller skrev han i den hårda civilisationen efter inbördeskriget om något som snart var förlorat? Anade han förlust och ödeläggelse när getterna gnagde av ekskotten och de stora ekarna föll för att bli bord i krigsflottornas fartyg. Jag vet, och jag vet säkert, att första gången jag såg ett kalhygge var det efter vägen till torpet. Och jag steg ur och klev in i bråten, bara en bit. Då föll mig några ord ur Bucolica in: *Herdar, strö löv över marken! Giv källorna skydd emot solen!* Men det var redan försent.

Vi debuterade i oktober 1960. Det kan låta underligt eftersom boken skrevs ihop på några semesterveckor under sommaren samma år. Men på den tiden kunde man lämna in ett manuskript i augusti och få ut boken på hösten. För oss var det naturligtvis osäkert. Jag blev fortfarande torr i mun när jag tänkte på Uno Florén. Men det var ju Lillemor Troj som skulle få refuseringsbrevet och jag inbillade mig att det skulle göra det uthärdligt för mig. Fast i grunden trodde jag på vår historia.

Vi hade slängt spiralblocket med det akademiska larvet i en sopsäck som vi tömde i Hallstavik. Jag hade fått idén att vi skulle skriva om hennes underhållningsmiljö i Stockholm. Det var på den tiden mest radio och film. Hon blev rädd att folk skulle känna igen sig och försökte stoppa mig men det gick inte.

Det är meningen att de ska känna igen sig, sa jag. Det ska vara rykande färskt som bullar ur ugnen. Gissa om folk vill läsa det!

Jag tyckte om att skriva om henne och andra kvinnor som på höga klackar och i ett doftmoln av Chanel nr 5 trippade omkring i dessa miljöer. De fick finna sig i allt för att möjligen komma någonstans. De låg – eller stod snarare framåtlutade – med regissörer och producenter på toaletter och grät i ensamheten i ett sommarhett Stockholm när älskaren for till Smögen med fru och barn. De kom oftast inte längre än att bli scriptor eller sekreterare. Inte ens de klyftigaste kunde forcera den barriär som den manliga självgodheten hade satt upp. Jag tror att det i hela Sverige vid denna tid fanns män i ledande ställning som sköttes om som spädbarn av kompetenta fruntimmer som för det mesta var intelligentare än sina chefer. Jag såg längre fram hur män som pensionerats från chefredaktörsstolar och ordförandeposter hade blivit så handikappade av sitt yrkesliv att de inte ens kunde beställa en flygbiljett.

Fast jag hade alla Lillemors flödande berättelser om hennes liv i underhållningen så var det inte lätt för mig att få ihop själva historien. Jag hade svårt för intriger. Mina biblioteks-kort bestod ju av impressioner, beskrivningar och reflexioner som inte hölls ihop av någonting. Jag får erkänna att det var en nyttig skola att pussla ihop dessa deckare. Det skulle förebådas och läggas ut intrigtrådar som en klyftig läsare kunde följa eller i varje fall komma att tänka på i efterhand. Morden skulle vara smakliga, knappt något blod, bara ett hål i pannan eller ett kullstjälpt glas och en doft av bittermandel. Jag satt på torpets vind och där hade ingenting skett förut. Det var ingen gammal stuga som Lillemor hyrde utan ett hus som byggts på fyrtiotalet åt brukets skogsarbetarfamiljer. Vinden doftade virke och jag hade känslan av att sitta i ett jungfruligt och skyddat hörn av livet. Jag drack te och skrev för hand i ett spiralblock.

En deckare skulle egentligen skrivas på maskin tyckte jag. Men jag var hopplöst försvuren åt bläckpennan. Lillemor tog hand om sidorna och hamrade ned dem på den Halda vi köpt. Maskinen hade blivit både ökänd och populär när Dick Helander författat sina anonyma smädelseskrivelser mot konkurrenterna till biskopatet i Strängnäs. Det skulle gå fort. Jag fick aldrig tappa styrfarten om vi skulle hinna.

Nu kommer jag till det problematiska ordet "vi". Vi skrev. Vi hittade på. Så sa hon faktiskt. Men jag höll Lillemor borta från påhittandet. Hon hade egentligen ingen fantasi, för hon försökte hålla sitt inre städat. Men hon hade hökögon när jag skrivit ihop några sidor. Stava kunde hon och kommatera. Hon tyckte ibland att min meningsbyggnad var inkorrekt och ändrade den petigt. Det gjorde mig ingenting för även om jag hade haft en avsikt med mina irreguljära satsfogningar så insåg jag att det här var inte experiment på bibliotekskort. Det var rapp prosa.

Det ordet älskades av dem som berömde kvinnliga skribenter. Kvinnor skulle skriva rappt. Deras kroppar skulle vara ranka. Jag satt ju skyddad på torpets vind med min stabbiga kroppshydda och mitt språk som ville växa vilt. Men jag kunde låtsas vara både rank och rapp och jag njöt av att skriva ett språk som passade till Lillemors apparition.

När historien nått sin fullbordan och de som skulle dö hade dött skrev Lillemor rent alltsammans med karbonpapper mellan pappren. Det blev 180 sidor. Vi sände iväg det till Sveriges största förlag. Jag hade tänkt mig nåt mer modest men Lillemor travesterade mig: Det anstår oss inte att göra oss mindre än vi är.

När jag åkt buss till Hallstavik och skickat av manuskriptet på posten hade hon en överraskning åt mig. Det krälade och knäppte i diskbänken och där låg minst två tjog gråsvarta kräftor. Hon hade vatten med grovsalt och stora dillkronor på kokning. Vi fick lov att vänta till dagen därpå för att de skulle dra i sitt spad. Men då satte vi igång och vi tog snapsar ur flaskan som Roffe Nyrén lämnat kvar och hade ett kolossalt smackande och sugande kalas. Saltvattnet rann efter våra hakor och Lillemors makeup utplånades. Hon var otrolig med att måla sig även på torpet. Jag är säker på att hon hade gjort det också i ensamheten.

Först när vi skulle diska dagen därpå såg jag det vita tvättfat med blå rand som kräftorna kommit i. Det hade smutsränder i emaljen vilket gjorde mig misstänksam. Och det var mycket riktigt den gluttande snusgubben som kommit med dem som present. Lillemor hade naturligtvis inte kunnat säga nej, om av rädsla eller önskan att vara till lags vet jag inte.

Jag vandrade bort till torpet där han bodde, träffade hans skrämda hustru och fann honom själv inne i en fallfärdig gårdssmedja där han sysslade med nånting vid städet fastän ässjan var svart och kall. Det var en lukt av sot och aska därinne i halvmörkret och han var angelägen om att dölja det han höll på med. Jag gav honom en femtilapp och sa att det var för kräftorna. Det var ganska bra betalt för flodkräftor på den tiden. Sen sa jag att om jag kom på honom i buskarna igen skulle han bli polisanmäld.

71

När jag började arbeta på biblioteket efter semestern kände jag tydligare än förut lukten av folk och böcker. Vad folk kan lukta ska vi inte tala om. Kring biblioteksböcker stod det på den tiden en sur dunst av konstlädret som de var bundna i. De bands för att hålla i årtionden och de stank redan från början som otvättade gubbar på ett ålderdomshem. Det var förfärligt att den unge Werther och den vackra Irene Soames skulle omslutas på det sättet. Jag hade börjat avsky biblioteket och längtade efter ouppskurna böcker med vackra omslag i flera färger. Jag avskydde mina kollegor som läxade upp slarviga låntagare och jag tålde inte heller dem som läste böckerna och la korvskivor eller hårspännen i dem, lämnade efter sig understrykningar, flottfläckar, utropstecken och hundöron och som kladdade ner sidorna där de hittade tidens antydande samlagsskildringar. Men jag kunde inte säga upp mig för vart skulle jag ta vägen? Veckorna ute på Roslagstorpet hade befäst min övertygelse att jag trivdes bäst i ensamheten men näst bäst fann jag mig väl i alla fall tillrätta bland biblioteksböckerna.

Jag jobbade kvällstid en dag i september när Lillemor kom flängande direkt från Stockholmståget.

Dom har ringt! sa hon. Bokförläggarn vill träffa mig. Nu ska du se!

Hon hade låtsats osäker på om hon var upptagen det datum som bokförläggarens privatsekreterare hade att föreslå. Därför hade hon lagt ifrån sig luren och prasslat med några papper på skrivbordet som om hon tittat i en kalender. Sen sa hon, liksom överraskad:

Ja, det ser ut att gå bra.

Det var på det sättet hon fortsatte att sköta sin förläggarkontakt denna första gång. Lillemor har av sin mor Astrid ärvt en avsevärd känslighet för kraven i olika miljöer. Hennes äktenskap med generalens dotterson hade också varit en

72

god skola. Men den här kultiverade bokförlagsmiljön som doftade läderinbundna förstaupplagor och där de lyckosamma förfädernas porträtt hängde på väggarna missförstod hon totalt. Hon började förhandla på det sätt som hon var van vid från möten med hårdföra filmbolagsdirektörer vars jacketkronor skimrade i falska leenden. Den reserverade och tystlåtne bokförläggaren blev generad och lät henne få ett alternativ. I stället för ettusenfemhundra kronor i ett för allt kunde hon få en royalty på sexton och tvåtredjedels procent. Men då, påpekade han milt, riskerade hon förstås att resultatet av försäljningen inte nådde så långt att hon fick ut ett och ett halvt tusen. Det var då hon började ana att han var en räv fast han var kultiverad. Men hon högg till för Lillemor är en gambler.

Hon var klädd i röd terylenedräkt och håret stod som en blond sky omkring henne. Klackarna klapprade förmodligen segerfanfarer mot Sveavägens trottoarsten när hon gick därifrån.

För mig blev alltihop först nu verklighet och jag kände stark rädsla. Uno Floréns okända ansikte dök upp som en grå spöksyn. Men jag kunde inte dra mig ur. Lillemor hade skrivit på kontraktet. Och sen gick hon och fotograferade sig igen, på en ateljé i Stockholm den här gången. Förlaget ville ha en bild att sätta på bokens baksida. Hon sände in den och förlagsredaktören skrev tillbaka att detta porträtt hade både body and soul. Det hela gick majestätiskt långsamt med brevförsändelser och korrektur i omsorgsfullt inslagna postpaket. Men ändå gick det på något sätt fortare än det gör nu, för knappa två månader efter att vi sänt in manuskriptet och behållt vår karbonpapperskopia var det dags.

Det var en kall oktobermorgon. Jag mådde illa och kunde ingenting äta när Lillemor kom med färska franska i en påse och med Upsala Nya Tidning. Det var den enda tidning som skrivit om boken och då hade det gått elva dagar sedan den kom ut.

Lillemor var yr av glädje för den fick faktiskt beröm. Den var precis så rapp och så kvicktungad som den skulle vara. Men jag kände ett starkt obehag för jag tyckte att recensenten tog i mig. Samtidigt som han byggde upp en bild efter Lillemors ateljéfoto som nu klicherats i tungt bly fingrade han på mig inuti. Hur det än var med låtsasleken så var språket i boken jag. Utklätt och anpassat men ändå ingenting annat än jag.

Jag åt så småningom en fralla och drack starkt kaffe. Den kallt ödsliga morgonen normaliserades med ljud utifrån Svartbäcksgatan, väderleksrapporten på radio och Lillemors ljust porlande prat.

Ett par veckor senare var succén ett faktum i trycksvärta: SJUNDE TUSENDET, *vaken och elegant Stockholmsskildring, höstens hot mot den regerande deckareliten heter Lillemor Troj. Vi spår att detta blir årets hårda julklapp!*

Allt detta med Lillemor, body and soul, i svartvitt.

VAR DET DÅ jag skulle signera på NK? Lillemor är inte säker på att det första gången hände vid debuten, men så pass bra som den hade gått är det troligt. Ett litet podium hade byggts upp i ljusgården och där satt hon med travar av boken och en Parker reservoarpenna i beredskap. Hon tror sig minnas att hon var klädd i mörkblå dräkt av linne och viskos med veckad kjol, två rader pärlor, inte mammas fyrtioårshalsband utan ett simili som hon hade köpt på Dottnes parfymeri i Uppsala. Hon hade säkert gjort en ansiktsbehandling inför evenemanget. En ljusröd sammetshatt slöt sig som en hjälm kring huvudet och stod upp i en topp med en yvig vit tofs. Det var en osannolik hatt och nu kan hon bara hoppas att hon bar den med självklarhet och övertygelse.

Det måste finnas en bild. Lillemor lägger ifrån sig manuset på sängen. Hon går ut i våningen och tittar för säkerhets skull ner mot gatan. Men det står ingen taxi där. Max har fått hennes sms nu och han måtte väl ha resignerat så att hon törs tända lamporna. Men om han ringer i alla fall? Då ska hon svara med Kajsa Anka-röst och säga att hon är Lillemors kusin som ska bo i våningen i fjorton dar.

Han ringer inte. Hon tänker på vindskontoret där kartongerna med tidningsklipp står. Men hon skulle inte orka leta fram bilder av femtiotre år gamla triumfer. Fast den där signeringen var förstås allt annat.

Babba travade omkring nedanför podiet i NK·s ljusgård

75

och blandade sig med folk på väg för att handla. I en timme vandrade hon trapporna upp och ner i sin gräsliga bruna kappa. Inom synhåll för mig, tänker Lillemor. Var det någon sorts stöd? Mitt ansikte måste ha blivit allt stelare, för skylten LILLEMOR TROJ SIGNERAR lockade ingen köpare.

Att hon minns damen i turban som kom fram till henne är inte konstigt så ofta som de har härmat henne och flöjtat med skärande gäll röst:

Kommer inte Kardemumma snart?

När det hände flydde Babba till herrkonfektion och Lillemor satt med torr mun och stirrade ner på travarna med osålda böcker. Men jag höll ut hela timmen, tänker hon. Jag hälsade vänligt på Erik Zetterström som kom i plommonstop och kamelhårsrock. Alla exemplaren av vår bok åkte ner i kartonger och hans kåserier packades upp. Aldrig mer sa Babba när vi gick därifrån. Men jag hade faktiskt mer tåga, tänker Lillemor.

Hon hade läst och signerat på Operaterrassen tillsammans med storheter som Karl Gerhard. Det var nog längre fram. Babba ville prompt med och fick ta den biljett som väl var tänkt för Rolf. Han var ju egentligen inte intresserad fast han hade ett ständigt omkväde: Jag är din främste supporter! Men sen sa han att han måste stanna hemma för att slå en forsk. Det är möjligt att han plitade på sin avhandling som handlade om development economics. Men hon trodde redan då att han la patience när han satt uppe på nätterna. Ett möte i Juvenalorden försummade han aldrig. En gång hade han gått hemifrån halv två på lördagseftermiddagen och kommit tillbaka fyra på söndagsmorgonen med den lilla gröna manteln något solkad. Lillemor hade sytt den när han åkte upp en grad. Han fick av sig fracken med de falska medaljerna och somnade tungt. Jag var nog arg, tänkte hon, för jag minns att jag ringde till Babba och sa att vi lika gärna kunde åka ut till torpet och arbeta på vår intrig. Roffe ville nog inte ha någon middag.

Spyr han? frågade Babba men det svarade hon inte på.

Mollusk Vichyvatten

Jag är eidetiker och det förflutna ligger i mitt minne som osorterade foton i en pappkartong. Drivor av dem. De framkallas och tonar bort. Men så länge jag ser dem är de mycket tydliga. Det är svårt att veta vilket år de är ifrån eller ens om de är riktigt sanna. Minnet är ingen registrator, det diktar och drömmer. I det flöde som vi är en del av famlar vi efter årtal och namn på platser för att fästa dem vid oss och vårt öde. En stor del av mitt liv, av vårt liv tillsammans, ligger också i de små boxarna med registreringskort. Det står sällan datum på dem men ett samtal på hösten 1961 kan jag datera i efterhand för det handlade om vår andra bok. Det var något med den boken som gnagde oss redan innan den kommit till. Jag skrev utan tillförsikt medan soldateskern plundrade och våldtog i Kongo och den vackre John Kennedy blev nominerad till det demokratiska partiets presidentkandidat. Hela tiden tänkte jag på dem därhemma. Jag behövde ju inte ge dem boken som jag gjort med den första. De visste vem Lillemor Troj var och när farsan läst den hade han frågat:

Lever hon det där konstiga livet?

Det var nog första gången jag anade hur människor läser böcker om de känner till författaren. Eller till och med om de inte gör det.

När jag skrev vår andra bok såg jag ofta farsan framför mig. Jag tänkte på hur han kom från jobbet och körde in framhjulet i cykelstället. Jag hörde stegen på bron och hur han tog av sig skorna med stålhätta i vindfånget. Han tofflade in, det viskade om honom på korkmattan. Gulrutiga vaxduken låg i lysrörsljuset med alla sina sprickor synliga. Vilken dag det var vet jag inte. Om det var dagen då de åt syltat fläsk med rödbetor och skalpotatis. Eller paltdagen. Eller sillens eviga fredag. Morsan donade. Hon var själva spisvärmen. När de ätit torkade hon av vaxduken och farsan gick efter böckerna. Radion stod på hela tiden. Framåt nio kokade hon te. Många år och otaliga dagar med sill, palt, fläsk, böcker och te. Och hösten 1961 alltså den där boken.

Fast nu var det ju sextiotal och de hade dragit sig in i salen för att se på den bukiga glasrutan i skåpet som var deras första televisionsapparat. Det måste ha blivit kallare i köket när de fått elektrisk spis så farsan skulle väl sitta i salen och läsa vår andra bok. Han måste undra hur Lillemor Troj kunde känna till de människor den handlade om. Rika och härsklystna – och förstås mordiska.

Den där poliskommissarien vi hittat på redan i första boken höll nu till vid Västerhavet som hävde långa sorgsna vågor mot stranden. Det var mycket dimma och väldigt invecklade släktförhållanden. Kommissarien började mer och mer likna Lillemors första förälskelse i Uppsala som tydligen varit en vacker karl. Hon nämnde honom första gången denna sommar. Och så frågade hon mig:

Tror du att jag om åtta, tio år kommer att känna samma obehag för mig själv som när jag tänker på den där artonåringen som kom till Uppsala?

Jag sa att jag mindes henne under hennes första termin. Hon hade svart skjortblus, svarta snäva långbyxor och ett rött resårskärp hårt åtdraget i midjan.

Usch ja, sa hon. Och en svart jacka med benknappar som gudskelov blev stulen på universitetet. Det var utanför tian. Jag var förtvivlad då för jag hade så ont om pengar men det borde jag nog inte ha varit. Den var rena lumpen. Det var som vanligt en fråga om klädsmak hur hon såg på sig själv. Uppsala är hemskt, sa hon. Man känner sig inte önskvärd när man kommer dit. Jag tror det var det som fick mig att tillbringa alldeles för många timmar med en själsligt och kroppsligt mjukhudad och efterlåten och ständigt spritsugen sömnnarkoman! Eller med hans otvättade och bakfulla vänner på nationsvinden. Det var en som hette Näcklund och som hade en mollusk i en glasburk.

Det kan han inte ha hetat, sa jag efter hennes utbrott. Han kallades så, jag hörde aldrig nåt annat namn på honom. Och han hade en evig fästmö som hette Gullet. Alla sa så i alla fall och hon tvättade inte håret och hade utstående ögon. Hon drack hon med. De flesta hade annars väldigt växlande fruntimmersaffärer och en massa bekymmer för att de var skyldiga Gillets hovmästare pengar. Allting gick ut på att få ihop pengar till nästa krogbesök. I värsta fall med bara pyttipanna och några snapsar på en ölkrog. Men väldigt ofta Gillet och chateaubriand med béarnaise.

Jag fattar inte att du var ihop med dom där vraken. Det är inte min bild av dig.

Nej, sa hon. För du lärde känna mig precis när jag träffat Rolf. Han var frisk som en flaska vichyvatten jämförd med dom där Arkadien- och Kartagogängen.

Nåja, nykterist var han väl inte precis.

Nej, men proper. Lämnade in sina skjortor till tvätt och hade ett välstädat rum med en blårandig trasmatta på golvet och böcker i två långa hyllor av bräder lagda på tegelsten. Jag bodde i en hyreskasern bortom Vaksala torg och åt bakelser för studielånet och prövade nya makeup-effekter. Mot slutet av månaden svalt jag.

Ånej!

Jodå. Jag hade gjort slut på pengarna på idiotiska kläder och som sagt på bakelser. Rolf ordnade opp allt det där åt mig. Jag fick en ekonomi. Han har ju alltid varit ekonomisk. Det visste jag. På våren då hon varit mycket jäktad av sina Stockholmsresor hade det undsluppit henne att hon kände sig som en maskin som måste producera ett visst antal checker per år annars blev Roffe ängslig för deras räkningar.

Tror du att jag kommer att se på mitt liv som en hög beklämmande lumpor när jag blir gammal?

Varför skulle du göra det?

Det är ju så jag ser den första Uppsalatiden nu. Man får elaka ögon.

Men jag blev pigg på att skriva om det där. Om Arkadien och Kartago och Näcklunds mollusk. Det var ett annat Uppsala än den sobra akademiska miljö vi totat ihop i vår första deckaridé, den som vi förkastade. Men hon ville inte. Hon var på väg att bygga upp en helt annan bild av sig själv och sin ungdom. I Uppsala hade ju hennes flirt med livet så småningom börjat. Härnösand låg för nära Kramfors, där var hon inte obesvärad. Men installerad på flickhemmet Parthenon i Sankt Johannesgatsbacken och med Rolf Nyréns porträtt på bokhyllan lät hon den vackra gamla residens- och stiftsstaden bli en hemstadskuliss. Den hade byggts ut när hon börjat ge intervjuer. Tempelmans gymnasium med pelarabsiden, Ludvig Nordströms pittoreska träkåkskvarter och drömska gamla trädgårdar där hon med Bertil Malmbergs Åke sjönk in i det förflutna; allt detta gjorde hon till sitt.

Hon ljög ju inte direkt för alltihop fanns ju där och hon hade gått i gymnasium i Härnösand, fast i ett utan pelare. Hon suddade bara en liten smula i sin levnadshistoria för att bygga upp vår image. Så hette det vid den här tiden, det tror jag i alla fall. Men det är svårt att minnas år eller ens årtionde när en term blir slagord och börjar genomsyra en kultur.

LILLEMOR HAR LÄNGE vetat att Barbro Andersson vill henne ont. Hon har trott att hon kunde dra sig undan hennes förbittring. Men vad gällde den? Det har hon aldrig förstått och medan de fortfarande träffades vågade hon inte fråga. Vreden var så skrämmande för att den var kall. Man springer inte. Man ler och glider bort. Det är väl det som kallas att flirta med livet. Är det så föraktligt?

Dårskap Siden

Vår andra bok var för krånglig tycker jag nu. Depressiv som sitt omslag i svart, blått och violett. Dagens Nyheters recension var inte översvallande, Svenska Dagbladets hade många superlativer men det var något i tonen som gjorde Lillemor ängslig. Mig med. Hon var förkyld när den kom ut och dessutom hade hon samma dag visning av en film som hon gjort om Sverige som turistland. Det var beställarna från Svenska institutet och en hel massa annat folk som hon måste charma trots snuvan och febern. För det var hon övertygad om: utan charm, skönhet och kläder från Leja eller NK:s Franska kom ingen kvinna långt.

Den 10 oktober väcktes jag av att hon ringde och frågade om jag läst Arbetarbladet. Det hade jag förstås inte.

Gå ut och köp den, sa hon.

Hennes röst var sig inte lik. Ihålig och raspig som om hon inte talat ännu på morgonen. Jag förstod ju vad det var fråga om och gav mig iväg till busshållplatsen. Det var mycket tidigt på morgonen och en kalldimma från sumpmarken bortom tegelbruket smög efter marken. En kö av tigande människor trampade i väntan på bussen. De flesta som steg ombord var kvar när vi kom till Centralen och där var mycket folk som strömmade mot Stockholmståget.

Jag hade en stark ödslighetskänsla: ensam i ett grått universum med fiender lurande strax utanför min synkrets. Vilka var dom och vad hade jag egentligen gjort dom?

Eller var jag i en tät gemenskap med alla de här fångarna som hostande och med nerböjda huvuden gick mot jobbet? Hur det kändes visste jag ju in i nerver och benmärg och min enda önskan var att våra deckare skulle sälja så bra att jag slapp gå till biblioteket och känna lukten av konstläderband och smutsiga sidor.

När jag stått i den hostande kön ett tag och äntligen fått tag på tidningen sprang jag ut på stationsplan och bläddrade fram recensionerna. Men nu hade det blåst opp och vinden rev i sidorna så att jag inte kunde läsa. Jag gick tillbaka in och satte mig i kaféet.

Det var snart gjort att läsa den. Det gick lika fort som att vänta på att servitrisen skulle komma med kaffet. Och sen satt jag där medan dess illvilja sjönk in i mig och blev en del av mitt liv. Inte som den gången med refuseringsbrevet, för Uno Floréns nonchalans hade väl knappast varit en medveten gemenhet. Det här var ren elakhet. Målet för den var Lillemor Troj. Den jäveln recenserade hennes utseende!

Jag gick ifrån kaffet och åkte hem för att ringa till henne. Hon hade samma konstiga röst.

Min stil skulle vara lika banal som det där utslätade flickansiktet som stirrar på en från annonserna, sa hon. Det kan den ju inte vara. Det är ju *din* stil.

Valter Hedman, sa jag. Vem är det?

Vi borde veta det för Lillemor skrev recensioner i Arbetarbladet. Men jag kände inte igen namnet.

Det måste vara en pseudonym.

Jaha, nån jävel som är så elak att han inte vågar stå för det.

Jag vet inte, jag vet inte…

Rösten försvann.

Är Roffe hemma? sa jag.

Ja, men han sover.

Har du inte visat honom tidningen?

Jag har inte tidningen, sa hon. Det var en som ringde och läste upp den. En som jag kände förr. Vi var i Studenternas Litteraturklubb.

Vem då?

Namnet sa mig ingenting men det fastnade. Jag kände igen det när han några år senare debuterade med en liten roman.

Vi skrev sex stycken deckare. Jag gjorde det. Fast efteråt är det svårt att säga hur mycket vårt pratande betydde och synopsisarna som hon kallade dem. Hon gillade att strukturera fast hon inte hade fått lära sig dramaturgisk uppbyggnad. Jag tror att de kurserna kom först med televisionen. Men hon hade en inre känsla för det där med början, utveckling, kulmen och slut. Hon sa att livet var sånt och jag brydde mig inte om att tala om för henne att hon hade fel, för det passade i alla fall bra när man skrev deckare. Så jag rättade mig efter det då. Sen gjorde jag det inte. I alla fall inte alltid. Men jag har också lärt henne något. Till exempel: om man inte i de första sidorna kan räkna ut vad det är för årstid man hamnat i ska man lägga romanen ifrån sig.

Vi försökte hinna så mycket som möjligt ute på torpet i Roslagsskogen men det gick inte alltid att komma i mål. Roffe fick finna sig i att jag var med på semestrarna. Jag satt i ett tält på en sandig tallbevuxen strand på Gotland och skrev och fick ont i ryggen. Tanten som vi hyrde av bodde längre bort mot strandskogen och hon hade en tax som började varje dag i gryningen med att bita ihjäl kaniner och sprida ut dem framför huset. Det var blodigt och ynkligt och ibland glömde han kvar ett lik som snart började lukta i sommarhettan. När Lillemors schnauzer kom ut började de slåss om kaninkropparna.

Det låg klumpar av svart olja i strandkanten. Vi fick den på fötterna och då blev det en brunsvart beläggning som var svår att få bort och som fläckade strumpor och handdukar. Men vi trodde det var nåt tillfälligt. Ibland var det dimma och då hörde man mistlurar böla och kunde ana att en stor ångare gick förbi därute. Det var som i Ekelöfs En värld är varje människa och jag tänkte på den osynliga ångaren och greps precis som det står i dikten av en sällsam oro. Men oljan tänkte jag inte på. Den oroade mig inte särskilt mycket.

Vi var på ett pensionat på norra Öland samtidigt som en pyroman härjade där och jag fick lust att lägga ner vår historia och skriva om bränder i stället. Men Lillemor tyckte det var för nära verkligheten. Hon ville inte blanda ihop den med vårt skrivande. Roffe stack rätt snart, han stod inte ut med mig och så hade han väl sina fruntimmersaffärer att sköta. Varför hon skulle ha mig med när hon skrev, det begrep han aldrig och inte intresserade det honom heller. Han trodde att jag var maskinskriverskan av oss två och att jag, precis som på den tiden vi spelade luffarschack med geléråttor, hade en lugnande inverkan på Lillemor.

När vi blivit ensamma åt vi middag på pensionatet och drack efteråt kaffe i sällskapsrummet med sirliga äldre herrar, tungbröstade damer och en malplacerad tonsättare som hade fått tbc. Sånt hände fortfarande. Han var inte med när Lillemor satt bredvid en av herrarna som till och med hade vitt hår i öronen och som spillde kaffe på fatet därför att hans händer darrade.

Det ska jag ordna, sa Lillemor och tog Svenska Dagbladet, bläddrade och rev raskt ur en pappersbit som hon satte mellan kopp och fat.

Men det är väl synd att riva sönder tidningen, sa den gamle herrn.

Jag river bara bland dödsannonserna, svarade Lillemor glatt och jag minns den gamle mannens eftersinnande blick på henne.

Konstigt nog mindes jag just då att hon hade en bild av Brigitte Bardot i sin plånbok. Jag hade skymtat den en gång när hon betalade på Essge:s i Hallstavik. Det var ju underligt att hon sparat den och hon hade inte gett någon förklaring. Jag skulle väl ha glömt det om jag inte gjort en av personerna i vår andra bok lik Bardot. Det var ett elakt porträtt med tillspetsad byst och svullen mun. Nu kom jag på vilken sorglig filmpinuppa hon varit, söndertrasad av ett liv i fotoblixtars sken. Hon hade tagit en massa sömntabletter och nästan strukit med på kuppen.

Lillemor talade vid den här tiden mycket om sin morbror, han som hade varit alkoholist men också släktens, eller i varje fall Astrid Trojs hopp om socialt avancemang eftersom han nästan tagit en akademisk examen. När han gift om sig med en småskolelärarinna hade släkten trott att det var hans räddning. Men från fru och nykterhet rymde han till Paris och efter en veckas supande kastade han sig ned från högsta galleriet i ett juldekorerat varuhus. Jag minns inte om det var Lafayette eller Printemps.

Varför talade hon så mycket om honom? Och varför hade hon fortfarande kvar bilden av Brigitte Bardot i sin plånbok. Jag hade kollat när hon inte såg det. Det kändes inte bra att den låg där. Morbrodern oroade mig också, hans död.

När vi var tillbaka i Uppsala ringde hon mig en eftermiddag och grät. På kvällen skulle hon ha en middag och hon hade åkt in för att hämta en gödkalvstek i köttbasilikan på Sankt Eriks torg och för att köpa rökt lax hos Hellqvists i

Domtrappshuset. Parkerat hade hon gjort mellan Dekanhuset och Trefaldighetskyrkan och när hon skulle köra ut därifrån backade hon på en lyktstolpe. Hon hade för bråttom förstås. Det hade hon alltid.

Jag tog bussen för hon sa att hon inte vågade köra och jag fann henne så småningom i Amazonen med laxen och kalvsteken och en massa blommor. Det var hett och hon satt och hängde med huvudet. Grät gjorde hon inte längre men ögonlocken var svullna. Problemet var att om hon åkte till verkstan i Boländerna där de brukade serva bilen så skulle Roffe förr eller senare få reda på att den hade fått en ordentlig kyss och en baklykta krossad.

Var hon rädd för Roffe? Nej! Men han var så ekonomisk så det var bäst att han inte fick veta det här. Kunde vi inte åka ut till Valsätra där jag hade min verkstad?

Jag körde ut Amazonen till Bengans Däck & Mek som väl närmast såg ut som en skrotgård men där Bengt (jag kallade honom alltid så) kunde plocka nyttigheter ur vraken. Jag var ju inte så dum att jag servade min begagnade Folka på en dyr märkesverkstad. Lillemor hade väl trott att han skulle göra ett snabbt underverk men han sa att han måste ha bilen åtminstone över natten. Så jag körde henne till Eriksberg med kalvsteken och allt det andra.

Då måste du ju ut dit igen, sa hon. Och sen får du lov att ta bussen hem också.

Bry dig inte om det.

Jag åkte ut till Valsätra och Bengt som av ren hygglighet mot mig höll på med Amazonen långt fram på kvällen. Men sen kom han in och då hade jag stekt potatis och bräckkorv och tagit fram en burk rödbetor. Vi tog en snaps till pilsnern och sen tog han av sig overallen och slöt mig i sin varma lukt av olja. Allt var som vanligt och Lillemor hade ingenting begripit.

När jag levererade bilen dagen därpå bjöd hon mig på lunch. Det doftade starkt av lövkojor inne i våningen där de hade en Karl Johanmöbel från generalens nu upplösta hem. Han hade dött till slut.

På balkongen hade hon hängt sin middagsklänning för att vädra ut gårdagskvällens cigarrettrök. När hon tog in den höll hon den framför sig och sa att den inte såg mycket ut så här, men att den hade drapering över höfterna och att urringningen i ryggen var ganska djup. Tyget var svart med blommor i turkos och blått och verkade stelt. I kvällsbelysning såg den kanske annorlunda ut men när hon höll upp den i förmiddagens gråljus var höftdraperingen platt.

Vill du titta på min aftonklänning och säga om jag kan ha den på JO-balen?

Jag kunde ju inte gärna säga att jag sket i hennes långklänningar lika mycket som i Roffes frack och hans plåtmedaljer. Men hon väntade i alla fall inte på svar utan gick in i sovrumsgarderoben efter den. Den var rosafärgad och frasade när hon tog i den. Jag stirrade en lämplig stund på den och sa att den var väl fin. Jag vet inte riktigt vad hon hade väntat sig. Hursomhelst blev hon besviken och hängde in den igen.

Jag måste skaffa mig en ny, sa hon och det lät som om hon pratade för sig själv.

Det var lite lax kvar och vi åt också kalla skivor av steken med brynt kulpotatis och det som blivit över av såsen. Hon sa att ingen rökt lax gick upp mot den på Hellqvists och jag sa att jag inte begrep varför hon överhuvudtaget handlade fisk i stans dyraste affär. Men det skulle man göra, sa hon.

Det var ju en engångshändelse att jag fick se deras fyrarummare, det förstod jag. Jag tror aldrig att hon hade bjudit mig som tack för att jag kört dit bilen om inte Roffe hade varit bortrest. Att det knappast skulle ske igen förstod jag så jag tittade noga på allting: på den danska soffan med under-

90

rede av teak, på kristallkronan ovanför Roffes ärvda bord, de ljusgula gardinerna som var draperade över halva fönstret och hoptagna till en liten rosett som satt i en hållare av guldfärgat trä. Jag stirrade på en avancerad fåtölj i rött och svart och Lillemor sa att den för ett par år sen hade varit med i en uppsättning på studentteatern.

Men de gjorde ett brännmärke på klädseln, sa hon, så jag fick låta klä om den.

Blandningen av hypermodernt och gammalt tyckte jag var konstig men hon ville väl ha det så.

Vad pratar ni om? sa jag.

Vi pratar om allt vet du! Just nu mest om hans avhandling.

Nej, jag menar på en sån här middag som ni hade igår kväll.

Jaså, du samlar stoff, skrattade hon och sen lutade hon sig tillbaka och tänkte efter och sa att samtalet hade fladdrat från det ena till det andra. Från J28:or till cerebral pares. Avföringsriter hos negerstammar och intrigerna inom de högre skikten av pingströrelsen.

Ärkebiskop Brilioth var på tapeten också. Och så bakfylla, nekrofili och åskväder. Javisst ja, äktenskapliga samlevnadsproblem – vem ska ha tidningen först på morgonen. Och så Kongofrågan förstås. Och så var det en del tal om Rolfs avhandling för hans professor var med. Han är hemskt inne i den nu, det är fruktansvärt engagerande och roligt. Som du när du skriver.

I helvete, tänkte jag men sa ingenting. Roffes avhandling ville jag inte höra om. Men allt det andra skrev jag upp sen, jag har det på ett kort. Men jag skrev inte ner det som jag verkligen minns från den här eftermiddagen: att Lillemor pratade på och att hon, faktiskt helt allvarlig, ställde frågan: Hur ofta skulle man tillåta att ens man låg med en?

91

Och jag förstod inte. Jag gjorde faktiskt inte det. Ändå visste jag väl egentligen att hon hade ont och att det blev värre och värre för var månad sedan operationen efter utomkvedshavandeskapet. Det här kan ha varit sommaren 1962. Hon pendlade som vanligt till Stockholm och arbetade. Jag fattar inte hur hon orkade för festerna kunde vara till två på natten. Hon gick på Oscarsbalen det här året för nu hade hon systerskap i Juvenalorden. Gustafsson & Trojs plastbåtar hade gått så bra att Astrid betalade klänningen. Föräldrarna som satsade högt såg Lillemor som en ren och blank spelbricka. Eller i varje fall upputsad sen den beklagliga episoden på avdelning 57 mer eller mindre glömts bort. Och hon var ju gift med en blivande professor. Det trodde de i alla fall. Så nu skulle hon få köpa en ny balklänning.

Hon träffade sin mor på Centralen i Stockholm och de gick först till NK. Men där fann de ingenting som passade så de fortsatte till Leja och valde bland klänningar med namn som Gilda, Red Fire, Paulette, Christiansborg och Slottsbal. Expediterna hade svart klänning med pärlhalsband som uniform. Astrid och Lillemor hänvisades för provningen till en salong med kristallkrona och petitpointbroderade stolar. Där fastnade de för Christiansborg som var en krinolin i äppelgrön duchesse. Den var baraxlad och hade toreadorskärp och turnyr i form av långa Balmaininspirerade rosettändar som också kunde läggas upp över axlarna och bli en sjal. Den kostade närmare tusen kronor och när Astrid betalat och de fått kartongen gick de tillbaka till NK och köpte guldsandaletter med höga och mycket smala klackar och sen åkte de upp i huset till Bobergs matsalar och åt lunch på rosafärgad duk och med rosafärgade nejlikor i en vas och det fanns inte en karl i lokalen fast restauranten var fullsatt. Alla damer hade hatt.

På baldagen regnade det. Rolf hämtade henne hos hårfrisörskan och körde upp bilen intill porten så att hon kunde komma in med håret i plasthuva utan att det rubbades. Hon hade tänkt gå till Dottnes och bli sminkad men måste avstå för regnets skull.

I god tid före balen tog de taxi till Stormästarens villa i Norby och han tog emot dem i röd sammetscape med vit pälskant. Hans fru hade mörkgrönt siden och tiara. De var fyra män med fruar samlade, alla JO-bröder på vilka underhållningen under middagen hängde. De fick två cocktails och sen stuvades siden och frackar in i taxibilar.

När de kommit till nationen samlades hovet i ett musikrum och de fick nya cocktails. Bröderna hade kappor i olika färger som markerade grad och de flesta hade låtit sy upp dem i taft eller sammet. De var välbehängda med medaljer. En äldre hovman hade så många att det inte gick att räkna dem. Rolf sa att de var femtiotvå. Det här var ju en studentikos sällskapsorden som kommit till för att driva med ordensväsendet. Men vid det här laget hade hon begripit att ordensbröder hjälper varandra och att de förbindelser som ingicks här inte var oviktiga. Hon hade lyssnat på telefonsamtal som på förmiddagen efter sammankomsterna kunde vara över en timme. Då diskuterades medaljutdelning och olika utnämningar med stor skärpa och ibland med bitterhet.

Rolf bar den mer än manshöga vita marskalkstaven som var omlindad med murgröna och han stötte den i golvet och uppmanade dem att bege sig till courrummet. Lillemor satt med hovet när hundratretio par presenterades av ceremonimästaren. Kavaljererna bugade sig och damerna neg djupt framför Stormästaren och hans fru. Många slags hovnigningar utfördes: djupa och graciösa, korta och oviga. En del damer darrade, andra njöt. Ett nervöst par kom in och svängde fel framför podiet med de gustavianska stolarna. De kom att hälsa ordens stora humorist i stället för Stormästaren. Han bugade lätt för dem och snodde upp sina långa röda mustaschändar. Grymma skratt hördes och paret irrade ut förintade. Sen fortsatte ceremonin ackompanjerad av hovherrarnas åh, ååh, åååh! som graderades efter den nigande damens utseende. Allra sist kom en broder med sex damer vars kavaljerer var upptagna som härolder. Han hade tre på var sida och på kommandot hepp! neg alla sex mycket djupt.

Allt blev suddigt för henne efter detta hepp! Hon hade druckit fyra cocktails men visste inte riktigt om det var orsaken. Äggstockarna sprängde. Under middagen kände hon sig förvirrad och var tacksam att talen var långa och många så att hon inte behövde konversera sin bordskavaljer hela tiden. Det var invecklade tal som hon inte riktigt hängde med i därför att tröttheten höll på att erövra henne. Men hon hörde att ett av dem slutade: med kvinnor är det som med Stradivariusfioler, ju äldre och mera misshandlade, desto sprödare och finare i tonen.

Det måste ha varit talet till kvinnan och det väckte dundrande skrattsalvor. Nu fick Lillemor ett tecken att hon skulle stiga upp och gå fram till Stormästarens tron där belöningar och ordnar delades ut. Hon var utlovad Stormästarens kors av vitmetall och med blå rosett. Det hördes en baskör av ååååh! när den blivit fäst på det äppelgröna sidenet och hon gjorde sin hovnigning. Hon begrep ju att det var för sin mans förtjänster hon fått den och Rolf hörde också till de fem herrar som fick en orden.

Sen blev det underhållning och då vilade hon åter i sin besynnerliga blandning av förvirring och trötthet och tog inte riktigt in vad som försiggick. Men hon skrattade när de andra skrattade. Det slutade med att ordens rundlagde humorist sjöng Tom Lehrer:

94

I hold your hand in mine, dear,
I press it to my lips.
I take a healthy bite
from your dainty fingertips.

Han hade en inte oäven baryton och mellan varje strof snurrade han upp ändarna på sin röda mustasch.

My joy would be complete, dear,
if you were only here,
but still I keep your hand
as a precious souvenir

sjöng han med sorgfyllt vibrerande stämma. Hon tyckte faktiskt att biten om kvinnoliket var otäck och antog att det berodde på att hon inte mådde bra för den väckte skrattorkaner så starka att sångaren fick börja om på nästa strof för att orden skulle gå fram. Hon orkade inte ställa upp till polonäsen när Rolf dunkade marskalkstaven i golvet. Det var synd för hon hade gått tre gånger på kurs för att lära sig danserna. If you were only here, gnagde och gnolade det i henne när hon satt och såg på dansen. Det hjälpte inte att musiken var rokokosöt och preciös nu. If you were only here, if you were only here, fortsatte det att mala i henne.

Men när fransäsen kom måste hon opp för ceremonimästaren hade utsett Rolf och henne till premiärpar. Hon var helt enkelt tvungen att klara det. Det gick ganska bra och när hon såg sekondsidan göra damernas chaine tyckte hon att den var vacker och då hade den envetna Tom Lehrer-raden försvunnit ur hjärnan.

Det blev en lång natt, till slut svår att orka igenom. De dansade efter Arvid Sundins orkester som brukade spela på slottet när prinsessorna hade bal. Vid tvåtiden blev det vickning med champinjonstuvning, korv och skinka och sen serenader i trappan och de kunde inte komma iväg förrän klockan fyra och då fick de stå länge i blåsten och vänta på taxi. När hon tog av sig klänningen såg hon ingenting särskilt men på förmiddagen nästa dag upptäckte hon tre feta fingermärken på en av rosettändarna. Hon tyckte att klänningen var skämd och tänkte på att den kostat niohundraåttiofem kronor. Men hon ville inte ha den mer.

DET ÄR NATT nu och Lillemor vet att hon inte skulle kunna sova om hon la ifrån sig manuskriptet för hon inser att Babba har dagböckerna. Hon måste ha en nyckel till kassaskåpet eller också har hon låtit svetsa upp det från baksidan. Annars skulle hon inte kunna skriva så här om vad Lillemor tänkte och kände.

Jo, det skulle hon förstås! Men det här är riktigt. Det är inte dikt. Det är stöld av liv. Hon har utnyttjat mina minnen och berättelser. Varför var jag så glad i att berätta?

Lillemor vilar en stund genom att skjuta undan läslampan och hasa neråt på kuddarna. I ett ögonblick av ilande halvsömn tänker hon: mamma var snäll.

När hon vaknar till: mamma kunde faktiskt vara snäll. En sån sak som att man måste ha en ny aftonklänning till Oscarsbalen förstod hon verkligen.

Det stod att de hade träffats på Centralen i Stockholm och gått till NK. Men de hade tagit en taxi. Hon är nästan säker på att det var den gången hon sa åt chauffören att han kunde stanna i Hamngatsbacken? Och han svarade:

Hörrudu, den finns inte längre.

Hennes mamma förargade sig nog mer över att en chaufför med uniformsmössa duade hennes dotter än över att stan höll på att rivas ner och grävas om. När Lillemor åker norrut brukar hon titta på den alp långt utanför stan som är uppbyggd

97

av Brunkebergsåsens schaktmassor.

Det där om mamma och chauffören berättade jag aldrig. Allt vet hon inte! Och en del pinsamheter skriver man helt enkelt inte om i en dagbok. Inte att det dagen efter Oscarsbalen satt en kvinnlig och en manlig tjänsteman i den danska soffan för att bedöma Rolfs och hennes lämplighet som föräldrar. De var på hembesök, ett ord som fick Lillemor att tänka på helt andra sociala förhållanden.

När de satt vid bordet såg hon att hon hade glömt kvar Rolfs frack och sin egen gröna aftonklänning på balkongen. Minnesbilden av balkläderna i blåsten är så stark att hon vet att det måste ha varit dagen efter balen och att socialmänniskorna hade kommit tidigt. Rolf var bakfull. Utanför flaxade fracken och klänningen som gensagor till den bild av deras liv som hon försökt gestalta med hembakat. Hon hade lagt en duk med infälld spets på soffbordet, satt fram vetebröd och korintkakor och en mjuk pepparkaka.

Det var två barn närvarande. Deras föräldrar var upptagna av sin stormiga skilsmässa. Det ordet nämnde hon förstås inte. Hon sa att föräldrarna var bortresta. När nu hembesöket äntligen kommit till stånd skulle barnen finnas där som levande bevis för deras intresse för och hand med barn. Hon tänkte i samma termer som i de oändligt många skrivelserna till och från socialnämnden. Hennes annars ganska rappa professionella språk hade fått byråkratisk slagsida och hon märkte det. Men fick de bara sitt barn så skulle allting bli bra, även språket. Jag trodde att det skulle blomma, tänker hon.

Nu måste Rolf och hon redogöra för hur de tänkt bygga upp sitt familjeliv när de fick ett litet barn. Bygga upp var ett uttryck som fastnade för det gjorde henne arg. Som om de inte haft något familjeliv eller ens ett liv förut och nu skulle börja bygga upp det med socialklossar.

Lillemor sa att hon från och med nu tänkte vara hemma.

Att en barnflicka skulle anställas berättade hon inte. För att övertyga dem talade hon om att hennes böcker nu sålde så bra att hon kunde bli hemmafru. När hon sa det ordet råkar tonfallet bli raljant och atmosfären förändrades en smula. Hon var så intensivt upptagen av att övertyga socialnämndens företrädare att hon inte märkte att babyn gav sig iväg över golvet och kröp mot balkongdörren där Puck låg på en hopvikt filt. Vad barnet gjorde med hunden hann de aldrig se. De hörde bara att han mittemellan gläfste och morrade och så såg de när han bet den lilla flickan i den mjuka arm hon sträckt fram mot honom. Rolf var först framme. Han tog Puck i nackskinnet och skakade honom under förbannelser. Båda barnen skrek. Det såg hemskt ut när babyn öppnade munnen och den blev ett ylande hål. Hon blödde inte på armen men hade tydliga bitmärken. Rolf höll upp hunden och skakade den ännu mer. När han släppte ner honom på golvet bet Puck honom i benet. Rolf sparkade till honom så att han for in i bokhyllan. Lillemor gav babyn som hon tagit upp i famnen till socialdamen och sa åt Puck att följa med henne ut i köket. När han lagt sig i sin korg gick hon ut och stängde köksdörren. Hon hade stark hjärtklappning. Besökarna hade rest sig när hon kom tillbaka in i vardagsrummet.

Ja, sa mannen, det är väl inte så lämpligt...

Då sa Rolf med alldeles för hög röst, ja, hon vill faktiskt minnas det som att han skrek:

Han ska bort! Den där hunden ska bort. Han har alltid varit lömsk.

Nu blev Lillemor så svag i benen att hon måste sätta sig i soffan. Hon gick inte ens med ut och sa adjö åt socialmänniskorna. Lilla Caroline hade i alla fall slutat skrika. Hennes bror satt och glodde med sammandragna ögonbryn. Han höll en nalle i handen och sa att den var hans och att hunden försökt ta den. Det var lögn i hans lilla hals. Ett barn kunde alltså redan vid fem års ålder uppfatta den rådande stämningen och uppträda så inpiskat lögnaktigt och inställsamt! Lillemor hade lust att skaka honom som Rolf gjort med Puck.

Rolf stängde in sig i arbetsrummet och Lillemor ringde till barnens föräldrar och undrade om hon kunde komma upp med dem nu. Det verkade som om skilsmässostormen tillfälligt bedarrat och hon byltade på barnen och tog på sig själv en kappa. Hon ville inte gå in i köket och hämta Puck för om hon tog honom med, vilket vore det naturliga, skulle barnen bli rädda.

Blod Asfalt

Jag hade länge gått omkring och tänkt på nästa deckare. Lillemor hade också fått en idé. Den var långsökt och hopplös men hon envisades med att jag skulle använda den och att boken skulle heta Stormästarens kors. Titeln var ju inte så dum men resten var idiotiskt. Balklänningar och karlar i frack som hatade varandra på grund av utmärkelser som den ene fått men inte den andre. Liket av en ung kvinna i ljusgrön duchesse som låg strypt på damtoaletten och hade en blodig fingertopp. Jag sa vad jag tyckte och hon blev putt förstås. Nej, vi skriver om det där stället du var på norrut och filmade, föreslog jag. Vad hette det? Lannavaara? Jag har tänkt på det mycket. Dom där egendomliga människorna som hatade film och knappt ville prata med er och vägrade att hyra ut en båt till er när ni skulle filma utifrån älven. Fönster utan gardiner och folk som pratade finska eller vad det var ovanför huvudet på er. Älvens rörliga vatten och dom där sugande långa skymningarna.

Usch, sa Lillemor. Du har ju aldrig varit där. Det var trist. Det var rent ut deprimerande.

Den dumma idén med flickan som ligger strypt på damtoaletten fick hon en filmbolagsdirektör att intressera sig för. De skrev ett kontrakt och satte igång att skriva manus med en entusiasm som kändes bekymmersam för mig. Det fick ju inte gå alltför bra med filmkarriären om hon skulle komma tillbaka till vårt arbete.

Hon tänkte sig nog en vemodig historia för hon gnolade ständigt titelmelodin ur Paraplyerna i Cherbourg när hon arbetade på sitt manus. Men när hon lämnade in synopsis fick hon bakläxa. Handlingen borde vara roligare och erotiken var för tam och melankolisk. Hon fick nu en samarbetspartner i manusarbetet, en mycket berömd journalist som skrev giftiga krönikor i Vecko-Journalen. Han krävde logi på hotell Foresta när arbetet genomfördes och Lillemor fick åka tåg och taxi och äta sig igenom stort upplagda luncher och middagar på filmbolagets bekostnad. Den berömde åt och drack och flödade av idéer som Lillemor tyckte klibbade en smula. Hon berättade att han trodde att hon studerade i Uppsala och frågade henne om studentskorna fortfarande bar ridstövlar, piskor och ingenting annat när de skulle ha roligt.

Lillemor var väl egentligen inte pryd. När Roffe ville köra skottkärra med henne trodde hon att det var vad den programmatiska frigjordheten krävde. Fast jag vet att hon gillade den neurotiska melankolin i Det ljuva livet mer än plaskandet i fontänen.

Gubberotiken fick henne att vämjas. Men hon fortsatte plikttroget med manuset och fann sig också i att hälsa på journalistens hustru i en mörk östermalmsvåning. Hon hade en gång skrivit en skandalbok men nu var hon sjuk och orörlig. Lillemor insåg att hon själv förevisades som ett föremål ur den fala filmvärlden och kände olust och medlidande i en osalig blandning. Men hon gav inte opp förrän hon blev utmanövrerad och ersatt med en kvinnlig journalist som gift in sig i kungahuset. Hon fick ta till strid för att få betalt för sitt arbete och efter den här utflykten i egen företagsamhet gick hon med lättnad tillbaka till mig och det sobra förlaget.

Episoden med filmmanuset borde ha varnat oss för vad som på lång sikt var i görningen. Vi befann oss ju i en historisk epok men vi tänkte inte på den och vi trodde inte att den någonsin skulle ta slut. Vi lekte med våra figurer som rös och dog och behagade publiken eftersom de inte blödde särskilt mycket. Vi lekte i bogsvallet på den borgerliga humanismen och hade därför läsare som uppskattade en litterär allusion. En gedigen studentexamen med litterär sondmatning långt före puberteten hade gett oss läsare med urskillning. Inte anade de att det var just urskillningen som skulle skjuta deras Skidbladner i sank.

De första som skådade nya horisonter hade inte blommor i håret och trasiga jeans utan murarskjortor inköpta på Arbetarboden. Det fanns redan en fläkt av panik i Europa på den tiden. I Frankrike flydde de Gaulle från Paris och sin regering när gatstenarna började hagla. Olof Palme som var utbildningsminister gick i stället in i det ockuperade Kårhuset och försökte tala om demokrati. Men det lönade sig inte. Man ville ha en annan studieordning än den borgerliga humanismens i armkrok med näringslivets krav. (Ingen anade vilken av de två kontrahenterna som var dödsdömd.)

Kultur är urskillning. Den är Montaignes *distinguo*. En kultur kan inte omfatta allt för då faller den sönder. När den totala frihetsdrömmen hade rasat ut började på nytt en process av urskiljande. Men nu anpassade den sig till grupper som sysslade med sitt. Att det blev individens *distinguo* som gällde efter de totalitära drömmarna var ju inte så egendomligt.

Nu kan till slut var och en använda sin urskillningsförmåga på the world wide web. Litteraturstöd och småförlag hjälper till att odla den personliga eller rentav udda smaken. De stora förlagen ser till att de som saknar kulturell distinktion får sitt. Deckarna har blivit bestialiska, romaner och journalistisk prosa går åt avslöjandegenren. För i ett avseende ändras inte världen: gossipfaktorn håller prosan vid liv nu som på Fredrika Bremers tid. Författarna väsnas på bokmässorna, de som kan det utan att få migrän. Resten har dragit sig tillbaka till bokkaféer där de läser högt vid tända ljus. Eftersom jag är en bred berättare kom Lillemor att höra till bokmässefolket.

Men om allt detta visste vi ingenting, inte ens när Lillemors kultiverade filmmanus i hennes medarbetares händer gick från att bli överparfymerat till att börja lukta.

Jag ville följa med när Lillemor reste ut för att presentera våra böcker men hon var inte särskilt pigg på det. Det blev i alla fall av när vår tredje eller fjärde bok kommit ut och blivit översatt. Men när vi kommit fram till det stora hotellet i Oslo centrum vände hon mig ryggen vid receptionsdisken och låtsades överhuvudtaget inte om att vi var två. Jag blev stående med min bag i vestibulen och stirrade på en blomsteruppsättning i en väldig vas som stod på fot. Det var massvis av rosor i olika nyanser, konstfullt ordnade så att de från en bas av fylliga, helt utslagna blommor i skärt med en svag nyans av gult strävade uppåt som ett smalnande torn och avslutades i toppen med knoppar som just höll på att slå ut. Inte en enda av dem var vissen eller ens slokande. Och det var levande blommor. Hela arrangemanget skrämde vettet ur mig.

Jag kan inte bo här, sa jag till Lillemor.

Du får bo var du vill för mig, sa hon. Jag visste att hon var nervös inför sina intervjuer och inte ville ha mig med. Jag stack. En hel timme satt jag i en uteservering nedanför Nationaltheatret och trodde att hon skulle leta på mig men det gjorde hon inte.

Det kändes som om jag hade fått smörj. När det gällde hotellet förstod jag att det var farsan som spökade. Han kunde inte ens gå i banken fast han inte hade en aning om hur det skulle kännas att komma in där. Det enda han visste var att det inte var ett ställe för honom och hans klass. Morsan var kavatare så hon uträttade de få bankärenden de hade i sitt liv. Det var mest amorteringarna på kåken. De hade lånat för att renovera den med badrum och allt.

Från det eleganta Continental där jag passade lika bra som mina utgångna Scholldojor flydde jag till ett mer normalt hotell på Karl Johan och skrev tills jag var utmattad på kvällen. Somnade, vaknade efter två timmar och var hungrig. Äta hade jag glömt bort. Då mindes jag att jag sett en kiosk med gatukök på gatan, så jag paltade på mig igen och tog mig ut genom dödstysta hotellkorridorer och en knirkande hiss. Köpte en mosbricka med en hårt grillad korv, bostongurka, rostad lök och ketchup och tog den så omärkligt jag kunde för nattportieren med mig tillbaka på hotellrummet. Jag åt korven och moset sittande på sängkanten och drack kranvatten till. Jag kan aldrig förmå mig att röra det lilla kylskåpets dryckesvaror i ett hotellrum. Där slår farsan till igen. Pengar att betala med har jag ju, så det handlar bara om hans aldrig uttalade men mycket tydliga: *Det här är inte för dig.*

Måndagen satt jag på bibliotek och när det var dags för Lillemors läsning gick jag till bokhandeln och lyssnade på henne. När hon var färdig trodde jag att hon skulle komma fram till mig där jag satt. Men hon såg mig inte eller också låtsades hon det. På vägen tillbaka till hotellet köpte jag Verdens Gang och såg att en man hade blivit skjuten framför ett gatukök på Karl Johan. Jag köpte en tidning till och såg nyheterna på teve. Inget tvivel om saken: karln hade dött vid den kiosk jag handlat i. Det fanns en bild av asfalt med en blodpöl. Bredvid pölen låg en pappersserviett som såg oanvänd ut. Jag hade tappat den serviett jag fått med mosbrickan och inte velat ta upp den eftersom den legat på trottoaren där folk trampat.

Det var omöjligt för mig att bo kvar på hotellet. Jag ville inte kliva över blodfläcken på väg ut eller in. Jag tog en taxi med mina bagar och frågade chauffören efter ett hotell för jag orkade inte springa och leta. Jag antar att han bedömde min betalningsförmåga efter hur jag var klädd för han körde mig till något som närmast var ett pensionat inte långt från centrum men på en gata som såg småstadsaktig ut. Stället hette Myras Pensjonat och aviserade Overnatting til rimelige priser. Jag fick ett rum överlastat med minnen från något livshaveri som tvingat ägarinnan att hyra ut. Jag skrev trots lukten ur gardinerna och de sinnesförvirrande intrycken av tavlorna som hängde tätt på tre av väggarna. Mat köpte jag längre ner i stan: en halv grillad kyckling, en tomat och ett bröd som jag åt vid skrivbordet och sköljde ner med en chokladdryck som hette Pucko. Det var kanske den som fick mig att inse att jag inte var riktigt klok som bodde så här. Jag packade ihop mina prylar och beställde en taxi. Nu skulle jag fan anamma bo på Continental där Lillemor svansade omkring. Men när jag kom dit hade hon gjort sin sista läsning och skulle åka hem. Under hela hemresan pratade hon om allt hon varit med om men vi sa inte ett ord om mig och mina hotellutflykter.

VID ELVATIDEN GÅR Lillemor upp ur sängen och sätter på sig en mycket fluffig skär morgonrock som kommer henne att känna sig som ett vandrande moln och molnet hasar ut i köket och tänker: herregud det är ju en roman, ingenting annat. Det är en roman där författaren berättar sin egen sanning, den som han eller hon inte bara har ensamrätt till utan också copyright på. Där kastas försvarslösa människor ut ur det som kanske inte var något Eden men i alla fall ett liv. Fördömda och klädda i morgonrockar eller lindrigt rena kalsonger drivs de med piskor av ord ur sina liv in i fiktionen och författaren står som en ängel med brinnande svärd och vaktar så att de aldrig kan vända tillbaka igen. Där ska de i nuets evighet vandra på mingelpartyn och i småpratet före ett sammanträde eller efter ett samlag. Eller vid delikatess-disken på ICA Esplanad.

Det är ju inte alls någonting konstigt att en författare gör så här, det gjorde ju redan Dante. Han lät sina motståndare brinna i svetsande lågor och drunkna i gyttja och han gav dem spetälskesår över hela kroppen. De fick gnaga sig igenom hjärnskålen på sina fiender och slafsa i sig innehållet. Det måste ha varit en oerhörd fart på florentinarnas partyn när de hade läst hur vänner och bekanta enligt det aristotelisk-tomasiska systemets stränga uppbyggnad straffades för sina tillkortakommanden. I vår tid vore det kanske att ta i, oss passar Swedenborgs helveten bättre. Lillemor tycker att Babba är som klippt och skuren att skriva om de sjaskiga och mycket privata hörn av Gehenna dit änglaskådarens samtid förflyttades och dit de fick ta med sig sin lukt av smutsiga strumpor. Olle Hedberg måste ha förstått Swedenborg tänker Lillemor för han skriver någonstans om grymtandet av trivsel från de fördömdas gyttjepölar.

Sen tillverkar hon sin gamla tröst om natten: värmer mjölk med honung i mikron och fyller på med en kapsyl konjak efteråt. Detta lenar och värmer och när hon krupit ner under täcket börjar hon läsa paperassen från sidan ett igen och märker att hon är i en roman och ingenting annat. En vanbild av henne är huvudpersonen i den.

Framgång Lögner Sotlukt

Jag skrev boken om ett mord bland laestadianerna. Det var inte en vanlig deckare för jag hade börjat tröttna på den ruljangsen. Lillemor tyckte aldrig om idén och avskydde både myrarna och människorna däruppe. Grått, sa hon, genomgrått. Absolut ingenting för en deckare, inte ens för en vanlig roman. Jag sa att berättelser är språk, inte verklighet. Och du kan inte påstå att mitt språk är grått. Hon satt med de första sidorna i spiralblocket och läste. Motvilligt skrev hon rent och petade i det gråa. Hon begrep inte att om mitt språk var grått så var det grått som hänglaven i granarna och som gryningsdimman över den älv där liket sänktes. Lillemor aktade sig för att klaga men var nervös. Hon trodde att det här kunde vara slutet för oss, att vi hade fastnat i det gråa och att kritikerna skulle döda oss av leda, ungefär som man knäpper en bladlus som förirrat sig in på boksidan. Och så blev det succé.

Sverige hade några kvinnliga journalister av format vid den här tiden. Det var damer som injagade lika delar skräck och häpen tacksamhet när de ringde och begärde en intervju. Begärde förresten – de talade om att de tänkte komma. Och det betydde: nu är din lycka gjord lilla vännen.

Thea Oljelund från Grängesberg skrev i Året Runt och

körde en snabb sportbil till uppdragen. Hon hade empati som specialitet och ordnade insamlingar för beklagansvärda som hon också skrev om. Men jag varnade ändå Lillemor för att ta henne för en snäll tant, för utan giftgadd lär ingen ha kommit så långt som hon i tidningsvärlden. Så fanns Bang som var cigarretthes och ärrad av sina bravader i olika krig. Hon åtog sig gärna att höja en söt flickas status om hon visade tillbörlig tacksamhet. Och det gjorde ju Lillemor. Hon var utom sig. Man kan gott säga att hon var berusad. Förut hade hon bara smuttat på drogen, nu var det dags att svälja den i stora klunkar. Lycka, lycka! Att den var farlig föresvävade henne inte. När jag tänker på henne på den tiden, hur söt hon var, hur entusiastisk, hur hon skälvde i stora tillitsfulla leenden blir jag rörd. Då tyckte jag att hon var fjompig.

När intervjuerna publicerats blev jag arg. Jag som aldrig skällt ut en enda människa i hela mitt liv, för jag hade aldrig haft vare sig anledning eller tillfälle till det, läste lusen av henne så att hon började snufsa och torka tårar med en Kleenex som snabbt blev blöt.

Apa dig inte, sa jag. Det hjälper dig inte ett enda dugg. Du har satt mitt rykte som författare på spel med ditt enfaldiga pladder.

Ditt rykte! *Du.*

Ja, vem fan är det som är författare av oss två? Skulle du ha fått ihop en roman om folket i Lannavaara?

Det var jag som var där, sa hon och satte upp näbben som vid det här laget var gråtsvullen.

Men du såg inget. Du bara rös och åmade dig när toaletten på pensionatet inte ville spola och du skruvade opp locket på vattenbehållaren och hittade tre flaskor smuggelsprit och en plastpåse med kondomer. Det är ditt bidrag.

Du har aldrig varit där. Hur skulle du...

Jag *läste.* Vet du vad det är? Jag läste om laestadianismen, om Laestadius själv, om folket, om deras språk som du kallade finska men som heter meänkieli och du vet inte ens vad det är. Det är ett språk som har en helvetes massa kasus, illiativ och essetiv och fem till som du aldrig hört talas om. Och du gick med på att ta bort repliker på *finska* som din jävla förläggare trodde att det var. Men jag hade gjort mig hemma där och det är mer än du gjorde när du satt ytterst på stolen i pensionatsmatsalen och petade i nåt som du trodde var lappskojs men som var suovas. Hör du det! *Suovas.* För det var lappar där också, de drog mot sommarbetet med sina renar och du begrep ingenting. Och så läste jag Stina Aronson om alla sugande skymningar och jävla myrar som finns däroppe.

Du plagierade!

Nejdu, det gjorde jag inte. Jag gjorde det till mitt. Jag läste och smälte det och det blev mitt. Litteratur lever av litteratur, fattar du inte det? Kommer av sånt som är skrivet, berättat, *kommer av det som är läst!* Du är ingen författare, det ska du komma ihåg. De enda påhitt du har åstadkommit är de där enfaldiga lögnerna i tidningarna.

Det är inga lögner.

Jo, det är lögner från början till slut och det vet du. Men det värsta är att du inte har hållit ordning på dom. Till den ena berömda journalisttanten sa du att du fått idén att börja skriva när du arbetade i filmvärlden i Stockholm och såg hur falsk och ytlig den var. Gudhjälpemej vilket skitprat från en som trippat omkring där och *trivts* och tjänat pengar dessutom! Till käringen som skriver för Vecko-Journalen sa du att du fick idén att börja skriva när du hade tråkigt under din uppväxt i Härnösand och såg ett ljussken bland träden och blev rädd och allt vad det var. Du växte inte opp i Härnösand och du har aldrig haft tråkigt en sekund i ditt liv. Du vet inte vad det är att ha tråkigt för då kanske du kunde ha börjat skriva själv. Litteratur kommer nämligen också ur leda. Men det vet du ingenting om. Inte ett skit. Och nu har du satt foten i en jävla potta. För dom där tanterna är proffs och dom går igenom varandras artiklar som om dom läste Dödahavsrullarna. Dom vill se om andra fått tag på nåt som dom själva inte snappat. Vänta ska du få se när en av dom slår till. Och jag tippar att det blir den som verkligen är farlig, hon som skriver för Vecko-Journalen. Om det inte blir båda två. Och det ska jag tala om för dig att det här var sista gången du satt och babblade bort mitt rykte som författare. Hädanefter ska jag vara med vid intervjuerna. Jag tänker hålla käften och du får förklara min närvaro hur du vill. Men jag ska lyssna och det tror jag kan dämpa din lust att prata på utan att tänka dig för.

Vi hade gjort succé och blivit osams. De stora journalisttanterna som ångat in i vårt författarliv hade makt att sänka oss. Gudskelov hade inte den vassa Marianne Höök kommit fast hon gjort opp om en tid. En lammunge som Lillemor hade hon kunnat sprätta opp med sin vassa lillfingernagel. När jag skällde ut henne för hennes naiva babblande gjorde hon något som jag då inte tyckte var särskilt Lillemoraktigt utan bara konstigt. Men jag skulle få lära mig att hon hade en sida som inte kan kallas annat än subversiv. Så småningom skulle den ta sig starkare uttryck. Nu gav hon sig bara iväg i bilen och lämnade mig på torpet. Jag trodde att hon skulle komma tillbaka när hon snyftat färdigt men det gjorde hon inte. Jag satt där med en burk avslaget kaffe, en påse makaroner och en flaska intorkad ketchup och det gick ingen buss förbi på landsvägen tre kilometer bort förrän klockan elva nästa förmiddag.

Jag sov inte så bra den natten. En gång vaknade jag av att jag hörde en spårvagn. Jag insåg att det inte fanns några spårvagnar i Uppsala längre för vi hade ju följt den sista till ändhållplatsen ute vid Graneberg. Sen kom jag ihåg att jag befann mig under fuktiga filtar i en utkyld sommarstuga. Ur mitt liv steg ljud opp när jag sov. Jag hörde farsans tofflor mot korkmattan och det ettriga slamret av Haldan när Lillemor skrev rent våra berättelser.

Medan jag fortfarande var halvt om halvt kvar i sömnen kom den smutsiga gubben tillbaka. Han skrämde mig lika mycket nu som när jag betalat kräftorna som Lillemor hade fått av honom. I hans mörka smedja där luften ännu var frän av sotlukt hade jag försökt hålla tillbaka rädslan. Borta i hörnet hade han sysslat med något jag inte kunde se. Jag hade hållit femtilappen i nypan och aktat mig för att se för mycket. Men minnet sög åt sig mörkret och när mitt medvetande var flytande mellan sömn och vaka steg det upp.

I vilken hjärnhalva förnuftet än håller hus så fungerade det när jag vaknade och sa åt mig att jag trodde mig minnas någonting som jag inte ens hade sett i smedjans mörker. Alltså var det hjärnsprattel och mardröm.

Men jag såg det och jag hade sett det gång på gång i sömn eller halvvaka.

För Lillemor hade jag berättat att gubben i smedjan kom tillbaka till mig i drömmen och att jag brukade vakna stel med torr mun och öppna ögon.

Jag sov men hade ögonen vidöppna, kan du förstå det?

Då hade hon skrattat åt mig.

Känner du inte igen det? Gubben. Det mörka fasansfulla som han sysslar med. Menar du att du inte vet vad det är?

Nej, sa jag. Om jag visste vad det var skulle jag inte behöva vara rädd.

Det är Anna Karenina, sa hon. Bonden med något redskap som skrämmer Anna.

Precis så uttryckte hon det och hon trodde sig plocka

bort all fasa så enkelt som om hon använt pincett. Bonden-med-något-redskap-som-skrämmer-Anna lät verkligen inte farligt. Hon hade väl från början varit beredd att redogöra för det på ett examinatorium i litteraturhistoria för att sedan effektivt gå vidare till den sociala kontexten eller det undermedvetnas gestaltning.

Hon visste inte att det man läst blir levt liv. Hon förstod inte att de bilder som det lästa framkallar förvandlas till ens egna, inte Anna Kareninas när hon ser bonden och hans redskap eller Herb Clutters när han ligger bunden i källaren och livet rinner ur honom eller Adam Rzepins när han hör skriken från råttburarna i Łódź. De är mina. Jag kan se dem i mitt eget mörker. Förresten visste jag att hon hade fel. Vad det än var jag sett så kunde det inte avfärdas med att det kom från Anna Karenina.

Lillemor vet ingenting om det innersta i det vi kommer ifrån. Hon pratar på och konstruerar rimliga förklaringar. Det rimliga tar man till för att man inte rår med att tänka på de dunkla och komplicerade orsakskedjor som ligger bakom varje händelse i våra liv där vi varken är aktörer eller åskådare utan sprattlar på ytan av en stark ström som driver oss och händelserna fram över sitt mörker.

Hon hade alltid aktat sig för mörkret. En sak är säker: hon hade aldrig rullat sig i blålera på älvstranden och blivit svart. Hon vände kvickt bort huvudet när Assar Malms hynda kom gående på bakbenen med buken hängande och de uttänjda spenarna dallrande. Minnet steg upp som något halvdränkt som ville visa sig nu när jag satt och frös i köket där elden i spisen bara pyrde utan att riktigt ta sig. Jag borde vara här mer, tänkte jag. Fast med strålkaminer och bra ved.

Det var henne jag mindes. Henne och hennes psykopatiska morsa och en fjompig tant och en unge som sjöng Plocka vill jag skogsviol tvåstämmigt med Astrid. Hon som nästan säkert var Lillemorflickan såg sur ut. Nån vidare sångröst har hon ju aldrig haft och det syntes att hon var avundsjuk.

De satt alla fyra på en filt och där var det kaffekoppar, glas, bullfat, saftflaska med patentkork och en röd termos. Jag är säker på att det var hon, så säker som man kan vara efter alla dessa år, för vi är alla så vanskligt utbytbara. Minnet placerar oss i fack som de bokmärken vi flickor hade i en skrivbok med vikta blad. De döljs och dyker upp och har ibland bytt plats. Men alltid står bilden kvar med termos och bullfat och de två småflickornas baddräkter som var sydda med rynktråd så att det blev bubblor över hela tyget. Jag var arg för att jag inte hade nån baddräkt, hade glömt den förstås och morsan sa: Äsch doppa dig du, det är ingen som ser.

Jag sam i älven och den tog mig som armar och bar mig (morsan: inte för långt ut! inte för långt ut!) och jag bars av älven förbi björkskogen och sälgbuskarna som dolde det pimpinetta sällskapet för oss och hörde över vattnet det där ljungens fina frans i två stämmor: frans, frans frans. Jag tyckte det var urlarvigt.

När jag gick upp på stranden såg jag de tre fjomporna och Astrid Troj som i alla fall inte var fjompig. Och då sam jag motströms i älvens starka vatten tills jag kom till stället med blålera och där rullade jag omkring och målade mig över hela kroppen och i ansiktet också. När jag var svart smög jag genom videbuskarna så jag kom fram i kanten av björkdungen, fort, fort för man är bara riktigt svart innan leran torkar. Och där hoppade jag och skrek och slog med armarna och skrek och skrek.

Men dom vart inte så rädda som jag hade hoppats. Dom stirrade bara. Då kom farbror Assars hynda, hon hade väl hört mig. När hon fick syn på filten med bullfatet avancerade hon snabbt och en bit ifrån den reste hon sig på bakbenen och började ta sig framåt. Det var hennes konst som farbror

Assar hade lärt henne; hon gick på bakbenen. Fast egentligen hasade hon sig fram. Då började dom skrika allihop. Dolly var tjock och hade hela buken full av hängande gula spenar. Hon dreglade lystet efter bullarna och flåsade tungt för hon hade ett stort tillplattat tryne som det var svårt att andas med. Det var röda rinnande kanter runt hennes ögon och högerörat var avbitet.

Morsan kom springande, hon hade hört skriken. Hon knuffade till Dolly och gav henne en klatsch i ändan så att hon började skumpa tillbaka till våran filt och till farbror Assar som hade en näsa med samma färg som övermogna måbär. Mig tog hon rätt hårt i armen och drog mig ner till vattnet.

Nu tvättar du dig, sa hon.

När vi var tillbaka till filten och jag hade fått på mig kläderna frågade hon varför jag gjort så där.

Det var inte jag. Det var Dolly dom blev rädda för.

Jag hörde dig, sa morsan. Varför ville du skrämma dom?

Äh, såna där fina människor...

Men då skrattade morsan lite och sa lågt:

Nej du, det är dom inte.

JA, DET ÄR en roman. Och för Lillemor har den samma sug som romaner alltid har haft genom hennes liv. Eller noveller för den delen. Hon har nyss läst Alice Munro och förstått att om hon gick ut skulle hon störta ner i en geologisk sprickbildning, om hon stannade inne riskerade hon att bli dödad av en trippelmördare, om hon gick till doktorn skulle hon få cancer och om hon gifte om sig med en pensionär som letade efter rätta storleken på en stjärnskruvmejsel på Clas Ohlson så skulle han snart överge henne för en ung skönhet som kunde skruva i sina proppar själv. Fast de goda författarna ihärdigt talar om för oss att slumpen är mäktigare än den goda viljan och att världen är full av sprickhål, så är det så underligt trösterikt att läsa goda böcker. De är bättre än verkligheten, mycket bättre för de är koncentrerade och *styrda*. Vi behöver styrsel och styrning. Människan är väl en meningsskapande varelse men det är svårt att skapa mening i ett liv som har lika mycket kongruens och kontinuitet som reklamaffischerna som glider förbi i tunnelbanestationernas rulltrappa.

Nu trillade jag inte ner i en geologiskt formad spricka konstaterar Lillemor, utan jag grävde själv min fångstgrop och livet la en försåtminering över den som var så förföriskt och realistiskt arrangerad att jag trodde mig gå på släta marken.

Hon har läst i Forskning & Framsteg att den fria viljan

inte existerar, att tiden kan gå både bak- och framlänges och att orsak och verkan inte tycks ha något med varandra att göra. Men det är på kvantnivå och här där hon traskar över bedrägligt slät mark är det en helt annan sak. Där gick igår ett vackert kristallglas sönder därför att hon tappade det på hällen framför spisen. Glaset hängde inte i luften för att vara något som både hade hänt och inte hänt och orsaken till att hon tappade greppet med våta, diskmedelshala handskar var fullt klar liksom den fria vilja med vilken hon tagit fram det för att muntra upp sig med dess skönhet kring ett djuprött vin en grådaskig höstkväll. Kajorna hade skränat kring Hedvig Eleonora när hon gick hem och hon hade förstås tänkt: någon sköt sig här igår. Men hon hade inte anat att hon nästa dag brutalt och magiskt skulle försättas tillbaka till kajornas, dikternas och självmordens Uppsala genom en så enkel tidsmaskin som en roman.

När hon går tillbaka till sängen med ett glas vin, nu för säkerhets skull i ett vanligt dricksglas, vet hon att hon stiger ombord på den maskinen igen och den ska förflytta henne så lätt som om den bars av uppvindar och heliumgas till nejder som hon varit i och mycket väl känner igen. Men de är samtidigt lika falska som målade pappkulisser på en gammal teater. Och tänk att hon glimtvis njuter av att vara Lillemor Troj i den där romanen, i alla fall så länge som hon läser, och hon önskar varje människa den pirrande upplevelsen att läsa romanen om sig själv.

Det är det här som är felet på mig, tänker hon. Jag njuter när det pirrar.

Göl Svärta Lera

Det var mörk höst nu. Lillemor ringde mig en eftermiddag och sa att jag skulle visa henne till sumpen bakom tegelbruket. Men den fanns ju inte längre för de skulle bygga hyreshus därborta och tegelbruket som luffarna sovit i var rivet. De kom inte längre och ringde på för att få en smörgås av mig och ett par kronor till pilsner.

Hon kom ändå och hon hade kartonger i baksätet.

Finns det ingen annan sump? sa hon. En göl eller nåt. Jag vill bli av med en del grejer.

Jag tyckte soptippen skulle vara rätta stället för det, men hon var rädd att sakerna skulle synas där. Kanske skulle någon snoka i dem och på det viset kunde de dyka upp igen. Hon ville dumpa dem för gott. Det lät ruggigt och jag sa att man kunde tro att hon hade ett styckat lik i kartongerna.

Det har jag också, sa hon.

Det fanns ju en göl på torpet, svart och djup, påminde jag henne. Så vi åkte dit, fyra och en halv mil på den spikraka vägen för virkestransporter och sen in på krokvägen under ekarna som ännu hade några få löv kvar. Vi hade smörgåsar med oss som vi skulle äta när det var klart, men om vi skulle dricka kaffe i stugan måste vi tända i köksspisen redan nu, för det var utkylt därinne.

Vi glömde att tända ett hopknycklat tidningspapper i sotluckan så det rykte in. Det var svårt att hämta ved också. Uthuset var kolmörkt och saknade lyse. Det var något vansinnigt över hela företaget. Lillemor byltade på sig ett par randiga strumpbyxor som hon hittade i en byrålåda och två tjocka tröjor som hon bar under kappan. Ändå frös hon. Hon lät inte som vanligt heller.

Till slut brann det rätt pålitligt i köksspisen och vi började kånka lådorna mot gölen. Det hade blåst upp och trasiga moln drev i en grå ström över himlen och blänkte ibland metalliskt. När månen glimtade till såg man i alla fall var man satte fötterna. Men man vande sig vid mörkret och såg bättre och bättre. Hon hade bett mig hämta en kratta och nu när hon började tömma innehållet i kartongerna ner i det svartblänkande vattnet skulle jag köra ner buntarna med krattan så att de inte flöt upp igen utan sjönk.

Du skulle ha bränt det här, sa jag. Det är ju papper alltihop.

Det finns ingenstans där man kan bränna nånting när man bor i stan.

Jag fattar inte varför du håller på så här, sa jag och körde med krattan mot pappren som hela tiden flöt upp igen. Lillemor snyftade. Jag tror det var av ilska. Hon tog krattan ifrån mig och började själv bearbeta pappren. Det skvalpade och de dök och kom upp igen. Men i längden verkade det ändå som om de flesta försvann.

Medan hon stod och körde med krattan och vände ryggen till tog jag några papper ur en kartong och stoppade dem på mig. Ur den sista kartongen lyfte hon opp något som blänkte. Jag kunde först inte se vad det var men när månen kom fram ur flyende molntrasor kände jag igen morfar generalens lysningspresent. Den ena kandelabern hamnade med ett plask långt ute i gölen. Hon hade kastat med stor kraft.

Jag ryckte henne i armen och försökte dra henne därifrån. Men hon gjorde sig fri och tog upp den andra pjäsen och slungade den långt ut.

Är du inte klok! sa jag.

Nu är det klart, svarade hon bara och så samlade hon ihop kartongerna och satte dem i varandra och började bära dem mot stugan.

LILLEMOR MINNS HUR hon gjorde sig av med allting men det verkar som Babba aldrig förstod varför. Hon visste ingenting om gonorrén som Rolf hade gett henne och den var förresten botad för åratal sen. Men att avhandlingsexcerpterna blev dränkta tillsammans med hans morfars kandelabrar var ju bara följdriktigt. Fast följder kan dröja. Den lilla grekiska pojken fick återvända till barnhemmet.

Lillemor minns att de la in henne på avdelning 57 igen, men hon tror inte att hon stannade mer än en vecka. Eftersom hon inte som förra gången var farlig för sig själv kunde de ju inte tvinga henne. En blåsmarig februareftermiddag gick hon till Göran Ceder som var en av Roffes JO-bröder och han hälsade henne:

Syster lilla! Vad förskaffar mig den äran?

Hon önskade att det vore sista gången hon behövde lyssna till sånt tillgjort prat men nu var han alltså direktör för Studentbostäder och hon måste beveka honom att hjälpa henne. Och det gjorde han, för hon har ju recipierat i Juvenalorden och har rätt att bära både silveruggla och Stormästarens kors.

Han blev förbluffad. Chockad kan man säga. För så här skulle väl inte en skilsmässa gå till i bättre kretsar. Bara ge sig iväg. Inte ens ha nånstans att bo. En kall fläkt av något som var mer än förvåning. Den minns hon.

Det blev en av studentbarackerna på Artillerigatan. I rummet bredvid bodde en naturvetare som höll på att konservera en fasantupp som han påstod att han hittat död. Men antagligen hade han tagit den i en fälla eller nånting för han var fixerad vid döda djur och fyllde deras tomma skinn med gips och satte in ögon av glas i deras skallar. Den här gången kom hon in i rummet i ett tidigt stadium av processen, den flådda fågelkroppen låg på skrivbordet. Egentligen kom hon för att be honom skruva i en glödlampa i takbelysningen som hon inte nådde utan stege.

Vilken middag man skulle kunna göra med den där!

Då sa han att den var full av kvicksilver och därför helt oätlig.

Konserverar du dom med kvicksilver?

Nej för fan, dom äter i sig det på åkrarna.

På åkrarna?

Sen förstod hon och då trippade fasanerna och riporna från Hellquists Vilt & Fisk förbi i hennes middagsbjudningsminne och hon undrade om hon helt enkelt bjudit på giftig mat. Gärna det. Just då hade hon nog önskat att de vore avlidna allihop. Av dödlig fasan och stuvning på oförvällda murklor och ripor i botulismens dödskramning med tranbär. Ett tag ligger hon bara och hatar i minnet, hatar så att hon blir torr i mun.

Sen blir hon sig själv igen och antar att hon den gången på Artillerigärdet bett fasanuppstopparen komma in och skruva i glödlampan när han fick tid. Hon kunde inte ens ge Jeppe något av fasanen. Han fick korngryn som hon kokat och blandat med malet oxhjärta. Hon hade tagit med sig köttkvarnen just för den sakens skull.

Han hade sin skruvtapp i magen och hon undrade om det skulle bli något elände av det hela, en inflammation eller så. För vad skulle hon i så fall säga till veterinären? Han skulle ju begripa att det var en stulen hund.

Var det tre opererade hundar kvar i sina burar i Fysiologens källare? Eller hade de varit tre med Jeppe? Hon kunde ju bara ta honom och det hade gått smidigt för hon hade sagt att hon skulle gå ut med honom som hon brukade göra. Bruno som gjorde djurförsöken skrev sin avhandling om magsyra. Han hade nog ringt sin gamla skolkamrat Rolle när hunden inte var tillbaka efter ett par timmar. Men Rolf visste inget om Jeppe och ännu ingenting om baracken på Artillerigärdet. Hon tänker på de tre andra hundarna. Eller två. Men det hade ju inte gått. En enda hund bara. Och det nästan av egoism för efter alla deras promenader älskade han henne så.

Hon hade gjort sig av med allting och stal den där hunden som nu fick heta nånting, vilket han inte gjorde förut. Han blev glad när hon sa Jeppe. Allting som hörde till det andra livet var borta. Äggstockar och livmoder hade tagits bort av den nya professorn när smärtorna blev för outhärdliga. Han talade om för henne att sammanträngningarna i äggstockarna hade gjort en normal graviditet omöjlig och att de berodde på den könssjukdom hon haft. Då hade hon inte förstått någonting.

Könssjukdom? Skulle jag ha haft en könssjukdom?

Det står här i journalen, sa han.

Hans ord gav mycket att tänka på.

Först tänkte hon på den förre professorn, den gamle fine mannen. Det var han som skrivit journalen. Han var så fin att han botade henne från vad han kallade en liten infektion utan att nämna namnet på den. Den nye professorn är inte så fin. Han säger som det är och ordet är gonorré. Rolf hade vad han kallade en infektion i en av familjens vitalare delar. Så hade det skämtats om det. Men han måste ha vetat vad det var, för den gamle professorn var nog inte lika finkänslig mot en karl.

Nu var det i alla fall över och hon har gjort sig av med allting och hon tycker fortfarande att det är skönt att tänka på det. Utom kanske på den där kyligt häpna blicken som Göran Ceder gav henne. Den behärskade bestörtningen över hennes deklassering.

Ödeläggelse Sopor

Vi delade systerligt på inkomsterna av deckarna sen hon betalt skatten, så jag hade kunnat köpa bilen som Bengt skötte om åt mig. Jag hade sagt opp mig från biblioteket och fått ett arbete på Lundequistska bokhandeln. Det var ju mest fråga om sortering, katalogisering och kontorsgöromål. Jag passade inte som expedit. Men jag var kunnig och det kunde de dra nytta av. Fortfarande bodde jag kvar i Bortre Svartbäcken. Lillemor och Roffe skulle köpa radhus i Norby; jag tror till och med de hade skrivit kontrakt. De hade beslutat sig för att adoptera en liten grekisk pojke. Efter Lillemors operation skulle han hämtas från Kramfors där Astrid Troj skött om honom medan Lillemor var på sjukhuset.

Hon skulle opereras för de där smärtorna. Sen skulle det bli en ny början med radhuset i Norby. Kulmen låg långt borta i framtiden då den lilla grekiska pojken hade studentmössa.

Men det blev inte så. Jag hade varit konfunderad redan när jag satt framför järnspisen i torpet och försökte tända den på nytt efter vår expedition till gölen med kartongerna. Pappren jag hade i fickan tittade jag förstås på innan jag knycklade ihop dem och stoppade dem under tändveden. Det var excerpter och långa tabeller och de kunde inte komma från nånting annat än Roffes avhandlingspapper. Jag vågade inte fråga henne vad hon hade gjort. Det var för besynnerligt. Var det inte kriminellt också?

Det dröjde åratal innan jag fick bekräftelse. Det hade verkligen varit Roffes avhandlingspapper. Kartongvis med dem.

Blev han inte förbannad då? frågade jag.

Han märkte det aldrig.

Märkte han inte att hans forskning hade kommit bort! Blivit dränkt.

Nej, sa hon, det gjorde han inte, för den där avhandlingen var hans livslögn. Jag la gamla tidningar i dom där kartongerna och ställde tillbaka dom i hans garderob. När vi flyttade isär måste han väl ha upptäckt det. Men han har aldrig sagt nåt.

Flottgrevar kallade morsan de rester som flöt opp i grytan när hon smälte ister. Roffe hade hållt på och åkt till Umeå en tid. Han gjorde reklam för läkemedelsbolaget i Uppsala, bearbetade de unga medicinarna på högskolan där. Han flöt opp som konsult med osannolikt dyra slipsar.

Lillemor bara försvann. Det dröjde fyra månader innan jag fick tag på henne. Då gick hon i Bäverns gränd med en stor mager hund i koppel. Jag tror det var en byracka och den var så långt ifrån hennes lilla nätta schnauzer som en hund kan komma.

Var är Puck? sa jag.

Han är död.

Ja, hundar dör väl så jag tänkte inte på att fråga mer. Det tog mig år att pussla ihop Pucks historia. Hon som annars kunde få riktiga utbrott av berättande, och det gällde också sorgligheter, teg länge om hunden.

Han var bara sex år, sa hon. Och vi dödade honom för att han bitit en unge i armen.

Hon kom inte över det.

En hund, sa jag. Du kunde väl inte ha en arg hund.

Han var inte arg. Han var inte ens instabil. Vi gjorde oss av med honom för att få ett barn.

Det var väl i så fall inte så konstigt. Om han bet barn så kunde ni väl inte ha honom.

Han bet inte barn. Han varnade först. Men när de inte brydde sig om det eller inte förstod hans morrning kunde det naturligtvis hända en olycka. Han var rädd om sin integritet.

Jag tyckte tanken att en hund kunde ha integritet var absurd.

Kroppslig integritet, sa hon. På den punkten var hon bestämd.

Men här i Bäverns gränd där hon stod i snöslasket, för det var i februari, och den stora hunden pissade på ett plank sa hon just ingenting. Berättade inte ens var hon bodde.

Det är tillfälligt bara, sa hon.

Vi kan väl åka ut till torpet, sa jag. Vi måste ju börja skriva.

Nej, det är slut med det.

Så trolös var hon. Så in i helvete falsk och svekfull att hon inte ens ville ge mig en förklaring. Som om alla de här årens arbete inte varit en gemenskap. Var vi inte ens vänner? Hade vi aldrig varit det? Vi var väl kompanjoner i alla fall! Levde hon inte på vad vi arbetat ihop. *Jag* arbetat ihop.

När hon försvann med den stora knotiga hunden som hade konstiga gula ögon och en metalltapp under buken förstod jag ingenting och kom mig inte ens för att följa efter henne. Det gjorde för ont. Jag gick åt motsatt håll i slasket, traskade så att modden skvätte på Östra Ågatan och stannade inte förrän jag kom till Güntherska. Det var dumt att gå in där för jag var väldigt nära att gråta. Jag tänkte ju på hur vi gjort opp om Lucianovellen därinne. Men jag gick i alla fall in och beställde kaffe. Det var skönt när konditorivärmen och de goda lukterna från kakdisken slöt sig omkring mig. Varför satt vi inte här tillsammans? Längst inne vid väggen satt Jarl Hjalmarson. Vad gjorde han här? Han var ju inte partiledare längre utan landshövding nånstans. Alldeles ensam satt han där. Jag mindes att han varit en skicklig trollkarl. Men det blev inget av det trots att han fick erbjudanden från en cirkusdirektör. Han blev i stället högerpartiets ledare och fångarnas vän. Nu satt han där med sin lilla randiga fluga och rörde i en tekopp. Ångrade han att han inte blev trollkarl? Ångrade jag att jag blev det?

De år jag traskade i mitt limbo hade jag i alla fall fördelen att läsa böcker som inte luktade illa. När jag skulle gå hem från bokhandeln på kvällarna smög jag ner dem i väskan. Det hade tagit slut med Bengt, ja, med hela Bengans Däck & Mek för han var sugen på att gifta sig och få barn så han började gå ut och dansa. Med de följder det hade. Det gjorde mig ledsen ett tag, men mitt största bekymmer var att jag skulle skriva ensam nu.

Något stort problem borde det egentligen inte vara, för jag kunde skriva. Jag var helt enkelt bra. Lillemors petande i mina manuskript behövdes inte. Det var ju dessutom jag som hade hittat på allting.

Maskinskrivningen verkade förstås urtrist. Att sitta krokryggig och hacka sig fram på tangenterna kunde inte vara något nöje. På den tiden hade skrivmaskinerna dessutom vagnretur som man fick skjuta tillbaka för hand. För varje radslut tjongade det till som en påminnelse om mekaniken i ens förehavande. Men det där kunde jag ju spara till sist. Liksom mitt verkliga bekymmer: att få boken förlagd.

Vad den skulle handla om visste jag. Ett udda par som bodde på Babelsberg i Kramfors i en dragig träkåk. Han vid flisen i sågverket, hon servitris på ett konditori. Det var väl farsan och morsan från början men paret fick snart ett eget liv i mitt huvud. Eftersom de hade sin försörjning och inte ville komma sig opp hade de en sorts oberörbarhet. Bara tanken att basa över andra förskräckte dem. De ville sitta vid sitt köksbord och läsa sig bort från allting. De trodde på sina politikers goda vilja och såg med överseende på deras maktanspråk. Fast de hörde till de stilla i landet var de inte så naiva att de trodde att såna som de själva skulle komma att besitta jorden. Det ville de inte heller. De ville bara leva på det sätt de lyckats prova ut åt sig utan att göra nån förnär eller bli skyldiga nånting annat än hypotekslånet på kåken. Det kunde verka originellt (mest på grund av deras besatta läsande) men jag var klar över att det fanns mycket egenartade för att inte säga konstiga levnadssätt och en hel del besattheter i Babelsberg och andra krokar i Kramforstrakten. Jag var tämligen säker på att det fanns sånt överallt.

Bilderna med deras liv fyllde mig så fort jag gick ut och gick på grusiga gator eller på vägar med multnande löv. Det var inga problem med den saken. Värre var det med tanken på förlag. Jag kunde inte se mig själv gå uppför den där berömda trappan som Lillemor beskrivit. Av dem som gått där var en del lusfattiga och desperata, andra lika lugnt borgerliga som förläggaren själv. Men de var inte som jag. Jag behövde förstås inte gå till det stora förlaget. Kanske skulle Tidens förlag passa mig bättre. Farsan hade köpt deras böcker genom ombudet på bruket.

Jag fyllde bibliotekskort med drömlivet i Kramfors men det vart liksom ingenting. Ingenting helt. Jag kan inte förklara det.

Och så var jag kvinna. Man ska inte jämföra sig med nån sa farsan alltid. Då gällde det väl mest när vi inte hade råd med rörskridskor utan jag fick ha de där urmodiga som man spände fast med remmar på pjäxorna. Men det satte sig. Fast nu jämförde jag mig och mådde inte bra av det. När Sven Delblanc gav ut Prästkappan blev jag modlös av avundsjuka men jag repade mig igen när han kom med den underliga Homunculus. Per Olov Enquist hade nätt och jämnt kommit i stöten vid den här tiden så honom höll jag nog inte ögonen på. Men det var inte möjligt att tänka bort de kvinnliga författare vars böcker låg på Lundequ och åtminstone delvis sålde som smör. Dagmar Edqvist. Jag var inte hon. Jag var inte Alice Lyttkens heller. Birgitta Trotzigs bråddjup var inte mitt och Sara Lidman hade farit till Sydafrika och fått ihop det med en svart man som blev landsförvisad sen. Hon såg sig som de svartas förkämpe. Jag var inte hon heller. Sanningen att säga var jag Lillemor Troj.

Ibland såg jag henne på stan. Vi vinkade på långt håll åt varandra men när jag gick rakt ut i gatan för att komma till henne försvann hon. En gång var jag nära att bli överkörd. Nära tycktes vara mitt predikament. Nära att dö eller åtminstone bli lemlästad, nära att träffa henne, nära att bli författare. Men det blev ingenting. Jag ska inte harpa om den saken för jag är egentligen inte introspektiv. Förresten träffade jag henne i alla fall. En gång på Landings; då kändes det som jag fått fast henne. Hon var lika förtjust i sötsaker som hon alltid varit och jag bekostade hennes frosseri för att få vara i hennes närhet.

När hon inte orkade fler bakelser, drack hon ur kaffet, knäppte upp sin lilla ödleväska och rotade i den. Hon fann inte vad hon sökte så hon pekade på min, som var av galon.

Pennan, sa hon.

När hon fått min Caran d'Ache, som var det enda dyrbara föremål jag ägde, höll hon upp den.

Titta här, sa hon. Vad är det här?

Min penna, sa jag.

Nej, det är en fallos.

Ånej tack, sa jag.

Jag menar som *symbol* förstås. Den är det manliga skrivandets symbol. Kreativiteten är *könad* och kvinnan kommer inte åt den. Hon är för formbar. Hon har genom hela historien tvingats göra sig sån.

Jag hade inget att säga för jag satt och funderade på ordet könad. Jag tänkte på encelliga djur och amfibier som steg opp ur havet och rundmaskar i komposter. När blev vi könade? Är förresten alla det?

När Lillemor fortsatte sa hon jag, inte kvinnan:

Jag är en främling, en annorlunda varelse i en manligt definierad värld.

Och jag då?

Kan jag inte få tala till punkt? Jag har tvingats in i en roll som behagsjuk, formbar *kvinna*, inte som ett skrivande subjekt.

Jag tror faktiskt det var första gången jag hörde ordet subjekt användas på det viset. Förut hade det varit förbundet med predikat och possessiva eller reflexiva pronomina och med subjektsregeln, sånt som Lillemor brukade tjata om.

Du är alltså ett skrivande subjekt, sa jag. Men vad är jag då?

Jag sa inte att jag *var* det.

Det tog en stund innan jag fattade att hon faktiskt ville bli det.

En annan gång sågs vi i universitetshallen efter en konsert i aulan. Vi gjorde sällskap neråt stan. Hon var sig lik, hade tunna skor som det var svårt att balansera fram med mellan regnpölarna. Av det hon lyckades få ihop genom att skriva artiklar, hålla ABF-kurser i litteratur och jobba på en folkhögskolas externat i stan tycktes det mesta gå till kläder. Konstigt nog skrev hon en politisk artikel och fick in den i en kvällstidning. Tiden började ju bli politisk; Göran Palm åkte buss och försökte kolla sitt utseende i en trafikspegel. Men han såg Världen i stället för sin egen finniga nuna. Det skrev han och det gav mig förklaringen till att han hade haft mer hår ner i ögonen än en skyeterrier när jag såg honom på studenternas litteraturklubb. Barbro Backberger dömde ut familjen och skrev med en hatisk energi som vållade henne mycket smärtsamma konfrontationer. Inte tycktes hon kunna försörja sig på det heller för jag hade sett henne på Tempo där hon stod och sålde plastmattor.

Att Lillemor skulle placera sig i den här frontlinjen hade jag aldrig trott, i varje fall inte innan hon demonstrerade det där med pennan på Landings. Men det fanns ju en skara skrivande människor som vaknat upp och såg världen och dem kunde man sannerligen sympatisera med. Fast jag hade aldrig trott att Lillemor skulle göra det.

Det hon skrev om var en sammanslutning som kallade sig Skogssnuvorna. Om ett par år skulle vi kalla dem ett kollektiv och deras program för Gröna vågen men just nu var de ett gäng arga fruntimmer som med sina barn ockuperade en nerlagd gård i Ångermanland. Marken och för den delen de fallfärdiga husen ägdes av ett av de största skogsbolagen. Kvadratkilometer efter kvadratkilometer gammelskog som varit en värld höll man nu på att förvandla till hyggen med stenstalp och rotvältor och i förlängningen till produktiva skogsplanteringar. Av hjärtans lust sprutade man ut hormoslyr och kväve och fosfor och ville naturligtvis inte bli bekikade av kamplystna entusiaster för ett naturligare liv och mindre exploaterande produktionsvillkor. Det var folk som visserligen bar inkaluvor och hippiehalsband men de skrev i tidningarna. Så man försökte röka ut dem som ohyra. De bet sig fast.

Lillemors artikel gick ut på att de hade rätt att bo i husen, rätt att försöka odla opp de igenvuxna åkrarna och igenslyade hagmarkerna. De representerade en annan ordning, ett experiment i alternativt levnadssätt och hon menade att vårt välfärdsland borde ha råd att tolerera så godartade avvikare. Det var väl en sorts naturrätt hon förespråkade och det med stor energi. Jag var förvånad. Sanningen att säga var jag häpen.

En vårdag kom hon in på Lundequ i en kostym av följsam manchester. Den var milt grön och satt som ett andra skinn på henne. Hon sa att hon ville köpa Rachel Carsons Tyst vår. Vi hade den inte inne så jag sa att hon måste försöka på ett antikvariat. Sen började jag själv jaga den där boken. Jag tänkte att om jag fick tag på den så skulle jag gå hem till henne med den. Jag visste nu att hon bodde i ett trädlöst område mellan Kvarngärdet och Gränby. Hon hade en liten Renault 4, en sån som hade växelspak som en paraplykrycka, och jag frågade henne om hon ville ha adressen till en billig verkstad. Men det behövde hon inte sa hon.

Jag blev besatt av att få tag på Rachel Carsons bok. Till slut tog jag ledigt och satte mig på Stockholmståget för att traska runt och söka på antikvariaten där. Det lyckades inte. Då stal jag den på stadsbiblioteket. Jag tyckte inte det var så märkvärdigt. Det var väl som om Balzac hade misslyckats med att få tag på Walter Scotts Ivanhoe när han höll på att slå sig fram i branschen och helt enkelt gick in och korpade den i nån salong. Eller om Strindberg hade stulit hans Förlorade illusioner, vilket inte alls är osannolikt att han gjorde när han skrev Röda rummet. Ibland måste man ha tag på en viss bok för att komma vidare.

Nu behövde jag egentligen inte läsa Tyst vår. Jag skulle stå utanför Lillemors dörr och om jag hade den i handen skulle hon ha svårt att avvisa mig.

Området där hon bodde var en stadsplanemässig och

arkitektonisk motsvarighet till de flera kvadratmil stora kalhyggena. Här skulle man jävlar anamma trivas eller också försmäkta. Och precis som efter en trakthuggning och skogsplöjning är det egentligen bara en enda art som är lönsam och överlever på såna ställen. Jag var ganska säker på att Lillemor inte hörde till den.

När jag stod framför hennes dörr och satte pekfingret på ringklockans knapp tänkte jag att hon kanske skulle bli förbannad för att jag dök upp igen och jag kände mig darrig. Det hade jag inte behövt göra. Dörren gick upp och där stod en främmande kvinna i städrock. Jag frågade efter Lillemor.

Hon har flyttat.

Vart då?

Det vet jag inte. Nånstans i Norrland.

Jag satte foten mellan dörr och karm och försökte vinna tid för att få veta mer. Jag ville se hur Lillemor hade bott också. Men från hallen såg man bara ett utrymt vardagsrum.

Hon ska väl komma tillbaka och packa, sa jag och pekade på en stor hög med kläder som låg på hallgolvet.

Hon har lämnat alltihop, sa kvinnan. Jag ska flyttstäda.

Hon tillade ganska aggressivt att hon hade fått lov att ta rätt på kläderna.

Det tror jag inte på, sa jag.

Hon försökte stänga dörren men det gick inte. Min sko var för bastant.

Jag tror att hon har glömt dom, sa jag.

Nu fick tanten röda fläckar på kinderna. Hon såg rädd ut också.

Ge mig nyckeln, sa jag. Det här ser inte bra ut. Men du ska få betalt för städningen i alla fall. Sen får du gå.

Jag gav henne fyrahundra kronor, nästan allt vad jag hade på mig. Hon fick på sig kappan och baskern i en fart och gav sig iväg med sin hink, sin mopp och en kasse fylld med trasor och rengöringsmedel. Hon var väl nöjd med att ha fått betalt två gånger och sluppit städa.

Jag hade trott henne. Det vore likt Lillemor att godtroget betala i förskott och sen åka sin väg. Det fanns inte en möbel kvar i lägenheten, bara flyttskräp. Kartongbitar, vinkorkar, säkringar från proppskåpet, hopknycklade tejpremsor, en udda strumpa, ett havregrynspaket som inte var riktigt tomt. Det låg riskorn och utspillt tvättmedel på golvet i köket och en nästan tom rulle hushållspapper. Och så var det den stora högen med kläder. Jag skymtade ljusgrönt siden.

Det var hjärtskärande. Jag drog opp den aftonklänning som hon velat bygga en roman kring. Den låg på den grå linoleummattan som en kastad hamn. Det väsen som fyllt den och rört sig i den var bortfluget. Kanske för gott.

Jag satte mig på golvet med benen utsträckta och tog varsamt upp den. Den var egentligen inte fördärvad, bara lite veckig. Särskilt den stora rosetten hade blivit tillknycklad. När jag vände ut och in på den såg jag att sidenet var styvt för att det hade fodrats med vlieseline. I fållarna var varje stygn omsorgsfullt utfört. Det hade kommit damm på kjolen men ändå var den inte förstörd.

En hamn.

Jag trodde på vad städfrun sagt om kläderna. Det hade jag faktiskt gjort hela tiden. Men det var så bedrövligt att se klädhögen att jag var tvungen att snyta mig för gråten. Visst kände jag mig löjlig men ännu mer gripen och fylld av motstånd mot det som hade skett här. För jag förstod ju att Lillemor Troj hade gjort ett av sina livskast igen. Nu skulle hon bli en annan och det ville jag inte.

Jag tog nycklarna, låste dörren efter mig och traskade iväg till ett nybyggt varuhus som hette MIGO och låg på Kvarngärdet. Där köpte jag ett paket med stora påsar av plast och så gick jag tillbaka till lägenheten. Det låg alla möjliga sorters kläder på hallgolvet, utom jeans och rutiga skjortor, såna som hon brukat ha på landet. Inga tröjor heller, inga koftor eller vindtäta jackor. Underst låg högklackade skor. Flera var av märket Magli som jag visste att hon älskade. Men där fanns inga stövlar och inga grova skor. Det var uppenbart att hon hade flyttpackat för en tillvaro som liknade den vi haft på torpet.

Jag packade ner dräkten av grovt helsiden, rutig i beige och blått, och en kort aftonklänning i starkt mörkgrön crêpe de chine med guldbård kring urringningen. En annan var av ljust chokladbrunt helplisserat siden. Det fanns en shantungdräkt i benvitt, en tweeddräkt i beige med små ljusblå inslag och passpoaler av skinn. Där fanns sidenblusar och linnebyxor i olika färger. Bomullsklänningar med blommor och med rutor och prickar. Jag kände igen den vitprickiga grå som hon haft när hon var som ynkligast efter sin första operation. Där låg i alla fall inte den milt gröna manchesterkostymen som var det sista jag sett henne i och som suttit som ett skinn kring hennes smala kropp. Varsammast var jag när jag vek ihop och packade ner aftonklänningen av äppelgrön duchesse.

Dans Musik Lögner Kramfors skönhet Eiras blod

Jag skrev brev till henne och hoppades att hon hade eftersändning. Det var som att stryka salva på eksem, lindrade för stunden men snart började ensamheten svida igen. Ensam var jag ju inte i vanlig mening. Jag hade till exempel en ny kille som jag träffat efter en bioföreställning på Röda Kvarn då bilen som jag parkerat utanför Västgöta inte ville starta. Batteriet var gammalt och jag hade nog kört för korta sträckor på sista tiden. Då kom han och stod och tittade en stund och sen satte han opp handen till tecken på att jag skulle ta det lugnt och gick efter startkablar som han hade i bakluckan. Jag gillade den där gesten han gjort. Den visade att han behärskade saker och ting, till exempel bilar. Såna killar är ofta goda älskare.

Han körde efter mig hem och fick öl och knäckebrödssmörgås. Jag hade ingenting annat än råa falukorvsskivor att lägga på men det visade sig att han gillade det. Vi hade sett samma film så det var lätt att prata. Han var bilskollärare och senare när vi kommit nära varandra berättade han att han fått hemorrojder av allt stillasittande och önskade sig ett nytt jobb. Det gjorde ju jag också fast springandet mellan lagret och butiken bevarat mig från himlafröjder. (De hette så med hans musikerjargong.) Vissa kvällar och alla helger spelade han trummor i ett band så det blev ännu mer stillasittande. Det var i egenskap av musiker han var snaggad och hade ett litet spetsigt skägg. Han spelade i ljusbruna gabardinbyxor, hade smala röda hängslen över nylonskjortan, lila strumpor och på fötterna långa eleganta myggjagare. Det var en tät, luddig känsla att dra handen över hans stubbade skalle.

I fortsättningen följde jag ofta med honom och lyssnade. Bandet hade en pianist som tyvärr var rätt nersupen men född musiker och ingenting annat. Hans ansikte var likblekt av innesittande och fullt av bobbor och därdor. Jag tror inte han visste vem general Westmoreland var eller var nånstans Vietnam låg. Han hade inte kommit till världen för att svara på frågesporter eller förändra världen utan för att spela. Mellan danslåtarna brukade han smuggla in rätt avancerad jazz och en gång var det Errol Garners Misty.

Jag brukar inte tappa taget men efter den låten insåg jag att jag nu levde ett helvetes normalt liv därför att jag var tvungen till det och jag skrek av leda. Jag gjorde det verkligen: travade iväg upp till Sten Sturemonumentet och skrek rakt ut. Lillemor svarade inte på breven. Jag visste inte om hon struntade i mig eller inte hade lämnat någon eftersändningsadress. Om vintern gick det ju an. Då är det normalt att vara utled. Men när våren kom och la en stor klocka av ljus om jorden och det började lukta våt jord och jag hörde talgoxar i stället för kajskrän, då var det svårare att stå ut.

Till valborg och första maj åkte jag alltid hem till Kramfors. Jag hatade när studenterna tog över Uppsala och bar sig åt som om det fortfarande var 1600-tal och de hade privilegiet att supa hejdlöst och trakassera borgarna. Som recentior hade jag traskat med i nationens tåg upp till Gunillaklockan när den skulle ringa i vårkvällen och eldarna tändas på slätten. Jag vill minnas att jag tyckte det var högtidligt. När vi var halvvägs i backen blev jag hejdad av en polis och avvisad. Jag var inte student sa han. Det var jag ju och med bättre betyg än de flesta av de halvfulla idioterna omkring mig. Men jag bar inte studentmössa. Jag tyckte att en vit mössa med skärm var ett utomordentligt löjligt plagg på alla utom charkuteribiträden. Jag fick alltså traska nerför backen igen och nästa förmiddag gav jag mig iväg till Vaksala torg där socialdemokraternas demonstrationståg samlades. Jag gick med och det kändes bra fast jag sanningen att säga aldrig har varit särskilt politisk. Sen dess har jag alltid åkt hem i valborgsmässohelgen.

Den här gången fick jag ta ut tre semesterdagar eftersom både valborg och första maj låg på vanliga veckodagar. Farsan ville som vanligt gå och se på den kommunala brasan som det året hade en gammal spark högst opp, hur man nu hade fått dit den. När manskören sjöng ville morsan ha en varm korv men jag sa ifrån för jag hade en överraskning åt dem. Jag hade beställt bord på hotell Kramm. Vi stod och dividerade om det medan kören sjöng Till skogs en liten fågel flög. Farsan ville inte gå dit. Jag visste att han var sur för att man hade döpt både stan och så småningom hotellet efter en träpatron. Varför hette inte stan Brantingsfors och hotellet Brantingsborg? Det kunde man förstås fråga sig, men tiden går sa jag åt honom. Ingen vet längre vem Kristian Kramm var och hans sågverk har ruttnat ner. Att jag undrade hur många som visste vem Branting var sa jag inte. Det blev bara morsan och jag som gick på hotellet. Jag hade beställt bord i bodegan men hon var inte riktigt nöjd med det, för hon hörde en pianist spela La vie en rose i stora matsalen. Då gick jag och drog den veckade skjutväggen lite åt sidan så att han skulle höras bättre. Men hon ville in dit. När jag en enda gång är här, sa hon.

Jag tyckte det var förargligt att fråga hovmästarn men morsan stod på sig och stegade in och övertalade honom. Han var en slickad typ men son till en av mammas gamla skolkamrater och jag hörde henne säga Hördu Sture! med den där rösten hon hade när hon ordnade opp bråk på kaféet förr i tiden. Så det hela slutade med att han petade in ett litet bord alldeles framför musiken. Nu var morsan nöjd.

När pianisten hade gett sig och orkestern började släpa upp sina instrument på scenen fick vi vår entrecôte med bearnaisesås och pommes frites. Den skulle ha kostat 13:75 i bodegan, här fick vi betala 18:50. Morsan ville ha snaps också, svart vinbärsbrännvin. Hon hade blivit upprymd redan av pilsnern.

Det blev fullt i lokalen. Tio studiecirklar som hette Y-Kvigan hade haft avslutning och beställt en massa bord vilket retade upp Kramforsborna som hade kamrater utanför som inte kom in. Man kunde ana att smockan som hängde i luften skulle avlossas när Y-Kvigan troppade av och kom ut i den kyliga vårnatten. Men det skulle dröja för kvigorna skumpade nu helhjärtat och hann knappt äta sin fläskfilé med champinjonsås.

Morsan fick dansa för hon hade flera bekanta där och hon

var fin på sitt sätt i den blommiga crimpleneklänningen som hon köpt till farsans 70-årsdag. När kyparen kom och frågade mig om vi skulle ha kaffe försökte jag ropa till morsan som dansade förbi men fick inget svar.

Hon hör inget, sa kyparen. Hon bailar och är lycklig. Så jag beställde kaffe åt oss. Jag var faktiskt glad att inte farsan var med för han skulle bara ha surat över priserna, Y-Kvigan, polisongerna, de framåtkammade luggarna och kostymbyxorna med utställda ben. Morsan var förundrad över att byxorna satt åt så hårt att man såg kuken avteckna sig till och med på grundskolans rektor.

Lite ängslig och ångerfull blev hon när notan kom för hon hade ju ingen aning om att jag hade pengar i ett bankfack och rätt mycket dessutom. För mig räckte deckarpengarna ännu men jag anade att Lillemor gjort slut på sina. Hennes skilsmässa hade varit en dyr affär. Den som bryter opp får köpa både ny lägenhet, bil och teve. I alla fall var morsan nöjd och när vi kom tillbaka till den lyhörda träkåken på Babelsberg hörde jag hur farsan vaknade och hon började berätta alltihop för honom, inklusive rektorns polisonger och trängseln i hans byxor. Då tror jag att han skrattade fast det inte hördes.

Nästa dag var det ju första maj och mina föräldrar skulle demonstrera för det hade de alltid gjort. Mot vad vet jag inte riktigt. Som deras avkomma skulle jag förstås gå med. Det hade jag gjort sen jag krigat med morsan om att ha halvstrumpor just den här dan hur kallt det än var. Vi kom sent iväg för hon upptäckte att det hade regnat och att hon skulle förstöra skorna. Det tog lång tid för henne att hitta pampuscherna och när hon äntligen fick fram dem borde hon ha bytt skor för de som hon hade på sig var för stora och hon fick nätt och jämnt pampuschgummit över dem.

Det var svårt att få igen dragkedjan och när hon tog i gick den sönder. Morsan svor, krängde av sig pampuscherna med deras nötta kant av kaninskinn och slängde in dem i farstun. Det hela hade tagit sin tid och farsan sa fruntimmer, ett ord som tydligen lättade trycket.

Vi rusade nerför gatan från Babelsberg där scilla nickade över grästuvorna som hängde ut från branten. En rälsbuss väste och rasslade till vänster om oss och dränkte för en stund ljudet från blåsorkestern som vi tyckt oss höra. Och när den rasslat färdigt var det helt klart att Internationalen spelades, tåget hade kommit iväg och vi var ordentligt försenade. Men vi snubblade ikapp och kom på Stationsgatan in bland de marscherande och farsan sa:

Det här är ju riktigt bra i år. Unga människor. Nu ska du få se!

Jag begrep att han såg arbetarrörelsens framtid ljusna för runt omkring var det stickade luvor och jeans och täckjackor och ingenting syntes av de propra brungrå som brukade trava fram här i den mundering som mina föräldrar hade: farsan i kort överrock och smårutig hatt med mycket smala brätten, morsan i sin gråa kappa med krage av syntetskinn och en blå filthatt. Den såg ut som de där minorna som stack opp ur havet när jag var barn. Men jag hade börjat bli misstänksam mot demonstrationståget för det var alltför många inkaluvor och halsband med stora träpärlor. Då sa farsan:

Vad fan är det där?

Han pekade på en skylt som gungade framför oss:

STOPPA UTROTNINGEN
AV AMAZONAS INDIANER

Går vi i VPK-tåget? morrade han. Ända sen Kilboms tid hade han fått konvulsioner av ordet kommunist. Nu svängde tåget så att han kunde se täten när den marscherade in på en tvärgata. Det är för fan inte Kramforsblåsarna, hojtade han för att höras. Jag känner varenda en i den orkestern. Det är Bollsta-Väja musikkår, sa en grabb i luva som gick bredvid oss. Ni går i Enhet-Solidaritet. Letar ni efter FNL-tåget? Det sista sa han förstås elakt och farsan tände direkt. Jag var rädd att det skulle urarta så jag tog honom i armen och drog honom till trottoaren. Det dröjde en stund innan morsan fattade vart vi hade tagit vägen och precis när hon kom skuttande över regnpölarna hörde vi en annan orkester blåsa Befria Södern och så ropen som skallade:

Leve leve leve FNL! Leve leve leve FNL! Folket segrar i Vietnam!!!

I det tåget var det ännu yngre människor. En liten pojke satt på axlarna på sin far och ropade outtröttligt:

Folket seglar i ett namn! Folket seglar i ett namn!

Herregud, sa farsan, nu indoktrinerar dom ungarna också.

Jag försökte lugna honom för hans ansiktsfärg var illavarslande. Vi hittade aldrig det socialdemokratiska tåget och jag föreslog att vi skulle gå till morsans gamla kondis. Men hon sa att det hade blivit nergånget så vi gick hem och åt gårdagens sockerkaka till kaffet. Den var med russin.

Herregud vilka tider, sa farsan.

Den lilla staden Verrières är nog en av de vackraste i Franche-Compté. Så skrev Henri Stendhal; han började hela romanverket Rött och svart med denna mening. Hans stad ligger vid foten av Jurabergen och ovanför de vita husen med spetsiga tegelröda tak finns kastanjedungar och floden Doubs strömmar livligt nedanför fästningsmurarna. Precis som min barndomsstad hade Verrières grundat sitt välstånd på sågverksindustrin. Egentligen borde jag kunna beskriva Kramfors som den vackraste lilla staden i Ångermanland eller varför inte hela Sverige. Ingen kommun har en så utsökt belägenhet som den, där den ligger vid Ångermanälvens mynningsvik kransad av skogiga berg och når ända ut till Höga kustens röda granitklippor. Den har säkert en lika lång och vacker historia som Stendhals Verrières, för här var sågarna i gång på 1740-talet och Gudmundrå pastorat fanns redan när stenkilska ätten levererade våra kungar på 1100-talet. Men Kramfors är ingen vacker stad för i Sverige har en segregationsande rått som ostörd har kunnat sortera skönhet från nytta. Numera är det vackra tuktat och kallas fritidsområden. I det dagliga livet då vi väntar på bussar och sätter kortet i kontorets kodlås anses vi inte ha behov av någon annan stimulans än inplastade muffins och automat-kaffe.

Därför har Kramfors politiker, liksom alla andra män som haft makt och kraft att gestalta landet efter sin livssyn, placerat sitt gråa Domus, sitt ännu gråare Folkets hus och sina regn-strimmade grusgrå hyreslängor så eftertryckligt i gatunätet att ingen kan komma ens att tänka på skog, klippor eller blåa vatten som ju är farliga för samhällsandan. Subversiva krafter har alltid lurat därute bland hotfulla, osprängbara stenblock, uråldriga träd och under falskt speglande vatten.

Kramfors har byggt hela sina tillvaro och sina innevånares välmåga på att man faktiskt kan spränga hur stora berg som helst och förvandla dem till grus. Man kan ta ner otänkbara arealer av skog och man kan tysta vatten fulla av liv genom att lägga ett ogenomträngligt spill av sågfiber över bottnarna. Allt är möjligt.

Historia i Kramfors är skotten i Ådalen och lilla Eiras blod, sevärdheter är den uppstoppade björnen vid Lundebron och Skuleskogen som förr var farlig men numera har försetts med skyltar, dass, papperskorgar, kartor och parkstigar. Jag var alltså som vanligt arg när jag efter det misslyckade demonstrationsförsöket traskade iväg genom stan för att leta på Lillemors föräldrar. De måste ju veta vart hon hade tagit vägen.

Enligt telefonkatalogen hade de flyttat och den nya villan låg i Gärdsbacken och var byggd av något som liknade vit kalksten men knappast var det. Framsidan bestod nästan bara av fönster och gardinerna var av jalusimodell som på hotell Appelberg i Sollefteå. I varje fönster stod två lampor med rosafärgad skärm och mässingsfot. Kanske var det snart dags att få Lillemor omgift för det här var sannerligen ett hus mer lämpat för bättre folks lysningsmottagningar än det förra. Trappan var av mörk granit. Det gick antagligen som smör att sälja plastbåtar. Till och med farsan hade ju en som det stod TROJS BÅTAR AB på. Kompanjonen Gustafsson tycktes ha försvunnit eller dött.

När jag tryckte på knappen till ringklockan klingade en melodi därinne. Det var ganska ovanligt på den tiden och jag måste ringa en gång till för att höra vad det var, nämligen Ach, du lieber Augustin. Sen fick jag ringa igen för ingen kom. På gräsmattan låg det tomma sektbuteljer och konstigt nog en trombon och en svart herrstrumpa. Längst nere vid häcken syntes det att man eldat i drivbänken. Det hade nog varit en uppsluppen valborgsmässoafton.

Det var till slut Kurt Troj som öppnade och han hade förutom skjorta och byxor ett prydligt rödrutigt förkläde med volanger på sig. När han fick se att det var jag såg han väldigt konstig ut men växlade strax om till hjärtlighet. Lite andfått sa han att han begrep att jag sökte Lillemor.

Men hon är inte här serdu. Jag vet faktiskt inte var hon är just nu.

Det var kanske sant om man tar det bokstavligt men lät inte så bra. Kurt Troj var ingen vaneljugare.

Det spelar ingen roll, sa jag. Det är bara hennes adress jag vill ha.

Ojdå, sa han. Det var värre det.

Han hade kommit ut på trappavsatsen, stod i svarta lacktofflor på den fuktiga graniten och stängde kvickt dörren bakom sig. Han stod lutad mot den men det blev tydligen obekvämt för han flyttade sig och sa:

Sjödränkt ek.

Jag kände mig som Alice och kunde lika gärna ha stått framför en kålmask eller en stelt grinande katt. Han måste ha insett att jag inte hängde med för han la handen på dörrskylten av trä och klappade den med stolthet. Det var den han hade fått mellan skulderbladen förut. Nu gick det ännu värre för honom: dörren som han lutat sig mot slogs opp och Astrid Troj visade sig och skrek (faktiskt):

Vem *är* det?

När hon fick syn på mig sa hon:

Om det är Lillemor ni söker så kan jag tala om för er att här har ni ingenting att göra.

Kurt Troj försökte säga något men svalde det när hon gav honom en basiliskblick. Hon hade en röd- och svartrandig sidenmorgonrock över absolut ingenting och luktade as ur munnen. Ansiktet med påsar av grå hud och rödstrimmiga ögonvitor var uppenbarligen själens spegel, andedräkten dess klädnad. Här rådde sträng bakfylla och Kurt Troj hade varit sysselsatt med att diska efter sjöslaget. Nu skuttade han omkring på gräsmattan som luktade smörsyra efter snösmältningen och plockade opp pinnar efter små raketer. Astrid gick in och slog igen dörren efter sig.

Han kom tillbaka till mig med några pinnar i handen och sa moloket:

Tyvärr kan jag inte hjälpa dig att få tag på Lillemor.

Då började jag begripa hur det låg till. Eftersom han var van att lyda när hans hustru spände ögonen i honom gjorde jag det också, ganska eftertryckligt.

Vill hon inte att jag ska ha hennes adress?

Han nickade och nickade som om han hade fått nåt fel på mekanismen i atlaskotan och sen drog han opp dörren bakom sig och smet in, fortfarande leende och vänd mot mig.

När jag var tio, kanske elva år lärde jag känna en flicka vars familj hade flyttat in i grannkåken. Hon hade en lilafärgad sammetsluva försedd med en lång silkestofs och hon ägde Viktor Rydbergs Singoalla. Jag brydde mig inte särskilt mycket om författare på den tiden för jag förstod inte deras roll i tillblivelsen av en bok. Böcker var världar. De fanns. Däremot visste jag hur barn kom till.

Här var nu Singoalla och flickan som var äldre än jag och hade läst den flera gånger. Hon hade sugit upp den med sin själ och var fylld av dess mörka åtrå som säkert gick hormonanstormningen i hennes kropp till mötes. Jag som var minst fem år yngre hade inte en aning om sånt. Att sexuellt begär liksom bröst och hår under armarna skulle drabba mig var mig fjärran. Det jag sögs in i när hon lånade mig Singoalla var häxerierna. Jag älskade att läsa om den svarte Assims mor som grinade med sitt tandlösa gap. Jag önskade att det hade stått mer om offerprästerna bland hans förfäder och om deras blodiga riter. Jag hjälpte opp bristerna i romanen genom egna tilldiktningar och traskade omkring i Kramfors yr av mina fantasier om offerknivar och vargarnas dreglande och vrål när de åt opp Erlands hundar.

Jag beundrade Naemi för att hon ägde boken men det enda

vi kunde mötas i var egentligen mörkret som det finns åtskilligt av i Singoalla. Jag gillade passager som *Mörkret hade insvept allt i en ogenomtränglig slöja.* Knivar kunde börja blixtra när *himmelen var höljd med svarta moln, som ökade mörkret.* Hon hade en annan smak och läste med en svag darrning på rösten: *Då blickarna så förenas, trånar även mun till mun, och snart mötas läpparna i långa kyssar som på en gång värma och svalka – som på en gång släcka och tända en blyg åtrå.* De två första meningarna kan jag rabbla opp, den tredje var jag tvungen att leta fram ur texten när jag skrev det här. Men Naemi kan kanske fortfarande läsa opp den.

Det måste till slut ha gått opp för henne att vi inte hettades opp av samma sorts mörker och förresten hade hon börjat läsa en fånig bok som hette Unga kvinnor. Naemi var nu ofta förkyld när jag kom och knackade på deras dörr. Hon slutade skolan senare än jag och jag visste precis när hon skulle vara hemma. Men en dag skulle hon hjälpa sin mamma, en annan dag hade hon så mycket läxor att hon inte kunde gå ut. Jag gav mig inte. Inte förrän jag fick se våta cykelspår på cementen framför dörren. De ledde till en skrubb där jag visste att de hade cyklar.

Hon är inte hemma, sa Naemis mamma.

Men jag var inte dum.

Sen dess har jag aldrig haft några väninnor. Det våta cykelspåret går över cementen i mitt hjärta.

Med Lillemor var det ju nånting annat. Vi har och vi hade ett starkare band än vänskap mellan oss och nu slet hon i det. Fast jag hade hört familjen Trojs dörrklocka pingla den där Augustinmelodin med sitt *alles ist hin, alles ist hin* var jag mer arg och beslutsam än modfälld. Mig skulle hon inte överlista. Det dög hon inte till.

NÄR LILLEMOR VAKNAR i förgryningen ligger manuskriptsidorna utspridda på täcket och på golvet nedanför sängen. Det är obegripligt att hon kunnat somna ifrån läsningen. Men Hypnos är en gud som smyger sig på, vilket man inte kan hoppas att Thanatos kommer att göra.

Medan hon samlar ihop sidorna och försöker lägga dem i nummerordning tänker hon att det här är inte mitt liv, det är en roman. Babba har berättat fram en litterär figur precis som Serenus Zeitblom berättade fram Adrian Leverkühn i Doktor Faustus. Men bakom "Babba" finns en Babba som jag inte känner, precis som det bakom Zeitblom fanns en Thomas Mann som gav den pedantiske humanisten röst. Sen börjar hon undra över den konstiga association hon fått: den enda likheten mellan Leverkühn och mig är att också jag, i historiens gryning, haft en könssjukdom. Men den gjorde mig inte vansinnig, tänker hon tappert.

Till slut hjälper ingenting mot insikten: komponisten Leverkühns pakt med djävulen är sammankopplingen. Då lämnar hon paperassen åt sitt öde och tar på sig sin skära molnhamn och ger sig ut till toaletten och sen till köket för att fånga sitt flyende förnuft. Medan hon mäter upp kaffe i bryggaren beslutar hon att nu ska denna Barbro Andersson avdemoniseras. Hon är alltför vanlig för att duga till djävul. Men genast faller det henne in hur banal ondskan alltid är.

149

Dess lilla syster, moster och kusin är alltid elakheten. Frågan är om den inte också är dess mamma. Den lever sitt liv på varje skolgård och varje mingelparty. Den roar sig, den trivs. Den grymtar i helvetet. Hon försöker minnas barnkroppen som hoppade på stranden av Ångermanälven. Men hon vet inte vad hon ser när hon framkallar den lilla djävulen som var nerkladdad med svart lera. Är det ett genuint minne eller är det minnet av det hon läste igår?

Då börjar det kännas riktigt otäckt. Kommer mina minnen att bytas ut mot scener ur den här pappersbibban? Har det skrivna makt att utplåna dem? Började jag själv utplåningen redan när jag berättade för Babba om mitt liv. Gudvetvad. Det mesta tror jag. Då diktade jag mig minnen och de ursprungliga bilderna försvann som om de blekts ut på ett gammalt fotografi. Och Babba diktade vidare.

Är allt vi ger vidare en handel med en diabolisk mottagare? Vi säljer ut vårt eget och vad får vi i utbyte? Medlidande, kanske hycklande, kanske glömt i morgon. Intresse, snart glömt det också. Beundran, besk av den avundsjuka som snart kommer att dominera det vi så aptitligt bjöd ut.

Var finns det berättande som inte är en handel? Var finns en mottagare som sluter mig och mitt till sig utan att förvanska det?

Gud. Ja, Gud.

När man älskar?

Ja, för det är ju av Gud. Men jag har nog aldrig älskat en människa så att det inte varit en handel. Sune fick mina förtroenden. Men inte allt. Om Babba och vår pakt teg jag. Jag fick hans i en blek sanningsnatt. Det dröjde årtionden innan jag förstod vad han inte hade berättat.

Vi bedrev handel. Vänligt och förtroendefullt och falskt.

Förstörelse och Gris

Andra maj var en onsdag och jag skulle resa hem nästa dag. På eftermiddagen gick jag in på Kramfors bibliotek bara för att se om det var sig likt. I tidskriftshyllan låg några nummer av Folket i Bild Kulturfront och jag behövde inte röra vid dem för att veta var hon var. Jag såg tvärsigenom pappret, hörde hennes röst, bitter och pipig, när hon berättade att de vägrat ta in hennes skildringar från Skogssnuvekollektivet. Skildringar. Det var alltså inte debattartiklar. Hon måste ha varit där. Och det var antagligen hos skogssnuvorna hon gömde sig med sin besvikelse för det ena och det andra i ett liv som aldrig ville bli som hon tänkt sig det.

Jag fick rota i tidningslägg på Västernorrlands Allehandas lokalredaktion för att få reda på var skogssnuvorna hade slagit sig ner. Nu var jag glad att jag tagit bilen när jag for opp. Jag ville inte berätta för mina föräldrar vart jag var på väg utan lät dem tro att jag skulle åka tillbaka till Uppsala och bokhandeln. Men dit hade jag redan ringt och sagt mig sjuk. Min upphetsning var förresten som en lindrig och behaglig feber och den gjorde mig lättare. Jag tyckte att jag hade fått mindre fötter, men jag flög inte fram. Det tog mig hela eftermiddagen att hitta gården som snuvorna ockuperat och när jag kom dit var den riven.

Det såg för ynkligt ut. Så här långt oppåt skogen och några mil från den öppenhet som älven skapade låg snön kvar på magra lägdor och vattensjuka åkerlappar. Gården var raserad med lagård och allt. Det verkade som om bolagets anställda hade slagit ner den med maskiner. Bråtar av halvruttet timmer, brädfodring där rödfärgen för länge sen gett sig för vintrarnas angrepp, trasiga tegelpannor och brutna halvruttna spåntak var det enda som återstod. På sätt och vis var det väl en välgärning för hur skulle de ha kunnat leva med småbarn här? Det hade antagligen blivit omöjligt redan på femtiotalet och då hade ändå gårdens manfolk haft jobb i skogen eller vid sågverket. Men skogssnuvorna hade tänkt dra sin näring direkt ur Moder Jords bröst som så här långt oppåt skogen var utsinade och kanske aldrig hade gett tillräckligt. Det måste sitta lungsot i timmerväggarna och odödliga vägglusägg under flagorna av det tidningspapper som de varit tapetserade med.

När jag gick omkring i snösörjan och fjolårsgräset tovade sig kring skorna kom jag till den gamla potatiskällaren. Pärkällarn kallad här. Den hade de inte rivit. Stenarna var tätt fogade och mycket tunga att rubba. Men dörren stod öppen och när jag gick fram för att kika in i källarmörkret kände jag stanken av dieselolja.

De hade gjort den oanvändbar. Dunken som de använt hittade jag vid brunnen som hade en järnpump. De hade lyft på cementlocket och tömt resten av dieseln i brunnen. På ett tomt bränslefat stod bolagets stolta namn.

När jag åkte därifrån tänkte jag på skogssnuvornas flykt med barn och påsar och väskor och kartonger och säckar och kände för första gången något annat än löje och medlidande.

Den första bebodda gård jag kom till efter skogssnuvornas rivna tillhåll hade en stor skylt över grinden. Den var av antagligen hemmagjort järnsmide och det stod ANTES RANCH på den. Jag gillar den tokenskap som får folk att med möda smida stolta ord över sin tillvaro, precis som jag gillade Kramfors träkåkar innan de flesta revs. En del hade till och med små tjärpappsbelagda torn. De ansågs förstås som en härmning av det borgerliga och väckte löje hos de arkitekter med partibok som kom till stan. Men dessa torn, liksom järnsmidet, är något annat: individualism av en sort som inte stirrar på sin egen substanslösa spegelbild.

Ante var hemma, omgiven av svansande hundar. En del skällde skarpt och han tog tag i min arm och klappade den demonstrativt. Han sa att det övertygade dem om att jag var vänligt sinnad och de slutade också skälla. När han fick se mig hade han känt lättnad sa han, för han hade trott att det var konkursförvaltaren som kom. När jag frågade vart skogssnuvorna tagit vägen efter katastrofen gjorde han en gest bakåt och sa:

Jag har dom här.

Men han hade dem inte inne i sitt stora röda hus med glasveranda utan i en stuga som hörde till gården och låg längre bort mot skogen. Han var så upprymd över att jag inte kommit angående den hotande konkursen att han ville bjuda mig på kaffe. Det tackade jag ja till för jag antog att om jag kom överens med snuvorna skulle jag bli bjuden på örtte eller i värsta fall yerba mate.

Ett urval av hundarna fick följa med in och satte sig förhoppningsfullt kring köksbordet. Jag hade fruktat att få det där syrliga ljusbruna kokkaffet som var vanligt i dessa trakter men Ante gjorde gott starkt bryggkaffe och bjöd på wienerbröd från frysen. Dem tinade han i järnspisens ugn.

Köpebröd, sa han. Tanten har stuckit. Kronofogden kom

samma dag. Det finns dagar i livet.

Det höll jag med om även om mina inte var så dramatiska.

Ja, dom jävlarna slog ner alltihop, sa han om gården som skogssnuvorna ockuperat. Tål ingenting som inte lönar sig för dom. Inte ens om det inte kostar dom nåt. Det är en princip det där serdu. Lönsamheten.

Nu tar vi oss en rök, sa han när vi druckit ur tretåren. Men vi gör det ute för den där jävla konkursförvaltaren är ju i alla fall en myndighetsperson. Han kan ha känslig näsa.

Han tog opp en tändsticksask med brunt smuligt innehåll och tömde det i ett cigarrettpapper som han rullade kring stoppen.

Det här är det absolut sista. Nu blir det andra tider.

I botten på tändsticksasken låg bara en kindtand kvar.

Man har sina minnen, sa han.

Vi rökte jointen utanför hans svinstall. Han hade en korsning mellan tam- och vildsvin, stora rödbruna bestar som klafsade omkring i gyttjan på sin rastgård. Det var åtta stycken.

Tre suggor är dräktiga, sa han. Den där galten borde vara en häradsbetäckare. Han är suverän. Och nu ska dom mäta ut dom eller vad det heter. Det är grymt.

Är du efter med skatten?

Javisst. Och jag är skönstaxerad för ingen tror att man kan leva på så lite. Jag har skuld på en traktor också och på teven. Den fick dom gärna ta men vad ska jag göra utan traktorn?

Varför tar du inte undan dom där tre suggorna och galten? Har du inte nån lada eller nånting som ligger lite undangömt?

Han stirrade på mig medan jointen brann mellan läpparna och sen slängde han den abrupt.

Va fan, sa han. Är jag inte klok! Varför har jag inte tänkt på det. Vad heter du?

Babba.

Babba, Babba... fast hur ska det gå till? Jag har grisburar men ingen traktor.

Du har väl en massa hundkoppel, sa jag.

Medan vi höll på att i stor brådska binda grisarna kom skogssnuvorna fram. De såg ut som hippies eller freakouts men var vänliga och soliga och de visste var Lillemor bodde. Det hette Solbacken, sa de. Det var uppenbarligen en ganska stillsam sorts rebeller. De hade pannband och dinglande smycken och småbarn satt fast i bärselar på deras ryggar. Också barnen hade pannband och fransar på kläderna som var av tunt läder och något tjockt som såg ut som gammal vadmal. Tovade mössor fanns det också och näbbskor med färggranna tofsar.

De sa att Lillemor var lärare, men vi hann inte fördjupa oss i hennes öden för nu skulle vi flytta grisar. Jag ska erkänna att jag var rädd för dem. De stora suggorna var lugna och rätt medgörliga. Jag ledde en i koppel, drog och slet för hon var intresserad av att böka överallt där vi gick fram. Ibland vågade jag knuffa henne bakifrån. Ante tog fargalten som var svårare att hantera. Han vågade inte lita på att ett hundkoppel skulle hålla utan hade letat fram en grov hästtöm. Framför galten hoppade en skogssnuva baklänges med en halv konsumlimpa att locka honom med. Han fnös och sparkade men rörde sig framåt. För säkerhets skull lät Ante två av de skarpaste tikarna följa tåget och så fort galten konstrade ropade han på dem och de skällde gällt och bet grisen i hasorna så att han blev spak.

Det tog hela eftermiddagen att ställa i ordning för grisarna i ladan när vi fått in dem där. Ante visade oss var han hade halm och vi baxade dit en vattenså och en foderbalja på en stor skottkärra. Det var snuvorna och jag som skötte transporten, Ante höll ögonen på vägen. När vi kom tillbaka efter mer halm hade också konkursförvaltaren kommit och spetade omkring i leran. Man kan undra hur roligt en sån har i sitt liv.

VAD ÄR DET för skillnad mellan att mata en råtta och en koltrast? Lillemor kan inte göra sig reda för det men hon minns den och den är fortfarande skarp. Hon äcklades inte när mannen hoppade omkring på huk och sträckte fram handen mot koltrasten. Men hon kunde inte låta bli att tänka på råttan för hon visste ju mycket väl att den fanns i buskagen eller i något hål i gräsmattan eller – o helvetes fasor – hade lyckats ta sig in genom altandörren.

Den där hoppande figuren med kexsmulor i handflatan var snälle, hederlige till och med snygge Sune, folkhögskolans rektor. En gång hade han bett henne sticka ner handen i hans byxficka och hon trodde att han gjorde ett grovt närmande. Men han hade en ekorrunge i fickan. Den var mjuk men bet henne i pekfingertoppen.

De kvinnliga eleverna matade en stor råtta som var skallig på ryggen och hade kal svans. De gav den sockerkaksskivor. Om eftermiddagarna luktade det alltid nygräddad sockerkaka i elevhemmets korridor. De var vuxna kvinnor, de hade sina liv, hade gjort aborter och läste veckotidningar. Deras transistorapparater spelade en musik som gick Lillemor svårt på nerverna. Liksom råttan. När den i skymningen kom fram och vädrade efter sockerkaka visade den två gula framtänder. Då tänkte Lillemor på koltrasten. Som var så söt. Men det blev bara värre av det.

Hon hade velat släppa Jeppe på råttan men vågade inte. Han kunde bli biten och förgiftad. När hon hade en håltimme och vädret var vackert brukade hon sitta med sin kaffemugg på stenbordet. Det måste ha varit ett gammalt kvarnhjul. Hon minns grova räfflor i sten. Jeppe låg liksom utstjälpt i majsolen. Fast alla hade lektioner skvalade radion, altandörrarna stod öppna och det var öppet in till den huggormsbitna flickans rum. Var det inte hon som skulle bli tandsköterska? I Lillemors minne ligger hon med ett ben utsträckt på en pall. Det är stort som en stock och blåsvart svullet.

Solbacken var en landstingsskola. Här gick de som om några år skulle tjäna samhället som poliser och sjuksköterskor. Gräsmattan var inte grön än, den var gråbrun. Man såg inte den blå älven som man gjorde i skolans broschyrer. Husen låg i fyrkant och var grågula. Maten lagades under uppsikt av en utbildad husmor. Det fanns en distriktssköterska som kom så fort något hände: ett epileptiskt anfall, en störtblödning eller ett huggormsbett. Lördagsfesterna kallades samkväm men det kom inte längre så många på dem. Många elever körde till stan i egna bilar och ägnade sig åt nöjen som gjorde att de måste gå till doktorn i Kramfors eller Härnösand. Rektorn och flera av lärarna upprätthöll en uthållig idealism.

Kanske är livet sånt, tänker Lillemor. Idealism mot störtblödningar. Hålla nån sorts gräns bevakad. Gräns mot vad då?

Hon minns mycket väl den lägenhet hon hade på elevhemmets gavel. Där var hon djupt involverad i de unga kvinnornas värld som luktade sockerkaka och hårspray. Den äcklade henne mer och mer. Råtta och huggorm hade tagit makten över hennes sinne.

Nu är hon i den eftermiddag då kexsmulorna var uppätna, rektorn reste sig, vinkade åt henne och hastade iväg till sitt ämbetes utövande. Han hade rutig slipover. Det var henne han hade uppträtt för, det visste hon.

Ett tag var det nästan tyst. Radion hördes förstås inifrån elevhemmet. Hon borde resa sig och förbereda en lektion i muntlig framställning. Men hon tvekade att gå förbi den öppna altandörren och få elevhemmets kvinnliga lukter i näsan. Hon tänkte på den tiden då hon rökte. En cigarrett vore en tröst och ett motvärn. Kaffet var urdrucket och hon bara satt där medan den fattiga håltimmens minuter rann undan. Hon antar nu att hon försökt försvara sig: jag arbetar fast kanske inte så uthålligt och inte alldeles helhjärtat. Men jag arbetar och hör till dem som upprätthåller gränsen. Jag lever ett normalt liv.

Om hon nu hade gjort det, så var det de sista soliga minuterna av det. För när hon satt vid stenbordet kom en figur fram ur buskaget vid soptunnorna. Eller ur en soptunna? Hon hade inte sett den förrän just då, inte hört någon bil och absolut inte tänkt på den här personen. Ändå var det som om hon stirrat fram henne.

Det var den där människan.

Dragkrok Höstregn

På kvällen inventerade jag en redskapsbod bakom elevhem-
met. Jag prövade olika tillhyggen och fastnade för en snö-
skovel. Jag såg Lillemors ängsliga ansikte mellan gardinerna
när jag ställde mig på vakt bredvid buskaget.

Det var skymning nu och precis som hon sagt att de skulle
göra kom en flock unga kvinnor ut. De hade träskor, koftor
och jumprar i skärt och ljusblått och tuperat hår. En av dem
smög försiktigt fram mot buskarna och jag hukade så att
jag inte skulle synas. Hon la något i gräset och skuttade sen
betydligt mindre försiktigt tillbaka till de andra. Sen stod de
alla på altanens cementplattor och tittade förhoppningsfullt
på åteln.

Råttan kom ut, gammal, slug och försiktig. Vädrade. Bör-
jade ta sig framåt släpande den tunga gumpen och den kala
svansen efter sig. På huvudet var hon skallig. Hon stannade
och vädrade igen men jag hade ställt mig så att den kyliga
kvällsvinden låg rakt emot mig.

Nu snaskade hon sin sista måltid. När hon retirerade
drämde jag till. Hon blev platt. Borta vid huset skrek hen-
nes välgörarinnor som måsar över en kommunal soptipp.
Lillemors bleka ansikte försvann i fönstret.

När jag kom på eftermiddagen hade hon suttit vid ett
stenbord, klädd i den där mattgröna manchesterkostymen

som jag tyckte så mycket om. Hon hade lagt båda armarna på bordet och höll händerna knäppta. Till en början märkte hon mig inte och det fanns något stelt i hennes ögon. Hon tycktes sakna blick. Kanske sov hon fast ögonen var öppna? Det värsta var att hon var mörkt rödhårig.

Hon hade svårt att skriva kritik numera, för hon tyckte synd om de författare som inte riktigt nådde upp till sina ambitioner eller i varje fall till sina drömmar. Och det var de flesta sa hon. När höstens böcker kom skulle hon helst vilja avböja men hon hade inte råd till det, för det var bara en halv tjänst hon hade på folkhögskolan.

Du kan gott sluta recensera, sa jag. Själv sållar jag noga för jag vill bara läsa det som är bra och hellre läser jag om det som är gammalt än vadar i en uppsjö av nytt och mediokert. Vi bor i ett litet grått land och här skrivs det många små gråa böcker. Men ibland händer det något. Tänk den höst då Stora glömskan kom! När Strändernas svall kom ut då sjöng hela världen!

Lillemor sa att jag var högfärdig och full av förakt. Men jag frågade henne vad jag skulle ha skrivit utan mitt högmod. Det svarade hon inte på.

Och vem skulle *du* vara? Vill du verkligen klara dig utan det?

Du hör ju själv vilka du berömmer, sa hon. Ahlin och Johnson. Det här är faktiskt männens värld och det är deras krig. När Heidenstam och Strindberg satt i Schweiz och pratade ihop sig om att bli den unga litteraturens banérförare så var dom inte annorlunda än fosforisterna på sin tid. Och jag vill inte vara med om att litteratur ska vara ett krigståg med härförare. Det är männens värld. Den är för hård. Den är löjlig också.

Jag påminde henne om när vi var på Landings och hon

demonstrerade pennan som fallos.

Då var du morskare. Vad har hänt? Har du blivit refuserad?

Hon såg ner i bordet. Det där var tydligen känsligt. Jisses! Hon hade försökt utan mig. Men jag låtsades inte om min upptäckt utan sa bara:

Jag håller med dig om att karlarna var fåniga förr också. När kvinnan i Kanelbiten sätter den ljusröda kammen i sitt svarta hår står hon framför spegeln. Där vill de ha oss. Framför spegeln. Vi ska inte vända oss om och se ut i världen. Men Ahlin skrev i alla fall så att det sjöng. Det gjorde han även om han var en gammal stingslig fåntratt som teoretiserade för mycket om skrivandet för han ville förstås vara en banérförare. Men vi ska inte ge opp, det har ju gått bra för oss.

Det är inte så lätt att ta beröm, sa hon. Det är faktiskt bättre med kritik på nåt sätt. Kärvare men verkligare.

Men herregud, bortom dom där kategorierna beröm och kritik måste du ju skriva det som är ditt eget.

Mitt eget! Det är ju egentligen ditt. Och när det publiceras så görs det om och förvanskas och dras i alla fall in i den där vacklande och flimrande sfären. Det där overkliga.

Jag visste ju att hon för några år sen hade fått för stark dos av den lustgas som heter offentlig uppmärksamhet. Men nu hade hon sövts ner i det hon kallade ett normalt liv. Antagligen gick hon ut och skrek av leda precis som jag.

Vad fan gör du här? frågade jag.

Jag försöker leva ett vanligt liv.

Är det därför du har färgat håret mörkrött?

Ja, sa hon. Jag vill inte att nån ska känna igen mig. Du anar inte hur det är att komma in på en konsert eller i en ICA-butik eller varsomhelst – det är alltid nån som säger: Nu blir det väl ett mord här!

Senare på kvällen drack vi vin och då kom det fram att

hon varit hos skogssnuvorna och att hon trott att hon skulle kunna leva med dem. Men det var antagligen som att leva med små troll fast hon inte sa det.

Jag ville leva autentiskt, sa hon. Det gör dom.

Herregud! Dom är ju utklädda.

Hon var besviken på Folket i Bild Kulturfront där man refuserat hennes artiklar om snuvorna. Tidningen styrs ju av Myrdal, sa jag. Vad hade du väntat dig? Nu formerar sig de manliga skarorna igen och titta vem som går i spetsen. Vänsterns intellektuella har fått sin banérförare. Dom som själva är mesiga och ängsliga tjusas av hans arrogans och självgodhet. Du ska se att dom kommer att följa sin råttfångare från Hameln rakt ut i det politiska haveriet. Vi skiter i dom! Vi skriver i stället.

Våra berättelser kom ju ur dina kortboxar, sa hon. Du ordnade dom och la ut dom som i en stor patience. Och jag tror att det skulle kunna finnas fler upplägg med samma kort. En alldeles annorlunda historia om du bara la dom i en annan ordning.

Nu hänger jag inte med, sa jag.

Det där lilla vi skrev emellan var inte det väsentliga.

Hon talade mycket tyst som om hon var rädd att någon annan än jag skulle höra henne. Men hon höjde rösten något när hon försökte övertyga mig.

Om du skrev en historia om mig till exempel...

Som livförsäkring?

Vad menar du?

Hon såg skrämd ut.

Glöm det, sa jag. Fortsätt med det du skulle säga.

Nej, jag vet inte, mumlade hon. Att det skulle kunna bli en helt annan historia bara.

Det där ville jag inte att hon skulle tänka så mycket på. Det var bättre när hon tjatade om den manliga blicken. Att den fixerade oss när vi skrev. Att vi inte kom ifrån den.

Vi har väl egna ögon, sa jag.

Nej, sa hon. Det är deras ögon vi ser med.

Jag fick en vision av ögon som petades ut ur sina hålor och ersattes med ögon av glas. Dockögon. Jag ville inte prata om det. Men Lillemor malde på.

Den manliga blicken är antingen begärande eller kuvande, sa hon.

Var fick hon allting ifrån? Jag tänkte också att det var mycket jag hade undgått eftersom jag aktat mig för den sortens män som Lillemor förälskade sig i. De har förresten aldrig tittat åt mig. Fast det kan förstås stiga upp en kuvare ur en som bara begärt vänskap och njutning. Som Herman när han sände iväg min novell till All världens berättare.

Ante lät en bysmed montera dragkrok på min bil för det var alltid någon hjälp att kunna köra med släpvagn när han blivit av med traktorn. Konkurs blev det i alla fall inte men han fick en avbetalningsplan. Och grisarna flyttade vi tillbaka när det inte kom fler myndighetspersoner. Det var ju också till hjälp att jag började betala inackordering hos honom.

Det regnade mycket den sommaren och vi fick ofta sitta inne på kvällarna. Lillemor kom åkande så snart lektionerna slutat och eftersom det inte fanns någon teve hade hon hittat på att vi skulle läsa högt. Om kvällarna kom snuvorna med sina barn in i Antes kök där vedspisen brann. De lyssnade hungrigt till den långdragna processen i fallet Jarndyce mot Jarndyce för Lillemor hade tagit med sig Dickens Bleak House från skolbiblioteket. Det är hans bästa roman, ett rent mästerverk, men jag var ändå förvånad att de alla lyssnade. Ante sysslade med att plocka isär en motor som han lagt på brädor över två bockar. Han skulle försöka få igång en gammal Harley Davidson. Det hade varit naturligare att montera isär motorn i ett av de många uthusen så även han måste vara fascinerad av förvecklingarna i romanen. Barnen var tysta som möss, pep bara lite ibland när de lekte på golvet. Antes bortflyttade pojke hade lämnat kvar leksaker av färggrann plast, grävskopa, tåg, en hund på hjul, bilar och legobitar i stora högar. Skogssnuvebarnen som länge lekt med grankottar och pinnar var lyckliga. Men de höll reda på läsningen för varje gång den försupne och genomelake Krook började kraxa (Lillemor lät mig läsa hans repliker) lyssnade de uppmärksamt. De var fascinerade av hans otäcka katt och till och med hundarna lystrade när den kom på tal. Katt var ju ett ord de förstod.

Märkligt nog tog Lillemor efter ett tag med sig rektorn på Solbacken till Antes kök. Det var underförstått att man inte skulle prata om att han besökte denna småkriminella eller i varje fall skattefuskande miljö där folk med extrema åsikter och attityder fick vara ifred så länge de inte var elaka mot grisarna. Sune Bengtsson var förresten en skicklig uppläsare särskilt i partierna med den iskalle Tulkinghorn trots att han själv var en så hygglig person.

Regnet flödade på köksfönstren som på ett charkuterifönster för länge sedan. Potatisblasten ruttnade, gräset blev tovigt och oppe på vinden där jag hade fått mitt arbetsrum droppade det från en läcka i taket ner i en hink. Om dagarna framskred min Kramforsroman sakta och Lillemor tog hand om sidorna som jag rev ur spiralblocket och kom tillbaka med dem renskrivna på en gammal Olympia som hade ställts undan i folkhögskolans förråd. Jag behövde aldrig övertala henne; hon gled in i arbetet som om det aldrig varit avbrutet. Att hon försökt rymma och hindra mig från att få tag på hennes adress nämnde ingen av oss. Inte heller att hon hade velat vara mörkt rödhårig och oigenkännbar. Nu växte håret ut men det antog först morotsfärg och hon var mycket olycklig och dolde det med små hucklen i rutigt eller prickigt som hon också bar på lektionerna.

Jag skrev och sa opp mig på Lundequ, för nu tänkte jag aldrig mer släppa henne. När vi blivit färdiga med boken skulle jag åka ner och hyra ut min lägenhet till studenter.

När vi hunnit en bit in i Bleak House kom vi till den underliga episoden med miss Flites fåglar. Det var Lillemor som läste och när hon räknade upp namnen på den tokiga gamla kvinnans alla burfåglar kunde vi se att tårarna steg henne i ögonen. Hopp, Glädje, Ungdom, Frid, Lugn, Liv, läste hon och så långt gick det bra. Men sen kom Stoft, Aska, Ödeläggelse, Brist, Undergång, Förtvivlan, Vanvett, Död, List och Dårskap och då grät hon ohjälpligt. Hon snyftade inte, tårarna bara rann som regnet på fönstret. Hon kunde inte förmå sig att läsa resten utan lämnade över boken. En av skogssnuvorna som hette Torun tog den och hon läste först för sig själv på sidan. Sen sa hon ganska tyst:

Du är ledsen för allt det där... hopp och glädje och alltihop som försvann. Kanske blev det aska och ruiner och förtvivlan, vad vet jag. Kanske till och med galenskap. Men inte död, Lillemor. Inte *död*. Vi sitter alla här vad vi än har varit med om. Och du ska inte tänka på resten av fågelnamnen som en hög sopor. Ord, Peruk, Lunta, Pergament, Rov, Prejudikat, Gallimatias, Struntprat och Trams är vardagliga ord.

Hon läste från boksidan nu.

Det kanske är bra ord också, sa hon. Inte så allvarliga, Lillemor. Lite struntprat ibland. Och att tramsa en smula, vad är det för ont i det?

Och så fortsatte hon att läsa för oss. Lillemor lutade sig tillbaka i kökssoffan och när jag såg Jeppe resa sig från sin plats under bordet och söka med nosen efter hennes hand fick jag en insikt som jag borde ha haft för länge sen: Lillemor har aldrig förut varit bland riktigt snälla människor.

NATURLIGTVIS KOM MAN varandra nära om man delade ett dubbelrum. Det var ju för att det skulle bli billigare men också för att de inte haft möjlighet att ligga med varandra på skolan. Pratet skulle ju klibba vid dem även om Sune var änkling. Han var ju rektor i alla fall.

Så skönt att sitta vid köksbordet i den tidiga morgontimmen med radion sakta surrande om anryckande lågtrycksbälten och avlägsna katastrofer. Så skönt att vara ifrån den där pappersbibban som ligger i sovrummet och sköter sina skeenden för sig själv. Det är antagligen kärnreaktioner i dess olästa inre men just nu vet hon ingenting om dem. Hon minns i stället sånt som Babba inte har en aning om: att det i Leningrad och Moskva äntligen skulle bli av att ligga med varandra. Men det blev det inte. Inte riktigt som hon tänkt sig i alla fall. Det gick så fort. Och sen var det som om det aldrig hade hänt.

Han hade så många andra goda sidor. Han fattade till exempel på sitt ironiska sätt saker som Lillemor till att börja med inte alls förstod. Till exempel det där med jeansen som antikhandlerskan skulle skänka till pionjärerna i Komorsk. Hon var den enda över femtio i gruppresan och hon hade en enorm packning som hon till och med betalade övervikt för.

Tulltjänstemännen gick mycket noga igenom alla böcker i sällskapets bagage och eftersom de var sjutton stycken i gruppen och alla i någon mening intellektuell vänster (utom Sune som sannerligen var socialdemokrat!) så blev mycket beslagtaget. Fast Lillemor kom igenom med Jolos Leningradbok, det minns hon.

Resonera vågade man egentligen inte för tullpoliserna hade en helt annan attityd till böcker än till jeans. Det visade sig att de hade pionjärer i familjen som behövde amerikanska jeans så med dem blev inga problem. Sune trodde inte att det ens fanns något Komorsk. Han var klok.

I Leningrad firade de nyårsafton på en restaurant som låg i ett torn och vred sig med trappor avsats efter avsats i fler våningar än de kunde räkna. Brezjnev talade i precis tre timmar ur dånande högtalare men det gjorde inte så mycket för folk blev allt fullare och dansade mellan borden och åt lax, stör, kaviar, piroger, rostbiff och pastejer. Vid tolvslaget skålade de alla högtidligt medan Breznjev malde på i bruset av röster och musik och glasklirr och en del krossning också faktiskt. Gittan från Småland och hennes kille Bengt önskade alla ett Gott Rött År och undrade hur det skulle gå med den revolutionära kampen i Sverige under det kommande året.

Det kan man undra, sa Sune.

För detta, men kanske framförallt för sitt leende, blev han hårt ansatt när de på nyårsdagen hade genomgång och självkritik på Svennes och Lisbeths rum efter att ha sett Eremitaget och fängelset där tsarerna satte sina politiska fångar (bland andra Gorkij, det minns hon mycket väl). Sune log på ett sätt som Lillemor inte kände igen men så hade han också tagit några rejäla klunkar vodka ur en porslinspingvin som de köpt i Beriosjkabutiken. Där hade hon också handlat babusjkasjalar, åt Babba en ljusblå med röda rosor som tack för att hon tog hand om Jeppe. Det gick bra eftersom ingen av tikarna hos Ante löpte just då. Men Lillemor var rädd att han kände sig övergiven och kanske trodde att det åter skulle sluta i laboratoriet med nya insprutningar och operationer. När de kom till Moskva fick de åka trojka och äta mer kaviar och blinier med sur grädde. Lillemor och Sune struntade i besöken på skolor och arbetsplatser fast det inte var alldeles lätt att smita från guiden. Hon hette Natasja som hjältinnan i Krig och fred men hade inte den riktiga Natasjas intagande lekfullhet utan tog sin uppgift att hålla samman dem på allvar. Det var alltså ett konststycke att komma iväg på egen hand och ta en taxi till Tjechovs hus som de visste skulle finnas. Sune betalade också svarta pengar för att de skulle få bord på en restaurant där man serverade björnkött och biljetter till Bolsjojteatern som gav Törnrosa. Då hade hon tyckt att det var konstigt att han kunde vara så smart ute i världen när han var så tafatt i sängen.

När Natasja förstod att han mutat hovmästare och biljettförsäljare blev hon mycket upprörd och sa att de inte vill ha in korruption i USSR. Då log Sune igen.

Under hennes ledning såg de i alla fall många kyrkor och katedraler. De var följsamma som får under en vallhund ända tills hon pekade på en duva som hängde i ett tak och sa att det var fredsduvan. Då blev Lillemor mycket upprörd. Hon har en känsla av att hon egentligen varit den beskedligaste av dem alla och hade inte som Sune frågat efter Lubljankafängelset. Hon hade bara äcklats av Lenins lik, men vilket konserverat lik som helst skulle ha gett henne kväljningar, så det var kanske ingenting politiskt. Och nu kom det här.

Det är fel! ropade hon under valven. Det är ingen fredsduva. Det är den helige ande.

Och eftersom Natasja nu låtsades som om hon inte förstod svenska så blev Lillemor ännu mer upphetsad och sa på engelska att det är the holy ghost som svävar på en pinne från taket och absolut ingen fredsduva. Deras reskamrater tog mer illa upp än Natasja av hennes utbrott och Sune och hon bestämde sig i tysthet för att inte gå på genomgången och självkritiken i Svennes och Lisbeths rum den kvällen. När de satt i bussen på väg tillbaka till hotellet var gruppen mycket kylig mot Lillemor. Men antikhandlerskan var fortfarande vänlig och hon stack en liten bondikon i hennes hand och sa att hon skulle stoppa den i behån när de gick genom tullen. Den var mindre än ett almanacksblad och på det nötta träet syntes jungfru Maria ta emot ängeln Gabriel och hans medskick.

Hon var fortfarande upprörd när de kom tillbaka till hotellet och Sune beställde te åt henne och en sorts syltpiroger som hon gillat förut. Men ingenting hjälpte mot sveket som begåtts mot den helige ande. Till slut måste ju Sune, mycket försiktigt fråga:

Tror du på det där?

Det var inte gott att säga vad han menade med "det där" och det blev just inte bättre när han frågade om hon "deltog i kulten". Han var ju så rationell och medan hon åt syltpiroger sa han att han för sin del inte längtade efter odödlighet. Mer blev det inte av deras religiösa samtal för Lillemor hade inte och har heller aldrig senare haft något behov av att diskutera eller försöka förklara att hon lever med Gud inuti sig. Ibland kommer saken på tal med någon rationell människa, alla är ju inte så toleranta som Sune var. Det finns de som blir arga. Då tänker hon på ortodoxins tid när det var lag på att tro på Gud. Men det fanns väl även på den tiden folk som hade sina hemligheter och hon känner sig besläktad med dem, gudshädarna och blasfemanterna.

Är det nånting mer som du döljer? hade Sune frågat. Jag tycker vi ska tala sanning med varandra.

Sen gjorde han det. Sa han.

Massmord Rävboa PV444

När Lillemor kom tillbaka från resan till Leningrad och Moskva berättade hon för mig att Sune och hon hade haft en sanningsnatt på hotellet som var samma ett som Lenin bott på när han kom med tåget från Sverige för att göra revolution. Redan innan de åkte hade de bestämt att de skulle gifta sig och då gick det inte längre an att dölja något för varandra. Att ljuga eller undanhålla vore att bygga äktenskapet på rutten grund. Bekännandet var Sunes idé och det höll på ända frampå småtimmarna. Då somnade han och verkade nöjd för han var en samvetsgrann man och jag antog att han inte hade haft så värst mycket att bekänna. Men Lillemor hade legat vaken, utpinad av tanken på vad hon utelämnat. När hon kom hem sa hon till mig att nu måste hon berätta sanningen om oss för Sune. Att hon ingenting sagt om det under sanningsnatten var illa nog. Men han kanske skulle förstå att hon behövde tala med mig först.

Jaha. Nu rörde vi oss alltså som planeter kring solen Sune och hans rättskänsla. Jag har inte lätt att gripas av panik men jag var tvungen att lägga mig på sängen och andas djupt. Lillemor lät ängslig när hon sa:

Du förstår mig väl, eller hur?

Hon var rädd för både mig och Sune. Hur kan man hamna

i ett sånt elände? Jag visste egentligen svaret: därför att man vill att alla ska älska en. Och helst också beundra en. Pip pip. Då förvandlas man till en skrämd kanin.

Vad tror du Sune gör när du berättar om oss?

Jag tror han förlåter mig, sa hon tappert.

För vadå?

För att jag inte berättade det den där natten.

Det tror du.

Jag försökte ta det lugnt. Jag visste ju att det här var det viktigaste samtal vi haft om man undantar den där gången på Güntherska då vi kom överens om att hon skulle skicka in min Lucianovell i sitt namn och med sin bild.

Fattar du inte vad han kommer att kräva?

Jag förstår inte, sa hon och lät förvirrad.

Jag låg fortfarande på sängen med slutna ögon och jag hörde korgstolen hon satt i knarra oroligt. Nu gällde det att tala lugnt och sansat.

Han kommer att kräva att du betalar tillbaka till förlaget varenda krona du tjänat på våra böcker.

Men det går inte! Jag har inte kvar pengarna. Och det var ju bara hälften. Ska du också betala tillbaka?

Nej, sa jag. Jag har ju skrivit böckerna. Men förlaget kommer inte att se nådigt på att du svansat omkring på deras middagar och mottagningar och stått i alla annonser och gett fan vet hur många intervjuer under årens lopp. De kommer att vilja veta vem som skrivit böckerna.

Men vad kan dom göra!

Det blir åtal, sa jag. Bedrägeri. Trolöshet mot huvudman. Och du skämmer ut Sune Sanning. Han måste nog sluta på skolan och gudvet vad han sen kan få för jobb. Det blir väl i Afrika. Alla kommer att tro att han visste. Det här blir den läckraste skandalen sen Snoilsky rymde med grevinnan Piper. Nej, förresten. Sen Henning Hamilton åkte ur Svenska

Akademien för förskingring. Hon teg länge och sen sa hon att hon trodde att Sune skulle bära det tillsammans med henne.

Det är klart att jag sket i den höglitterära finvärlden när jag befann mig sjuttio mil ifrån den på Antes vacklande ranch. Men det var ju inte jag som skulle in i den utan Lillemor med det jag skrev. Och nu ville hon ut ur den innan vi riktigt kommit in. Och det bara för att hon hade fått nån moralisk upprustningsknäpp genom den där jävla Sune. Den litterära världen hade jag svårt att ta på allvar. På sextiotalet hade den blivit en lekskola där man prövade språkliga utklädningskostymer. Det är kanske svårt att tänka sig att de herrar som nu flåsar i trappor och äter Trombyl på den tiden ville spränga språket. Inte samhället; så långt framme var de inte än. Medan jag gick och tjurade på Lundqu skrev de upp-a-puppa upp-upp-upplös formerna BAOUM! Och de ilade ut och in genom kvinnogudinnans grant målade kropp (ingång gissa från vad?) och hörde det vackra järnskrotet tingla och gnissla där de stod i en grusbacke på Skeppsholmen och tog emot regnet mot ansiktet, för de var språksensualister och gick sen hem och skrev om det och franskbrödsmulorna på kafégolvet. De satt gärna på golvet och söp och vinet var lika surt som regnet. En sån lekfull skojare med uppåtvänt ansikte blev senare i livet en buktung gammal räv som skrev fullt begripligt om bofinkar.

Vår tids frontfigur klär sig som en trettiotalsgangster och vår största litterära gåta är om hans solbränna är äkta eller Max Factor Lasting Performance. Tänk er en tid då det bland de lekfulla steg fram en karl i rutig arbetarskjorta och sandaler och hävdade att han var en europeisk intellektuell. Det var länge sen någon vågat säga det ordet och de lekfulla samlades som hypnotiserade kaniner omkring honom. De for på gruppresa till Moskva (till Kina var det för dyrt) och kom hem med Lenins tal på LP-skiva och hans skrifter i pappband som de efter knappa tio år nattetid måste smyga ner i soprummet med. Nu var leken sannerligen över. Inget uppa-puppa-upppupp och smock-smaskan längre utan raka bananer, sträng logik, nödvändiga massmord och sång till balalajka. Fast vinet var lika surt som förut. Denna tid hade sin gudinna och hon var utbildad i teaterskola och obeveklig som en profeterande Kassandra på koturner. I hennes trappuppgång i Gröndal satt snoriga och frusna FNL-ungar och till slut måste hon fly till myrarna och dimmorna där hennes förunderliga språk hörde hemma.

Jag antar att de flesta tänker när de skriver, men det är dumt. Tänka ska man göra efteråt. Och inte heller då ska man ändra för mycket på det man sett. Man ska ta vara på de syner man hade när blodet rusade som sjudande glöd genom ådrorna. Att se är det viktigaste och det är inte som de unga genierna i korta svarta överrockar numera anser en eftergift åt filmmediet. De vill arbeta med exklusivt litterära uttrycksmedel säger de, det vill säga språket och de former det kan bära. Därför blir det också dötråkigt. Ingen människa som läser deras fulländade prosa ser något framför sig.

Jag har alltid varit glad för vad jag har sett, hur töcknigt och vacklande det än har visat sig för mig. Synerna har träffat mig som elchocker. De är mycket sannare än teorierna som alltid är grå.

Jag kan längta tillbaka till den tiden då jag inte hade så mycket kontroll, då jag till och med tyckte om att texten spårade ur en smula. Nu vete fan om nånting skulle träffa mig som elchocker längre, annat än Sunes fördömande och de följder det skulle få. Jag hade hela tiden haft en känsla av att han såg mig som Lillemors påhäng och sjaviga genius.

Henne skulle han nog förlåta och förlaget skulle tysta ner saken och fråga efter manus från den som verkligen skrivit böckerna. Det var bra så länge hon trodde på den hemska bild om åtal och skandal som jag målat upp, för det gällde i själva verket något helt annat. Jag skulle inte kunna skriva utan henne. Det måste vara vi två.

När jag var tretton år tog mina föräldrar med mig till Folkets hus för att lyssna på Moa Martinson. Jag hade aldrig sett nån författare förut. Kring halsen hade hon päls, jag minns inte om det var en rävboa eller bara en krage, och hon bar stor svart sammetsbasker med en glänsande brosch och en lugg framkammad under den. Hon var målad på läpparna. Det var något vanskligt kring författare, det kallades "överdrifter". Ändå kunde man beundra dem. Moa Martinson hade ett högt, nästan gällt tonfall som lät konstlat. Man kan höra det på filmer från den tiden. Det var helt enkelt det officiella kvinnliga tonfallet. Hon talade oupphörligt om sig själv.

Morsan läste hennes böcker med beundran men hon var skeptisk till hennes person. Hon sa att hon var för görig vilket betydde att hon gjorde sig till. Efteråt fick jag också se att Moa Martinson rökte cigarretter. Hon tog opp ett cigarrettpaket ur en svart handväska, stor som en halv tax, och han som var föreståndare blev generad för man fick inte röka på Folkets hus. Men han vågade inte säga ifrån utan fumlade opp en ask Solstickan ur byxfickan och hjälpte henne att få eld.

När jag kom hem tog jag fram Kyrkbröllop ur bokskåpet och letade på stället där Mia kommer till ett hus på Drottninggatan för att säga ifrån om en skurning för sin mammas räkning. I köket sitter en inackorderad fabriksarbeterska med klena lungor. Hon äter stekt fläsk, ägg och stuvad spenat och efteråt får hon rabarberkräm med mjölk. Ingenting sensationellt med det, men vad jag ville läsa var att hon var älskarinna

175

åt en ingenjör och att hon rökte efter rabarberkrämen.

Jag har letat fram boken nu. Den är brunrandig med Tidens bokklubbs vingade häst på utsidan. Och det stämde: förhäxad står Mia och ser för första gången i sitt liv en kvinna röka. "Allt som var fotograferat eller målat var alltså sant." Det står där och det sjönk djupt ner i mig som bara ett par år tidigare inte haft riktigt klart för mig att böcker skrevs av en särskild person. Vid det här laget visste jag ju bättre men kvällen på Folkets hus hade gett mig den avgörande insikten om vad en författare var. Det var en som stod i Folkets hus och pratade med gäll röst och rökte. Och så var det en annan som förhäxad skrev om rökande kvinnor och deras konstiga liv.

Jag hade naturligtvis inte en tanke på att bli författare men nu hade jag fått klart för mig att monstret är dubbelhövdat.

Lillemor satt i korgstolen och bet på naglarna som var så välfilade och skära av ljust nagellack att det var en synd att förstöra dem. Jag aktade mig för att säga alltför patetiska saker åt henne.

Vänta bara ett tag, sa jag. Det är det enda jag begär. Låt oss få den här boken klar. Om du kläcker det här nu så blir boken aldrig utgiven.

Det blev höst. Det våta gräset gulnade. Vår lilla roman var prydligt renskriven på folkhögskolans Olympia och förläggaren hade fått den och sänt ett nådigt brev: "Den här gången har Ni verkligen lyckats." Jojo, det var som jag trodde, hon hade försökt ensam förut.

Asplöven blev bruna och la sig i ett klibbigt täcke under kala träd. Ante slaktade tre grisar svart och kunde betala elräkningen själv. Korrekturet kom, men jag är ingen korrekturläsare och vore jag tvungen en usel sån.

Jag hade skrivit en liten grå bok. Den var prydligt rättad från de fel som var lika obetydliga som dess förtjänster. Att ta i korrekturet hade inte lyft opp mig till sfärerna jag varit i när jag skrev den. Då gav jag fan i vad jag åt och om jag sov och vad det var för väder.

Anden hade besökt mig, han som är i ljusvirvelns mitt och växlar form och väver sina bilder med ådror, nerver, spott och blod och slem. Det här var varken blod eller ljus. Jag hade famlat och gjort så gott jag kunnat men det blev pappersmassa.

Så kom den ut som föremål och den sprättades opp, recenserades och såldes. Det retade mig att kritiken kunde befria mig från gråhetskänslan, att jag faktiskt brydde mig om den och lät mig förföras av berömmet och av att det var riktiga höglitterära recensenter som skrev om den. Först ut var Jakob Branting i Aftonbladet och då kom Lillemor med tidningen och ett rosévin som hette Mateus. Hon hade inte glömt vårt samtal så hon sa att vi måste fira slutet på vårt svindleri.

Är ni såna kompisar att hon firar recensionerna här hos oss? sa Ante, kanske inte misstänksamt men undrande. Han trodde att jag skrev tidningsartiklar däruppe på vinden och att jag hade gått ifrån ett trist jobb var ingenting konstigt i hans värld. Möjligen att jag hade sparpengar.

Först verkade Kramforsboken inte ge så mycket, vi fick 4 500 i garantisumma och på förlaget trodde man att det kanske skulle bli femtusen till vid redovisningen. Men då slog bokklubben Svalan till och ville ha den. Det blev 8 000 i garanti och det skulle bli ganska mycket pengar senare och många nya läsare sa förläggaren. Det började ljusna ordentligt (för min värsta mardröm var ju att behöva gå tillbaka till biblioteket eller bokhandeln). Vi fick ett stipendium på 4 000 kronor från tidningen Vi och Lillemor blev intervjuad i Västernorrlands Allehanda där hon yttrade sig med flickaktig blygsamhet. Att hon måste göra de här sakerna för just den här boken innan vi la av, det fick jag henne att begripa. Jag måste ju vinna tid. På våren fick vi ett LO-stipendium. Vi for iväg till Stockholm för att ta emot det på Stadsteatern. Först irrade vi fel och kom till en scen där det var lantbruksmöte men hittade till slut rätt och Lillemor placerades på första bänk för att lätt komma opp på scenen. Där satt de andra stipendiaterna på rad och jag kände igen ett par från min plats längre bak. Det var Sonja Åkesson och en flicka som hette Kerstin Thorvall och så den där karln som Lillemor känt förr i världen och som ringt till henne och läst opp recensionen i Arbetarbladet. Nu hade han romandebuterat med en text som ur LO-synpunkt hade fördelen av ett fårat arbetaransikte på omslaget.

Vi fick en litografi också och ett cellofanpaket med en ros. Efteråt var Lillemor sugen på att tala med de andra författarna men ingen av dem tog notis om oss, i synnerhet inte hennes gamle bekanting. Han följde hovet kring Sonja Åkesson när de gav sig av för att festa opp stipendiepengarna. Vi sparade våra pengar och sov över på Frälsningsarméns hotell på Drottninggatan.

Den sommaren låg vi i brinken ovanför Faxälven och såg bävrarna simma med aftonsol på sina vattenstrimmiga skallar. Lillemor var trött för hon hade gått i orkidémyrarna i Gideåberg och letat efter nornan. Hon hade funnit den men blivit besviken för att det vid vart och ett av de fjorton exemplaren hade suttit en pinne med rödmålad topp. Riktiga botanister hade varit där före henne. Och hur skulle hon annars ha vetat var nornan fanns? Hon letade alltid efter det som var osolkat av människors blickar och kunde därför känna lycka inför ganska anspråkslösa fynd som i alla fall var hennes egna och växte i marker där hon var säker på att ingen trampat omkring och satt ut pinnar.

Sune Sanning låg på rygg och såg opp i molnen. Han var en samhällsmänniska och brydde sig inte mycket om bävrar och blomster. Men han tyckte förstås att Lillemor var söt i sitt beskäftiga letande. Jag var med och vad han tänkte om den saken vet jag inte. Möjligen var han irriterad på att vi pratade läsning. Han hade ingen tid över för skönlitteratur.

Han skulle åka till Afrika i biståndsarbete och det var ju inte konstigt om han tog tjänstledigt från kaoset på skolan och på mer jungfrulig mark ägnade sig åt att uppfostra folk i samhällsdygder. Alltihop var oklanderligt och det var väl därför jag började prata om Hirsch.

Minns du Rachels älskare, han som klådde henne? sa jag till Lillemor.

Hirsch ja, sa Lillemor. Det är klart jag minns honom.

Han som flippade ur så totalt i Afrika att han först sköt en neger i huvet när han sam över floden – var det efter nån fågel som Hirsch skjutit? – och pojken blev anfallen av en krokodil. En sorts barmhärtighetsmord skulle det väl föreställa fast sen skickade han ju nästa grabb ut i floden efter fågeln eller vad det var.

Vad läser ni för böcker? sa Sune.

Nobelpristagare, sa jag. Vi läste Släkten Thibault redan som tonåringar.

Jag tyckte gott han kunde få veta att vi känt varandra länge, ja han kunde få det ordentligt fastslaget. Lillemor hade velat följa med honom till Tanzania men vågade inte säga opp sig på skolan eller ens ta tjänstledigt eftersom hon satt så löst. Och så var det Jeppe. Honom kunde ju jag ta hand om men jag erbjöd mig inte utan sa:

Hela jävla Afrika var som ett stort mjukt mörker där man knullade sammetslena negrer och sköt dom utan konsekvenser.

179

Lillemor fnissade. Sune satte sig opp.

Nu går ni för långt, sa han. Jag förstår mig inte på er två.

Nej, det gjorde han inte. För min Lillemor var en annan än hans. Och nu skulle hon hela resten av sommaren vara min, för han hade redan varit och vaccinerat sig mot det sammetsmjuka mörkret i Afrika.

Sjudande glöd genom ådrorna? Kunde inte ens minnas det tillståndet. Men Lillemor hade piggnat till. Hon hade läst Rachel Carsons Tyst vår tillsammans med Sune. Det var när negrerna var fullärda och han hade kommit tillbaka från Tanzania. Då beslöts det att skolan skulle ha temadagar om miljöförstöring. Man hade börjat använda det ordet, för miljö var nu ett ord man ersatte natur med, precis som man börjat ersätta folk med människor. För mig var miljö nånting med soffor eller bakterier. Men det behövdes väl. Ord blir nersuttna som välanvända soffor i sittvänliga miljöer och oanvändbara som disktrasor fulla av bakterier. Sur miljö är inte dumt för vare sig disktrasor eller litteratur. Men Lillemor flammade och sa miljöförstöring i varje mening. Sune den förtänksamme, trodde väl att han skulle kunna stoppa vänsterstormen på skolan genom denna anpassning till tidstrenderna. Ormvråkar förgiftades av biocider, folkhögskolor av politik.

Men att jag skulle skriva en roman om ormvråkar var uteslutet. Dessutom retade deras frälsta jargong opp mig. Jag såg alltid farsan och morsan och farbror Emil framför mig när västerlandet anklagades för miljöförstöring. Herregud, visst hade vi vräkt ut fosfater i sjöarna och fått luften att stinka och vi hade hopat sopor och tagit död på uttrarna och satt böldpest på laxen. Det visste vi.

Men vad gjorde farsan egentligen för fel? Han köpte en PV 444 och åkte till de där björkomsusade liljekonvaljställena och ödetorpen och ängsbackarna (fast de hade redan växt igen) som det tagit morsan och honom dagar att komma till på cykel. Ångermanlands backar är de enda backar som lutar oppför både på ut- och hemvägen. Ett mögelprickigt tält på pakethållarn och tre dagars semester plus midsommarhelgen, primuskök och gymnastikskor. PV:n gjorde alltihop på en söndagseftermiddag.

Och morsan som hade gått på varenda språkkurs för förädling av arbetare sen esperantons dagar, skulle hon inte få säga muchas gracias på plats? Där släppte de hotellavloppena rakt ut i badvikarna fast bajskorvarna började inte ploppa opp på en gång. Det gick tio år tills det blev grumligt och då borde morsan eller åtminstone farsan ha förstått. Men hur? Det var väl inte så svårt att övertyga sig om att världen utanför Sverige var ett enda stort råkapitalistiskt rövhål, men att själva skithålet på Sverige blev större och större eller i varje fall gav ifrån sig mer och mer det var lite för magstarkt för att man skulle tro det.

De var ju inte intellektuella heller, de hade bara läst lånebiblioteksböcker i fyrtio år och inte brytt sig om gräsmattan. Att den var mossig trodde vi var farsans fel, vi hade inte en aning om försurning. Men det var ju hans fel också för han trodde på självgödsling och krattade aldrig opp löven.

Babelsberg var sagolikt i september. Vi bodde egentligen vackrare än Trojs fast det var obestämbar arbetarklass åt småborgarhållet oppe hos oss. Jag undrar om inte morfar hade byggt kåken av bakar från sågverket fast det i alla fall före farsans renovering kändes som om den var av pappskivor när det blåste. Mormors astrar kan inte vara utgångna sa morsan, det glömmer jag aldrig. Hon trodde de var perenner och satt inne och läste om Sally och äppelträna och trodde i tio år minst att astrarna skulle komma opp nångång.

Var skulle farsan ha lärt sig att PV:n spydde ut gift bakvägen? I Anteckningar från ett källarhål? Förresten har jag aldrig känt några intellektuella som inte har haft bil, jo kanske ett par men då hade de jordskor av märket Knulp också. I Kramfors var vi så socialdemokratiska att vi var vaccinerade mot ondskan och kemin och historien. Fast jag gapade allt lite när farsans partikamrater döpte hotellet till Kramm. Man måste vara bra immun för att sätta kommunmiljonerna i något som heter efter ett företagsamt rovdjur på själva råtiden då fyrahundraårsgranarna blev plank och såldes på England. Fast mest blev de sågfibrer som vi fick ha kvar. När det hela konkade kände jag en sorts illvillig glädje som jag inte skulle ha känt om det hade hetat hotell Ådalens Poesi eller ens Kravallen.

Vi hade förstås våra monument ändå: den uppstoppade björnen vid gottkiosken i Lunde och minnesstenen över Lundeoffren vid Gudmundrå kyrka. Lillemor gifte sig med Roffe Nyrén där och hennes pappa var stolt över dikten som var en inskrift på minnesstenen över de ihjälskjutna. Eftersom den var så berömd tog han bröllopsgästerna som kom från Uppsala till den och läste högt DERAS BROTT VAR HUNGER GLÖM DEM ALDRIG och fick tårar i ögonen ungefär som när han sjöng med Manskören. Fast för allt vad han visste kunde ju generalen och hans dotter och dotterns måg och övrig släkt och vänner lika gärna vara ättlingar i rakt nerstigande led till Curry Treffenberg som beordrade skjutandet. Det kanske de var förresten.

Han var på den där versen i talet vid middagen också. Han kunde inte låta bli och då grät han. Lille Kurt Troj var faktiskt obegriplig. Lillemors mamma förstod man sig ju i alla fall till nöds på. Var det nåt mer än att han drogs till starka känslor, ville att de skulle brusa i bröstet? Det brusade aldrig i mina föräldrar, men det dunkade stadigt när de gick i tåget efter Arbetarkommunens fana och blåsorkestern där farbror Emil spelade bastuba. Upp bröder bompompombom i alla stater som hungern bojorbombompombom lagt uppå.

Emil hörde till gubbarna som satt i Dyviken och metade abborre efter skiftet och fick flytta längre och längre ut. Det tog ju årtionden och de visste att träfibern föll och föll genom vattnet och la sig som en kaka därnere, ett pajtak med gröpper och knaggar men utan hål. Botten är dö inåt land, sa han när han kom med sina abborrar. Morsan stekte dom och sen vart det inte mer tal om den saken. Vad skulle dom ha gjort, Emil och gubben Persson och dom andra? Skulle dom ha gått till vd:n? Till styrelsen? Var fanns den förresten? Och fått medhåll: Javisst, så bra att ni påpekade det, vi lägger ner. Ni kan väl måla plank eller ge er ut och nasa.

Nasat hade i alla fall Emil gjort, först på tjugutalet och sen ett par år på trettitalet också och det märktes. Det var nåt råttlikt, nåt trevande med honom. Det var bara bombompompommet som gjorde honom till människa. Och han var ju ändå med vid Lunde. Han såg Eira ramla och blodet rinna, flickblodet.

Emil har gjort nåt fel men vilket förstår jag inte. Han har hävt ut fosfater och träfiber och sur rök och kväve och nitrater och plastskrot och Herre förlåt Emil för han visste icke vad han gjorde. Han trodde att Din Skapelse var full med blåa havsvikar som aldrig skulle ta slut. Uttern och laxen och Emil for illa. Herre det är en döbotten i Emil. Du förlåter honom nog, men kan Du förlåta farsan och morsan som hela kvällarna satt vid köksbordet under lysröret och läste?

BABBA GNÖLAR RUNT med socialdemokratin. Det är den enda politiska idé hon har och någonsin har haft och i det liknar hon de flesta svenska författare. De sparkar runt socialdemokratin som om den vore en boll. Men är den inte en påse som spruckit? Grips Babba aldrig av panik? Livet ska snart ta slut och då kommer världen att slockna utan att de egentligen hade erfarit något av dess vidd och djup. Utom kanske i resandets början efter kriget. Lillemor kan minnas de gamla Hallarna i Paris: lukten av blod, halkan på det sörjiga golvet och smaken av en gråaktig löksoppa där ett tjockt stycke lika grått bröd var nerkört. Och samtidigt – eller var det senare? – arabiska språkljud långt nerifrån halsen på Rue des Abesses och slutna, mörka ansikten över couscousen. Liken minns hon som fiskades upp ur Seine och dagligdags fick en liten notis att un homme de type nord africain hittats knivskuren eller skjuten. Hon minns kaféet som de efter en vecka kallade för sitt, men som en morgon var urblåst och sönderskjutet och där kaskader av blod hade torkat på väggarna. Hon minns hur hon sprang bort från en skjutning vid Madeleinekyrkan mer rädd för polisen än för de algeriska OAS-män vars bil hade prejats.

Hon var i Paris när Hammarskjöld dog i en flygkrasch i

det afrikanska Ndola. Det var sen september och ändå trettio grader varmt när löpsedlarna ropade ut: MONSIEUR H SE TUE EN AVION!

Fransmännen kallade honom monsieur Asch efter initialen i hans namn och han var lika hatad i Frankrike som i Belgien. Lillemor minns hur hon och Rolf halvsprang i värmeböljan. De rörde sig på gatans skuggsida mot hotellet för att höra mera på radio om haveriet. Den fuktiga hettan och den mjuka asfalten förstärkte känslan av overklighet. Löpsedlarna från före olyckan satt kvar: GO HOME MONSIEUR H! Fransmännen ville inte att han skulle blanda sig i Kongos affärer och krig.

De franska tidningarna skrev att hans plan störtat och fattat eld men inte ett ord om attentat. Men självklart trodde Rolf och hon att han blivit nerskjuten. Det blev ju Folke Bernadotte. Sådan var deras logik.

Hon minns att Rolf fick fatt på en snäv nekrolog som beskrev Hammarskjöld som "en man med några få vänner" och sen läste de bestörta ett hätskt utfall i Paris Jour. Paris Presse hade ett hånfullt eftermäle: "Han var en Machiavelli förklädd till boyscout som alltid såg ut som om han nyss stigit upp ur badet."

För oss var han det rena uppsåtets man tänker Lillemor. Hans gestalt var emblemet för vår svenska känsla av att vi var på rätt väg. Om världen dödade Hammarskjöld var den ett skithål och ingenting annat. Vi åkte hem och följde från trottoaren hans begravningståg i Uppsala. Allt stod åter rätt till. Det våldsamma och obegripliga var ingen del av oss och vi tillhörde inte världen annat än när vi låg på college i USA vilket Rolf hade gjort ett par år innan Lillemor träffade honom. Då fick han den dos utvecklingsoptimism som skulle bära honom i karrären.

Vi var det rena uppsåtets folk vars författare visserligen

kunde gnöla på sin socialdemokrati men i grunden visade den trohet.

Rent geografiskt har Lillemor i alla fall upplevt vidden av världen senare men då med vardagligheten och våldet och smutsen avlägsnade. Babba har såvitt hon vet inte upplevt någon annan värld än den närmaste, den som hon föddes i och bet sig fast vid. Inget återuppbyggnadsarbete tillsammans med idealistiska ungdomar i Europa efter kriget. Inget amerikanskt college med fläkt av måttlig vänsterliberalism. Ingen kolchos med apelsinodling, ingen kinesisk by med travar av slaknande kålplantor.

Babba är djupt och obotligt provinsiell. Hennes arbetarklassmamma har genom folkrörelsernas Reso sett mer av världen än hon har. Det enda Babba vet något om är vår gamla kultur. Men den är provinsiell den också, med undantag av Swedenborg och Linné. Och skulle hon för övrigt ha brytt sig om Linné utan mig, tänker Lillemor.

Är förresten inte högfärden också ett provinsiellt karakteristikum?

Kultur Ord

Jag hade fastnat i en bacillfientlig surhet när Lillemor och Sune blev miljömedvetna. Världsfrälsarestradörerna gjorde mig vresig, det hjälpte inte hur vällovliga syften de hade (i en del fall politiskt dubiösa). Vinsten av det hela blev alltid att de pratade fram sig själva till stjärnstatus, den politiska påverkan blev minimal. Publiken satt där för den storartade, hjärtelyftande underhållningens skull och för att få beundra en person med karisma och berömmelse.

Lillemor tyckte nu att hon skulle göra sitt för vår sista bok och hon fick tillåtelse att stuva om i sitt schema på skolan så att hon kunde åka ut i landskapet med EN KUL TUR MED KULTURBUSSEN. De var fyra lokala författare plus Lillemor och två kulturbyråkrater i manchesterbyxor. De hade också en trubadur med sig och han sjöng Dan Andersson och var uppskattad. Författarna läste i bygdegårdar och föreningshus och det enda lokaltidningarna skrev om efter första framträdandet var att det stått fitta i Lillemors text. Det var ett naturligt och relevant ord i det sammanhang det förekom men det hjälpte inte. Västernorrlands Allehanda skummade men hade svårt att måla opp hela skändligheten eftersom den måste undvikas och kallas ordet.

Lillemor ringde mig och sa att hon ville ta bort fitta vid

nästa läsning men jag sa ifrån. Det var ju dumt av mig för jag borde ha förstått att alla i publiken hade läst tidningarna och bara satt och väntade på *ordet* och inte uppfattade nånting av vad berättelsen gick ut på.

Efter läsningarna var det kaffe förstås och sockerkaka. Meningen var att man vid kaffet skulle ta upp de problem som bygden hade. Då var det för det mesta tyst. En enda sån sammankomst var jag med om, det var den sista och den hade de uppe i Vilhelmina. Jag tog bilen för att hämta Lillemor som inte hade tid att åka på genomgång och självkritik med smörgåstårta i Örnsköldsvik. Hon måste hinna hem till betygskollegiet före jul.

Jag minns bäst de sista milen, granskogen som var svartvit med grenarna tyngda av snö och den bottenlösa stjärnhimlen ovanför. Jag tänkte på Orfeus; han skulle ha gått med Eurydike efter sig mellan de höga granarna i detta dödens landskap. När jag var nästan framme såg jag två kvinnor på spark som åkte mot Föreningshuset. Jag trodde att det i värsta fall var hela publiken men när jag kom in i kaminvärmen var salen fullsatt och det var konstigt nog mest karlar där. Det brukade det ju aldrig vara.

Lillemor läste mycket bra, det var förunderligt hur texten var ett med henne. Efteråt steg alla de manliga åhörarna opp på scenen. Det visade sig att de utgjorde Vilhelminas manskör.

Vi kom hem och Lillemor hade några hektiska skoldagar före jullovet. Men sen kom hon ut till oss med Sunes hushållsassistent och vi gjorde korv på griskött. Jag tyckte det var lika onödigt som den där kulturbussturen och sa åt henne att hon inte hade behövt fara omkring på det där sättet. Men hon hade velat göra sitt den här sista gången, sa hon (lågt så att Ante inte skulle höra). Hon hade för sig att framträdanden och intervjuer var viktiga saker och det hade hon i princip rätt i. Men i Bjästa och Vilhelmina? Jag vågade inte prata om det mer. För hur skulle jag kunna naket säga som det var: Du behöver ju bara finnas. Det tyckte inte hon. Hon ville skriva själv. I januari la hon fram sitt verk för mig. Hon hade samarbetat med en kvinnogrupp som hade rötter i KFML utan r och Länsteatern och skrivit manus till ett bygdespel om en sågverksstrejk på 1870-talet. Det fanns gott om sågverk att uppföra det vid för nu stod ett par av kustens samhällen öde med tomma småvillor som knappt var värda virket. Jag läste hennes opus och sa som det var och hon blev mycket upprörd. Hon hade väldigt svårt att förstå att det var en frejdig historieförfalskning hon skrivit ihop. Kvinnorna i hennes pjäs var starka och drev männen fram till strejk. Jag sa henne som det måste ha varit: de var skräckslagna, de visste inte hur de skulle få mat till sina barn om männen gick utan arbete. Kvinnostyrka är att ordna mat åt barnen och att hålla rent hemma.

Samtalet urartade till råskällning och jag minns det dåligt. Men jag kallade henne nog för Sista Rönet. Var det inte biocider så var det utsugen arbetarklass eller kvinnokamp eller USA:s krig eller nåt annat som inte hade några rötter i henne.

Rötter? Vad är rötter? sa hon.

Det är sånt som skriker när du drar opp dom, sa jag. Men du är tom inuti och du har glaskulor i stället för ögon.

Det var att gå för långt förstås. Inte konstigt att hon gick ut och startade R4:an så att snömodden stod i grågula plymer om däcken. Ante såg på från fönstret och vände sig sen om mot mig som om han väntade på en förklaring. Nån sån fick han inte för jag var inte skyldig honom nånting i den vägen. Vi var vänner och hade det bra. Gonigt var det ord han använde och det passade bra för hans stillsamt njutningsfulla sexualitet.

189

Lillemor åkte alltså och kom inte tillbaka på tre måna-
der. Jag hamnade i det där tillståndet som jag varit i när hon
försvunnit från Uppsala och jag satt med plastpåsarna och
plockade försiktigt med kläderna hon velat göra sig av med.

Jag låg vaken på nätterna och tänkte på att nu har hon en
sanningsnatt med Sune. Nu är det klippt.

INTE SMÄRTA, KNAPPAST plåga men rätt mycket genans. Minnen tycks mest vara ackumulerade pinsamheter. Nu har Lillemor i alla fall kommit på ett sätt att ta vämjelsen ur dem: hon ska gå Babbas beskrivningar i förväg. Anar vad som ska komma, känner kronologin och mår redan lite illa åt lukten. Men jag har rätt till min sanning tänker hon morskt.

Tanken på hur många sanningar det finns bara i hennes umgängeskrets för att inte tala om världen i stort gör henne lika fort modlös. Vad ska man med sin sanning om den inte övertygar någon annan?

Så kommer hon på det. Man skriver en roman. Man frestar med suggestionen i en berättelse. Var med. Lev dig in. *Känn.*

Nu känner hon utan litterär suggestion den där lukten. Hon ser pojken i fåtöljen vid stereoanläggningen. Hon trodde att han var djupt inne i sin musik.

När han var ensam brukade han lyssna utan hörlurar och när hon kom hem verkade rektorsvillan vara på väg att rasa ihop av musiken som lät som dånande långtradare ihop med skärbrännare och dunket från stångjärnshammare. Ute i köket slog det henne att hon inte hade hört något när hon kom. Det hade varit alldeles tyst. Och så den där kemiska lukten. Hon höll på att tappa upp vatten för att brygga te men blev stående i diskbänken och tänkte på lukten. Aceton?

Hade han börjat måla naglarna svarta? Det fanns en aura av konstigheter kring hans musik. Han bar trasiga silverfärgade platåskor och en eftermiddag hade han kommit hem med ett hakkorsemblem fastsytt på armen. Sune blev förstås rasande, Lillemor sa:

Han förstår inte, han förstår inte!

Men Sune hade krävt att få veta varför han bar det där hakkorset.

Det är en ploj, hade Tomas svarat.

Hon gick in i vardagsrummet igen och tittade på honom. Ett barn. Han var visserligen femton år men när han sov syntes det att han var ett barn. Det barn som hon på sätt och vis fått. Sabbath Bloody Sabbath stod det på skivomslaget som låg nedanför fåtöljen. Han hade en liten bit tyg för munnen. Det såg ut som en minimal snuttefilt och när hon upptäckte att det var en bit av ett av hennes gamla nattlinnen, vitt med skära blommor på, blev hon både rörd och illa till mods.

Hon tog honom försiktigt i armen och frågade om han ville ha te. Armen var slapp. Hon rörde vid hans ansikte, ruskade honom i axlarna men fick ingen reaktion. Då petade hon på hans ena ögonlock för att få upp det och såg ingen blick, bara en bit oseende gråvit ögonglob. Han var medvetslös.

När hon tog upp trasan och höll den mot sin egen näsa kände hon att det var thinner den luktade. Hon trodde att hon kände handlingskraft och effektivitet men utan att förstå det hade hon gripits av panik. Hon tog honom i axlarna och släpade ut honom i köket. Bära honom orkade hon inte även om han inte var någon stor femtonåring och dessutom mager. Hon drog honom fram till bakdörren. Sen rusade hon in efter handväskan med bilnycklarna och ut till bilen. Hon startade den och körde runt huset till dörren från köket. Här syntes man inte från någon av skolbyggnaderna. Det var ett vansinnigt bökande att få in honom i baksätet och när han

192

äntligen halvlåg där, lika medvetslös som förut, insåg hon att hon handlat i panik och hon tänkte på sina egna och Babbas deckare, på släpande och fördöljande som gällt mord.

Vad gällde det här?

Hon hade handlat som rektorsfru och undvikit att ringa efter en ambulans. Ingen skandal på skolan. Sunes förträfflighet och auktoritet måste förbli intakta. Han kunde helt enkelt inte ha en son som sniffade thinner.

Men redan efter tre timmar var de tillbaka i villan och då verkade det inte längre så brottsligt att hon försökt dölja hans tillstånd. På sjukhuset hade man inte visat något större intresse för honom eftersom han kvicknat till redan under bilfärden. En ung läkare lyfte upp ögonlocken och tittade på hans ögon, lyssnade på hjärtat och klämde håglöst här och var.

Låt bli den där skiten, sa han.

Sen var det inte mer. När de åkte hem visste hon inte vad hon skulle säga till Tomas. Det var alldeles tomt i huvudet. Var han ett barn? Eller en halvvuxen yngling med sluga, sneda blickar? Han hade trott att hon skulle vara borta hela eftermiddagen till långt frampå kvällen. Det var uppgjort att han skulle äta i skolans matsal. Men hon hade kommit tillbaka i förtid.

Hon visste att Tomas stal ur hennes plånbok men hon hade aldrig vågat säga något eftersom hon varit rädd att full fientlighet skulle bryta ut. Sune får ta hand om det tänkte hon. När han kom hem från Stockholm skulle allting ordna upp sig. Det var så här det var att ha tonåringar.

Tomas gick direkt upp och la sig. Han mådde illa och ville inte ha någon mat. Det blev tyst i huset. Vårkväll. Hon hörde koltrastar när hon öppnade fönstret för att vädra ut thinnerlukten som hon nu kanske bara inbillade sig. Den är ju mycket flyktig.

Det var ett vackert rum. Minnet dröjde gärna vid det och vid koltrastarnas melankoliska sång. Vackert på det lite kyliga sätt som gästande utlänningar på skolan uppfattade det modernt nordiska. Grått, gråblått, vitt. Stålrör och böjträ. Bleka akvareller. Vita linnegardiner som mycket skonsamt silade ljuset. Där låg fortfarande det svarta Black Sabbath-omslaget med sina bloddryparbokstäver på den ljusgrå hel-täckningsmattan.

HON KOM TILLBAKA till mig i slutet av mars. Lillemor läser bara den meningen, sen lägger hon sitt duntäcke över manuset. Varför, i herrans namn *varför* kom jag tillbaka? För att bli utskälld och avhånad. För att läsa röriga spiralblockssidor och dividera om förkortningar och förklaringar och om strykningar, särskilt av naturskildringar. Vem läser naturskildringar? Babba sa tjurigt att när hon äntligen hade upptäckt den där jävla naturen så kunde hon väl få skriva om den.

Rätta hennes namn på växter. Påpeka att nagelörten inte blommar samtidigt som brudbrödet. Ta bort utropstecken. Vem använder dem numera? Rätta stavfel och uppenbara meningsbyggnadsfel. Maskinskriva. Lägga i kopiepapper. Göra om. Göra om och göra om igen. Medan Babba satt däruppe på vinden med ordflödet ur Caran D'Achen som endast kunde hejdas av att hon behövde fylla på bläck.

Varför kom jag tillbaka? I sanningens namn för att inte leva under knapphetens kalla folkhögskolestjärna. Slippa köpa kläder på Dea och HM. Få lite beröm. Mycket förresten. Usch.

Sen är det en annan sak. Den är egentligen alldeles obegriplig. Lillemor tänker på den när hon inspekterar sitt förråd av kinesiska nudlar. Studenter sägs leva på dem. Då kan väl hon också göra det, åtminstone tills hon läst manuskriptbunten.

Max bor i Saltsjö-Duvnäs och arbetar i city. Inte en chans att stöta på honom i Fältan. Men det är egentligen inte det hon är rädd för. Det är människor som känner igen henne och har läst böckerna hon inte vill träffa. Hon klarar inte av deras tacksamhet längre.

Ska hon koka nudlarna? Hon vet inte riktigt vad det är för tid på dagen. Är det inte förmiddag? Hursomhelst är hon hungrig så det slutar med att hon öppnar paketet och gnager dem i sig.

Det lönar sig väl inte att tänka på varför Babba valt att gömma sig bakom henne eller i varje fall bakom hennes bild. När de skrev deckare hade Lillemor anat att Babba hade planer på att bli en helt annan sorts författare. Det var ju inte så underligt om hon ville slippa stå för deckarna om hon skulle komma ut med en riktig bok. En skönlitterär roman blev ju granskad av en helt annan sorts och mycket farligare kritiker. Men det stämde inte för hon hade fortsatt att gömma sig. Visst var hon rädd för nedgörande kritik för hon hade ju i alla fall fått känna på ett och annat och det tog. Det gjorde det! Men skulle det vara förklaringen till att hon ville fortsätta med bedrägeriet? Hon nämner ingenting om det i sin berättelse.

Lillemor minns den gången det stod någonstans att Lillemors Trojs epik var tung. Och att en annan kvinnlig författare hade lättare handlag. Först hade Babbas stora tunga kropp stannat i ett stensittande och stirrande på ingenting. På ränderna i trasmattan. Sen sa hon:

Det där är fel.

Är det?

Ja, det skulle inte förvåna mig om dom skrev nånting sånt om Sophie Elkan.

Va?

Att hon hade lättare handlag än Selma Lagerlöf.

196

Ja, Babba kunde vara monstruös i sitt högmod. Hon sa att åsnesparkar och giftstick hörde författarlivet till. De var lika overkliga som haussandet och det överdrivna berömmet. Bortom dessa låg skrivandet. Hon sa: Mitt rike är inte av denna världen. Man hade kunnat tänka sig att hon skulle flina åt blasfemin när hon hävde ur sig detta. Men det gjorde hon inte. Hon sa att det hon skrev låg bortom bra och dåligt, bortom tungt och lätt.

Det *är*, sa hon.

Lillemor förstod henne inte. Visst fanns hennes rike, det fanns inom pärmar som tryck på papper, det stod på bokhyllan. Men det måste ju in i hjärnor för att leva och vara. Och där kunde det bli både bra och dåligt, tungt och lätt. Så var trodde hon att det fanns egentligen?

Lillemor kan inte fortsätta att gnaga i sig hela nudelpaketet så det får bli Fältan i alla fall. Och det är inte så dumt att komma ur morgonrocken, duscha, klä sig inifrån och ut i rena kläder, fara genom håret med fönborsten och sminka sig.

När hon går förbi leksaksaffären i det stora affärskomplexet ser hon en docka i en öppen kartong. Den ser ut precis som dockorna gjorde i hennes egen barndom. Den har liten skär mun och stora blå ögon. Den kan säkert klippa med ögonlocken och om man trycker den på magen säger den ma-ma. Naturligtvis är det glansiga dockhåret blont. Hon vet att det finns dockor som har brun plasthud och svartknollrigt hår. Men finns det dockor som piper pa-pa?

Hon tänker inte särskilt på den när hon handlar för hon är fullt upptagen med att köpa en vansinnigt dyr kalvkotlett, en citron och ett paket riktigt små djupfrysta ärtor, petits pois. I köttbasilikan i Uppsala kunde man förr i tiden köpa en kalvkotlett som inte ens ruinerade en studentska. Men det var väl något djurplågeri med att hålla kalvar i box och göda dem till ljust kött. Nutidens djurplågeri är mer storartat och dess produkter exklusiva.

Morskt har hon bestämt sig för att hon ska köpa en påse lösgodis också. Varför inte? Hon har just aldrig haft behov av starkare rusmedel än skumbananer och lakritsbåtar.

Det är först när hon kommer hem som hon tänker på blunddockan i skyltfönstret igen. Jag var dockan, inser hon. Mig fick dom sticka nålarna i. Visst tog sticken också på Babba. Men inte i hennes eget kött. De tog i dockhuden och i nerverna under den.

Då blir hon sittande vid köksbordet och äter mekaniskt ur påsen med skumbananer, geléhallon, lakritsbåtar, chokladknappar och de ljuvliga sega sakerna som ser ut som stekta ägg. När det är slut i påsen ångrar hon sig.

Trams Ormspott Rabarberblad

Hon kom tillbaka till mig i slutet av mars. Det hade jag egentligen kunnat räkna ut. När hon stod i katedern och undervisade blivande tandsköterskor och poliser om subjektsregeln och annat som hon tyckte var viktigt hade det från början varit performance och hon älskade det. Men det blev vardag och frostiga förvårsmorgnar då hon halvsprang till skolbyggnaden i fingervantar och med det där lilla nystrukna hucklet över håret som blev allt ljusrödare. Hon upptäckte att en blivande polis var analfabet men hennes kollegor vägrade att tro det, för såna fanns inte i Sverige. Till och med Sune var misstrogen. Karln som varken kunde läsa eller skriva var inte dum och dolde det skickligt. Han körde med: har glömt glasögonen och vill du vara snäll och läsa opp det för mig och sånt. Han lämnade aldrig in nåt skriftligt utom i yttersta nödfall då han bad en kamrat skriva rent på maskin för han hade så krånglig handstil sa han och läste från ett papper med krumelurer som ingen fick se.

Det är klart att hon tröttnade. De revolutionära stormarna på skolan blev allt värre. Eleverna krävde att läroböckerna skulle avskaffas. De skulle ha kompendier som de själva satte samman och i stormöten skulle de rösta om undervisningen och matsedeln. Det var inga tider för Lillemor och hennes soloframträdanden. Så hon kom tillbaka till mig, stod en eftermiddag i dörren och rösten var pipig men på något sätt morsk ändå:

Förlåt mig för det där jag sa.

Jag visste inte vad hon menade för det var väl egentligen jag som hade sagt det mesta. Det jag mindes av vad hon skrikit var: Sitt åtminstone inte och sug ur tänderna! Och till slut: Det hjälper inte att du vet att det är aluminiumklorid om du inte använder det. (Hennes deodorant var skär och hette Mum.)

Nu var bygdespelet nerlagt. Kommunen ville inte betala de anslag de hade utlovat.

Var det när dom hade läst pjäsen? frågade jag och hon nickade och sa att allting var politik fast jag inte ville tro det.

Vad jag tror är att mycket i världen handlar om makt, sa jag. Freud påstod att det handlade om sexualitet. Men var det inte nån av hans konkurrenter som pekade på maktbegäret?

Jag la mig lite lågt och lät henne undervisa en stund. Hon var påtagligt ledsen för att bygdespelet gått i putten och hennes sinnesstämning måste ha påmint om den hon försattes i vid refusen från förlaget. Hon har aldrig kunnat urskilja motiven bakom kritik som riktas mot henne. Det räcker med att det är kritik. Den får henne i gungning. Hon duger inte. Hon är usel usel usel och måste göra om sig.

Jag tror vi kan göra nåt av din pjäs, sa jag. I alla fall av grundidén.

I själva verket var min idé mycket långt från hennes och jag hade inte fått den när jag läste det där hurtfriska bygdespelet. Men på något sätt måste jag passa på nu, för jag förstod att hon inte haft någon ny sanningsnatt med Sune. Och jag begrep också varför.

Lillemor hade ju gift sig med Sune Bengtsson och hans san-
ningskärlek. Det var vad hon menade med ett riktigt liv. Hon
fick en styvson som var femton år. Sune var psykiskt stabil
och hade bra bondegener så han borde ha varit deciderad att
få söner som blev agronomer eller lärare. I stället hade han
fått den här olyckan som Lillemor hittat medvetslös med en
thinnerosande tygbit för munnen och kört till sjukhuset i
Härnösand. Eftersom det inte var något större fel på honom
fick de fara hem igen. Men redan efter några dagar stod det
klart att hela skolan visste vad som hänt.

Fast jag förstår inte hur, sa hon när hon nu berättade allt-
ihop för mig.

Det är svårt att dölja nånting på ett internat, sa jag.

Det verkar som du också vet, sa hon.

Jag dricker ju alltid kaffe med Doris när jag är på skolan.
Du vet att jag känner henne från Kramfors. Vi är konfirma-
tionskamrater.

Hon var kontorist på skolexpeditionen och skötte skolans
underrättelsetjänst från sitt kaffebord. Jag sa till Lillemor att
det var hon som berättat för mig att rektorssonen för länge
sen hade fått smak på ett lim som hette Elefantenkleber. När
Doris kom på varför det försvann, sa Sune att Tomas klistrade
opp sina urklippta bilar med det och att det fanns mer i för-
rådet. Så det var inget problem.

Lillemor skulle redan innan de gifte sig hålla ordning på
grabben när Sune då och då åkte till Stockholm och SIDA
där han arbetade med utbildning av afrikaner. Men pojken
slöt sig till de få icke-politiska elementen på skolan, de som
hade villkorligt eller varit på psyket på avvänjning och skulle
rehabiliteras. De tyckte det var festligt när rektorns grabb
vände ögonen ut och in och hade honom som maskot, unge-
fär som flickorna hade haft den skalliga råttan. För att det var
något fel på honom måste de ha insett. De kallade honom

Tompa och lärde honom att sniffa lim ur en plastpåse och starkare saker på trasa. Det fanns nycklar till vaktmästarens förråd i rektorsbostaden och medicinskåpet på expeditionen så skolan blev ett Schlaraffenland där han också kunde skaffa dem surrogat för haschet och amfetaminet när det var stopp i tillförseln. Sune lyckades få socialtjänsten att förstå att de värsta missbrukarna måste bort från skolan för att rehabiliteras någon annanstans.

Konstigt att jag inte visste det här, sa Lillemor.

Så Sune sa ingenting om det här under eran sanningsnatt? frågade jag.

Men hade det hänt då?

Javisst, det hade pågått hela höstterminen och nog vet du att dom där som socialtjänsten skickat på er fick respass före jul.

Nu blev hon mycket fundersam. Sune Sannings monument vacklade. Jag teg visligen. Men jag trodde inte det skulle bli några nya sanningsnätter så jag vågade säga:

Jag kommer ingen vart utan dig.

Vad har du skrivit?

Det här är vinterns tre spiralblock, sa jag.

Jag gav henne dem och hon läste tyst. Där stod till exempel (jag har allthop kvar):

nu låter vi detta bara rasa ett pärlbesatt sparbankshus
ingen är mera mån om sin lilla låda än jag ett spiller ett
spiller vi ser världen genom ett fint gittrat spiller och drar
våra slutsatser ur såna ord är all blodmärg sugen av någon
girig stadstjänare vet du vad: hälsa på oss i Mariefred vi
har något ovanligt en liten skatt i ett rum av rosenträ, du
ska få se den jo jag lovar bara en ton en ton det är väl
en japansk pingelskringla och det yr av pollen kring hans
bruna mössa

Vad är det här? sa hon och då jag inte svarade bläddrade hon framåt, men det blev inte annorlunda:

Rädd att få veta nånting nytt stoppar jag humlor i öronen
gud är här i ett ekollon, toppen mössan har sänkts ner över
ollonet när gud står och predikar han är stark han äter
gjutjärn rensam kredens och virvlande faggor när vi spelar
på iliad

När hon läst ett tag tittade hon opp och sa:
Varför?
Jag bara skakade på huvudet.
Har det med din barndom att göra?
Hon läste sånt som *häcken är en stor surma därinne knäp-*
per nyckelpigorna nu kommer blinda gubben se opp din lilla
ettöreskuk. Nu tycktes hon vara på fastare mark för hon sa:
Den kanske har format ditt språk?
Vilken då?
Barndomen.
Och så läste hon på: *trät är upplöst det skruggar och ur*
kvittrorna sticker små bladöron opp och hennes min var nu
mycket saklig när hon sa:
Det mesta av det här har ju en stark existentiell känsla. Allt
tycks ändå vara ur din egen erfarenhet, eller hur? Man kan
ju inte kalla det här metaforer, ändå är alltsammans i någon
mening metaforiskt.

tänk inte illa om oss en sista gång drar vi bort från detta
innersta vi drar dess repor mellan våra utspärrade nät-
hinnor det är löv som glimmar och vänder sig sprött och
finstilt vi vet om ådernäten att de kan brista det blir viss-
nare och spändare en stel ton strimmor våtvinsdrömmar
glaset och splitt

När hon bläddrade i nästa spiralblock och nästa och det inte kom någon annan sorts text samlade hon sig och frågade: Är den språkliga rytmen viktig för dig när du skriver? Jag hann aldrig svara för hon fortsatte: Är inte det här konstruktivism egentligen? Jag menar här finns ju verkligheten men du intresserar dig bara för hur den uppfattas. Eller hur? Och det finns väl en metafysisk nivå i det här? Det har du aldrig låtsats om förut. Du är ju epiker och realist, i alla fall trodde jag det.

Till slut verkade det som om de tre spiralblocken tagit död på hennes förmåga att uttrycka sig. Hon satt och stirrade i köksväggen där det hängde en stor klocka av trä med grankottar av gjutjärn till lod och en snidad örn med utbredda vingar på toppen. Där fanns också en julbonad som vi glömt att ta ner. Den var sydd av Antes mormor och framställde två jultomtar som såg ut som de hade skolios. De stod knäande och rörde i ett grötfat. Bredvid tomtarna satt en almanacka från en traktorfirma med en bröststinn kvinna i baddräkt av silverlamé. Lillemor stirrade på väggen med dess prydnader, kanske oseende. Hon hade helt enkelt kommit av sig.

Förstod hon inte att jag fyllt sida efter sida i två spiralblock med gallimatias för att hon skulle tro att utan henne var jag bara en högerhjärnhalva utan styrsel.

Var jag det?

Då sa jag sakta att jag gärna skulle bli epiker och realist igen men då måste hon hjälpa mig.

Hon tog blicken från de puckelryggiga tomtarna.

Vad var det för idé du hade? Den som du hade fått av mitt bygdespel.

Sågverken, sa jag. Strejkerna och alltihop. Allting från åttiotalet då dom började hugga på allvar i skogarna och exportera. Älven och vad den bar. Har du hört talas om han som såg en järnspis komma flytande med vårfloden? Eller ett barn som står på ett bord klädd i trekantig hatt, hemsydd blå uniform med gula byxor och höga, alldeles för stora smorläderstövlar. Hon, för det är en flicka, läser Kung Karl den unge hjälte han stod i rök och damm. Och barnsvälten. Revormen. Tandvärken. Masken i stjärten. Allt vad dom trodde och allt dom inte begrep. Det stora omkring dom.

Jag förstår inte riktigt, sa hon. Kommer du inte bort från sågverken och strejkerna nu?

Inte alls, sa jag. Jag talar ju om barnen. Vi ska skriva om barnen. Dom som ingenting begriper av politik och kamp och rättvisa. Barnen är dom små dyborrarna längst ner, dom lever alldeles nära samhällets dybotten och vet allt om den.

Men järnspisen? sa hon. Den verkar mer höra hemma där.

Hon pekade på spiralblocken.

Nejdå. Det är realism när den kommer flytande i älven. Den var faktiskt av svartmålat trä, rekvisita i en teaterpjäs. Det fanns kultur däroppe då. IOGT-föreningar med sångkör och teater. Den var lika rörig som all verklig kultur är: barn som läste Tegnérs Kung Karl och Ossiannilssons Till en förtryckare. Jag tror det kan bli tre böcker. Ända fram till andra världskrigets slut då barnen läser om andra barn som klubbades ihjäl framför gasugnarna. Vi ska kalla den Barnets sekel. Sviten, trilogin. Varje bok ska ha en egen titel. Den första ska heta Ormspott.

Men det är ju sånt där igen, sa hon med en hjälplös gest mot spiralblocken.

Inte alls. Ormspott är vad spottstriten gömmer sig i när den sitter på grässtrået. Och barnen har sina bubblor där dom försöker överleva.

Lillemor sa opp sig från de timmar hon hade kvar på skolan. Hon ville bort från alltihop och skulle nu söka barnen och deras liv i arkiven och i avhandlingarna. Vi talade inte heller den här gången om att vårt samarbete varit nära att bryta ihop. Vi tog bara opp det igen och låtsades inte om det där med sanning och bekännelser. Hon reste till de kvinnohistoriska samlingarna i Göteborg men de blev en besvikelse för barnen fanns inte där.

Barnen var under rabarberbladen och under hundkexens vajande kronor och spetsverk. Dom stod i gölarna, stilla, stilla, med sina bara ben tills blodiglarna sugit sig fast och sen gick dom opp och drog loss dom och la dom i en burk och sprang till apoteket.

Barnen var under köksbordet och kissade på sig när mamma fick stryk. Därnere plockade dom skorpsmulor i tålig, nästan slug väntan på att dom tunga stegen skulle dra bort och knarra nerför trappan och försvinna.

Dom samlade ben i en säck, urkokta soppben och ben efter en gårdsslakt, alla möjliga sorters inbringande ben. För det fanns gubbar som betalade för allt. En ville att man skulle ta honom på kuken och djärvt nog hade en pojke en rotborste i beredskap och han blev prisad. Men det är klart att tjufem öre är tjufem öre så likaväl som att samla iglar, buteljer, ben och gult lummerpulver kan man ta på en gubbe så att han flåsar. Det gör en ju ingenting.

Nej, det går inte att samla in barnens liv ur pappkartonger och tjocka böcker för dom finns inte där, dom sitter gömda under rabarberbladen. Dom har sin värld med sånger och ramsor och alla är inte vackra men roliga är dom, som Lilla råtta satt på potta gjorde marmelad. Det finns häxor med hörntänder gula som makaroner som lär dom skrivstil och gånger, troll med mossa i näsborrarna och kistor med pengar att köpa jungfrubröst och negerkyssar för och som ändå äter sillbullar med korintsås. Där finns prinsessor som har kissfläckar i underbyxorna och prinsar som inte kan åka

206

skridskor. Barnen under bladen och umbellaternas kronor vet mycket som dom får lov att glömma bort när dom ska börja försörja sig på allvar.

Det finns snoriga barn och barn med skrofler och lapp baki byxan men det finns också fina barn som har livstycket knäppt i ryggen eftersom det alltid finns folk tillhands som kan hjälpa dom med knäppningen. Fast dom blir förstås till åtlöje när dom börjar skolan. Fina barn har riktiga dockhus som man kan se in i och ingen under rabarberbladen har sett ett sånt men dom har hört det berättas för dom har systrar som sopar golven och tänder brasorna i rummen där det finns små byggnader som kallas dockskåp.

Fina barn har också affärer med riktiga burkar och pengar i en låda men såna affärer är egentligen bara larv mot vad flickorna på gården kan breda ut och lägga opp på två stenar och en planka: skräppor som man repar till kaffe, små ärtskidor från häckvickern, blomgodis och grusgodis och stengodis och makaroner av maskrosstjälkar.

Hungern regerar i barnmagarna och en gång smög en pojke genom syrenhäcken och tog skorpor som en tant lagt ut åt ekorren. Längre fram i tiden blev det barnbespisning och då gick barnen som var fattiga i en lång rad till ett särskilt hus och åt särskild mat. Men dom tog igen det när dom kom tillbaka och blev retade för då slogs dom.

Barnen är dyborrar som bor nere vid botten och har navelsträngarna i slammet. Högt ovanför deras gömme brusar socialismen och nykterhetsrörelsen och gudlighetsrörelsen och krigen. Barnen lever i grunt och stillastående vatten, ja, i dammar och gropar, och dom tror sig kanske skyddade eftersom deras riktiga liv inte syns och för att dom vet så mycket: hur knottret på ett reveterat hus känns under handflatan och hur det låter när man går in hos trädgårdsmästarn och knäpper fuchsiaknoppar. Men om det som brusar däroppe vet dom just ingenting och därför kan dom bli oppdragna ur sitt ljumma slam och ihjälslagna eller gasade. Meningen är ju att dom ska stiga oppåt och blomma, precis som dyborren stiger och blir en stel vit vattenaloe. Men det blir till slut en ond lukt ur de utslagna blommorna och dom ska sjunka till botten igen och finna fäste för sina groddknoppar.

NÄR LILLEMOR KIKAR på de sidor som kommer ser hon vad hon har framför sig: pappas död. Hon vill rädda honom undan Babba men vet inte om hon förmår det. Det skrivna är så starkt mot flimrande minnen. Är det starkare än kärlek? Han var kanske löjlig med sina plastbåtar, tänker hon. I Babbas ögon var han nog det. Jag kan inte försvara honom. Det kunde jag inte ens mot mamma. Men det finns något som Babba inte vet om: att han skrev dikter. Han hade alltid haft lätt att skriva vers. Vid femtioårsdagar tillverkade han visor som sjöngs på någon känd melodi. Men detta var något annat. Hon hade för länge sen flyttat hemifrån när han smög till henne den första. Då fick hon lova att aldrig visa den för någon eller säga att han skrev. Någon var naturligtvis mamma. Dikten var en töcknig impression av Kramfors. Overkliga stad under en vintermorgons bruna dimma. Fötter trampar vardagslivets stig. Våra förvirrade steg. Nånting sånt. Några rader har hon skäl att minnas:

Älven svettas
bensin och tjära
timret driver
med strömmen.

Mycket längre fram hittade hon Karin Boyes För trädets skull kvarglömd hemma hos föräldrarna i Kramfors och i översättningen ur Eliots Det öde landet fanns raderna om floden som svettas bensin och tjära. Fast där var det prämar som drev med ebb och flod. Den bruna dimman och den overkliga staden fanns där också. Det hade förstås gjort henne generad. Men hon sa ingenting till honom. Nästa gång han gav henne en dikt sa han: Du förstår det är fri vers. Men sånt begriper ju du. Det gjorde hon tyvärr. Men vem var hon att döma om fusk? Och Babba sa alltid: litteratur föder litteratur. Var det förresten inte mer förunderligt än löjligt att en tillverkare av plastekor skrev modernistisk vers efter förlaga?

Han dog långsamt, plågat och förvirrat. Hans kropp blev gulaktig och utmärglad. Liggsåret, slemmet, avföringen på lakanet – det var han. Hans var det blyga leendet när hon kom till hans sjukhussäng.

En gång hade han haft krafter nog att ta henne om huvudet när hon böjde sig ner mot honom. Han strök med båda händerna över hennes hår. Gång på gång gjorde han det och sluddrade samtidigt orden *en vanlig liten familj*. Kanske var det de sista ord hon hörde honom säga. Han pratade förstås för sig själv senare, mumlade och såg på väggarna där syner utspelade sig. Men de där orden var verkligen riktade till henne och hon förstod inte om de var en besvärjelse eller kanske en vädjan.

När han var död fick de åka hem ett par timmar medan man gjorde i ordning honom. När de kom tillbaka var han verkligen död. Stel och grå men prydlig låg han och visade nästan ett slags leende. I varje fall blottades lite av tänderna. Personalen hade tänt ett ljus och lagt en öppen diktbok på nattduksbordet. Dikten på uppslaget var Bo Setterlinds Döden tänkte jag mig så. Modern tog ett biträde i armen och viskade:

Så omtänksamt. Så förtjusande.

Då gick Lillemor ut ur rummet och nu så långt efteråt inser hon att det kanske var hennes enda handling av protest. Någonsin. Hon gick ut ur sjukhuset genom långa kvava kulvertar. Benen ville vika sig och hela tiden tänkte hon på dikten om döden som med stor ömhet plockar upp levande varelser i sin korg. Hon gick hårt med klackarna mot kulvertens betonggolv, det smattrade: falsk, falsk, falsk. Den var en sockersöt lögn den där dikten, för döden plockar upp för att plåga, för att riva bort vingar och ben, för att pina och svälta.

Nu sitter hon vid köksbordet med manuskriptet och försöker hålla emot vad hon ska få läsa. Hålla hans blyga leende mot sarkasmerna, hans händer om huvudet och de svagt framviskade orden mot det skrivna, det som är så maktfullkomligt och så lätt besegrar en viskning.

Död Död Död

Kurt Troj dog. Det gör ju alla men knappast under så mycket dramatik som han. Klytaimnestra tog ju på sin tid kål på Agamemnon redan i första akten. Kurt Trojs brott var lika oförlåtligt (för mot Astrid Troj var man inte otrogen utan konsekvenser) men hon väntade ut sin makes död och kallade den förmodligen naturlig. Det fanns ingen kör av åldringar som lamenterade över Kurt Trojs döende, de två var till att börja med alldeles ensamma. Den profetiskt tuggande dotter som var kvar i palatset hade ingen motsvarighet i Gärdsbacken för Lillemor bara grät. Men annars gick ödesdramat sin gång i Kramfors som i Argos; Kurt Trojs njurar sviktade för att till slut upphöra att fungera.

Nu följde begravning och Lillemor kom till mig och bad mig följa med. Hon var mycket blek och hade sedan förra mötet med sin mamma kvar ett rivmärke efter fyra naglar på kinden.

Från första bänken i Gudmundrå kyrka kändes doften av krysantemer, lövkojor och rosor stockad och kvav. Jag tänkte på att Kurt Troj låg under blomsterprakt och bonad ek och log. Lillemor hade sagt mig att hans döda ansikte hade visat ett leende. Jag sa att det nog var en sista muskelspasm som åstadkommit det. Det kunde knappast röra sig om risus sardonicus framkallat av stryknin för till såna ytterligheter hade Astrid Troj inte behövt gå. Hon var behängd med änkeflor som gjorde det omöjligt att se om också hon log. Kyrkan var full av svartklädda människor och i koret stod karlar i frack och höll ordensstandar och föreningsfanor. En dam sjöng Ave Maria från läktaren.

Vid middagen på Kramm satt jag ganska högt opp vilket förvånade mig. Astrid behandlade mig inte längre som skiten under naglarna och det dröjde långt frampå kvällen innan jag förstod varför. Lillemor höll på att jag skulle åka med dem hem till villan, hon var rädd för sin mamma och framförallt rädd att bli ensam med henne.

I det stora vardagsrummet var vaserna fortfarande fyllda med kondoleansblommor, de flesta slokande. Det luktade unket blomvatten för det hade varit heta julidagar. Lillemor ville byta om från sin svarta dräkt och de lika svarta strumporna och skorna. Men Astrid tillät det inte.

Du kan gott göra honom den hedern att vara sorgklädd, åtminstone idag.

Då började Lillemor bära ut vissna blommor men också det stoppade Astrid.

Låt mig ha den trösten kvar, sa hon. Människor har i alla fall varit deltagande.

Sanningen var att Kramfors kvarnar hade skvaltat Kurt Trojs otrohet bra länge innan någon berättade om den för Astrid. Man hade också haft roligt åt den för Kurt trodde att han var full av list när han med nyckeln till sin älskarinnas hyreshus gick in i en portgång långt från hennes och genom källaren tog sig till hennes uppgång. Skvallrets blandade kör utgjorde bakgrunden till Astrids drama om hon begrep det eller inte. Hon var svår att förstå sig på. Som nu när vi satt vid soffbordet och hon hade slagit opp en gingrogg åt sig. Lillemor och jag drack fortfarande kondoleanssherry.

Nå, sa hon, vad tyckte du om Gunilla Lambergs sång? Först då gick det opp för mig att det var Kurts hemliga dam som sjungit från läktaren. Hon hade väl inte kunnat neka för hon brukade sjunga på begravningar och det sas att hon och Kurt hade träffats när traktens alla körer slogs ihop för att sjunga Förklädd gud.

Lillemor sa pipigt att det var vackert.

Tror jag det, sa Astrid. Mycket känsla – eller hur?

Det här var plågsamt för Lillemor och meningen var väl att det skulle vara det, för nu hade Astrid ingen annan att ta ut sin vrede på. Men svårförståelig var hon ändå. Psykologi är ju skvaltkvarnarnas tema. Men jag omfattar inte tron på den vetenskapen, jag vet inte ens om den är intressant. Inte heller begrep jag varför Lillemor alltid gjorde som Astrid sa. Nu bar hon på hennes order fram projektor, filmduk och askar med diapositiv. Vi skulle se familjebilder.

Fast först ska vi ta oss en smörgås, sa Astrid.

Den plockades fram i det som kallades frukostrummet och projektorn ställdes på det vita bordet, filmduken på sitt stativ mot dörren till matsalen. Gardiner drogs för. Det fanns kall kyckling och köttbullar, rökt lax i skivor och flera sorters ost varav en var amper och snart fyllde det lilla varma och mörka rummet med sin lukt. Astrid hällde opp snapsar men Lillemor drack inte av sin. Hon hade däremot förstånd att inte direkt tacka nej för då hade hon fått höra att hon var en tåpa. Att dricka och tåla sprit hörde till umgängeslivet ansåg Astrid Troj, och man borde kunna stå för en viss och inte obetydlig konsumtion. Skål!

Sen började visningen. Astrid hade laxfett och ost på fingrarna när hon plockade fram små ramade glasbilder ur askarna som var märkta med sådant som HOLLANDS-RESAN och LYSEKIL 1965. Det var bara hon och Kurt som förekom på bilderna. Kurt i simbyxor lutade sig mot randiga solstolar, tittade på tulpanfält och överexponerades framför en vit kyrka. Astrid stod vid Amazonen, vid den medeltida bypumpen i en holländsk stad och på däcket till en bilfärja. Hennes hår var alltid i ordning. Kurt hade olika små kepsar. De log.

Ett lyckligt äktenskap, eller hur? sa Astrid.

Vi teg och jag tror att jag smålog fånigt. För vad gör man?

I alla fall lyckat, sa hon och så skrattade hon så skärande att jag tänkte nu börjar hon bli full.

Bilderna med flottiga fingeravtryck som på duken såg ut som ektoplasmer matades fram i en strid ström. Lillemor såg paralyserad ut. Plötsligt – och det är egentligen ett ord som bör undvikas i litteraturen – reste hon sig. Men det skedde verkligen utan förvarning och hon sa med den där rädda piprösten men ändå ganska bestämt:

Nu går jag och lägger mig.

Och jag ska ta mig hemåt, passade jag på att lägga till innan Astrid hann protestera. Och så smet Lillemor iväg. Om hon varit hund hade hon haft en darrande svans mellan benen.

Jag for efter men vid ytterdörren hann Astrid opp mig och la en bestämd arm om mina axlar.

Vi tar oss allt en gingrogg du och jag, sa hon. Vi har ju ett och annat att tala om.

Kallprat fram och tillbaka. Gin och tonic i höga kristallglas med tjock botten. Astrid malde på. Men det var något hon ville och jag väntade på det, inte utan oro. Till slut kom det.

Det går ju bra för dig och Lillemor.

För Lillemor, rättade jag.

Nåja…

Hon fnissade.

Det är ju du som skriver böckerna.

Tänk er nåt så jävligt. Som ett spett rakt genom kroppen.

215

Och så det där halvupplösta flinande ansiktet. Lukten av ruttet blomvatten (vi satt i vardagsrummet nu) och mitt opp i alltihop frenetisk pianomusik. Hon hade satt på en skiva på radiogrammofonen och sagt:

Chopin. Kurt avgudade hans musik. Det här är Ass dur-polonäsen. Ja, du vet ju att han hade musikaliska intressen. Det sista med ett beskt löje. Jag var så torr i mun att jag inte kunde prata. Jag drack av gingroggen och till slut pressade jag fram:

Hur kan du tro nåt sånt?

Äh! Det är ju klart att det är du som skriver dom.

Men jag förstår inte ett ljud! Lillemor har lite svårt för stavning och grammatik och hon är inget vidare på maskinskrivning heller. Så hon behöver hjälp.

Ha! sa Astrid och drack djupt ur grogglaset. Lillemor är suverän på stavning och kan Rebbes språklära fram- och baklänges. Hon skrev urtorra uppsatser i skolan, aldrig ett fritt ämne. Skolflicksprudentliga.

Jaså, jaa. Då är det klart att du inte förstår hur hon skriver nu när hon släpper loss fantasin.

Fantasi! Hon har inte mer fantasi än en…

Hon sluddrade inte än men letade efter ord och bestämde sig för golvmopp.

Hon skriver maskin alldeles utmärkt också, sa hon. Jag har själv sett henne knattra på.

Jag tror du har fått det här helt om bakfoten, sa jag. Du tror inte på Lillemor. Du är faktiskt väldigt nedlåtande mot henne. Som om hon inte dög nånting till överhuvudtaget.

Annat än att gifta sig! skrattade Astrid. Vilken hopplös tråkmåns den här senaste är. Tycker du inte det?

Jag trodde att hon kommit från ämnet. Men nu klippte hon till:

Jag har ju sett att hon skriver rent dina manuskript på

maskin. Handskrivna spiralblock.

Vad vill du egentligen? sa jag. Nu går jag hem. Du är ju full.

Jag klarade henne inte längre. Och jag måste ju hem och tänka. Fort.

Vi var fast. Lillemor förvarade mina spiralblock i översta byrålådan och den låste hon naturligtvis. Men nyckeln, var la hon den? Om hon så hade stuckit ner den i smöret i kylskåpet eller tejpat fast den mellan skinkorna tvivlade jag på att hon kunnat överlista sin mor.

Den natten såg jag Astrid Troj förstöra våra liv. Jag såg tidningsrubriker rulla förbi ur pressarna som i en amerikansk långfilm från fyrtiotalet. Jag såg Nemesis divina med läppstiftet målat en bit utanför munnen och med en gingrogg i handen. Jag önskade att hon hade dött. Nu.

Tanken var egentligen alldeles naturlig.

Det sägs att kreativitet har nånting med schizofreni att göra. Dopaminhalter i talamus eller hur det nu ligger till. Nu blixtrade min hjärna verkligen av sin kemi. Jag såg henne dö. Jag såg hennes begravning. Liljorna, ljusen, Lillemors lilla omoderna Jackie Kennedyhatt till den svarta dräkten och Kurt Trojs älskarinna på läktaren galande Ave Maria – en hänförande ironi!

Jag frossade.

När bilfärden var över och jag var tillbaka på vinden i Antes kåk blev talamus grå och skrumpnade. Hjärnan hade nyktrat till. Men faktum kvarstod: om hon inte skulle förstöra våra liv måste hon bort. Frågan var bara hur. Det slog mig att jag hade tänkt ut sex intriger till detektivromaner och fört dem i hamn med goda recensioner.

Det gick tre veckor då jag malde detta projekt och det

påminde mycket om den första tiden med en romanidé. Man vänder och vänder på bilden man fått och trevar efter ett språk för den. En ton. Det kan ta veckor, ja, månader. Men nu måste det gå fort.

Jag ville naturligtvis inte lägga hand vid henne. Det skulle jag förresten aldrig kunna. Slafsa med förskärarkniv och blod, dra åt en slips eller ett skärp, knuffa, hugga, skjuta – med vadå? Antes hagelbössa? Det var omöjligt. Om jag skulle handla måste det ske med en uträkning som förde mig långt ifrån själva förloppet, lika långt som om jag bara hade skrivit om det. Med list.

Hade det varit en romanintrig skulle jag ha försökt med svamp: några riktigt fina bolmörtsskivlingar stuvade med grädde och lagda på en varm smörgås. Champinjoner åt dottern och spökskriverskan, men på den senares smörgås en skiva giftsvamp för kräkningarnas och trovärdighetens skull. Felet med den idén var att det i verkligheten fortfarande bara var juli. Innan svampsäsongen började skulle hon antagligen ha förstört våra liv och lämnat aska och ödeläggelse efter sig.

Ante och jag satt vid köksbordet och åt rårakor, lite avlånga efter morsans modell och med fläsk och lingonsylt, när Lillemor körde opp framför huset.

Jag måste tala med dig, sa hon när hon kom in.

Jag gillade inte att hon så tydligt visade Ante att hon och jag hade hemligheter. Han är inte dum och en gång hade han sagt något om att jag måste hjälpa henne bra mycket med böckerna. Men nu var det risk att Astrid hade slagit till och jag lämnade rårakorna att kallna. Vi gick opp på vinden.

Vi har fått landstingets kulturpris, sa Lillemor. Femtiotusen.

Hon var blek.

Jösses, sa jag lättad. Dies irae var tydligen uppskjuten.

Jag kan inte ta emot det.

Hon lyfte näbben på det där sättet som hon brukade göra när hon tänkte börja ett nytt liv. Det fick mig att känna mig trött.

Sätt inte igång med nåt krångel för guds skull.

Jag har redan sagt ifrån, sa hon.

Sagt ifrån om femtitusen?

Nej, men prisutdelningen på teatern i Härnösand. Jag sa att jag skulle opereras då.

Är du inte klok? Du ska väl inte opereras.

Nej, men jag sa det. Jag kan inte stå och ta emot priser. Det är orätt.

Du, jag ber dig bara om en sak, sa jag. Krångla inte. Inte *nu*.

Sen hade hon några utgjutelser om falskheten i sin situation. Det var ingenting nytt. Någon sanningsnatt med Sune planerade hon ju inte längre. Han hade alltför uppenbart själv brustit i uppriktighet och skyfflat över den där olyckan Tompa på henne. Men hon hade fortfarande sina små ryck. Om hon anat hur nära själva sanningens jävla offentliga minut hon var skulle hon nog ha stämt ner tonen. Men jag hade ingenting sagt om Astrid. Det skulle bara göra henne hysterisk och vettskrämd.

Det gick inte att få henne att ringa till landstingets kultursekreterare och säga att operationen blivit uppskjuten. Fast det var ju ett mindre bekymmer än att det hade gått ytterligare två veckor utan att jag hade kommit fram till en säker lösning av problemet Astrid Troj. Men vi närmade oss svampsäsongen.

Augustimorgnarna var dimmiga, efter några timmar hade solen ångat fukten ur gräset. Halvvuxna rävungar lekte i daggen, jag hörde grisarna dividera om det sista skrapet i hon och en ormvråk seglade jamande över aspdungen som rasslade i den första brisen. En sån morgon kunde ha varit välsignad i sitt rurala lugn – om det varit verkligt. Om inte spiralblockens texter hade smutsats av Astrids fingrar och blick. Nu kom Ante med traktorn på väg hem till kaffet. När han klättrade ur såg jag att han hade hämtat tidningen. Men jag såg inte vad den innehöll förrän han satt med sin kaffekopp och läste sportsidan. Landstinget hade haft sin kulturprisutdelning. På första sidan fanns en bild av en leende Astrid Troj och rubriken:

KULTURPRISTAGARENS MOR
ÖVERRASKAR PÅ TEATERN

När han äntligen släppte tidningen ifrån sig tog jag den och tänkte ta den med mig opp på vinden, men när jag var i halva trappan ringde det och Ante hojtade att det var Lillemor.
Har du läst? frågade hon.
Det hade jag ju inte, men jag gjorde det med luren för örat.

När den högtidliga utdelningen av Landstingets kulturpris i går kväll ägde rum på Länsteatern steg kulturpristagarens mor alldeles oväntat upp på scenen. Lillemor Troj, som genomgick en operation, hade bett henne ta emot priset för sin dotters räkning och hålla ett tacktal.

Den populära författarinnans mor berättade i sitt tal om den tredje delen av Ångermanlandtrilogin som snart är färdig och kommer ut till hösten. Hon gav en festlig inblick i den myllrande romanvärld som särskilt läsarna i våra trakter lärt sig att sätta värde på och den rev ned stormande applåder. Med femtiotusen kronor på fickan kan Lillemor Troj nu fortsätta sitt segertåg och hennes mor trodde att prispengarna skulle möjliggöra en fjärde del av sviten.

Det kunde kanske ha varit värre med tanke på vad Astrid Troj ruvade på. Men det här var illa nog.

Hur fan kunde du be henne gå dit? sa jag.

Jag har inte bett henne. Jag visste inte om det här förrän jag såg det i tidningen.

Hon satt och stirrade framför sig och hade återigen oseende ögon. De såg ut som om de vore av glas.

Jag undrar vad hon berättade om tredje delen, sa hon. Men hon har alltid varit duktig att hitta på.

Astrid behövde inte hitta på för hon hade läst alltihop i mina spiralblock. Men det sa jag inte till Lillemor för det skulle bara göra henne livsfarligt upprörd. Men jag kunde inte låta bli att fråga henne var hon brukade lägga nyckeln till översta byrålådan.

Under duken på byrån förstås. Varför frågar du det?

Ja, varför frågade jag det. Det tycktes spela mycket liten roll nu.

Det kändes som om det var laxfett och kycklingflott på det jag skrivit och det enda jag kunde göra var att skriva om alltihop, hitta på förvecklingar som var okända för publiken på Länsteatern. Kanske var det en idé? Jag kunde säga till Astrid att jag ofta föreslog Lillemor hur berättelserna skulle utvecklas. Men att hon sällan, ja, aldrig följde mina råd.

Det kliade i mig av lust att träffa henne och nu hade jag en anledning. Både en inre, att lura i henne att Lillemor förkastade mina idéer, och en yttre, att förebrå henne framträdandet på teatern. Det pirrade i talamus. Kanske skulle jag se en enkel och naturlig metod att få henne ur vägen bara jag kom dit.

På vägen till Gärdsbacken gick jag på systemet i Kramfors och handlade en helflaska Beefeater Gin. Vid närmare eftertanke beslöt jag mig för att köpa en till och fick en konstig blick när jag kom tillbaka. Men det var inte samma blick den får som köper riktigt billig sprit. Sen åkte jag hem till mina föräldrar. Farsan var ute i en av firma Trojs plastbåtar och försökte meta ovanför fiberbottnarna. Morsan såg bekymrat på mig och frågade om jag redde mig med försörjningen nu när jag inte hade ett fast jobb. Om jag behövde så fick jag gärna låna. Jag fick nån sorts kvävningskänsla av deras präktighet. Fast jobb och pengar på banken. Brukets syraluktande hallar i ett helt arbetsliv och konditoriets kväljande dofter i ett annat. Ett köksbord med sprickig vaxduk och ett finrum som förr stått oanvänt men som de nu såg på teve i. Därinne slog en porslinsblomma ut i den skuggiga kylan. Och när det var hett kroknade stearinljusen i mormors malmstakar. Morsan måste väl ibland gå in dit och ge blomman en skvätt vatten och vårda sin egen normalitet.

Du är dig inte lik, sa hon.

När jag stod framför skylten av sjödränkt ek och pinglade på (*alles ist hin, alles ist hin*), dröjde det länge innan jag förstod att hon inte var hemma. Det var att från det intensiva sysslandet med en berättelse flyttas ut i den oberäkneliga verkligheten. Hade jag skrivit det här skulle hennes steg ha hörts nu. Glappande hällösa tofflor med halvhög klack och ett bräm av syntetiskt svandun. Eller så.

Jag fick åka tillbaka till Babelsberg och då hade farsan kommit hem med fyra abborrar som morsan fjällade på Nya Norrland. De hade förstås inte Västernorrlands Allehanda där det stod om Astrid Trojs framträdande på Länsteatern. Men det skulle knappast ha varit intressant för dem. Så långt ifrån varandra hade vi kommit.

Nu la morsan de fjällade abborrarna i spadet som hon kokat med salt, lök, dill och lagerblad. Så sjöd hon dem, klippte persilja i en kopp och sen knådade hon ihop smör och vetemjöl. Potatisen var redan färdig när hon novrade små bitar av detta beurre manié som hon inte ens visste vad det hette och skickligt fördelade dem i spadet. Jag tänkte på hur enkelt det var att leva i verkligheten och alltid veta hur man skulle göra. Trassel och bråk kommer och går förbi i livet som vagnarna i ett godståg. Det är min erfarenhet. Man måste lära sig att inte bry sig om dem, ungefär som den som bor vid en järnväg. Alla ankommande bekymmer går ju förbi. Efter ett tag minns man dem inte längre. Mindes jag ens apskallarna på Uppsala stadsbibliotek eller snobbarna på Lundequ med deras höga kukföring?

Detta hade jag alltid sagt till Lillemor för hon tog vid sig för allting. Åtog sig för mycket också. Hon satt nu två gånger i veckan i terapeutiska samtal för Tompas skull. Grabben hade så småningom kommit till en psykolog och denne förökade sig, förmodligen genom delning, för den andre, han som tog hand om Lillemor var precis likadan. De hade halvlångt hår, rutiga skjortor köpta i Arbetarboden, kfml-märke och skitiga vita sockor vars gråsvarta undersidor hon fick avnjuta när de la opp fötterna på skrivbordet. Om jag hade vetat om det där i förväg skulle jag ha varnat henne: inga förtroenden för guds skull! Men hon berättade troskyldigt att trasan som Tomas sniffat thinner ur när hon hittade honom var riven ur hennes nattlinne, vitt med skära blommor.

Nu blev det psykologi. Hon hade alltså inte lyckats ge honom den trygghet han behövde, därför tog han hennes nattlinne. När hon så småningom satt på vinden och berättade det här för mig försökte jag bena opp det hela med förnuft: trasan hade han ju hittat i städskåpet. Han kunde inte veta att det var ett gammalt nattlinne och för övrigt var det thinnerångor han var ute efter, inte efter henne. Men Lillemor var orubbligt övertygad om att det var hennes odelade kärlek som fattades honom.

Och Sunes odelade kärlek? Frågade dom inte efter den? Det svarade hon inte på för det var ju inte Sunes nattskjorta han sniffat i. Och Sune Sanning hade absolut inte tid att gå i terapi och han förstod sig för övrigt inte på relationer lika bra som han sa att hon gjorde.

Varför var Sune så viktig för henne? Och hur hade Tompa blivit hennes angelägenhet? Hur många gånger hade jag inte sagt henne att människor i vår omvärld är figurer på livets väv. De vandrar förbi när nya våder av väven rullas ut. Hur mycket kommer du ihåg av Roffe Nyrén? Och vad bryr du dig om det du kommer ihåg? Har han inte vandrat bort när väven rullats vidare?

Gobelängen, sa Lillemor.

Va?

Livets väv med alla dom där figurerna. Det är en gobeläng. Vi hänger den på kala väggar. Utan dom där figurerna skulle vi bo iskallt mellan fuktiga stenväggar.

Ibland är hon riktigt fyndig.

Men nu hade jag fått ett bekymmer som inte rullade förbi. Ur en av godsvagnarna steg Vargen med mormors nattmössa på huvudet och jag var på väg till den med två flaskor Beefeater Gin.

Klockan sju var jag tillbaka vid villan i Gärdsbacken och nu var hon hemma. Men det var folk i huset och jag fick åter den där sviktande känslan av att trampa verklighetens bottenlösa mark. De kom ut på trappan med mycket skratt och en viss gindoft för de höll på att ta adjö. Astrid tjoade och vinkade åt dem ända tills de nådde sina bilar på gatan.

Jag har haft visning, sa hon. Man måste göra det lite trevligt för spekulanterna.

Hon skulle alltså sälja villan. Men vart tänkte hon ta vägen? Det var mycket jag ville ha reda på men jag tog det försiktigt. Först tog jag opp en av flaskorna ur bagen. Hon blev förtjust och sa att som tur var hade hon groggvirke hemma. Och så klapprade hon iväg på hallens marmorgolv på hällösa lacktofflor, utan svandun.

Så trevligt att du tittar in!

Jojomensan. Nu skulle hon njuta. Men jag tänkte inte låta mig hunsas.

Jag kom för att säga att du ska ge fan i att uppträda och ta emot priser för Lillemors räkning.

Det säger du.

Ja, det säger jag för Lillemor vågar inte opponera sig mot dig.

Ja, hon har alltid varit mesig, sa Astrid, lyfte glaset och tog en klunk som inte verkade vara dagens första.

Du skrämmer henne, sa jag. Men du skrämmer inte mig.

Jag tyckte att jag skötte mig bra tills hon svarade:

Då ska du komma ihåg att jag inte är så harig som Lillemor. Henne har du nog ganska lätt fått dit du ville. Buh!

Det var groteskt. Och så började hon dessutom gapskratta. Jag såg guld men inget amalgam. Hon hade nog bytt ut det och fått jacketkronor framtill.

Det hela är ju bra uträknat, sa hon. Med det utseendet skulle du aldrig få ut en bok – och som du klär dig sen! Lafsar omkring i fläckiga tröjor och utgångna skor.

Det hänger väl inte på utseendet, sa jag och lät nog lamare än jag tänkt mig.

Jaså inte? Titta på dina kvinnliga författarkollegor. Hur ser dom ut?

Just då hade jag annat att tänka på men senare hände det att jag bläddrade igenom Litteraturhandboken och begrundade hennes utsaga. Jag visste nu att jag borde säga att de var Lillemors kollegor, inte mina.

Nu går vi opp på övre altanen och njuter av kvällssolen, sa hon. Du får bära brickan och ta två extra tonic i kylskåpet.

Den så kallade övre altanen var en balkong med vilstolar klädda med något som såg ut som segelduk. Även om klädseln var stel så var stoppningen mjuk och när man satte sig måste man luta bakåt med stolsryggen. Jag tyckte jag sjönk neråt och kände mig som i en tandläkarstol. Astrid babblade glatt på om Gärdsbackens alla fördelar och tjusigheter som hon emellertid nu hade tröttnat på.

Småborgerligt, sa hon. Kontrollerat vet du. Kurt älskade det här. Jag vill nog leva lite farligare egentligen.

Och så såg hon på mig som om hon sagt: Som du.

Jaja, sa hon och gick fram till altanräcket. Här breder det ut sig, det liv Kurt ville ha. Med rhododendron och tagetes.

När hon stod så där med ryggen åt mig, framåtlutad mot räcket och stödd på en fot och med den andra vippande med toffeln insåg jag att nu hade jag mitt tillfälle. Jag behövde bara sakta resa mig opp och kontrollera om det var folk ute i nån av trädgårdarna omkring oss eller om man kunde se ansikten i fönstren. Men det var säkert tomt för det hade det varit när vi kom opp. Bara rhododendronbuskar och tageteskrukor. För alla fönster hängde en sorts veckiga tylljalusier.

Nu skulle jag framåtlutad, nästan krypande och mycket tyst gå fram och ta tag i hennes smala anklar. Hon hade faktiskt rätt snygga ben. Med ett fast och snabbt grepp skulle jag stjälpa henne över räcket. Nedanför låg nedre altanens marmorplattor.

Men om hon inte dog?

Jag kom aldrig opp ur stolen. Den var som en fälla. När vi skulle gå – därför att tonicen var slut – var jag tvungen att ta emot hennes hjälp att komma opp. Vi gick ner från övervåningen och jag tänkte slött att hade jag varit av hennes virke så skulle jag ha knuffat henne utför trappan nu. Men hon hade väl inte dött då heller. En förlamande modlöshet hade erövrat mig. Mitt blod var som kallt fiskspad.

Men mitt i detta eländiga tillstånd fick jag min idé. Den rann opp i huvudet precis som ett uppslag till en roman. Och den var bra. Jag behövde inte ens pröva dess soliditet. Jag skulle supa henne under bordet. Eller rättare sagt ner i soffan. När hon snarkat in där var det dags för mig att handla. Och den handlingen skulle vara så diskret, så nästan omärklig att jag inte behövde rygga för den.

Först skulle vi ta oss till det så kallade teverummet för där visste jag att det fanns en öppen spis. Jag skulle klaga på att jag frös. Det var inte alltför långsökt för augustikvällarna började bli kyliga och vi hade tillbringat en bra stund på altanen. När vi fått igång brasan skulle jag ta fram min andra ginflaska och säga att den hade jag egentligen tänkt ta hem till mina föräldrar. Så pass begiven på alkohol som hon var skulle hon inte nöja sig förrän vi hade supit ur den också.

När jag hade skjutit spjället och noga stängt dörren om den snarkande Astrid Troj (som hon alltid kallade sig själv) skulle hon aldrig vakna mer. Hon skulle somna in i den kolosförgiftning som min morsa alltid varnade för på julafton när vi använde kakelugnen i finrummet.

Men hon ville inte till teverummet, det var så litet och instängt sa hon och jag tänkte att det var just det som var poängen med det. Hon satte kurs på en fåtölj i vardagsrummet. Jag höll på att tappa modet men tänkte att jag nog skulle få henne in till den öppna spisen, om inte annat genom att ta med flaskan. Först hamnade vi alltså i den enligt henne duvgrå vardagsrumsmöbeln framför perspektivfönstret där det stod inte mindre än tre lampor på mässingsfot nu, alla med rosa sidenskärm. Jag satte mig i soffan nära en stor benjaminfikus som hade en magnifik ytterkruka av mässing. I den skulle jag passa på att hälla min grogg i små omgångar när hon tittade bort. Jag fick ju inte riskera att bli påverkad.

Astrid skrattade mycket. Hon babblade på om spänning

och risker och att börja en annan sorts liv än det hon haft med Kurt. Sen blev hon förtrolig, sa att jag var nog klok fast jag såg så – ja, jag vet inte vad hon tyckte att jag såg ut som. Slipad var jag i alla fall.

Och Lillemor är din lilla docka.

Det minns jag att hon sa.

Dockan som du skickar fram och som är snygg och trevlig och alltid säger dom rätta sakerna.

Och så gapskrattade hon.

Nu ska jag säga som det är: jag minns inte riktigt allt. Det hade blivit en komplikation. Astrid blev förtrolig och då flyttade hon till soffan, knuffade in mig så att jag kom bort från benjaminfikusen.

Det är ingen idé att jag fortsätter för det blir bara dikt. Sanningen är att jag inte minns mer. Det där med dockan kommer jag ihåg och Astrids gapskratt med guld och snygga jacketkronor. Och att jag tittade efter benjaminfikusen och tyckte att den liksom svävade bort. Efter det är allting svart. Det är ju så man säger. Men egentligen har det ingen färg alls.

Det som ingen minns, det har aldrig hänt. Men om det är bara jag som inte minns så har det kanske hänt i alla fall.

Vad är det med dig? sa Lillemor. Hur kan du bära dig åt så här! Och med mamma av alla människor! Vad har det tagit åt dig egentligen?

Ungefär så. Det var i alla fall en kaskad av ord. Lillemors ansikte kom nära mitt och sen ryggade hon. Ante fanns där också med ett stort glas vatten i handen som jag försökte sträcka mig efter. Jag måste försöka säga nåt och tror att jag sa benjaminfikus. För den kom jag ihåg. Den var ju förklaringen. Jag lyckades hasa opp mig mot kuddarna så att jag kunde gripa efter vattenglaset och stjälpa i mig det ljumma innehållet.

Sen sa jag på försök:

Treo. Vatten.

Det lät kraxigt.

Ante dunstade bort ur synfältet.

Vad hände? sa Lillemor.

Vet inte.

Jag viskade för det lät mindre hest då. Jag hade så fruktansvärt ont i huvudet att det föresvävade mig att det kunde vara en tumör. Jag antydde det för Lillemor som fnös ljudligt. Det verkade som jag kunde sätta ihop högst två ord men det var lättare med bara ett. Sen började jag fundera på hur jag kommit hem.

Nu kom Ante tillbaka och vattnet i glaset fräste av upplöst Treo. Jag drack. Det var en oerhörd lättnad att lägga ner huvudet igen.

Sprängs, sa jag.

Va?

Huvet.

Och Ante började gapskratta.

Du luktar som en jävla rävlya ur mun, sa han.

Det slog mig att det inte fanns nån medkänsla i rummet. Jag låg i Antes farföräldrars gamla imperialsäng av flammig björk. Den hade en gavel som var hög och utsirad som ett gravmonument. Lillemor drog fram en stol ur imperialförrådet längs väggarna och satte sig en bit ifrån mig.

Hem? sa jag. Körde jag?

Ante började flabba igen.

Mamma ringde mitt i natten, sa Lillemor. Hon sa att du var full och ville köra bil.

Lögn, sa jag.

Du satt i alla fall i förarsätet. Eller låg liksom. Du kunde ju ha åkt dit för rattfylla för hon hade tänkt ringa polisen men det gjorde hon inte.

Hyggligt.

Sen lyckades jag sätta ihop flera ord:

Hyggliga gamla Astrid. Människovännen.

Det var inte lätt att få över dig i baksätet, sa Lillemor och Ante sköt in att det måste ha varit som att flytta ett piano. Sen sa han att han måste sticka.

Vi skulle ju ta opp potatis. Har du glömt det?

Jag mindes inte potatisen och inte något annat heller. Men det skulle väl komma tillbaka. Jag såg fotografierna av Antes farmor och farfar i förstoring och guldram. Tänkte på livets väv. Hur kunde jag ha hamnat i det här rummet med bilder av en anstolt allmoge?

Sanningar och Skumbananer

Både Lillemor och jag bodde ju nära Kramfors som nu kallades Pulvercity och det var där Tompa skulle gå i högstadiet. På den tiden var knarkandet ett rebelliskt projekt och revoltörerna lät håret växa, klädde sig i trasor och satte sig på trottoarerna. Numera när en mycket större del av befolkningen knarkar sker det diskretare. Tompa lät tatuera ett hakkors på underarmen.

När han klarat sig ut ur grundskolan vägrade han att gå i gymnasiet och fick tid hos en syokonsulent som ansåg att han gjorde en sund revolt mot sin borgerliga bakgrund och föreslog honom att bli billackerare. Förmodligen hade han manipulerat henne för nu kom han ju som lärling till det thinnerångornas paradis som för alltid släckte ut hans barndomsminnen. Där blev han inte gammal; verkmästarn var en gammal hårding som slängde ut de värsta, vad än socialtanterna sa. På det viset blev rektorssonen fri företagare och det dröjde inte länge förrän man ringde från polishuset i Härnösand och sa att han var anhållen för väpnat rån. Det var en missuppfattning, det var i själva verket bensinmacksföreståndaren som hade tröttnat på inbrott och beväpnat sig. Han tog de två ynglingarna klockan tre en morgon och satt och pekade på dem med sin hagelbössa tills polisen kom.

Sune var i Stockholm så Lillemor störtade till Härnösand men hon fick inte träffa Tomas eftersom hon inte var hans mor. Däremot skickades hon att köpa två paket cigarretter åt honom. Han blev häktad men av advokaten som Sune skaffade fick han rådet att ta ett strafföreläggande och det handlade naturligtvis om vård för nu var hela Socialkramfors på benen för att rädda rektorns son.

Han skickades till ett torp i Hoting där han skulle inackorderas hos ett ungt par som hade getter och ville leva ett ursprungligt liv men inte hade råd till det. De tog därför inackorderingar av den här sorten och det var de inte ensamma om. En småindustri i omhändertagande hade börjat blomstra. De var rättänkande människor som stoppade starrgräs i stövlarna och försökte göra långmjölk av tätört, men telefon hade de i alla fall. När den första telefonräkningen kom ringde de till rektorsexpeditionen och sa att de var ruinerade om inte Sune betalade den. Han hade varnat dem för att lämna Tomas ensam med telefonen eftersom han brukade ha flera timmar långa jointsamtal med sina kompisar från Pulvercity. De flesta hade rymt till Stockholm men de gjorde också inköpsresor till Amsterdam. Det kunde bli dyra samtal.

Tompa hade fått nya kläder och sänglinne att leva det här mera naturliga livet med. Det fattades inte en frottéhandduk från socialbyråns utrustningslista. Men när han rymde tog han med sig jackan, stövlarna och vandrarkängorna från Fjällräven, ryggsäcken med mes, fågelkikaren, kameran och det lilla blåa tältet och sålde dem. Sen försvann han i tre veckor och återfanns på löpsedlarna:

INBROTT I DISPONENTVILLAN
UNG TJUV TAGEN PÅ BAR GÄRNING
KROSSADE ALTANFÖNSTER MED DYRBAR VAS

Han var tydligen alldeles ensam och hög som ett hus och tycks inte ha fattat att huset var larmat förrän vaktbolagets bil körde opp. Han kastade en vas av Simon Gate mot ett låst och larmat altanfönster för att komma ut den vägen, vilket inte lyckades. Dessförinnan hade han bara hunnit stoppa en silversnusdosa i fickan och ta ner en tavla som föreställde bruket på 1760-talet. Den satte han foten i när han störtade mot altanfönstret. Tavlan tillskrevs Elias Martin vilket Nationalmuseums experter när de kontaktades av försäkringsbolaget tyckte var en tveksam attribuering.

Fallet Tomas Bengtsson hasade sig fram länge och drevs med många ord; Tompa fick gå i terapi, Lillemor också – liksom Sune skulle ha gjort om han haft tid.

Samtalsterapi var för 1970-talet som antikens teriak, fast universalmedlet tillsattes med politik i stället för opium och sjölök. Det fanns även en opolitisk sort som utövades med djuriska skrik och uppfunnits av en herre som hette Janov. Mer slätkammad terapi kom från den humanistiska psykologi som hade växt fram som en protest mot det naturvetenskapliga synsättet och mot elchocker och psykofarmaka. Nu skulle man förverkliga sig själv men det var ju inte så lätt eftersom självet inte precis är utmärkt med pinnar.

Lillemor hade ju läst om Maslows peak experiences på sjukhustiden för länge sen och hon hade varit mycket mottaglig för tanken på nån sorts fullbordan av livsprojektet. Jag hade redan då försökt förklara för henne att det där med början, utveckling, kulmen och slut möjligen hörde hemma i romaner. De är i allmänhet mer välordnade än livet och de lyder också lagar, om än inte samma. Smög man in nån fullbordan i sitt liv så fick det nog vara av Erica Jongs sort.

Lillemor tiger länge när det går riktigt snett men till slut satt hon i alla fall på vinden hos mig och berättade. Det slumpade sig så att jag just höll på att läsa om de karolinska soldaternas fångenskap och det tröstlösa svenska elände som pågått långt innan gevären lades ned i högar vid Perevolotjna och kungen och hans stab flydde på snabba hästar. Fångar hade ju tagits redan vid Narva och slavarbete i sumpmarker, dödsmarscher, prygel och hunger hade fortsatt och kulminerade efter nederlaget vid Poltava.

De levde med stinkande provianttunnor, vår tids elände manifesterar sig i industriproducerat pulvermos. Men lidande är lidande och man kan inte låta bli att fundera på vad det kommer av. Maktgalna, hänsynslösa kungar av Guds nåde såg på sina innevånare som boskap som de kunde klia mellan hornen eller låta slakta efter behag. Det är förstås en förklaring även om den är enkel. Men vad är förklaringen till att välmenande och folkvalda politiker i en blomstrande ekonomi går i spetsen för ett folk som fördjupar våldet och missbruket och sitt enastående välstånd likaväl som sitt eget lidande år från år ända fram till nu? Lillemor sa förstås att jag överdrev och att jag var cynisk.

Hon ville göra rätt och gott och när det ändå blev lidande och mer lidande av alltihop tyckte hon att det var hennes eget fel. Jag sa henne att sen ormens och Evas tid hade allting skyllts på kvinnor och hon skulle låta bli att gå till psykologerna och plåga sig. Men det gjorde hon.

Nu hade Tompa varit så länge bland de underjordiska att han lärt sig att varje missbrukare måste ha haft en mamma som horade och en farsa som slogs och söp. Hans egen livsberättelse var förstås mer sofistikerad. Hans farsa slog inte utan torterade. Som barn hade han satt honom i baljor med kallt vatten. Morsan dog och hon som efterträtt henne behandlade honom med iskall tystnad. Lillemor häpnade och försökte sen förklara för psykologerna att det inte stämde, men de tyckte att det var utmärkt att Tomas börjat minnas och förstå hur han haft det. Det skulle vara början till hans upprättelse.

Nu var han intagen på psyket men de förklarade att det inte var han som var sjuk, det var familjen. Han bar dess plågor, dem som de själva inte ville erkänna. Lillemor är inte dum, så hon kom snart på vad det var de hade läst. Det var en brittisk psykiater som hette Laing och skrev om familjeliv och kluvna jag. Men det hjälpte inte mycket att hon läste på. De hade Tompa på en låst avdelning som han regelbundet rymde från för att sedan helhjärtat levandegöra den symptombild de målat upp.

Men det finns nånting i Lillemor som inte låter sig kuvas. Hon berättade att varje gång hon varit hos dem och fått sig en duvning sanningar stannade hon bilen vid en kiosk och köpte en riktigt stor påse med skumbananer, kolapinnar, geléhallon, lakritsbåtar och punschpraliner och åt opp alltihop innan hon körde vidare.

USCH JA. LILLEMOR vet att hon just frukosterat på socker, svinsvålar, kalvben och färgämnen gjorda av löss. Hon känner ännu smaken av denna tröst och den sitter fast i tänderna. Det sega är värst. Råttorna. Nu beslutar hon sig för kaffe och rågbrödssmörgås med ost. Och aldrig mer det där kletet. Medan hon brygger kaffet funderar hon på om Babba kommer att skriva om Ramsökollektivet. Intresserar det henne och fick hon överhuvudtaget veta något om det?

Kollektivet påstods ha goda behandlingsresultat och var därför mycket eftertraktat. Men meningen var att en förledd arbetarklassungdom skulle föras tillrätta där, inte vad Babba skulle kalla bortskämda borgaryngel. Så det hade inte varit helt lätt för Sune att skaffa Tomas en plats men det hade gått genom partikontakter. För Ramsö var genom sin föreståndare, en betrodd medlem av kommunstyrelsen, pålitligt socialdemokratiskt.

Lillemor åkte dit på vindlande småvägar och hade nog väntat sig någon sorts mottagande. I varje fall var det uppgjort att hon skulle ha ett samtal om Tomas med föreståndaren som hette Claes-Erik Andersson. Hon frågade efter honom hos de tre hon fått tag på utanför huset (inne hade ingen svarat på anrop) men de såg bara undrande ut och först efter ett tag ropade en av dem:

Jaså Klasan!

Men Klasan var på kurs eller kongress eller något annat. De var lite oeniga om saken men han var i alla fall inte där. Det var däremot Gumpan, hans fru. Hon såg trött ut och rökte utan att ta cigarretten ur munnen, en konst som Lillemor knappast sett utövas sen Näcklunds och Gullets dagar. Jaha du, sa hon. Sen gick hon med släpande steg mot huset, fimpade i en för ändamålet utställd blomkruka med sand och ropade:

Kattis! Kattis, kom hit!

När hon ropat ett tag kom en ung kvinna ut med en stor frottéhandduk om huvudet.

Du ska visa Tompas morsa rummet, sa Gumpan och försvann.

Jag måste torka håret först, svarade Kattis och gick sen in i ett rum där en teve stod på och visade en långfilm. Det fanns en lång svängd soffa med fläckig plyschklädsel i vinrött, ett furubord med utspridda kort ur minst två kortlekar och kaffekoppar med bottensats. Hon slog sig ner framför filmen som hon tydligen ville se till slutet och som ett slags alibi behandlade hon håret med frottéhandduken, fast inte särskilt ivrigt. Lillemor kunde inte hitta på något annat än att sätta sig i andra änden av soffan (den var mindre nersutten där) och stirra på filmen. Anita Björk i distriktssköterskeuniform hade stannat cykeln och talade med Ulf Palme som såg bondsk ut. Mitt i förvecklingarna sa Kattis:

Vad sysslar du med då?

Lillemor var osäker om det var en kommentar till filmen där en uppenbarligen senilt elak gubbe nu ställde till besvär i hörnet av ett kök eller om det var en fråga till henne.

Vad jobbar du med? upprepade Kattis utan att ta ögonen från teverutan.

Jag är författare, sa Lillemor och tänkte på hur ur alla synpunkter absurt svaret var. Det tyckte tydligen också Kattis för hon skakade sin nu nästan torra hårman och frågade: Vadå författare? Skriver du böcker eller så?

Ja, sa Lillemor.

Vad då för böcker?

Men där gick gränsen för vad hon kunde formulera ett svar på så hon reste sig och sa:

Jag går och tittar om det finns nån annan som kan visa mig rummet.

Det var fan vad du var vass, sa Kattis. Jag kan väl visa dig om du vill.

Så fortsatte det under besöket på Ramsö. Hon förstod för sent att Kattis inte var fientlig, man borde inte ens kalla henne ovänlig. Hennes beteende var helt normalt för miljön. Hon tyckte bara att Lillemor kunde sitta och se filmen och under tiden berätta lite om sig själv. Effektiv var hon inte för det var ingen på Ramsö. De gjorde sig aldrig någon brådska, utomhus hade de flesta en cigarrett i mungipan eller nypan.

Det var inte Gumpan och de anställda som utförde det praktiska arbetet på gården. Det var internerna, klienterna, eleverna eller vad man nu ville kalla dem. Här kallades de killarna, fast det fanns två flickor bland dem. Killarna (och de två inräknade tjejerna), bäddade, städade, lagade mat, bakade, utfodrade grisar och hästar och klippte gräs. Gumpan utfärdade instruktioner och såg på med oföränderligt uttråkad min. De anställdas arbete skedde i soffor eller mycket nersuttna fåtöljer. Där hade de samtal med killarna och tjejerna. Ibland hade Gumpan samtal med personalen och då stängde man dörren. Det var alltid mycket långa överläggningar och råkade man öppna dörren såg man dem halvligga i soffan. Gumpan lutade sig ut genom fönstret och rökte. Det var rökförbud inne.

Det var fan vad du har bråttom, sa de när Lillemor snodde

omkring med den dammsugare hon fått sig tilldelad. Håglösheten gick henne på nerverna. Men hon började ana att de såg effektivitet som något borgerligt och neurotiskt. På Ramsökollektivet rörde sig alla som om de gick under vatten. Tompa fick hon inte ett ord ur. Han smet när han såg henne. Hon vek ihop tvätt, skalade kilovis med morötter, torkade duschrumsgolv och vattnade på eget initiativ pelagoner som såg lika hängiga ut som den problemlösande personalen i soffan. Hon fick ett gavelrum på vinden att sova i. Fast sova kunde det knappast bli fråga om för hon grubblade över vad hon skulle göra när hon blev kissnödig. Hon tordes inte gå över den mörka vinden för att ta sig ner till en toalett. Vindslampans kontakt satt vid trappans fot. Hon kände två sorters rädsla. Den ena var den gamla vanliga då knäppande eller sorlande ljud ur mörkret gjorde det mycket troligt att det kunde finnas en hel del bortom våra illusioner om verkligheten. Kulisserna eller gobelängerna, eller vad man skulle kalla de föreställningar som om dagen verkade helt naturliga, kunde i mörkret och ensamheten inte längre dölja faktum: en människa är ensam i ett obegripligt sorlande och knäppande och potentiellt livsfarligt universum. Onda ansikten flimrar förbi när hon svävar mellan sömn och vaka.

Detta var den existentiella mörkrädslan. Den andra var den sociala. Hon tänkte på killarna därnere som var stora och muskulösa. Hon hade trott att knarkare tappade i vikt och såg taniga ut. Men de här hade väl hunnit äta upp sig på morötter, griskött, margarin och hästbiff. Hon hade råkat höra några meningar när hon stängt av dammsugaren och personalen i den vinröda soffan höjt rösterna. Det gällde en av de två tjejerna. Hon ville inte tänka på vad de trodde hade hänt henne bland killarna i bastun.

Hon låg på en turistsäng med en tunn skumgummimadrass på en sviktande botten. Över sig hade hon ett täcke stoppat med syntetisk vadd och lakan med stark tvättmedelslukt. Kudden var av skumgummi och luktade som madrassen.

Sune låg under sommarduntäcket nu – hon skulle byta till vintertäckena så snart hon kom hem för nätterna började bli kalla – och han läste säkert en tidskrift. Varför låg hon inte bredvid honom?

Varför är man överhuvudtaget på ett ställe och inte på ett annat? Hennes tankar virvlar nu från våningen på Breitenfeldsgatan tillbaka till fyrarummaren i Eriksberg med Karl Johansoffan och bordet där de hade ställt generalens kandelabrar. Sen ser hon Näcklunds slöa och spritsälla ansikte framför sig och så den där, ja uppriktigt sagt kvarten i Bäverns gränd där hon på en mycket fläckig madrass älskat till tonerna av Miles Davis på grammofon och tyckt att det var livet. Och sen minns hon lika tydligt skogssnuvornas hopträngda och ängsliga tillvaro efter katastrofen, deras brödkorg av flätad näver som var så patetiskt oskickligt gjord. Och hur hon insett att hon inte kunde bo som de gjorde utan ville ha det rent och bekvämt och snyggt omkring sig. Ja, borgerligt om så vore.

Nu hade hon det. Hemma i alla fall. Och hon ville inte vara på Ramsökollektivet. Släcka ljuset vågade hon inte. Det gick inte att låsa dörren för att stänga de sociala farorna ute. Då kom hon på två saker. Babba brukade säga att idéer alltid kommer oförhappandes, man kan inte tänka ut dem. Hennes första idé var att ställa byrån för dörren. En (eller flera!) kraftiga killar skulle naturligtvis kunna skjuta upp den ändå. Men det var troligare att de uppfattade den som låst när det tog emot.

Hon var riktigt nöjd med idén och utförde den prompt. Det bullrade våldsamt på brädgolvet när hon sköt den tunga möbeln. För att fullborda barrikaden tittade hon sig omkring efter något att ställa på byrån som skulle skramla eller ramla ner och slås sönder om den rubbades. Då såg hon en vas på bokhyllan och fick idé nummer två. Det var en vas av svart glas med en bild av en svan i silver. Hon kunde kissa i den. Den rymde inte mycket men hon kunde göra det i små omgångar och hälla ut det genom fönstret. Hon prövade genast och det gick bra. Den var precis lagom vid upptill. Hon kastade ut den lilla skvätten i höstnatten. När hon la sig var rummet och sängen inte så fientliga längre. Hon tyckte sig känna igen lukten från skumgummikudden och kom så småningom på att den luktade som det gjorde i verkstadshallen där materialet till Trojs plastbåtar tillverkades. Då tordes hon äntligen släcka lampan.

Nästa dag skulle hon åka hem. Hon anade att Claes-Erik Andersson inte tänkte komma tillbaka så snart. Förresten trodde hon inte på samtal längre. Men hon somnade och visste om att hon gjorde det. En stund svävade hon mellan de två tillstånden sömn och vaka och sjönk i det bästa av dem.

I våningen på Breitenfeldsgatan är kaffekoppen urdrucken. Hon svävar mellan två tider. På något sätt är det förflutna bättre. Det är i alla fall över.

Silverskedar Gökflykt

Bruset av fyrtiotvåtusen exemplar hade vi nu båda i hjärtat och det sjöng i granarna utanför huset. Jag skrev något om en padda som gav en kvinna silverskedar för att hon hjälpte henne att föda. Det var väl en sorts sanning eller så nära man kan komma. Men jag visste inte vad jag skulle använda det till så jag stoppade det i kortboxen.

Slå igenom kallas det och när jag hör orden tänker jag alltid på en cirkushund som hoppar genom en rund pappskiva. Hepp! Men det var Lillemor som hoppade, jag satt i skydd bland granar och de brusade: femtiofyratusen, sextiosextusen...

Efter alla dessa år hade det blivit verklighet, år som var som mjuka och luddiga dimmor. Hos oss hade Ante sakta men säkert tagit sig opp ur gropen med skulderna. Han hade gudagåvan av en snällhet som till och med inverkade på kronofogden. Och varför skulle inte jag köpa en traktor för en del av royaltyn?

Nuförtiden heter det att man släpper en bok och då ser jag framför mig ett stort lurvigt djur som ger sig iväg och inte vill låta sig infångas eller också tänker jag på när Karlsson i Hemsöborna undervisar om växelbruk: det ena släpper och det andra tar vid och vem är det som släpper sig? frågar

Rundqvist. Det var en hel del litteratörer som släppte det året och deras mer slätkammade än lurviga djur tumlade ut från förlagen. Men vi var vinnare. Fyrtiotvåtusen exemplar bara till att börja med och recensenter i den högre skolan: Olof Lagercrantz och Åke Janzon. Vi var nu en riktig skönlitterär författare.

Hotet Astrid Troj var latent. Hon vilade på hanen för hon ville väl först ha ut lite nöje av vår skräck. Antagligen trodde hon att vi båda visste att hon visste och därför beordrade hon mycket självsäkert Lillemor att uppträda och tala om sin bok i ett antal kvinnoföreningar som hon var eller ville bli medlem i. Den första var en avdelning av Inner Wheel som är en sorts damklubb åt Rotary. Lillemor sa att hon med Guds hjälp skulle försöka säga nej fast hon inte hade vågat göra det öga mot öga med Astrid.

Gör som hon säger, sa jag, det är bäst för oss båda.

Det var femton mil att åka men jag följde med eftersom jag var orolig för att Astrid skulle kunna hitta på någon jävulskap som inte stod på programmet. Men ingenting särskilt hände. En dam som såg ut som en friserad vildsvinsgalt och med tredubbla pärlrader kring halsen hälsade Lillemor välkommen och också hennes entourage som bestod av mig och Astrid. Lillemor höll med rätt späd stämma sitt föredrag som hon skrivit själv. Sånt var hon duktig på. Före teet och räksmörgåsarna kom de vanliga frågorna: hur får du dina idéer, när förstod du att du ville bli författare och skriver du bara när inspirationen faller på eller har du arbetsdisciplin?

Astrid log ett för mig föga svårtytt löje åt svaren. Lillemor kämpade på. Det var antagligen en fruktansvärd höst för henne. Hon sörjde verkligen Kurt Troj och jag kunde förstå det, för det hade egentligen inte varit nåt fel på honom som pappa. Och så hade hon den knarkande Tompa som hela tiden rymde från olika ställen och den förträfflige Sune och alla föredragen. Till slut hade Jeppe dött. Han var säkert femton år vilket enligt Ante var ovanligt för en så stor hund. Han var döv det sista året och till slut kissade han på sig inne. Men Lillemor hade sluppit det svåra avgörandet för en morgon låg han död i sin stora korg. Det enda hon slapp av vedervärdigheter var den skräck för avslöjande som jag kände.

Astrid gav sig oförmodat av till spanska solkusten. Hon var ju inte desarmerad för att hon bodde i ett skatteparadisiskt svenskgetto utanför Fuengirola. Men vi hade i alla fall fått henne på avstånd. Vintern gick utan att vi hörde något ifrån henne om inte Lillemor ringde, ofta utan framgång för Astrid bytte ideligen bostad. Från större till mindre konstigt nog. Men det hade sin förklaring. När Astrid sålde Trojs plastbåtar visade det sig att Kurt haft stora skulder inför en utvidgning som aldrig blev av. Inte heller hade hon fått vad hon hoppats för villan. Lillemor hade inte tagit ut sitt arv, om hon nu inte vågade eller inte behövde låter jag vara osagt. Hon skulle få en revers hade Astrid sagt. Men praktiskt sett hade Lillemor alltså arvet innestående hos sin mor.

På nyårsafton var Lillemor och Sune i Sundsvall och letade efter Tompa som varit borta i två veckor men blivit sedd där. Lillemor körde och Sune gick in på ställen med psykedeliskt snurrande ljusglober och högtalare med rovdjursvrål och larm som ur stålverk i full produktion. De fann honom inte och skulle ha fortsatt till socialdemokratiska distriktets kick off inför det nya året men Lillemor orkade inte. Hon dök opp ute hos oss när hon kört Sune till Kramm.

För hundarnas skull hade vi ju inte några raketer och Ante sköt inte heller med hagelbössan. Så det blev precis en sån lugn och tyst nyårskväll som Lillemor behövde. Vi hörde Das alte Jahr vergangen ist och klockorna i alla domkyrkor. Men sen måste hon ringa till Astrid och säga gott nytt år.

Jag ska ta tid och betala det sen, sa hon till Ante.

Skit i det du och väl bekomme, sa han för han hade förstås ingen aning om hur ett samtal med Astrid kunde dra ut. Men på morgonen fann vi i alla fall två hundralappar instuckna under telefonen. Jag hörde när hon pratade med Astrid och avståndet gjorde henne morskare än hon brukade vara. Hon sa: Nej. Du hör vad jag säger. Nej. Sen kom en lång utläggning från Astrid som jag kunde höra brottstycken av. Jag uppfattade orden "din mor är ingen dununge" och det var ju så sant som det var sagt. Det hela pågick länge och jag blev mycket förvånad att det var Lillemor som till sist avslutade samtalet. Hon sa: Inte med mina pengar i alla fall. Tänk dig för och gott nytt år.

På nyårsdagen var det mycket tyst och snön föll över åkern och suddade ut den sista brunsvarta strimman av Antes plogfåror. En stor älgko flöt fram ur skogsbrynet. Hon tycktes simma i den darrande snöluften och försvinna.

Mer och mer sällan kom djuren fram nu. Jag undrade vad de gjorde i sina hålor och bon. Kanske sov de men i så fall på aga som man sa här. Alltid med ett öra upprätt, ett öga halvkisande. De visste ingenting om ambitioner. Men desto mer om halvsvält och vaksamhet. De flesta av dem är solitärer. När de inte brunstar eller ger di är de alltid ensamma. I maj leker hararna parningslekar på åkern, jagar varandra och reser sig på bakbenen för att slåss med framtassarna som små kängurur. De ser komiska och behändiga ut. Men det är antagligen allvar. Ändå har inte djuren det där etsande behovet av att vara elaka mot varandra för att lindra sin övergivenhet. Vi har det. Är det för att vi inte är solitärer utan flockar oss? Förlust av rang, i värsta fall utstötning gör oss mer förtvivlade än massdöd på håll, än barnsvält, sjöars, floders och havs nerbrytning.

Ante stod i dörren och sa:

Vi som inte har läst ut andra delen.

På senhösten hade vi börjat med Bleak House igen. Mister Krook hade spontant brunnit opp inifrån av all sprit han druckit och lämnat sot och ett illaluktande fett efter sig på rockärmar och fönsterbräden. Ester hade just blivit sjuk. Vi visste ännu inte att det var kopporna men anade det. Jag kunde naturligtvis säga att jag skulle lämna boken kvar hos honom men jag visste att han inte var mycket för att läsa. Och det var inte bara Dickens roman saken gällde. Utan det som han sagt till mig när vi lagt oss på nyårsnatten sedan Lillemor åkt och jag hade talat om för honom hur det skulle bli.

Men vi har det väl gonigt, hade han sagt. Och så flyttar du.

Måste, sa jag bara.

Det var Sune som inte kunde stanna. Redan när vi läste Bleak House hade jag tänkt på honom som sir Leicester Dedlock: sträng mot all småaktighet och låghet, hederlig, envis, sannfärdig och högsinnad. Att hela trakten pratade om att han hade en son som knarkade och gjorde inbrott och att han torterat pojken gick naturligtvis inte an, för nu hade Sune chansen att vid nästa riksdagsval komma på valbar plats på socialdemokraternas lista. Han måste fly. Därför hade han sagt opp sig på folkhögskolan och med gott hopp tack vare sina partipolitiska meriter sökt befattningen som skolchef i Borlänge. Han fick den och tillträdde. Lillemor var kvar med flytten från rektorsvillan, jag höll på att packa mina pärmar och boxar. Ante skulle bli över. Det var för sorgligt. Men vad skulle jag göra?

Jag kommer och hälsar på, sa jag.

Det är inte samma sak.

Och det hade han förstås rätt i. Men jag kunde inte ge opp vårt skrivande för att ligga och gona med Ante i imperialsängen. Han ville leva i par som en trana. Jag var solitär som en räv eller en gök.

NU SER LILLEMOR Antes kök. Tittar in i det som i en glaskula med julmotiv eller i ett tittägg. Snön faller sakta utanför fönstren. Det luktar motorolja och kaffe. Gardinerna är rutiga och borde tvättas men annars är det inte slarvigt eller ens ostädat. Sune läser ur Bleak House. Hans röst är varm och trygg.

Så här kunde det ha varit. Vi kunde ha grånat däruppe, han som rektor, jag som rektorsfru och kulturell eldsjäl i en ångermanlandssocken. Vi hade förstås flyttat till Härnösand vid pensioneringen. Jag skulle ha gått på pensionärsuniversitetet nu. Rest på bildande resor. Jag kunde ha haft rätt snygga kläder i alla fall. Om inte annat finns det boutiquer i Sundsvall.

Men det var Tomas och det var Babba. Tittägget sprängdes. Julkulan skakades och innehållet stormade i snökaos.

Lillemor anar vad som närmar sig och vågar knappt titta framåt i manuset. Den här fruktansvärda paperassen är inte ett liv utan vacklande skenbilder av det. Ett gyckelspel iscensatt av en hämndlysten och maktfullkomlig honlig satan. Ett bländverk som jag blev tvungen att leva, tänker hon. Och Babba var inte helt ensam om att spränga glaskulan. Tomas var vid den här tiden en mycket verksam smådjävul. Ljög så att det borde ha slagit blåa lågor ur munnen på honom. Blev trodd förstås. Fördrev oss för alltid ur småborgerligheten. Inga kulturaftnar på biblioteket och ingen dans på S:t Petrilogen. Vi försökte bygga upp det en gång till i Borlänge, trygga som vi trodde oss i socialdemokratin – och för min del med ett hanterbart bedrägeri. Men det sprängdes där också.

Fast den gången var det inte Babbas fel.

Lax Iris Ros

Siljan var mattgrå som ett gammalt tennfat den morgonen. Sjön såg ut att ha legat så sen meteoriten slog ner för tre eller fyrahundra miljoner år sen och kratern sakta hade fyllts med vatten från himlen och från fjället. Jag visste ingenting om höstdimmor, om storm eller om is som vältrade sig mot strandstenarna för vi hade nyligen kommit hit.

Jag var alldeles ensam och när jag hade rott bort från fågelsången och kommit ut på sjön var de svagt jämrande ljuden av årorna det enda som hördes. Jag vilade ofta på dem och såg på de vita flötena som buktade iväg därnere. På den tiden var vattnet så klart att man på avsevärt djup kunde se näten man lagt ut. Jag hade kommit tidigt och Lillemor sov fortfarande. Egentligen hade jag bara tänkt se över näten. Var de tomma kunde de ligga kvar, så fri från skräp och alger var sjön på den tiden.

Mitt på nätsträckningen bar det neråt och de små vita spolarna försvann. Där satt antagligen en lax eller en stor sik. Men jag måste ta opp nätet från den gula diskmedelsflaskan som låg som märke därute, så det fick vänta tills Lillemor vaknat och kunde ro åt mig.

Jag rodde mot land och hörde snart majmorgonens fågelsång igen. Trast och bofink mest. Jag hade flytt till vatten och morgon – fast jag egentligen inte hade något att fly ifrån. Att Thorsten Jonssons novellsamling är ett förbrytaralbum bekymrade mig inte just då. Jag tänkte bara: Fly till vatten och morgon – ord som är av dis och dimma men som när de förflyktigats alltid tonar fram igen. Nu såg jag Lillemor på bryggan och jag kan komma ihåg att hon var klädd i en skär kofta, vit blus och jeans men det beror inte på mitt goda minne utan på de fotografier som skulle tas om några timmar.

Jag tänkte på laxen, om det var en lax och om vi skulle steka eller sjuda den. Eller om det var en sik och om den var så stor att den kunde gravas. Innan meteoriten slog ner kanske det fanns djur häromkring som tänkte på vad de skulle äta. Sen dog förstås allihop. Det gjorde ju inte vi och än visste jag inte om nerslaget i vår värld. Det var bara en majmorgon på vattnet.

När jag kom fram till bryggan såg jag att Lillemor var blek. Det är ju sånt folk än idag skriver i detektivromaner: han bleknade, hon ryste till, håret reste sig på huvudet och han blev alldeles kall. Men Lillemor var verkligen gråblek och mycket allvarlig. Nu jävlar, tänkte jag. Äntligen! Astrid Troj är död.

Men så var det ju inte.

Lostgården hette det hus jag hyrde oppe i byn. Det låg vid en bygata för husen var anordnade som före laga skiftes tid. Där hade änkan efter en viss Lost Erik Pettersson bott. Hennes hemvävda randiga gardiner hängde i fönstren, här fanns hennes trasmattor med många inslag av blå arbetskläder, slagbordet i köket, ståklockan med rosor på dörren framför lodkammaren, åttaslåstolarna, paneldivanen, byrån av flammig björk, pigtittaren på den och den knypplade spetsduken, emmorna med broderade tofsförsedda kuddar, brudkistan, malmkronan för tolv ljus och de stora skåpen bemålade med blommor och årtalen 1799 och 1812. Det ena hade dessutom en urtavla och inuti ett fungerande urverk med lod. Då båda klockornas slag kunde väcka döda hade jag låtit loden gå i botten och inte dragit opp dem mer.

Där hade också funnits ölstånkor med kurbitsar på och tavlor broderade av hår, skålar gjorda av de sjuka utväxter på björk som kallas vrilar, vävskedar, fårsaxar, besman och annat som förr nyttjats på gården men nu åkt opp på väggarna tillsammans med barometrar och glödritade tavlor. En av barometrarna stod ständigt på Jordbäfning men jag anade inget varsel i det. Allt som var löst hade Lillemor och jag försiktigt packat ner i papperskassar från Konsum i Rättvik vilka vi numrerat. Det skulle vid avflyttning bli möjligt att ställa tillbaka hundratals prydnadssaker i god ordning.

Det hela hade börjat med att Lillemor och Sune köpte en sommarstuga nere vid sjön. Där hade Lostgårdens kor betat förr men nu var stället avstyckat. Av gamla timrade kåkar som fraktats dit hade man byggt upp hus och uthus. En brygga av sten och cement raserades bit för bit vid varje islossning och björksly hade invaderat den magra grässvålen på tomten. Överhuvudtaget var det något rasande över sjöns och den vilda växtlighetens angrepp på stället, medan allt som planterades tynade.

Men där fanns elvärme och vatten, Siljans skönhet och böljeskvalp att somna till. Meningen hade varit att de tre syskonen som fått detta ställe av sin pappa skulle leva sommarliv där och fira jular och påskar och midsomrar i sitt paradis intill tidens slut. Men de var förstås osams och svägerskorna väste som ormar när de såg varandra. Dessutom hade stugtomten på näset stigit i värde så de ville verkligen sälja, vilket de inte hade vågat knysta om så länge Lost Erik levde.

Samma vinter som Sune fick tjänsten i Borlänge fick änkan

i Lostgården ett slaganfall och barnen trodde att hon skulle dö. Medan hon låg på sjukhuset sålde de sommarstugan till den nye skolchefen i Borlänge, eller snarare till hans fru. De tänkte sälja gården i byn så fort gumman gett opp andan. Men hon var seg och kom sig. Där hon låg på långvården var hon fortfarande Lostgårdens ägare. De vågade inte ta opp ämnet försäljning. Men uthyrning gick hon med på eftersom de sagt henne att det skulle bli inbrott i huset och vandalisering om det stod tomt. Så jag hyrde det.

Meningen var väl att Lillemor tillsammans med Sune skulle tillbringa helgerna vid Örnäs som stugan kallades efter näset den låg på. Men den första tiden hade hon så mycket att göra med att inreda det att hon sällan bodde i våningen de hyrt i Borlänge. Sune var inte heller så mycket hemma. Hans partipolitiska åtaganden förde honom ofta till Stockholm. Den här våren gav Lillemor mer eller mindre opp Borlänge. Orsaken, sa hon, var Sjunga. På sätt och vis stämde det men jag visste att hon hatade stan som de hamnat i. För henne var den industrier, betong och kommunalpampar.

Sjunga kom i en Chiquita banankartong placerad i framsätet på Antes Opel Kadett. Hon var resultatet av en tjyvparning mellan hans lajkatik och en småväxt korsning som möjligen hade tax i sig. Han hade på långt håll känt hennes dofter och faktiskt nått opp till det åtrådda stället. Det blev inte som planerat en renrasig jakthundskull som skulle ha hjälpt opp Antes ekonomi. Lajkan fick sex bastarder. När han kom med Sjunga var hon åtta veckor gammal och han sa förstås att det var en present till Lillemor. Men egentligen kom han för att övertala mig att vända tillbaka. Komma hem igen som han sa. Han var sorgsen när han åkte. Det var faktiskt jag också. Men vad gör man?

Tiken fick sitt namn därför att hon var så duktig att sätta nosen i vädret och yla. Man behövde bara säga: kan du sjunga?

så gjorde hon det. Lillemor var ju mörkrädd men det blev bättre när hon fått hunden och nätterna var ju dessutom ljusa nu.

Så hade vi det. Så trodde vi att vi skulle ha det. Men nu stod en blyblek Lillemor på bryggan med armarna hårt knutna om kroppen. Hon såg ut som om nån hade skrämt vettet ur henne.

Kom med opp, sa hon. Det är nånting jag måste berätta.

När vi kom in bad hon mig koka kaffe. Hon hade satt sig på en köksstol och sa att hon frös. Fortfarande hade hon armarna hårt slagna om kroppen. Jag blev rätt otålig men hon sa inget förrän hon fått en mugg hett kaffe framför sig och läppjat på det. Då kom det:

Svenska akademins sekreterare ringde, sa hon. Vet du vem han är?

Javisst. Bra författare. Jag förstår inte varför han tog det där jobbet.

Jag antog att vi hade fått ett stort pris av akademin och att Lillemor hade sina vanliga kval. Jag skulle just säga åt henne att sluta krångla med sånt där och finna sig i att det var som det var, då hon pep till:

Det var torsdag igår.

Jaha?

Dom sammanträder då.

Det vet jag väl, sa jag. Ärtsoppa och tända ljus. Fick vi ett pris?

Nej.

Nu blev jag faktiskt också rädd. Jag fick sätta ner kaffemuggen mycket försiktigt för att inte spilla.

Dom har valt in mig, sa hon.

Sen tittade hon opp och rättade sig:

Oss.

Då började Sjunga yla en lång och uttrycksfull klagosång där hon satt framför köksbordet. Hon menade väl ingenting annat än att hon ville ha mat, men det lät ödesdigert.

Vart han lack? sa jag.

Vadå för?

När du sa nej.

Sjunga tystnade, Lillemor också.

Sa du inte nej!

Hon drack kaffe och satt sen och tuggade på underläppen.

Jag sa... jag vet inte... att vi hade, jag menar att jag hade skrivit så lite, att jag inte förstod... Men han pratade mycket. Han är snabb.

Ja, vad sa du då?

Att jag ville tänka på saken, sa hon.

Varför det?

Hon suckade uppgivet.

För att vi skulle kunna avböja på ett snyggt sätt förstås. Vi måste ju komma överens om vad vi ska säga. Och förresten blev jag alldeles kall. Stum liksom.

Jaha. Men nu ringer du alltså opp honom, sa jag. Säg att du inte kan hörsamma kallelsen av hälsoskäl eller politiska skäl eller vad fan för skäl som helst. Tacka så mycket och hälsa från mig om du vill, la jag till och började gapskratta. Det var mycket spänning i luften. Som elektricitet. Den nästan luktade. Och Lillemor frös.

Jag vill inte stöta mig med dom, sa hon, så vi måste hitta på nåt verkligt bra, nåt som dom kan respektera. Och uppriktigt sagt tror jag inte att jag vågar tala med honom igen. Jag tycker att vi skriver. Tackar för äran och alltihop och... ja, skyller på nånting.

Gå och ring, sa jag.

Så där höll vi på ett tag. Hon var livrädd för sekreteraren.

255

Jag insåg att han kunde prata bort henne om hon ringde i det här tillståndet och föreslog att vi skulle ta opp näten först. Hon skulle säkert lugna ner sig ute på sjön för den låg lika slät, tennmatt och miljonårig som när jag nyss rott hem mot fågelsången.

Vi fick verkligen en ganska stor lax på det där stället där nätet gått ner och jag fick sätta huggkroken i den, för det var en stark best som ville slå sig lös med stjärten. Lillemor bankade den i huvudet med åran och det märktes nu att hon hade morsknat till. Hon rodde med beslutsamma årtag mot bryggan och så snart hon kom in satte hon sig framför telefonen.

Jag måste ringa nummerbyrån för jag har inte akademins nummer, sa hon. Det är bra, sa jag, men tänk inte för mycket. Och låt honom framförallt inte prata bort dig.

Sen gick jag ut för att göra opp laxen. Vi hade för det ändamålet ett gammalt bord och det stod invid ett av uthusen som skymde den lilla vägen ner till stugan. Jag kunde höra att det kom en bil. Lillemor kom just ut och hade lappen med numret till Svenska akademien i nypan.

Jag vill att du ska sitta bredvid mig när jag pratar med honom, sa hon.

Jag torkade av händerna och sköt bordet med den öppnade fisken i skuggan. Bilen hade stannat bakom vår vedbod.

Det är nån som har åkt fel igen, sa Lillemor.

Jag gick ut på den lilla vägen för att tala om för föraren att han var tvungen att knaggla sig ner till byns båtplats för att kunna vända. Då steg han ut ur bilen och sa:

Är det här Lillemor Troj bor?

Han bar ett stort paket i famnen.

Nu hade Lillemor också kommit fram.

Ja, det ser jag ju förresten, sa han och gav henne paketet.

Sen satte han sig i bilen och for. Vi såg honom försvinna i björkskogen ner mot båtplatsen och vi såg honom komma tillbaka när han vänt och åka mot byn. Hela tiden stod Lillemor med paketet i famnen. Det var stort och det smalnade av nertill.

Öppna det, sa jag som hade mycket onda aningar. Vi la det på fiskrensarbordet och jag sprättade opp pappret med kniven. Det var en väldig bukett av gula rosor och blå iris. Lillemor hade blivit så där blek igen. Hon tog opp kortet som låg i ett kuvert och läste det. Sen lämnade hon det till mig. "Rättviks kommun känner stolthet och gratulerar till ledamotskapet i Svenska Akademien!" stod det och det var undertecknat av kommunalrådet, fast biträdet i blomsterbutiken hade väl skrivit alltsammans efter telefondiktamen. Jävlar, sa jag. Han ringde direkt till TT. En sån slug fan. Dom törs inte riskera ett nej förstås.

Vid den här tiden skrevs inga svassande artiklar om den berömda dörren och dess lika berömda förgyllda handtag eller om sekreterarens slips när han tillkännagav nobelpriset eller ens om hans ryktbara bakfyllor. Den här sekreteraren, som inte var någon dumskalle, kunde förstås inte veta hur nära Lillemor stod den vänster som en gång varit ettrig men nu hade blivit pompös. Den hade erövrat kultursidorna och dominerade TV2 och han visste vad han hade att vänta efter utdelandet av nobelpriset till två svenska författare som vänstern såg som obetydliga klassförrädare. Han hade klippt till direkt med TT och nu stod vi här med en jättestor blombukett i de svenska färgerna och en lax som inte mådde bra i värmen.

Jag rensade opp laxen, fileade den och tog med den in till kylskåpet. När jag var klar satt Lillemor vid köksbordet och såg ut som hon hade gjort när hon stod på bryggan på morgonen. Jag kokade mer kaffe men innan vi hade hunnit få det i oss kom nästa bil. Det vill säga samma bil. Det här blomsterpaketet var lika stort och blommorna var gula iris och blå anemoner i massor. De var från Borlänge kommun som gratulerade och var stolta över sin kommuninnevånare. Kommunerna hade börjat slåss om sin berömdhet.

ATT JAG VAR så skräckslagen! Lillemor tycker det är konstigt att hon inte på en gång begrep att det var henne de valde in. Faktiskt. Babba skulle aldrig ha kommit ifråga, vad hon än skrivit. Och hon hade förstås gjort bort sig på en gång. Skrattat ut sekreteraren när han ringde. Asgarvat skulle hon själv ha sagt.

Men det hade varit en förskräcklig dag, det måste hon medge. Det blev i alla fall tyst till slut. Sune snarkade i sängen som stod vid den andra väggen. Han hade i sin entusiasm över invalet tagit av sig de randiga pyjamasbyxorna och legat med henne vilket inte skett ofta i deras liv tillsammans. Han hade haft med sig två flaskor Knutstorps sparkling när han kom från Borlänge och hade säkert hört Babbas fnysning. Lillemor tyckte också att han kunde ha kostat på äkta champagne. Men å andra sidan är ju ledamotskapet falskt det med. Så tänkte hon då.

Hon låg i den vita sängen som en snickare gjort så hög att man måste häva sig upp i den och man fick ont i låren av den tjocka vitmålade kanten. Madrasserna var också höga och fulla av nästan oeftergivliga resårer. Hon hade behållit dem därför att det är svårt att få tag på moderna madrasser till sängens mått som kanske var standard för falsk allmoge men inte för något annat. När hon var ensam sov hon i ett av smårummen på vinden. Det var litet, överblickbart och gick att låsa. Mörkrädslan hittade inte riktigt in i denna kokong med vita spetsgardiner. Tikvalpen snusade i sin låda. I sängkammarn gick det inte att sova denna natt då hon blivit akademiledamot. Snarkningarna och böljesorlet genom det halvöppna fönstret höll henne vaken med vassa tankar och ett lätt illamående. Hon klättrade ner från sangen och lovade sig att det var sista gången den fick misshandla hennes lår. Inte heller i det lilla rummet kunde hon somna. Tidigt gick hon ner och bryggde en mugg kaffe och satte sig vid bordet i storstugan. Klockan kan inte ha varit mer än fem, kanske fyra. Dagern var blek. Ja, hon minns den.

Framför sig la hon ut korten som följt med blommorna. Det hade kommit sammanlagt minst ett dussin buketter under dagen och sex journalister med lika många fotografer. Tomas som kommit med sin pappa i bilen från Borlänge hade trängt sig fram för att bli fotograferad tillsammans med henne. Det skulle tas familjebilder där de stod med armarna om varandras axlar. Men Babba hade ryckt tag i Tomas arm och dragit honom bakåt. Sen hade han abrupt upphört att posera och börjat leta efter sin jeansjacka. Babba hade stått med armarna i kors och liknat en gudabild som de troende nyss utfodrat med ett slaktdjur. Till slut hade Tomas hittat den och frenetiskt sökt i fickorna.

Han tog av sig jackan för att hakkorset på armen skulle komma i tidningen, hade Babba sagt sen. Och jag tog den och i den hitta jag hans jävla haschpipa och krossa den mot trappstenen när han såg det och så slängde jag haschet i sjön. Han våga sig inte på mig.

Nej, hon var för stor för den spinkige Tomas. Låren var gammaltestamentliga pelare, armmusklerna svällde. Hon skulle bara behöva peta till honom för att få honom i däck. Han hade blängt på Babba och försvunnit. De förstod efteråt att han liftat med en av journalistbilarna.

I gryningen började Lillemor skriva tackkort. Hon minns mycket väl att hon tyckte det första blev konventionellt. Det blev resten också. Handstilen var darrig. Hon anade att korten skulle komma att sparas och kanske dyka upp långt efter henne. De borde nog vara mer spirituella eftersom hon hade blivit en av de odödliga nu. Det stod faktiskt så på ett av korten. Hon hade läst det redan när blombuketten kom och tänkt: är det en elakhet? Men Babba sa att det syftade på Les immortels i franska akademien. De kallade sig fortfarande så och bar små värjor när de var högtidliga.

Jag tror Gustav den tredje härmade alltihop när han fick till sin akademi, sa Babba. Så du är tamejfan odödlig nu.

I denna gryningstimma tänkte sig Lillemor inte odödlighet som marmorbyster och ärofulla gravar i något panteon. Hon tänkte i stället att hon kunde uppnå hög ålder. Urgammal och full av fåror i ansiktet, med hängande underläpp, kanske dreglande och med löständer och smala knutiga ben i stora skor och beniga händer där de blå venerna slingrade under den papperstunna huden. Nypermanentad i håret skulle hon sitta där i en stel, ny klänning och ta emot födelsedagsuppvaktning, tårta, blommor och en ung akademisekreterares vördnadsfulla hyllning. Ingenting skulle hon förmå då, inte ens skriva tackkort. Duktig flicka, hade Sune sagt åt henne på kvällen. Men hon var fyrtiofyra år gammal och i värsta fall kunde hon ha mer än femtio år kvar i den här situationen.

Hon skrev nästa kort och nästa. Må vara att de blev intetsägande men man tackar faktiskt för blommor och gratulationer. Det gör man alltid. Handstilen som varit skakig av sömnbrist började ta upp sig.

Kvarnsten Bländverk

Från köksfönstret i Lostgården kunde jag se Sunes stora gröna Volvo när han åkte iväg till jobbet i Borlänge. Det var vid tiotiden på förmiddagen och jag gav mig genast av ner till Lillemor. Dörren stod öppen men hon var inte inne. I storstugan var alla blommorna borta men korten som följt med buketterna låg prydligt uppradade på bordet. Vaserna, tillbringarna och syltburkarna som buketterna stått i hade hon ställt i diskbänken.

Telefonen ringde och ringde igen när ingen svarade. Jag gick till slut in i storstugan och tog luren. Det var Astrid Troj. Med bara ett dygns försening hade nyheten denna morgon nått den spanska solkusten.

Var är Lillemor! hojtade hon.

Men sen måste hon ha hört vem det var för hon sa i en helt annan ton:

Är det du? Vad gör du där?

Och sen i ett högre register igen:

Herregud jag måste få tala med min lilla flicka! Min underbara lilla duktiga flicka!

Hon sa att hon hade goda vänner omkring sig och jag hörde kacklet när de skålade för Lillemor. Man hade tydligen tidiga vanor i Fuengirola.

Jag vet inte var hon är, sa jag och la på luren. Det fanns inget jack till den gamla telefonen så jag la två soffkuddar över den. Sen gick jag ut för att titta efter Lillemor. När jag såg att båten var borta blev jag rädd.

Det som jag tänkte ville jag inte tro och ändå trängde det in i mig som om det kom utifrån och det gav mig kväljningar. Jag fick hela tiden svälja saliv och hade en syrlig känsla i mun. Det fanns ingen att slåss mot fast gud ska veta att jag hade kunnat ge vem som helst en riktigt fet smocka. Men det fanns ju ingen att anklaga. Nånting som från början bara varit ett stort skoj hade sjuknat. Nu kunde det stupa rakt ner i ett svart hål. Mitt i alltihop for en gök ut ur köksklockan och kuckuade. Jag drämde till den så att hela det lilla klockhuset med fjälligt tak for i golvet och surrade en stund innan det dog ut. Men det lättade inte alls och hela tiden väsnades telefonen dovt under sina kuddar.

Om jag varit rökare skulle jag ha rökt, om jag haft tuggummi skulle jag ha tuggat. Bara tanken på kaffe gjorde mig ännu mer illamående.

Det var en dödens timme. Jag har ofta tänkt på att folk är så snabba att säga att de ingenting ångrar. Hur är det möjligt?

Jag började vanka omkring på stranden, osäker på om jag skulle larma räddningstjänsten eller Sune. Eller polisen? Jag snubblade i strandens stenar som vågorna slipat i miljoner år. Men det gjorde inte att jag kunde se saken ur evighetens synvinkel. Vi är visserligen efemära varelser men vi hinner ställa till med en hel del elände på den korta vägen som munken Beda Venerabilis beskriver som sparvens flykt från ett fönster till ett annat genom den mörka hallen.

Klockan tjugo i tolv såg jag båten. Det dröjde en bra stund innan jag vågade vara övertygad om att det var Lillemors eka och att det var hon som rodde. När hon steg ur och förtöjde var hon alldeles lugn men det var inte jag. Jag skällde ut henne. Vad höll hon på med egentligen? Var det här nån sorts teater? Hon svarade ingenting utan lyfte bara en stor flätad vidjekorg ur båten, en sån som kallas skruk.

Nu går vi opp och tar en kopp kaffe, sa hon.

Hon var på nåt vis väldigt samlad och väldigt ledsen. Det hade blivit en varm dag nu och vi bar ut kaffebrickan och satte oss i trädgårdsmöbeln som var ett hembygge av tjocka krokiga ekgrenar med tunga plankor i sätena. Hon sa inte så mycket utan stirrade mest ut över vattnet. Jag tyckte att jag hade kunnat ta allting – men inte den här ledsenheten. Efter en lång stund sa hon:

Fast.

Jag väntade på fortsättningen.

Kommer du inte ihåg mister Polly? frågade hon.

Visst gjorde jag det. Och nu förstod jag. Hon var verkligen fast.

Fast. Fruktansvärt, gruvligt, ohjälpligt och fasansfullt fast sade mister Polly.

Hennes röst var alldeles uttryckslös och hon stirrade fortfarande ut mot sjön. Mister Polly i H. G. Wells roman hade lagt sina kläder på stranden och summit över och gått opp på andra sidan till ett nytt liv. Men för Lillemor fanns inget nytt liv bortom vattnet där man såg de blåa åsarna. Det värsta var att hon var så ledsen. Om hon varit arg, desperat, hysterisk – vadsomhelst – hade jag kanske kunnat tala eller skrämma henne tillrätta. Men den här ledsenheten rådde jag inte på. Jag försökte i alla fall och sa att det egentligen inte var värre än förut.

Inte?

Till slut bad hon mig att gå hem. Men jag ville inte lämna henne. Jag var fortfarande rädd för det där med sjön och ekan.

Jag vill inte gå ifrån dig, sa jag och så blev det tyst ett tag.

Vi kommer inte ur det här, Lillemor.

Det är du väl bara glad för.

Inte helt och hållet. Men jag tycker inte du ska dramatisera det.

Inte?

Hon vände sig häftigt mot mig.

Jag är en falsk, en sorts... nej jag vet inte vad jag är. Inte det dom tror i akademin i alla fall. Jag har ju inte skrivit det dom valde in mig för.

Du har arbetat rätt mycket med våra böcker.

Äh!

Förresten valde dom inte in dig för det du skrivit, sa jag.

Hon snodde runt mot mig.

Är du inte klok!

Dom valde in dig av politiska skäl.

Jag är väl inte politisk! sa hon.

Nej, det var just därför dom valde in dig. Om dom tagit nån från vänstern i dessa dagar så hade dom riskerat ett nej. Förresten tror jag inte att dom vill ha in några revolutionärer eller rebeller eller ens några proggare. Dom ville ha nån som du. En kultiverad dam med akademisk examen. En kvinna är ju en poäng för dom. Du passar där och jag tror att du kommer att göra en massa nytta. Det är precis din stil.

Du menar att jag är en duktig flicka?

Varför säger du så?

För att Sune sa det igår.

Det blev åter en lång och arbetsam dag för Lillemor. Hon bad mig gå när journalisterna kom och jag förstod henne. Det var naturligtvis genant att ha mig där när hon skulle besvara frågorna om sin barndom och om hur författartalangen vaknat. Jag vågade lämna henne därför att jag visste att hon blivit försiktigare. Allt hon sa svävade på gränsen mellan rena lögnen och det sannolika. Hon bad mig också att ta hand om hunden för hon behövde arbeta med brevsvar och tackkort.

När jag oppe hos mig sett den sista bilen lämna Örnäs och Lostbyn och det började mörkna gick jag ner till stugan igen. En annan sorts oro hade vaknat hos mig. Det fanns nånting i hennes liv som hon kallade kniven ur mörkret. Det lät dramatiskt så det förslog men jag vågade inte lita på att det bara var teater.

Hon hade ju berättat att hon försökt ta den där utvägen som fick mig att må illa. Det hade skett ett par tre gånger tror jag. Första gången var det visst bara en hysterisk flicklek. När hon var tretton eller fjorton år hade hon kört ut armen genom ett litet garderobsfönster i villan. Tanken var att hon skulle skada sig så att pulsådern skars av. Det gjorde den förstås inte men hon har fortfarande ett vitt ärr på insidan av handloven. Sen var det den gången under hennes första termin i Uppsala. Riktigt vad hon gjorde förstod jag inte men det var ju i alla fall resultatlöst. Hon hamnade ute om natten, hade från Parthenon gått opp till kyrkogården och till Epidemisjukhuset. Där blev hon stående och höll sig i grinden och hon sa att hon hade hoppats att nån skulle komma och ta in henne och lägga henne i en säng.

Och så var det den där valborgshistorien med Ritalina och Mackipiller. Då kunde det verkligen ha gått illa. Jag var så illa berörd av de här historierna att jag inte frågade mycket om dem. Nånting sa jag väl om hur konstigt det var att man kunde planera att göra slut på det enda liv man fått. Men då sa hon att man gjorde inte alls opp planer för sånt. Det kom som kniven ur mörkret.

Jag visste att hon inte ville träffa mig nu så jag stannade utanför huset. Jag vandrade fram och tillbaka halvt dold

266

av albuskarna i strandkanten och det påminde mig om den gången då jag smög på henne i Engelska parken. Men då hade jag varit upphetsad av min idé att låna hennes ansikte. Nu var jag illamående av rädsla. Det var något med hennes avvisande och hennes ensamma rodd ut på vattnet som skrämde mig. Skulle hon ro ut igen när det blev riktigt mörkt? Jag kikade mellan algrenarna och såg att hon satt vid bordet i storstugan. Det verkade som om hon skrev. Också det gjorde mig ängslig. För inte satt hon väl och skrev sina idiotiska tackbrev ända in på natten?

Till slut släcktes ljuset och efter en stund tändes det i hennes rum en trappa opp. Nu var Musse orolig. (Vi hade varit tvungna att namna om den lilla tiken för hon började yla entusiastiskt så fort man sa Sjunga.) Jag gick bort till Lillemors bil med henne och den var öppen så att jag kunde lägga henne i baksätet. På valpars sätt somnade hon direkt.

Det blev en lång kall natt. Siljan var inte längre slät som matt metall utan rördes av korta vågor som skvalpade oroligt i strandstenarna. De sist vakna fåglarna skrek mer än de sjöng. Varnade de? Jag kom att tänka på Sigurd Fafnesbane som fått gåvan att förstå fåglalåt. Men egentligen tänkte jag nog på den som först hittade på Völsungasagan för att berätta den. Han måste ha lyssnat till fåglarna och tänkt att de hade ett språk som människor inte förstod.

Det kom också andra ljud ur natten. Ett jämrande skrik. En hare som räven tog? Jag visste inte mycket om det nattliga. Men var det inte ur mörkret som kniven kom? Nu frös jag eländigt och ville egentligen ta hunden och gå opp till mig, värma mjölk med whisky och krypa ner i sängen. Men det mörknade mer och mer under den mulna himlen. Jag vågade inte gå därifrån.

Det fanns en pläd i bilen som jag hämtade och svepte om mig. Sen satt jag i trädgårdsmöbeln med krokiga ekgrenar i ryggen och frös och tappade ibland huvudet i sömn, vaknade igen och frös. Ett tag la jag mig på de hårda plankorna, hopkrupen som en kokt räka. Det var hela tiden släckt oppe i Lillemors rum.

Morgonen kom med min befrielse. Bara ljuset och det vaknande fågeljublet gjorde att jag inte längre var rädd. Mörkret fanns inte. Kniven var en skröna. Eller en metafor! Det var den förstås. Jag piggnade till när bofinkarna utmanade varandra som tenorer på en italiensk utomhusarena och kände mig lite larvig för att jag varit så rädd. Det hade blåst opp och nu såg jag att vågorna förde med sig något mot stranden. Stelbent och genomfrusen tog jag mig ner för att se vad det var som guppade i strandstenarna och som inte hade funnits där på kvällen. Det var blommor. Dyrbara blommor.

Nu förstod jag vad hon hade haft i skruken när hon rodde ut och vad hon hade gjort sig av med. Vilken gest! Jag blev arg.

Jag ville fort komma in i stugvärmen och få hett kaffe och på nåt sätt ställa Lillemor till svars för min eländiga natt även om jag begrep att det var svårt. Jag slog på dörren fast klockan inte var mer än halv sex. Det var en flott och modern villadörr av ek som rimmade illa med den gråbruna timmerkåken. Allting här var en blandning av falsk och äkta allmoge. Det var nymålade kurbitsar på flaggstången. Jag slog några gånger på portklappen av smidesjärn, mäktigt nygjord den också. Sen satt jag på trappan som var två gamla kvarnstenar och småkokade. Tänkte: pengarna tar du emot men mig vill du inte se. Till slut reste jag mig och bultade våldsamt på dörren. Då öppnade hon förstås. Stod där i den där klädsamma blekheten som kom av de moraliska kval hon kände eller i varje fall spelade opp för sig.

Jösses vad du ser tragisk ut, sa jag. Är framgången så obekväm?

Du vet vad jag känner, sa hon.

Ska du inte släppa in mig? Jag är ju i alla fall den andra halvan av ditt elände. Jag är kvarnstenen om din hals. Nej förresten, det är om min hals den hänger. För det är väl jag som har förfört en oskyldig? Men jag ska säga dig att det ligger faktiskt två kvarnstenar därute, jag har suttit på en av dom och blivit kall om aschlet. Du får ge mig kaffe med whisky i. Sune har väl inte låst in sin Famous Grouse?

Sluta tramsa, sa hon och gick före mig in.

Och du ska sluta ta det här så allvarligt, sa jag. Alltihop är ju bara ett stort skoj.

När vi satt mittemot varandra vid det nygjorda och mycket gammaldags furubordet med vårt kaffe och whiskyflaskan sa hon:

För dig finns inget allvar.

Jodå. Men inte i den här komedin med blomsterkvastar och stolar med förgyllda nummer och allt vad det är. Hur fan kan nån människa ta det på allvar?

Men jag lurar ju akademin. Hela Sverige förresten.

Nåja, sa jag, dom flesta i det här landet ger fullständigt fan i det högre kulturella livet. Om dom överhuvudtaget läser om sånt här.

Det är ju i alla fall ett bedrägeri.

Javisst! Men det är bara ett av alla dom små falskspel du ägnar dig åt. Utan det här författarskojet skulle ditt liv i alla fall vara en lång serie av små bedrägerier. Ett flickery flicks inför andras ögon.

Hur kan du säga så!

Hör bara på dig själv och dina små klädsamma utrop: Hur *kan* du säga så! När du mycket väl vet att det är så. Du är en performer, Lillemor. En spegelvarelse. Det händer att jag beundrar dig.

Förstår du inte att jag mår illa åt bedrägeriet?

Varför det? Du behöver ju ditt koketteri och dina behagfulla gester och dina små utrop, sanna eller falska. Du bolar med livet, Lillemor, och spelar opp dina orgasmer samtidigt som du längtar så djupt och innerligt efter att dom skulle vara på riktigt. Livet däroppe där du befinner dig nu är för starkt syrsatt. Det berusar och förgiftar. Det ger dig ingen näring som jorden gör.

Jag låtsas ju vara författare, sa hon och började snyfta.

Du är författare. Du är det lika mycket som Sven Lindqvist eller Erik Beckman eller Rut Hillarp. Eller Herman Wouk för den delen. Du läste ju Youngblod Hawke.

Usch, det var en dålig roman.

Just det. Sanningen om en författares liv. En riktig läsecirkelsroman för fjompiga tanter, eller hur? Men tänk om hela ditt liv är en sån roman. Förakta inte dina läsare, Lillemor. Dom kanske letar efter din sanning under alla gesterna. Och du har tur: den finns. Den finns härnere i jorden där jag håller till.

Fast morgonsolen kom in genom fönstren med alla smårutorna såg jag inte mycket av Lillemor. Hon hade krupit ihop i soffan och lagt huvudet i en kudde med ansiktet neråt.

Du behöver ditt falskspeleri, sa jag. Själv behöver jag anonymiteten, jag behöver den som daggmasken behöver sin jord. Jag har maskens känsla när han äter och förvandlar jorden. Anonymiteten är min mörka näring.

Det lät lite patetiskt men det var ju inte säkert att hon hörde vad jag sa eller att hon brydde sig om det. Jag såg bara håret och den hopkurade kroppen. Men när hon reste sig opp och ställde sig framför soffan i sitt nattlinne såg hon ut som Lucia di Lammermoor i sista akten, just när hon har slaktat sin brudgum och är på väg in i vansinnet.

Gester! Uttryck! Gud vad jag var trött på henne ibland.

I den mörka storstugan med sina bruna timmerväggar och

alla vepor som dämpade ljuden undrade jag om hon var så lik bruden från Lammermoor för att hon fått en idé: om hon i hastigt mod gjorde sig av med mig i stället för sig själv, skulle hon få ett år eller två på hispan och sen kunna återgå till en lugn tillvaro i sin förgyllda, numrerade och sidenklädda stol. Hon skulle väl inte vara den första författare som tystnade efter ett inträde. Och hon hatade mig nu, det såg jag. Eller var det bara ett nytt uttryck?

Då sa hon – och jag tvekar inte att skriva att hon gjorde det med skälvande stämma:

Jag är rädd.

Nu sa du äntligen ett sant ord. Du är rädd för avslöjande. Men om vi sköter våra kort väl ska du inte behöva vara det. Den största faran är eliminerad.

Vilken är det?

Din morsa.

Menar du att hon anar?

Hon blev tyst en stund och tänkte efter.

Det skulle förklara en del konstigheter hon har sagt, sa hon.

Giftigheter, sa jag. Du är så van vid henne att du inte märker när hon försöker förgifta dig i små doser. Vad var det för jävla deckare vi läste där offren fick tannin i tandkrämen. Var det inte nån Agatha Christie. Dom bleknade av, sakta och omärkligt blev dom dödssjuka. Dog faktiskt.

Du är otäck!

Det är i alla fall över nu. Din morsa är inte farlig längre. Hon är desarmerad av din framgång. Nu ska hon gå på akademins högtidssammanträde när du tar inträde och njuta. Du tror väl inte att hon skulle avslöja dig nu? Hon har säkert övergått till att tro på dig som författare och är helt klar över att du ärvt din begåvning av henne.

Och du tror att jag ärvt min falskhet av henne!

Nej, sa jag, du har lärt dig gesterna för hon har speglat sig i dig. Men du är snäll och det tror jag du har från din pappa. Då började hon gråta. Hon satt en lång stund i soffan och snyftade i en pläd. Jag gick efter en rulle hushållspapper och så hällde jag opp mer whisky åt henne i kaffekoppen. Hon svepte alltihop i ett drag och ruskade sen på huvudet och åmade sig lite över att det var så starkt. Nu tyckte jag nästan att hon var söt med sina gester.

Det är i alla fall ett bedrägeri, sa hon. Och jag vet inte om jag kan leva med det.

Jodå, det kan du. Det kan alla författare. Dom är tvungna till det.

Men dom har ju i alla fall skrivit sina böcker själva!

Har dom? Nog vet du bättre, du som har läst litteraturhistoria och recenserat en massa. Nog vet du att författare stjäl och ljuger. Lånar, påverkas, parafraserar, parodierar, alluderar eller vad fan det kallas för fint. Allt utom plagierar för det får man inte. I varje fall får man inte säga det. Men dom stjäl i alla fall. Litteratur lever av litteratur. Och du vet mycket väl att dom stjäl av varandra. Dom utnyttjar och parasiterar, klär av sina närmaste i bara mässingen och längre in än så. Dom plundrar morsans grav och luktar i farsans kalsonger och det har dom gjort ända sen Första Moseboks tid. Dom lägger sin älskade på en fläckig madrass och berövar henne oskulden inför publik. Och för att dom ska kunna hålla på med den där verksamheten utan att få kväljningar kallar dom sig ofta nåt annat. Arouet blir Voltaire. Poquelin blir Molière. Diplomaten Henri Beyle var så rädd om sitt rykte att han kallade sig Stendhal när han skrev. Edvin Johnsson drömde om ett annat liv och det stavades Eyvind Johnson.

Förr gömde sig kvinnor under mansnamn och dom mådde till och med bra av det för dom blev starkare och fräckare då. Aurore Dudevant försvann på nåt vis och George Sand blev verkligen George Sand. Jag tror att hon var stolt över det. Men annars tror jag mest att dom kallar sig nåt annat för att stå ut med sin skamlöshet. Det är inte Johan Fridolf Johansson som skriver råheterna i En natt i juli. Det är Jan Fridegård. Denne Fridegård blir till sist också en skapelse av den där anonyme Johansson. Du minns väl från Uppsala hur han skred fram på Övre Slottsgatan omsusad av alla andar han sett, upphöjd och respektabel utav bara fan. Han hade väl aldrig mockat dynga i Livgardets häststallar. Det hade på sin höjd Johansson gjort i ett dimmigt förflutet och en figur som fick heta Lars Hård.

En del kallar sig aldrig nånting annat än det dom hette från början eller gifte sig till, men själva flyttar dom antagligen innanför namnet som blivit en fantasmagori som dom arbetar lika ihärdigt på som dom gör på sina historier och dikter. Jag kallar mig Lillemor Troj.

Och jag, sa Lillemor. Vem är jag?

Det är en fråga som skulle ha plågat dig även om jag aldrig hade kommit in i ditt liv.

273

AVLAGDA KLÄDER ÄR kasserat liv. Man har trott att man skulle slippa se dem mer men så dyker de upp och breds ut på en säng och luktar unket.

Det började med att hon inte visste vad hon skulle ha på sig. Sommarkläderna med rynkor och en och annan volang såg ut som flickkläder. Dräkt kunde hon ju inte ta på sig i värmen. Det var då Babba försökte vara till hjälp.

Titta efter om det är nåt som passar, sa hon och la upp en hel rad klänningar på sängen. Alla var veckiga och luktade källarskrubb. Där fanns till och med den gamla aftonklänningen i äppelgrön duchesse och fettfläckarna syntes fortfarande på den stora rosetten.

Hur kunde Babba ha en hel låda med kläder och skor som för länge sen blev bortskänkta till en städerska? Var hon inte riktigt klok?

Köpte du dom av henne?

Det svarade hon inte på.

Äsch. Kasta bort dom.

Det sa jag antagligen. Lillemors minne rullar upp klänningsvåder. Alltihop äcklade henne och det gör minnet också när hon sitter stel vid köksbordet på Breitenfeldsgatan och stirrar in i väggen utan att se den.

Men något kom ändå till nytta i lådan minns hon. I en boutique i Borlänge hittade hon till slut en klänning och då kom hon att tänka på ett par blå pumps av märket Magli som funnits bland det som Babba sparat. Klänningen var tvådelad i mellanblå, en aning kräppad bomull. Kjolen var svagt klockad i våder och blusen av skjortmodell hade långa ärmar och manschetter. I livet satt ett skärp med tygklätt spänne. Hon var nöjd med den. Sommarlik men ändå strikt. De mörkblå skorna passade som om de vore köpta till den. På den tiden då hon tänkt förena sig med skogssnuvorna hade hon trott att hon aldrig mer skulle ha den här sortens skor.

Det var med Maglipumpsen hon ett par dagar senare tog sig fram på Stortorgets kullerstenar och försökte passa klackarna. Hon hade varit och köpt ett par strumpbyxor eftersom hon kommit på att det kanske inte var helt korrekt att ha strumpor som bara gick till strax nedanför knät. Kjolen kunde ju åka upp.

Hon var för tidigt ute och väntade ett tag i Trångsund alldeles utanför Storkyrkans port. Det var som att stå på en stekplåt och hon var rädd att hon skulle få svettfläckar under armarna. Fem minuter i tolv startade hon och rundade Börshuset för hon hade räknat ut att ingången vette åt Källargränd. Där fanns porttelefonen. En kvinna svarade övertydligt: Svenska Akademi-en. När Lillemor sa sitt namn åkte förargligt nog rösten upp ett hack. Hon måste blunda när hon sköt upp den tunga porten och tänka på sig själv som en snart fyrtiofemårig yrkeskvinna, van att uppträda och vara bland folk. Men rädslan bultade i mellangärdet.

Hon tog inte hissen utan gick uppför trapporna för att lugna ner sig. Det var löjligt att vara rädd. Det fanns ingenting att vara rädd för. Hon hade ju en korrekt men väldigt söt mellanblå klänning och ett par Magliskor med lagom höga klackar. Hon bar en axelremsväska i gräddvitt läder. Ingenting alltför exklusivt. Om halsen hade hon guldlänken hon fått av pappa. Förhoppningsvis skulle makeupen hålla trots hettan men för säkerhets skull tog hon ett svep ur puderdosan innan hon ringde på dörren.

Hon hade väntat sig en kanslist eller undersekreterare men det var sekreteraren själv som slog upp dörren och han trängdes med en gammal herre som hon mycket väl kände igen från tidningsfotografier. Han bar solglasögon och bubblade förtjust på skånska.

Tiden rann iväg här. Det kändes som att ha kolsyrebubblor i blodet. Eller champagne! Fast de drack bara Ramlösa och först på Freden blev det så småningom vin. Allt virvlade omkring: sekreterarens blå linneskjorta som såg så oerhört fräsch ut och den gamles blåsvartskiftande glasögon. Han hade visst något besvär med ögonen. De förde omkring henne i historien och den var nätt och smakfullt 1700-tal här i sekreterarrummet. Pendylen, det var något med den. På skrivbordet med böjda ben stod skrivuppsatsen av silver och den kom nånstans ifrån men hon glömde snabbt vad de berättade om den. Och en marmorbyst i hörnet. Bernhard von Beskow sa sekreteraren. Och vem var i så fall han?

Tänk så lite jag visste!

Börssalen är ju stor och hon minns hur deras steg ekade när de gick genom den på väg mot sammanträdesrummet. Det sas något om borgarbaler på 1800-talet, det var den gamle som med lätt skorrande ironi beskrev hur borgerskapets giftasvuxna flickor hade klätt väggarna tillsammans med sina övervakande mödrar. Sekreteraren pekade på dörren ut till Nobelbiblioteket och sa att framför den byggde man till den tjugonde december upp kungaboxen.

Då har vi vår lilla rokokoföreställning, sa han. Ett slags teater då jag är säker på att du kommer att spela din roll med bravur.

Det var många kristallkronor men vackrast var brädgolvet. Så förnämt enkelt och spartanskt som bara 1700-talet kan vara när det är som bäst. Fast bänkarna såg inte bekväma ut. Inne i sammanträdesrummet var däremot stolarna kring bordet vita fåtöljer med armstöd och de var klädda med blå sammet.

Men inte några nummer? Nej, stolen med ditt nummer får du sitta i under högtidssammankomsten. Och här har jag lagt fram urkunden som du ska skriva under.

Nu?

Nej. Det hör till rokokoföreställningen att den som tar inträde skriver under när alla ser på. Men du kan läsa den nu om du vill.

Det var ett digert dokument. Pappret såg nästan ut som pergament. Herregud, inte kunde hon läsa allt det där nu.

Det viktiga är att man ingenting yppar, sa den gamle. Det är egentligen det man skriver under på.

På Freden åt de sjötunga med hummer och champinjoner. Inte nere i restauranten utan en trappa upp. Där var de alldeles ensamma i ett rum med stolar som åter fick henne att känna sig förflyttad till 1700-talet. När hon sa det berättade den gamle om Napoleons älskarinna Maria Walewska till vars ära denna kärleksmåltid hade komponerats. Lillemor visste att det var en mycket senare Walewska som odödliggjorts med gratinerad fisk, men det sa hon inte för som alla herrar mådde de här två bäst när de fick undervisa kvinnor.

Hummerklorna befriade från skal låg som egendomliga blekrosa händer på gratinsåsen. Hon tyckte att de grep efter henne för hon började känna det vita vinet och tänkte att hon ingenting fick yppa när de började tala om nobelpriset. De hade just lämnat in sina utlåtanden om den nobelkandidat de förordade. Båda hade skrivit om en grekisk poet som Lillemor aldrig hade hört talas om. När den gamle sekreteraren sa att det massmediokra samhället skulle komma att kräva Ritsos sa Lillemor snabbt att politiskt går det förstås bra för han har i alla fall inte samma bakgrund som Kavafis. De såg frågande ut.

Namnet hade flugit förbi som en svala och vad hans farfar (eller var det morfar?) sysslade med hade märkvärdigt nog kommit till henne i samma minnesblixt. Hon hade alltid litat på de där blixtarna. Det gjorde hon redan på examinatorierna där snabb replik och receptivitet belönades med professorligt gillande.

Hon kände en ilning av lust och spänning och insåg att hon passade bättre här än Babba skulle ha gjort. Babba skulle ha sagt att hon inte hade en aning om vad några grekiska skalder var för gubbstruttar. Eller nåt liknande.

Men var hade hon fått det ifrån? För hon visste ingenting om den här skalden heller, men det satt en etikett på namnet Kavafis i hennes hjärna. Hjärnan var aktiv; det fladdrade och virvlade i den och bubblor steg. Hon älskade det här och insåg att hon i flera år har gått och haft urtråkigt. Att leva hade varit som att gå i lera. Men nu flög hon.

Den gamle sekreteraren emeritus som hade tänkt skåla med henne blev sittande med glaset höjt och de blåsvarta glasögonen riktade mot henne. Hans huvud stack fram som en sköldpaddas.

Diamanthandlarens barnbarn, sa hon leende.

Tänk att hon fick ur sig det. Att det kom flygande.

Prejudikat Gallimatias

När Lillemor var tillbaka från Stockholm kom hon opp till Lostgården, satte sig i en av de obekväma emmorna och sa:
Varför gör du det här?
Jag satt och arbetade och hade lappar och blockpapper utbredda över hela slagbordet. Egentligen ville jag inte alls bli störd men jag antog att hon var sprickfärdig av sina intryck från akademin och ville berätta. Men nu kom i stället alldeles oförmedlat den här frågan.
Skriver menar du?
Nej, varför låtsas du att det är jag som skriver böckerna? Eller varför låtsas *vi* rättare sagt.
Är det sanningens minut på gång nu igen? sa jag.
Hon skakade på huvudet.
Jag vill veta bara.
Och så frågar du efter – vad är det? – nästan trettio år.
Tjugo.
Vad i helvete frågar du för?
Jag vill *veta*, sa hon. Jag kan inte leva i en lögn.
Du kan visst leva så här, det har du bevisat i tjugo år. Tjufem om vi räknar från Lucianovellen. Och lögn? Är det här en lögn?
Det är det väl.

279

Knappast. Vi behöver varandra för att böckerna ska bli skrivna. Det betyder inte att vi lever i en lögn.

Det gör vi väl!

Att nånting är dolt är inte detsamma som att det är osant eller falskt, sa jag. Varför skulle det som du kallar en lögn bli en sanning om den uppenbarades?

Det kunde hon förstås inte svara på.

Minns du när du gick hos psykologerna, sa jag. Dom där som hade smutsiga strumpor. Dom ansåg ju att Tompa hade avslöjat sanningen om Sune och dig: pojken hade blivit misshandlad och utsatt för psykisk tortyr.

Usch, sa hon. Prata inte om det där. Jag är glad att vi kom därifrån.

Det var faktiskt ingen sanning, sa jag. Det var ren lögn och ni visste det. Men ni måste ändå flytta. Eller hur? När dom avslöjade Tompas så kallade sanning kunde ni inte bo kvar. Folkhögskolan kunde inte ha en rektor som ansågs ha misshandlat sitt eget barn.

Vart vill du komma?

Blir nånting sant för att det blir offentligt? Måste vårt förhållande som kanske inte är så lätt att förklara vara en lögn? Blir det en lögn att vi behöver varandra därför att vi inte berättar det för nån? Är bara det som stått i tidningen sant?

Sofist, sa hon.

Faktiskt inte. Det finns antagligen en sanning om dig och mig. Men jag tror inte det är så lätt att komma åt den. Finns det nån anledning att tro att nån annan skulle göra det? Sune? Några hundratusen kvällstidningsläsare?

Du får det att snurra i huvet på mig, sa hon.

Jag går och sätter på kaffe.

När vi drack det i syrenbersån berättade hon om sitt besök i Börshuset och på Freden och hon bubblade av förtjusning. Det var uppenbart att hon hade hamnat på rätt ställe och att hon var lycklig, något som var sällsynt i hennes tilltrasslade liv. Jag unnade henne det. Hon hade blivit välkomnad och uppskattad. Det måste göra gott efter alla hätskheter hon fått utstå efter invalet. Att de varit politiskt betingade hjälpte inte mycket. Hon tog åt sig i alla fall. Berömmande gratulationsbrev hade hon förstås också fått och så en sort som vi försökte skratta åt. En äldre herre frågade med skälvande handstil hur hon, som helt ologiskt började meningar med den sammanbindande konjunktionen "och", kunde ta inträde i denna anrika institution, där medlemmarna var satta att vårda sig om det svenska språkets höghet och renhet. Hon svarade muntert att det fanns prejudikat: prosan hos Harry Martinson och verserna i Första Mosebok gav exempel på att man lugnt kunde börja meningar på det sättet. Men det skakade henne att tonen var så hatfylld. En annan herre frågade hur hon kunde fläcka sitt språks blanka sköld med ord som han inte ens ville citera. Jag antar att det var den där fittan för många år sen som spökade.

Nu hade hon ett bo att gömma sig i. Det var intrycket jag fick när hon berättade om akademin. Hon sa att den var en mycket sluten värld och att hon ingenting fick yppa. Det var ju också ett ord!

Den här akademins ledamöter tycks ha gått ner i katakomberna när radikalerna spyr gift på den, sa jag.

På *henne*, rättade Lillemor mig.

Va?

Dom säger *hon* om Akademi-en.

Att dom pratade persilja förvånade mig inte. Hon tycktes ha hittat hem.

Nattljus Struktur Flöde

Det var natt när jag mötte honom. Siljans stora vattenskål darrade av ljus och himlen var juninattsblank. Från graven doftade det tungt och sött av vissnande rosor.

Jag har länge tvekat att skriva om honom. Han tog sig in i mitt liv den där natten. Inte i Lillemors. Men så sammanflätade är vi att jag ändå i boken om henne till slut skriver om honom. Jag vill egentligen inte. Men jag är tvungen att göra det.

Hon ringde mig strax efter tolv från Stiftsgården i Rättvik. Kunde jag hämta Musse som sjöng när hon hörde midnattsmässan? Ylandet hade från Lillemors rum trängt ända ner i kapellet.

När jag kom fram stod hon utanför entrén med tiken i koppel. Hon lämnade henne till mig och skyndade tillbaka in. Jag vet inte varför hon tog en sån där två och ett halvtdygns retreat på Stiftsgården. Skulle hon böka med Gud om vårt kompanjonskap? Jag hade sett Sissela Boks Lying hos henne. Moral choice in public and private life. Jojomensan. Men jag kan inte säga att den oroade mig för nu skulle det kosta henne alldeles för mycket att bekänna offentligt. När jag frågat henne om hon läst den hade hon sagt att det var

Sunes bok. Han hade haft en sanningsnatt igen. Nu gällde det otrohet i Tanzania med en av biståndskollegorna.

Men det är ju flera år sen.

Jag tror inte det är slut än, sa hon.

Bryr du dig inte?

Joo, det gör jag väl.

Det lät som om hon tänkte efter om hon verkligen gjorde det.

Så du kämpar på med Sune Sanning i alla fall. Det är inte riktigt likt dig.

Man förändras, sa hon och tillade sen nästan muntert: Var huld om han är huldhet värd, om icke var det i förtreten. Nej, den som leende citerar Lenngren tänker inte börja ett nytt liv. Det kunde jag vara lugn för. Men hon behövde gå i mässan ibland.

Det var en så fin sommarnatt. Små vågor lekte mot sten och rörde opp lukten av insjövatten. Siljan är aldrig riktigt stilla, den är för stor för att helt komma i vila. Alltid rör en ström eller en vindkåre det vatten som nu var mattblått och blev silvrigt där det svaga skvalpet mot strandstenarna bröt ytan. Musse och jag gick genom stråk av blomdoft som ibland var så starkt mättade att de plånade ut sjölukten. Tack vare Lillemor visste jag vad de flesta blommorna hette. Jag visste till och med att nattviolen vars doft nu låg och vägde mot den svaga sjöbrisen inte var någon viol utan en orkidé. Från början hade jag bara petat in växternas namn i texten därför att hon rådde mig till det, ibland nästan krävde hon det. Numera visste jag själv hur de hörde hemma i mina landskap av ord. Under tiden med Ante i hans välsignade grisranch hade följet av skogsblommor börjat vandra in i det jag skrev.

Jag hade tagit stigen som nedanför kyrkogården gick utmed sjön och jag var tacksam att jag hade blivit väckt. Juninätter

283

borde inte sovas bort. Musse och jag hade rundat hela kyrko-gården och var på väg tillbaka när jag hörde fiolmusik. Svagt först men allt starkare när vi närmade oss ett litet kapell. Men den kom inte därifrån. En man stod vid en grav och spelade. Musse var förstås genast beredd att sjunga men jag tog henne i nackskinnet och pekade framför nosen på henne med ett styvt pekfinger. Det hade hon lärt sig att lyda och hon teg mulet. Det var nog en fröjd för henne såväl som för mig att höra den där fiolen i natten. Men sjunga med fick hon inte.

Han spelade en komplicerad melodi. Jag är säker på att det i grunden var en enda låt men han gjorde variationer som han måste improvisera. Jag förstod mig inte på folklåtar men den här musiken som var både svårmodig och svårspelad påminde mig om riktigt god jazz. Inte tungsint hela tiden. Det kom partier som lekte i nattljuset och förändringar av ursprungstemat som man inte kunde uppfatta som annat än humoristiska. Här var en som kände sorgen och smärtan och som också vågade leka kring den.

Han stod framför en grav som nyligen lagts igen och där kransarna och buketterna låg kvar efter begravningen. Bred-bent och stadig stod han i gröna kanadabyxor med många fickor. Han hade en t-tröja med texten Cewes Cement på ryggen. Han måste ha blivit varm när han spelade för jag såg att han lagt ifrån sig en rutig flanellskjorta på gravstenen intill den nyupptagna graven med dess blommor och guldtextade band.

Hans ben var korta och fast han hade byxor på sig syntes det att de var muskulösa och välsvarvade. Eller minns jag dem från senare tider och dagar? Hans tunga buk kan jag väl inte ha sett då för han stod med ryggen mot mig. De kraftiga axlarna, lockarna i det svarta håret som ringlade ner en liten bit över öronen såg jag. Och fiolen spelade, den spelade som om det var han som var redskapet åt den. Den sjöng, den kvintilerade och tog djärva steg som om förutsättningen för dess dristighet låg just i att han som höll i den stod så stadigt på kyrkogårdens grus. Han var en klippa och ur klippan brast musiken fram och i den hans sorg. Kanske också hans glädje. Vad visste jag? Egentligen ville jag ingenting veta för om jag gav mig tillkänna och vi började prata skulle musiken tystna. Jag tog opp Musse i famnen för hon darrade nu av lust att yla. Sakta drog jag mig tillbaka till en grav med en stor liggande sten. Där satte jag mig med henne och hoppades att han inte skulle vända sig om utan att vi skulle få förbli osedda och lyssnande. Den lilla skälvande hundkroppen kändes varm mot mina bröst. Jag fick den befängda idén att hon var en utväxt av mig, ett själsöra som hade brutit fram ur min kropp. Sånt minns man. Men jag kan inte komma ihåg när han fick syn på oss. Dock hans första ord. Dem är det svårt att glömma.

Vem fan är du då?

Han hade lagt ner fiolen i fodralet som låg på kanten av graven och där hade han också en flaska som han tagit opp. I sommarnattsljuset var det ingen tvekan om att det var en kvarting renat. När han halsat svängde han på kroppen för att titta ut över kyrkogården. Jag tror han tittade efter vattnet. Men där satt jag.

Vad fan gör du här sa jag!

Lyssnar, var det enda jag kunde svara.

Då ställde han tillbaka flaskan mot en krans och tog opp fiolen igen. Med stråken gjorde han en mycket tydlig gest.

Stick, sa han. Det här är inte för dina öron.

Nehej, sa jag. För vems är det då?

Försvinn, sa han. Helst fort.

Då hoppade Musse ur min famn och ställde sig att skälla på honom. Han vände oss ryggen och började stämma. Det var inget annat att göra än att ta hunden i kopplet och gå. Men när jag kommit utom synhåll för honom gick jag inte ut den väg jag kommit utan tog mig bakom det lilla vita kapellet och satte mig där på en låg stenbård som kantade en grav. Här kunde han inte se mig.

Men han spelade inte längre för han tycktes ha blivit störd på allvar. Det var ensamheten han ville ha, nattljuset och det nästan ohörbara sorlet från Siljans vatten mot strandstenarna när han spelade. Inte åhörare. När jag förstod att han höll på att packa ihop och när hans steg efter ett tag hördes i gruset reste jag mig.

Löjligt nog kom vi ner till parkeringen samtidigt fast från två olika grusgångar som knastrade i natten. Musse började skälla mot hans satta gestalt invid en skåpbil, en skamfilad Isuzu. Nu stod han och drack ur flaskan och han skrattade åt Musse.

Det var en jävla hunn å va arg!

Det är hon inte egentligen, sa jag. Men det är natt och hon hörde ju dig däroppe. Du lät ju inte vänlig precis.

Ojojojdå, en sån här liten hynna ska man dutta med förstås. Kom hit du!

Nu morrade Musse åt honom och strök öronen. Han skrattade.

Va fan gör ni två här egentligen, sa han. På körrgårn. Mitt i natten.

Vad gör du själv, sa jag.

Han räckte mig flaskan och jag drack.

Spelar, sa han.

Ja, jag hörde det. Du spelar bra.

Jag spelar för en man som var bättre än jag. Han dog för elva dar sen.

Sa han det då? Jag vet inte längre. Kanske. Så småningom fick jag ju reda på alltihop: hur han hade fått veta att han var oönskad vid begravningen, att den gamle spelmannens religiösa släkt inte tyckte om deras musik och dessutom trodde att Rusken inte kunde hålla sig nykter. Men han hade velat hylla den man som han lärt sig så mycket av trots att han var från en av rättvikssocknarna. Och han hade älskat gubben så högt. Rusken. Det var det namn han använde om sig själv. Men han spelade inte bara fiol som Chuck Berry gitarr utan var också en man som vågade använda ordet älska.

I hela mitt skrivande liv har jag fått iaktta stränga regler och hålla den linje som Lillemor predikat. Jag har fått stuva om och flytta stycken, ja hela sjok (som hon kallar kapitel) och korta ner och lägga till och stöka med texterna efter hennes – ja, man får väl kalla det logik. Jag har förklarat för henne att livet inte är logiskt, det rör sig inte framåt på linje och minnena är inte strukturerade. När våra intryck hamnar i minnesbanken lägger de sig inte i någon ordning alls. I varje fall ingen som vi kan urskilja. Vad minnet än är så är det aldrig tillgängligt på befallning. Det är ett nattglim som måste ha skumring för att öppna sig och det slår opp sin slutenhet först när det skymmer för förnuftet.

Den egendomliga, förmodligen associativa, ordningen därinne (därnere?) har alls ingenting med rationell struktur att göra. Men Lillemor har envisats med att även om livet inte har struktur så ska romaner ha det. Inte alla har jag påpekat. Det finns de som inte ens har en urskiljbar kronologi. Jag har nämnt romaner som Márquez Patriarkens höst och hon har näbbigt fyllt i med Finnegans Wake och sagt, som något alldeles avgörande:

Det är inte den sortens romaner vi skriver.

Det kan hända. Jag är fullt klar över att jag inte är någon James Joyce. Men lite mer nyskapande tror jag faktiskt att jag hade blivit om hon låtit mina texter vara ifred.

Eller också hade det inte blivit nånting alls.

Det där borde jag stryka. Men det kan få stå där så länge. Än är det långt kvar. Jag har kämpat med den här biografin eller – med hennes finakademiska ord – *minnesteckningen* i bortåt tre år nu. När jag har kommit så här långt vet jag att jag kan skriva utan att ha henne över mig. Fast lagt till har jag förstås gjort och dragit ifrån och flyttat och stökat om efter bästa förmåga, för det finns sannerligen spår av hennes reglementerade ordning i min hjärna.

Jag kan. Jag skriver på mina spiralblockspapper och efter ett tag skriver jag in det på datorn. Först nu när jag ska skriva om Rusken tar det emot. Om honom skulle jag inte vilja skriva alls. Eller också berätta i ett flöde av hetta och sorg och nattblommors doft. Av grusets knastrande och brännvinslukten ur hans mun och junimorgonens kalla dimmor. Det finns därinne i mig alltihop. Jag frös. Min hud hettade. Feber? Ja –

Men det blir väl det vanliga: struktur. För jag har insett att boken inte kommer att drabba henne annars. Och den kommer inte heller att sätta fart på kulturetablissemangets skvaltkvarnar av upphetsat prat om den inte är läslig på hennes sätt. Den ska göra ont. Så som hon gjorde mig ont.

TACK. I ALLA fall tack. Hon erkänner att jag arbetat med hennes texter och haft inflytande på dem. Lillemor läser åter raderna som handlar om hennes arbete, men omläsningen förringar det snarare. Hon tycker att hon blir framställd som en kompetent förlagsredaktör. Men det är i själva verket värre, mycket värre. De har varit som två krukväxter planterade i ett alltför litet kärl. Rötterna har slingrat sig om varandra och filtat ihop sig. De har försökt suga på varandra när det blivit för trångt och näringsfattigt. Men vem snyltar mest? Vem utgör huvudnäring åt den andra?

Det är torsdag. Det är den torsdag före tillkännagivandet då akademien deklarerar sig. Då gör var och en sitt ställningstagande och det går knappast att ta tillbaka. I år hänger nobelpriset antagligen på en enda röst. Hon räknar på fingrarna. Hon kan inte se sina egna fingrar med annat än Babbas ögon nu, ser dem välfilade och blanka av skärt nagellack. Det är som minuterna efter en film; man tycker att man rör sig med en kamera riktad mot sig.

Räknandet leder henne fram till slutsatsen att resultatet hänger på hennes röst. Då beslutar hon sig för att gå på sammankomsten. Det är hennes plikt. Om hon tar en taxi finns det inget som säger att Max skulle upptäcka att hon är kvar i stan.

289

Nu är det med ens en så skön dag. En pliktens, vanornas och hemkänslans eftermiddag. Hon gör en omelett till lunch. Två ägg, en matsked vatten, en grädde. Salt och svartpeppar. Smular lite fårost som blivit över i den. Ströar med en burk franska örtkryddor. Hon väljer en diskret tartanmönstrad kavaj. Tyget har en milt röd rutning med mörkgrått och vitt och till den tar hon en vit sidenblus, grå byxor och svarta pumps med moderata klackar. Lukten i taxin, Källargränds avskildhet, stentrapp-stegen upp till porten, fingrandet på porttelefonen och den välbekanta vänliga rösten – alltsammans är nu och alltid. Hissen knirkar inte som den gjorde förr i världen, den är reparerad och moderniserad. Men däruppe är allt sig likt och sluter sig omkring henne som den evärdlighet som Gustav III begärde så hett. Han instiftade inte akademien, han instiktade den. Härinne finns andra ord, tider, skuggor och röster.

Hon kommer in i Nobelbiblioteket och när hon har hängt av sig kamelhårsulstern och Kenzosjalen går hon på den röda mattan över stengolvet fram till bibliotekets läsrum. De har nästan alla kommit. De reser sig och hälsar men inte med det moderna kindpusslafsandet utan sirligt. De gamla har lärt de unga. Här vilar förflutenheten över alla ting, rörelser och röster. Den är som en lätt dimma och den gör nuet mjukt och sluter sig om dem med löften om ostörd evighet.

Tidskrifter prasslar, låga vänliga röster hörs. Hon vet att här har funnits agg genom åren. Men inte just nu. Här tycker dom om mig, tänker hon och känner sig som en liten avhållen hund. Gammal hund förstås.

Sakta börjar de troppa in till sammanträdesrummet. Lille-mor blir lite efter för hon måste sätta på hörapparaten så att den välkända lilla signalen hörs. När hon ensam går över det silvergrå skurgolvet i Börssalen tänker hon på första gången hon var här, på rädslan som snabbt gick över och upphetsningen som var som kolsyra i ådrorna. Här har hon alltid blivit behandlad med älskvärdhet. Visserligen misstänkte hon i början att de skulle ha bemött en ambitiös skolflicka som var prao i Nobelbiblioteket på samma sätt. Men här härskar ju senioritet som hierarkisk princip så hon har med varje år stigit en bit i graderna. Vördnaden gäller även de senila för atmosfären är ömsint. Man komplimenterar varandra för det senaste som getts ut i skrift eller som sagts från talarstolen i guld och vitt därute i Börssalen. Ute i råkylan, blåsten, avunden och pladdret kan man bli kallad en pottmodern humbug. Härinne är man en människa av värde och värdighet.

Utanför de höga fönstren står höstens grådager som laveras med sotpigment och tätnar till skymning. Trångsunds och Stortorgets husrader liknar kulisser på en gammal teater. Det finns inte längre någon värld därutanför. I så fall bara på långt håll.

Hon går fram till den vita karmstolen med blå sammetsklädsel som är hennes. Inte för att någon sagt det, inte ens första gången hon var här. Då satt hon långt nere vid bordet, nu nära sekreteraren. Det är hennes ålder som sakta har skjutit henne uppåt. Men hon minns gärna riksmarskalken som också var riddare av det blå serafimerbandet, en munter och lättsam herre. Han satt allra längst ner och flyttade sig aldrig. Det finns subtila sätt att hävda sig i en hierarki. Ett är att ställa sig hors catégorie. Redan från början brukade hon flörta med honom därnere.

Nu öppnar direktören sammankomsten med ett mycket lätt klubbslag. Dagordningen har många punkter och Priset kommer längst ner. Man behandlar inte precis tillståndet i fastigheterna (hängrännor, avlopp) som man gjorde på det första sammanträde hon var med om här. Men hissen i ett av akademiens hus nämns. Ett par ansökningar ska anmälas för att avslås. En segdragen kamp med kammarrätten om permutation i en av prisfonderna ska bli redogjord för. En eventuell nyanställning i biblioteket förebådas. Man ska genom de trygga vardagligheterna beta sig ner till deklarationen om årets nobelpristagare för att övertyga varandra om att denna akademi inte faller undan för modernitetsjäkt och löpsedelstänkande.

Nu får sekreteraren ordet och han läser anteckningen. Så kallas protokollet och det kommer alltid att kallas så. Som så ofta tappar Lillemor tråden under läsningen och sjunker ner i en utomvärldslig dvala. Hon är inte ensam om det. I det bleka ljus kristallkronorna fördelar ser flera ut som sovande sälar på ett isflak. Ibland ser de med blanka eller rinnande ögon på den talande, sekreteraren eller direktören. Sen gungar de in i sin eftermiddagsdvala igen. Lillemor kommer att tänka på att stora delar av Gamla stan inklusive riksdagshuset står på pålar i dyn. Hur kan vi i en så sviktande tillvaro tro på evärdlighet? Att samma vita bordsskiva ska ta emot samma lätta klubbslag och samma pendyl klinga svagt, att vi ska somna in den ena efter den andre och bli ersatta av andra släta sälar som gungar omärkligt och får silverskallar och börjar glömma sitt eget telefonnummer men inte den vedersakare som en gång satte dem i tredje förslagsrummet i en professorskonkurrens.

Då kommer ett knivstick från verkligheten: Babba vill henne ont. Babba vill fördriva henne ut ur detta fredade hörn av världen.

Men när hon hör pendylen klinga sitt halvslag undrar hon om någon härinne kommer att tro på Babbas bok. Här finns ju en orubblig lojalitet. Det här är inte som ett politiskt parti där man efter valnederlaget skalperar varandra och slänger fram de blodiga resterna av ett verkställande utskott på kongressen. Här är själva andan sammanhållning. Här går det på hedern att inte tro på den andres ord. Och ingen törs fresta på en annans heder.

När man mycket omsorgsfullt har tagit ställning till problemet med hissen, när punkt efter punkt har genomgåtts och följts av beslut, när anmälan efter anmälan med pedantiskt nit har avverkats då släpper direktören dem lösa på deklarationerna. För nu har akademien bevisat för sig själv att hon inte jäktar. Hon tillämpar inte massmediala principer. Deras deklarationer är en smula garnerade. Det kan vara med komplimang åt Nobelkommitténs ledamöter för deras arbete med utlåtandena. Det kan också vara en stillsam utvikning i nobelprisets historia eller helt enkelt en reverens åt sekreteraren när man följer hans prioritering i utlåtandet. Sällan garneras med någonting som syftar tillbaka på hängiven läsning. Lillemor får en liten raptus av ilska. Hon läser alltid nobelkandidaterna. Det hör till skolflicksbeteendet och det sitter i. Förresten är hon tvungen; hon sitter ju i Nobelkommittén.

Nu vet de hur det blir. Det hängde när allt kom omkring inte på en enda röst. De har inte fattat det formella beslutet än, men pristagaren har blivit en person som de diskuterar när direktören avslutat sammankomsten och de troppar ut. Har han fru eller pojkvän? Kommer han att hålla sig med ett stort entourage? Nåja, det är Nobelstiftelsens sak. Lillemor tänker medan hon får hjälp på med kappan av sekreteraren att endast ett besked om obotlig cancer kan förändra en människas liv lika radikalt som det beslut de nu bundit sig vid att fatta nästa torsdag.

Gatstenarna är våta och hala på vägen ner mot Freden. Hon håller en mycket gammal professor under armen. De ska se ut som om han chevaléreskt stöder henne men det är tvärtom hon som leder honom rätt och en gång hindrar honom från att stupa i galoscherna framför S:t Göran i Köpmangatsbacken.

Samma känsla av avskildhet och frid får hon inte när de

kommer till restauranten och klättrar uppför trappan till de enskilda rummen. Världen har trängt in med de andra gästerna i garderoben och med personalen som serverar drinkarna. Det är den värld där Babba finns med sitt hån.

Lillemor vet nu att ikväll ska hon tung av mat och lite dimmig av vin ta en taxi hem. Och där väntar läsningen.

Hästhandlarblod Långrock och Medaljer

Han var snedögd, svarthårig och kortbent, hade tung buk och en stark, muskulös kropp. Hans händer var grova men fingrarna var viga och vänsterhanden så snabb på strängarna att ögonen inte hann följa med när de rörde sig. Hans mustasch var tjock på överläppen men från mungiporna hängde den ner i två tampar som smalnade till strimmor. Den här första sommaren med honom åkte jag på spelmansstämmor och bröllop, på bygdespel och två musikfestivaler. Med husvagnen efter Isuzun reste vi till den krusade och pyntade högkulturen i Tällberg, Leksand, Mora och Rättvik, men vi skumpade också på krokiga grusvägar till Bingsjö och till byar ute på fattigskogen med de glimmande vattnen.

Hans far hette Utmes Johan Larsson och släkten hade haft ett åttondels mantal sen långt före laga skifte och fått så få barn att gården inte råkat ut för alltför många delningar vid arvskiften. Egentligen hette han själv Utmes Lars Johan Larsson men det ville han inte veta av. Men han tillät att man kallade honom Lasse.

Han var alltså till hälften sprungen ur ärlig svensk allmoge men de höga kindknotorna och de snedställda ögonen kunde leda tanken till att finnar och samer fanns med i hans ursprung. Men för att på en gång säga som det är så brukade resande hästhandlare få svartögda ungar. Han berättade att hans mor varit en mörk skönhet från Orsa finnmark som blivit gift med detta åttondels mantal i en välmående Rättvikssocken och att det hade surrats mycket om hennes ursprung och varför en god Rättviksbonde hade gift ner sig på det sättet.

Vilken bondsjatte som helst är ju alltid förmer än en som kommer från det rörliga folket, sa han beskt. Men hur skulle det gå om vi alltid höll oss till de våra?

Ja då levde vi väl i ett land fyllt av bleka, blågråögda, knotiga torparättlingar med stora händer och fötter och med hår i färg med halm eller råttpäls, sa jag.

Gör vi inte det då?

Lasse var en mycket stolt man och det var på morssidan hans värdighet och självaktning låg. Morbror och morfar hade lärt honom spela fast fadern, Rättviksbonden, inte ville tillåta att han åkte opp i finnmarken på skolloven. Men så blev det, fast det till slut krävdes att han rymde när han började bli arbetsför på gården hemma.

Morbror hette Lindgren och kallades Rusken, varför visste jag till att börja med inte. Han spelade på bröllop och dans och bar då svart kostym med silverknappar, vit skjorta med flaxande kragsnibbar och med en röd sidenhalsduk instoppad i öppningen. Lasses morfar hade haft en liknande utstyrsel när han spelade på bondkalasen, fast med en svart stormhatt som med åren blev rätt luggig. Han var veterligt den förste som kallats Rusken och han lärde Lasse Orsalåtarna redan innan pojken konfirmerats. Rättvikssocknarnas låtar började han med när han kommit igång att spela offentligt. Han var ofta andrastämma åt en av de riktigt stora spelmännen, den vid vars grav han stått och spelat om natten.

Han blev själv stor. Spelade andrastämma åt en man från en grannsocken som tillika satt i förstafiolstämman i Hovkapellet och var riksspelman med Zornmärket i silver. Det var han som rått honom att bära rättviksdräkt när han spelade opp för nämnden. Och när Lasse själv blivit riksspelman lät han sy sig en långrock med axelbroderier. Då bar han mollskinnsbyxor med tuppor i banden vid knät, broderad linneskjorta och väst och han hade handgjorda skor med plös och silverspänne. Men utmärkelser och riksspelmansskap till trots var han mest stolt över att nu kallas Rusken oppe i Orsa finnmark. För så långt hade han kommit med sin morfars och sin morbrors låtar att det nu var han som bar hedersnamnet.

Det svarta hästhandlararvet syntes också när han var oppklädd och blev ännu tydligare när han drog av sig den broderade linneskjortan. Armar och nacke var raggiga av mörkt hår. I nacken såg det mjukt ut. Man kunde få lust att ta i det på bägge ställena för att känna skillnaden. När vi var ute var det inte svårt att se att fler än jag kände den lusten. På magen och ner mot skrevet hade han ett svart kors av hår och i det vilade hans vackra kuk så fint när han var nöjd.

Han var svår på fruntimmer och säkert van att få som han ville. Men jag var redan den där natten på bilparkeringen nedanför Rättviks kyrka övertygad om att det var jag som skulle få honom. Fast han inte visste det beseglade vi det med de sista klunkarna ur hans kvarting. Det dröjde ett tag innan det blev allvar. Och när jag började åka runt för att lyssna på honom kände jag mig förvissad om att han skulle bli min och bara min. Jag förstod ju hans musik mycket bättre än fjomporna som hängde omkring honom.

Mitt utseende kände jag aldrig som något handikapp. Det skulle ju inte pryda tidningsintervjuer eller förlagsannonser. Förresten hade jag ända sen ungdomen anat att skönhet kunde verka sexuellt hämmande. Hermans fästmö hade på sin tid varit väldigt söt. Jag hade sett fotografier och begrep mycket väl att hon måste tänka på hur hon tog sig ut när hon la huvudet bakåt och när hon särade på benen. Hennes utrop och kvidanden måste ju passa ihop med hennes blonda sprödhet.

Men min kropp passade ihop med Lasses utan att jag behövde åma mig. Vi var stadiga båda två. Jag visste att vi skulle komma att ge varandra mycket njutning, mer än någonsin de där som var snygga kunde skänka honom och mer än jag någonsin fått i mitt liv. Ändå hade jag varit långt ifrån vanlottad.

När jag lyssnade på hans spel satt jag långt fram på en för det mesta rygglös bänk. Gräset var fuktigt och nyslaget och doftade så starkt att det nästan kändes fränt omkring oss. Då var jag säker på att få honom. Men på en gång blev det inte av fast jag gärna hade velat det. En natt, i hans husvagn, var det nära. Men han blev för full. Fast på morgonen skedde det till slut. Då måste han göra ett avbrott och gå ut och veva ner stödbenen för att inte vagnen skulle gunga så häftigt.

För Lillemor höll jag honom lika hemlig som jag hållt mina andra karlar. Antagligen hade hon trott att jag bara hyrde rum hos Ante och att vi satt i platonisk vänskap och spelade Alfapet på kvällarna. Hon klagade nämligen på mina kärleksskildringar. Särskilt sen vi i Finanstidningen hade fått en recension som mest var ett utbrott av vedervilja. Där hade det stått att jag, det vill säga hon, var frigid. Finanstidningen brukade tjäna som pissränna åt Svenskan och det här måste ha varit för starkt för den finare tidningen som antagligen refuserat det. Lillemor grät först och levde sen rövare om att vi måste skriva mera om kärlek. Men jag sa till henne att nu skriver jag om mödrarna till mina Ormspottsbarn och dom mammorna är livrädda för storstrejk och arbetslöshet och fäder som rymmer från hela helvetet. Ett barn till kan bara betyda svält. Då blir man inte särskilt utlevande även om man kan ha starka känslor. Och med det fick både hon och Finanstidningen nöja sig.

Att skriva om hur folk knullar eller man själv gör det är inte svårt. Och det var väl egentligen det man efterfrågade och efterfrågan styr marknaden sägs det. Hur blev vi ett folk av gluttare? Kärleken är hövisk och håller sig hemlig. Den är för två. Den är inte för dem som vill titta på. Sommaren med alla spelningarna och resorna mellan dem var hektisk. Efter att ha spelat på estraden och efter buskspelet och tagit emot alla närmanden av beundran och rent ut sagt närgångenhet brukade han sätta flaskan för munnen när han kom in i husvagnen. Han tog en klunk och slukade en varmkorv med bröd som han fått med sig in och tog en klunk till och sen den andra varmkorven som jag räckte honom.

Jag kan fortfarande minnas lukten av nertrampat gräs och korv med senap utanför stånden som slagits opp i folkvimlet vid spelplatserna och lukten av brännvin och öl ur hans mun och av sena blommor när sommaren mörknade: rölleka, vänderot, kungsmynta och till slut renfanan som härskade ensam på dikesrenar med grovt gräs.

När sommaren med sina begivenheter var över hade han spelat sig igenom Bingsjöstämman i början av juli och stämveckans alla evenemang och alla andra spelningar fram till början av september. Han sa att han hade gjort av med mycket stråktagel och var trött. Nu var det dags att ta vagnen och åka neråt landet och börja jobba för han försörjde sig om vintrarna som vvs-are. Själv kallade han sig för rörmokare och sa att jag hade haft stor tur för den som känner mokarn är aldrig illa ute när det blir stopp. Eller när det svämmar över för den delen. Och jag visste ju bäst själv hur svårt det var att få dem att komma.

Lasse jobbade på stora byggen i Stockholm och däromkring för det var där man tjänade de bästa pengarna. Men det tog emot för honom att åka söderut. Då gräset grovnat blev luk-

ten ur skog och myr allt starkare och den drog honom opp
mot finnmarken. Han ville visa mig Ruskmyr sa han och på
det viset fick jag veta varifrån hans spelmansnamn kom. Och
så drog vi iväg med Isuzun med hans stora Bjølseth efter oss.
Första kvällen åkte vi in på en skogsbilväg och ställde oss på
ett avlägg. När det blev morkt tänkte jag på att skogen slöt
sig om oss och att ingen människa i hela världen visste var
vi var.

Men vi var i Sverige, kanske i det som verkligen var och
är vårt land och som kommer att vara det när storstädernas
ljusmögel slocknat under flygplanen. Då sjunker landet åter
i sitt gamla mörker och det glimmar av spridda och svaga
ljus osynliga från flygplan – om såna fortfarande har bränsle
att köra med.

Varför tro att man åker bakåt i tiden och in i de fattiga stun-
dernas Sverige när man faktiskt rör sig i nuet och det ser ut så
här över så ofattbart stora områden. Man åker in i ett nordligt
skogsland med ett nät av småvägar, ett grusat blodomlopp för
en stor kropp med glimmande känslopunkter långt bortom
det bländande. Och säkert är ju att man åker i nuet och att
detta nu är lika giltigt för den som bor i de spridda husen och
byarna som det är för den som bor i det hårt utnyttjade, det
täta och sammanträngda.

Vi kom till Ruskmyr sent på eftermiddagen och det regnade
så fint att dropparna la en hinna av väta över våra ansikten.
Torpets små byggnader var vindätna och rödfärgen hade grå-
nat. I huset var två rutor utslagna och kikade man in såg man
att det var ett kök därinne med glassplitter och en död uggla
på golvet. Lasse stod tyst och stirrade på kalhygget bakom
huset. Till slut sa han att det hade varit mörk och tät granskog
här och det kunde jag ju själv begripa när jag såg de grova
stubbarna. När de hade begravt morfadern hade den yngsta

morbrodern tagit över torpet men han flyttade sen. Dörren var låst men han visste sen gammalt var nyckeln hängde och han tog fram den och låste opp. Stuglukten som slog emot oss var skarp.

Det är lekatten, sa Lasse. Han har väl farstun till dass och bor i köket. I alla fall om hösten då råtten söker sig in.

Vi stod frusna och såg på järnspisen som hade ett rävrött lager av rost på ovansidan.

Det var en vacker liten spis en gång, sa han och följde med fingrarna ugnsluckans utsirning och bokstäverna Marieholm. Sen stod han en lång stund och stirrade ner i en skitig trasmatta.

Vi drar, sa jag.

Vi gick ut igen och när han såg ut över hygget sa han att tjärnen måste väl vara kvar i alla fall. Sen blev han stående och såg tigande på hyggets bråte av sten och stubbar och på snåren av hallon och på mjölkörten som för länge sen släppt sitt dun och börjat rodna. Jag tänkte att vi aldrig borde ha åkt hit och att vi gjorde klokast i att ge oss iväg så snart som möjligt.

Det var gott om fisk i tjärn förr, sa han. Stora mörka bestar. En del hade lus i skinnet som såg ut som silvernitar. Det var nåt som morfar berätta om fisklusen. Nånting...

Men han tycktes inte komma åt minnet utan fortsatte i nyktrare ton:

Nu letar vi mask och försöker få opp ett par öringar till middag.

En tät och fränt luktande fäll av höga nässlor bakom lagårn visade var dyngan hade skyfflats ut förr i tiden. Där grävde vi och fick ihop en del mask fast Lasse tyckte att den var mager. Sen gav vi oss av över hygget och det var styggt att gå där.

När vi tagit oss över stenstalpen och risbrötarna blev marken myrlänt med gles skog av små tallar och förvridna granar.

Det växte skvattram som ännu doftade starkt fast blomningen var över och odonriset bar blådaggiga bär. Det fanns svamp här och var, mest rynkad tofsskivling och röd flugsvamp som bredde ut sig och blev allt gulare. Här hade man bara huggit till husbehov och det för länge sen; stubbarna var överväxta med grå lav och lingontuvor tyngda av mörkröda klasar eller med ett gytter av brungul honungsskivling. Tjärnen låg djupt nerskuren i myrmarken med branta och skarpa stränder. Lasse blev stående med spöt i handen vid vattnet som var stilla och svart och sa:

Här finns ingen fisk.

Den kan nog finnas där fast den inte vakar, sa jag. Så här på hösten går dom ner mot botten och letar efter sländelarver.

Men det var som om han hört nåt annat än det jag sagt för han svarade:

Du har rätt. Här har allting sjunkit ner i glömskan.

Och sen vände han tvärt och sa som jag hade sagt däroppe i stugan:

Vi drar.

Det gjorde vi och han såg sig inte om när han körde ut från torpet. Vi skulle ut på stora vägen till Mora och Rättvik och vi åkte med både hyggen och tät skog på sidorna. Han sa att det var Orsa besparingsskog och vi fick kroka länge på vägar som också förde oss genom byar med få hus och fallfärdiga lagårdar. Men bilar stod det på gårdarna så här levdes ett liv fast jag tyckte det verkade som Gud hade glömt dessa trakter. Men Lasse svarade att de hade hamnat i armodet därför att regering och riksdag tog statliga skatteintäkter från skogsbolag, gruvor och kraftverk så att ingenting blev över åt de små kommunerna som egentligen ägt dessa resurser.

Men i glömskan är dom, sa han. Det har du rätt i. I sorgen och glömskan.

Sen reste vi tigande vilket vi inte brukade göra. Först när

vi kom fram till Noppikoski piggnade han till och sa att han var hungrig. Vi åt korv och potatismos på ett ställe bredvid macken.

Nu vill jag inte fara tillbaka till Rättvik på en gång, sa han och strök med avigsidan av handen bort senap kring munnen. Jag tycker vi vänder och far norrut.

Mot Sveg?

Ja, fast bara till Bånn, sa han. Där har jag min yngsta morbror.

Jag letade på kartan efter byn och sa att det bara fanns ett stort vatten som hette Bondsjön och en by som hette Bondsjöberg.

I helvete den heter så, sa Lasse. Det har nåra lantmätare hitta på. Dom stövla väl omkring här utan att fråga en enda jävel som bor här efter ställenas rätta namn. Sjön hette och heter Bånn och byn heter efter den, vad det än står på kartan.

Det var hat i hans röst. Jag tänkte att det kanske inte var så lätt för honom att fara i de här trakterna som hans musik kom ifrån. Vi hade knagglat in på en grusväg som varade i åtta kilometer och byn hittade vi inte vid sjön som jag trott utan tätt sammanbyggd på ömse sidor om vägen. Här hade man nog fått rätta sig efter både storskifte och laga skifte vad gällde åkrar, betesmarker och skog men husen i Bånn höll samman om en gammal gemenskap kring vägen som kanske en gång inte varit mer än en fägata. Det var rätt mörkt i fönstren, bara en och annan prydnadslampa glimmade mellan gardiner.

Han stannade vid en rad byggnader av vilka en verkade vara en husvagn med trappa opp till dörren. Det fanns en skylt på det största huset, påtagligt hemgjord. I mörkret såg jag bara de största bokstäverna: BEGAGNAT. Jag var sömnig och fattade inte annat än att det var fråga om bilar för inne på en gård stod det många parkerade, en del med gräs som vuxit opp kring hjulen. Lasse sa att vi fick stå vid vägen

så länge och vara tysta så vi inte väckte opp hans morbror och moster. Men så fort jag stängde bildörren började minst två hundar grovskälla inifrån gården och snabbt visade sig en lång karl på bron till största huset. Han var klädd i undertröja och kalsonger, ett blågrått underställ av den sort som på klädstrecken i finnmarksbyarna visat att det fortfarande fanns liv i gårdarna. Brolampan slocknade hastigt, han ville tydligen inte bli sedd. Rösten var stadig och djup när han röt:
Va fan gör ni här?
Ställ ifrån dig bössan Evert, sa Lasse och klev fram till bron. Sen blev det en häftig omfamning och hårda klappar i ryggen och Lasse sa att det här är Babba när jag kom fram. Kvinnan som sen kom uttumlande var bara hälften så stor som Lasses morbror Evert och höll på att dra på sig en ljusblå morgonrock. Hon hette Gertrud och när vi kom in i köket satte hon fram sylta och rödbetor och smör och en stor hembakad limpa. Vi drack mjölk till och Evert och Lasse tog varsin sup. Klockan var nästan tre på morgonen när Lasse hade berättat om sommarens spelningar och vi skildes åt. Men om besöket i Ruskmyr hade han ingenting sagt.

Jag vaknade sex som vanligt och ville inte somna om. Om det här nu var vad som återstod av Lasses familj, ville jag inte ge intryck av att vara en som sov bort förmiddagarna. Han hade sagt åt dom att jag skrev artiklar och sånt och det var ju också vad han själv trodde. Vad folk tänkte om författare visste jag nog. Men jag steg opp varje morgon och satte mig vid galäråran och rodde mig fram i berättelserna:

O taktfast taktfast!
O min årtull, jag sliter dig taktfast!

Ekelöf måste ha vetat nånting om det här arbetet. Fast det var förstås mest dikter han skrev. Men kanske är det en del slit med dom också. Lasses ingifta moster var den minsta kvinna jag nånsin sett. Hon var tunn och så snabb i rörelserna att hon liknade en ärla när hon trippade fram mellan bodarna som var hennes livsval och försörjning. Loppisar som det nu skyltas om i varannan gård på landet fanns inte då. Men Gertrud hade kommit på att ta emot saker i kommission och sälja dem. Från början hade det bara varit möbler och prydnadsting. Men när affärerna börjat gå bra hade hon utökat lokalerna från det stora boningshuset till en lada och till ett hus som hyst förre ägarens föräldrar som haft föderåd på gården. Så småningom hade hon också tagit större delen av lagården i anspråk. Där fanns sånt som gräsklippare och redskap av olika slag men också några skotrar och mopeder och där var Evert inblandad i hennes affärer. I den avställda husvagnen med trätrappa snickrad av Evert sålde hon verktyg och elektriska apparater och till dem räknade hon tydligen julgransbelysningar.

Jag gick förundrad omkring i de olika bodarna och såg på alla hyllor, lådor, klädhängare och ställ med sånt som skulle avyttras. Där fanns fårpälsar, mattor, bonader, kuddar, sälskinnshandskar, adventsstakar, snöskor av bambu, lusekoftor, fiskespön och kopparkärl. Jag såg sammetsaktiga bonader med hästar, hundar och rosor som motiv, jultomtar av trä, plast och målad gips, påsktuppar, nysilverställ att ha pappersservietter i, kaffekoppar med målade violer och guldkant och fyra tekoppar med fat som sannerligen inte var nåt annat än Stig Lindbergs Bersåservis. Vaser fanns det hundratals, likaså kastruller, gräddkannor, tillbringare och spilkummar.

Lasse följde leende med och berättade om hur rörelsen växt. I byn fanns det förstås ett stort skvallervärde i att gå in och titta på vad som fanns till försäljning. För på varje föremål satt en kombinerad bokstavs- och sifferkod i stället för ägarens namn. Men byborna hade snart luskat ut vilka grannar som dolde sig bakom beteckningar som G17 och F5.

En by behöver nåt att samlas kring, sa Lasse. Det finns ju inga gemensamma anordningar längre. Postkontoret är borta för länge sen och affärn är nerlagd. Men här har man nåt att tala med varandra om och det är full fart med utsocknes besökare på sommarn.

Till att börja med hade affären BEGAGNAT – MÖBLER KLÄDER PRYLAR varit en angelägenhet för det närmaste grannskapet. Nu kom det folk bortifrån för att köpa och en del kom för att lämna i kommission.

Jag köpte ett gökur i stället för det som jag hade slagit sönder i Örnäs, de fyra tekopparna ur Bersåservisen, en silkessammetsbonad med två King Charlesspaniels i en korg och en hel låda med böcker, bland dem Erskine Caldwells Tobaksvägen. När jag kom in i husvagnen och satte mig med den upptäckte jag att det var originalutgåvan från 1945. Då kom det förflutna tillbaka till mig och jag mindes när jag första gången läste Tobaksvägen och hur han skildrat fattigdomen som både dråplig och gripande och att jag häpnat över att han vågat göra så. Och jag mindes Olov Jonason som översatt den, hans noveller i Parabellum. Jag tror att de skrevs under det som då hette beredskapen, ett tillstånd som säkert hade varit urtråkigt trots det lurande ockupationshotet.

Jag tänkte: ni är väl glömda eftersom man hittar er i en papplåda med påskriften BÖCKER 10 KR, glömda som Lillemor Troj kommer att bli glömd och såld eller rentav bortskänkt i papplådor. Men ni skrev för att besegra ledan och livets malande upprepningar och den själens gråstarr som alltid hotar att släcka vår livslust. Ni gjorde det bra dessutom. Bättre än jag, men jag ger mig inte i alla fall. O taktfast taktfast!

Jag satt länge i husvagnen med de rester av det förflutna som jag kommit över. På andra årtiondet hade de största och nordligaste delarna av Sverige börjat tömmas på folk och processen var långtifrån avslutad. Åkrar växte igen, hyggen bredde ut sig, stugor blev tomma och lagårdar förföll. Möbler, mattor, täcken och prylar av alla de slag blev för det mesta till sopor. Men i sina prylbodar höll Gertrud stånd mot tendensen till det mest sannolika, tillståndet av oordning som all entropi slutar i: världen som sopbacke.

Det fanns ingen värmeförlust heller, det märkte jag på kvällen då vi ätit kåldolmar gjorda på älgfärs med ljusbrun gräddsås till, nykokt lingonsylt och stora King Edward, nyss upptagna och ännu rosiga i skalen. Efteråt fick vi len saftkräm med mjölk och Lasse prisade Gertrud för gudsgåvorna. Men då sa Evert att det bara fanns ett sätt att tacka och att han visste vilket. Lasse smålog och sa att han inte skulle vara nödbedd och sen reste han sig och gick ut och hämtade fiollådan. Vi hade fått el kopplad till vagnen för Lasse var rädd om sin dyrbara fiol, den fick inte utsättas för häftiga temperaturväxlingar.

Han spelade den kvällen i salen därför att han tyckte att det i köket med den emaljerade järnspisen blivit för hett för fiolen om den skulle hålla stämning. Där satt jag på en högryggad stol och lyssnade till honom, Evert och Gertrud satt i schaggsoffan. Den första låten var sorgesam och egendomlig och hade långsamt tempo. Men sen spelade han en polska och då började de två gamla människorna röra sig där de satt och när hans spel blev ännu livligare reste sig Evert och tog tag i den lilla Gertrud och så trådde de ut på brädgolvet i några inledande steg som liknade hambons. Sen började de sno runt i polskans rytm och utan att tveka om stegen. Hon var nu mer fågellik än någonsin när den stora grova karln höll henne, men de var förunderligt samdansanta.

Evert var sjuttiotvå då och Gertrud något yngre. De hade kanske hittat varandra på en dansbana nere i Orsa finnmark när det spelades polska. Om det inte var genom fyrtiotals-jazzen de hade uppdagat sina kroppars samstämmighet. Lasse ändrade tempot, polskan blev långsammare och stegen tråddes med högtidlighet. Jag fick en svindlande känsla av att vara i nuet på det sätt som jag bara varit under de här månaderna när jag varit djupt förälskad, och samtidigt i ett gammalt land och i en gången tid.

Björkarna riste gula löv ifrån sig och rönnarna började flamma. Det var ju vackert, så det var inte konstigt att det fyllde en med glädje. Men det var inte som Harriet Löwen-hjelm skriver: än en gång skall vi bedåras av de gamla under-verk. Denna sommar var ingenting gammalt, det var som om jag aldrig sett något som ens liknade detta förr. Jag hade erfarit att en lagårdsvägg i mildaste ålderdom hade börjat tala till mig; det urgamla spruckna träet med sina rester av falurött hade uppenbarat en skönhet som jag inte förstod varför jag aldrig förr hade sett. Vattenklöverns stjärnor i myrfloarna såg jag nu i deras utsökthet med vita dunhår på kronbladen och jag insåg att jag inte vetat om den förut. Tjärnarnas vatten hade djupnat i svärta och uppenbarat en spegelvärld därnere som drog mig till sig så att jag blev rädd och tänkte att det ändå vore skönt att dö. För aldrig blir det bättre än så här.

Jag visste att det var den starka förälskelsen som gjort att jag fått ögon till att se på det här sättet, att jag fått upplevel-ser som sköt som elchocker genom kroppen och tände opp min syn. Egentligen hade jag mycket bra reda på hur det var med kärlekspassioner för jag var ju en läsande människa. Jag förstod att det skulle gå över. Styrkan i upplevelserna mattade ut mig och jag hade börjat längta efter en lugn fas, en kärlek som var en självklarhet. Jag som alltid berömt mig av att klara mig själv sökte nu tryggheten hos en annan människa och jag begrep att det gjorde mig sårbarare än jag någonsin varit. Men jag var inte rädd. Jag trodde på Lasse och mig, att vi hörde samman för hela livet.

När det blev morgon fick jag en känsla av att den lugna fasen redan kommit. Lasse och Evert var i full fart med ett avlopp som det var stopp i. De for iväg i en gammal Duett och kom tillbaka med en lång och styv stållina som de lånat av den rörmokare som Evert numera saknade förtroende för. Det var han som lagt om rören och gjort en trekammarbrunn förra hösten. Men om vintern hade det börjat krångla.

Skitkorvarna kommer tillbaka opp, sa Evert bistert.

Så Lasse stod hela förmiddagen, knappt med avbrott för kaffe, och drog stållinan fram och tillbaka från källaren ut i avloppet. Han sa att det här bara skulle hjälpa för stunden eller i bästa fall för de närmaste veckorna. Han behövde komma tillbaka, gräva opp det som en oduglig mokare hade åstadkommit för att få veta vad det var för fel. Det handlade antagligen om lutningen sa han. Antagligen skulle han behöva lägga om hela avloppssystemet och det måste göras innan det blev tjäle i marken.

De åt alltid middag mitt på dagen som man gjorde förr och vi fick fläskkorv med potatismos. Pärstampa sa farsan och det hette tydligen likadant här. Gertrud trippade mellan spis och köksbord och gav sig inte tid att äta förrän vi hade skrapat tallrikarna och lagt de skrynkliga korvskinnsringarna på kanten. Men sen satte hon sig och sa:

Åker du till hemmet?

Lasse skrattade.

Är det redan ute att jag är här?

Mer förklaring fick jag inte just då men strax efter två tog han fiollådan och en stor väska och satte sig i Everts bil. Vi for alla fyra till ålderdomshemmet som naturligtvis redan då hette något annat, vad minns jag inte. Nu heter det äldreboende, för vi blir ju inte längre gamla, vi blir bara äldre och äldre.

Jag brukar spela för dom när jag är här, sa Lasse. Dom gillar gamla låtar.

Nu trädde vi in i de gamlas tillvaro som var blank och ren med blomlitografier på väggarna. Matsalen var fullproppad med bord och folk.

Jaså, sa Lasse, djungeltelegrafen har gått. Men den utgår väl från din telefon Gertrud.

Man hade gjort i ordning ett litet podium med en stol och ett notställ, vad han nu skulle ha det till, och ett bord med en pelargon och ett vattenglas. Det var så fullsatt att vi hamnade längst fram vid ett bord där det satt två gamla, en kvinna som bara hade några tunna hårstrimmor kvar över sin blanka skalle och en liten piggögd karl med en pissfläck kring gylfen. Gumman var sysselsatt med sina löständer. Den övre halvan plockade hon ut och in och synade noga. Jag kände ett tag skräck för att bli gammal och den högg djupt. Men så började Lasse stämma fiolen och efter en stund hördes hans lugna mörka röst. De allra äldsta brydde sig inte om prat men när de första stråkdragen hördes lutade sig många längre fram och rörde sakta på sig. Att säga att de vaggade är för mycket sagt men det fanns musik kvar i deras kroppar och den livades när den mötte fiolspelet.

Den gamla gumman bredvid mig fortsatte att plocka in och ut sin övre tandgård och det blev lite svårt att se på när hon hade ätit av tårtan som personalen serverade under spelningen. Biträdena slog också opp kaffe och sen påtår i kopparna och jag förundrade mig över att Lasse hade sånt tålamod med dem. Han brukade inte tolerera att folk väsnades under spelningen och nu skramlade det när fumliga händer lyfte och satte ner kopparna på faten. Det sörplades, det sögs genom sockerbit men det dracks inte på fat. Den metoden att svalna kaffet är inte för darrhänta.

Jag tror att lukten av deras myrar var i musiken och deras heta kärlek och fyllor och hårda arbete. Men Lasse hade berättat för mig att musiken inte känner gränser och avstånd. I polskorna fanns melodislingor som folket hört genom fönstren när en herrgårdsflicka spelade vid taffeln. Där fanns musikfragment och hela melodier som var arabiska och kom ännu längre bort ifrån. De hade vandrat som vaggvisor, som dryckessånger och det var meningslöst att tala om dur eller moll för det hade ingenting med sorg eller glädje att göra.

Den lilla gubben bredvid mig som nu luktade starkt rörde armarna i en gånglåt från Orsa och glömde sitt kaffe. Men gumman med tänderna tycktes försänkt i sitt eget limbo. Lasse sa nu åt lyssnarna att hjälpa honom med repertoaren för han hade glömt boken hemma och de började önska.

Nu får jag nog ta fram mitt gamla juck, sa han och så tog han opp ett dragspel ur den stora väskan. Det gick som en elstöt genom de åldrade kropparna när han spelade Svinnsta skär. Och sen blev det jazz, ja, han kostade på dem Erik Franks Novelty Accordion och jag fattade inte hur han vågade ge sig på något så svårt. Men han genomförde den med något som jag inte kan kalla annat än ackuratess. Fast han såg lite spänd ut.

Sen var det någon som ropade: Hälsa dem därhemma! och han började lite trevande som man kan tänka sig när man kliver från Novelty Accordion till Svensktoppen men han hittade rätt och det sjöng om det granna knappspelet från Älvdalens dragspelsfabrik. Då hördes en stark och klar röst

vid min sida. Det var gumman som nu plockat in tänderna
och sjöng:

Hälsa dom därhemma,
hälsa far och mor,
hälsa gröna hagen,
hälsa lille bror.
Om jag hade vingar
flöge jag med dej,
svala, flyg mot hemmet,
hälsa ifrån mej.

När vi var tillbaka i Gertruds kök frågade jag Lasse hur såna
under var möjliga som att en dement gammal tant kunde
minnas en sång som hon hört i ungdomen. Han sa att musi-
ken är det sista som lämnar oss och kanske lämnar den oss
aldrig. Sen började han och Evert åter dividera om avloppet
och de bestämde när Lasse skulle komma igen.

Kommer du med opp, sa han om kvällen när vi bäddat
opp i Bjølsethens akter och låg hos varandra. Jag måste ner
och hämta verktyg och rör i Rättvik och Evert ska få hit en
grävare. Men det skulle vara fint om du kom med opp sen.
Jag tycker inte vi ska vara skilda åt, inte nu längre.

Jag fick nån sorts blodrusning genom kroppen och kunde
ingenting säga.

Du kan väl skriva dina artiklar här, sa han.

Det var mörkt. Lasse hade bett Evert att släcka brolampan
så att vi skulle få det här tysta mörkret utan en strimma ljus
inne i vagnen. Hans varma kropp krokade om min, jag kände
hans mage. Då visste jag att det var dags.

Jag skriver inte artiklar, sa jag. Det var bara som jag sa.

Skriver du inte? sa han förvånat.

Jodå, jag skriver jämt. Men inte artiklar.

Vad skriver du då?

Jag skriver romaner. Det har jag gjort sen slutet på femtiotalet. Jag debuterade nittonhundrasextio. Fast det var med en deckare.

Va? Det visste jag inte. Det borde jag ju ha sett.

Nej, sa jag, det kan du inte ha sett. För jag skriver under pseudonym.

Vilken är det då? Är du den där Bo Balderson?

Nejdå, bättre opp. Och numera skriver jag riktiga romaner. Min pseudonym är Lillemor Troj.

Men hon finns ju, sa han. Hon har ju sommarstuga nedanför dig.

Ja, hon finns, sa jag. Och sen berättade jag alltihop och började med deckarnovellen i bildtidningen, med Luciamordet och allt det där som hände för länge sedan.

Lasse hörde på utan att säga ett ord i mörkret. När jag kom till hur jag hittat Lillemor på Solbackens folkhögskola och vi så småningom hade gett ut en roman som inte var en deckare och som fått fina recensioner och inbringat bra med royalty och ett LO-stipendium på femtonhundra kronor, då satte han sig opp och tände lyset. Han sa fortfarande ingenting men tittade stadigt på mig hela tiden. Han såg allvarlig, nästan sträng ut men när jag kom fram till den där morgonen i Örnäs då blomsterbudet från Rättvik två gånger hade levererat buketter med blommor i nationens färger och Lillemor hade blivit akademiledamot, då började han skratta. Nog visste jag att han kunde ha roligt så det hördes, men det här var ett gapskratt som jag inte hade hört maken till under hela spelsommaren.

Det var fan det bästa jag har hört, sa han när han hämtat sig. Du är go du!

Jaså, sa jag. Men du ska inte tro att det har varit så lätt jämt.

313

Det kan jag nog begripa, men du har löst problemet. Det är det som är huvudsaken. Du har löst det, flicka lilla.

Jag visste inte vad han menade. Han sa det inte heller utan steg opp och hämtade whiskyflaskan i skåpet och gjorde som vi brukat vissa kvällar då vi ville fira nåt, en lyckad spelning eller att det gått för oss samtidigt. Han slog opp ett glas åt sig och sen värmde han mjölk åt mig på gasspisen och hällde den i en av Bersåkopparna som stod framme. Han la i en sked honung och hällde på en skvätt whisky. Sen skålade vi nästan högtidligt och han sa åter att jag hade löst problemet.

Fanimej har du inte gjort det, sa han.

Sen släckte han ljuset igen och vi kröp ihop så att han låg med magen om min rygg och armarna om mig och så berättade han i mörkret att han egentligen bara var sig själv när han spelade som han gjort den här kvällen i Everts och Gertruds sal och de dansade. Eller den där gången på Rättviks kyrkogård. Då var han den musiker han kunde vara. Då var han bäst.

Annars står han jämt i vägen för mig, sa han.

Vem?

Den där figuren i långrock och medaljer. Den där omfjäsade karln som spelar ljusa Rättvikslåtar lika behändigt som allt annat.

Han somnade före mig. Jag låg vaken och tänkte på hur väl jag förstod detta. Men det hade jag inte alltid gjort, det hade kommit först så småningom. Mycket långsamt förresten. Ändå hade jag hela tiden handlat som om jag vetat om det. Jag hade ljugit, övertalat, skrämts och kanske till och med hotat. För jag hade hela tiden förstått vad det var värt. Och nu var jag jävligt rädd om det.

NU HAR LILLEMOR bestämt sig. Klockan är halv tre på morgonen och hon är torr i mun. Hon ska inte längre gömma sig för Max utan ringa till honom så snart han kan tänkas ha vaknat. Tillsammans och med förlagets alla resurser, inte minst advokater, ska Barbro Andersson bekämpas. Att köpa ut henne vore lönlöst att ens föreslå. Lillemor vet alltför väl att Babba inte bryr sig särskilt mycket om pengar och hon skulle dessutom tjäna drömlikt mycket på den här orättvisa skildringen om den gavs ut. Den enda utvägen är att neka, säga sig vara utsatt för ett fruktansvärt övergrepp och hävda att alltsammans är lögn. Lillemors hjärna formulerar redan attacken: Förr gav man sig på döda författare och diktade ihop avslöjanden ur deras liv. Nu ger man sig alltså på de levande. Barbro Andersson som hjälpte mig med maskinskrivning i ungdomen är en pionjär.

Babbas bild av hennes liv är kanske inte till alla delar osann men falsk och orättfärdig är den – och framförallt snobbig. Babba är i sina egna ögon ett geni liksom den där svartmuskige fiolspelaren. En finare sorts människa som inte besudlat sig med maskinskrivning eller datorns ordbehandlingsprogram, med Svenska Akademiens ordlista, med språkläran, med förhandlingar om kontrakt, med korrektur, med intervjuer och presentationer och bokmässeframträdanden. Inte heller med att bli fotograferad. Framförallt inte det. Geniet

315

är nämligen inte fotogeniskt – för att säga det skonsamt. Och dessutom är den genialiska konstnärssjälen vettskrämd för recensioner. Livsvägen fram har hon balanserat sitt stora ego genom att undvika alla påfrestningar och förakta dem som måste uthärda dem. Därför gömmer hon sig. Lillemor ser äckliga bilder: en snaskande kackerlacka i sopor, en mjölbagge bland sina egna exkrementer i ett paket havregryn. Skymningslivet gör kackerlackan till en finare sort än andra. Hon adlar sig själv nere i soporna som hon kallar sin näring. Men nu ska hon slås ner som hon själv slog den skalliga råtta som i skymningen kröp fram på Solbackens gräsmatta för att äta sockerkaka.

Sillkremla Drambuie

En villa var vad jag behövde och en middagsbjudning med pampar från den socialdemokratiska kommunala förvaltningen och från det näringsliv som den låg i öm koalition med fast man inte precis låtsades om det i valtider. Jag skulle börja skriva en ny del av Ormspottsviten nu när den tredje låg färdig i manus. Lillemor ville inte alls att jag skulle skriva på en ny del förrän den tredje kommit ut och vi fått se hur det gick för den. Men en roman är ingen ny bilmodell som till varje pris måste krängas till så många som möjligt. Däremot måste den skrivas när man får den i knät eller kanske snarare i huvet och den ringer där som en enveten melodi.

När jag hade varit ute i de fattiga stundernas Sverige med min fiolspelare hade jag varit uppfylld av den. Jag ville låta ett av barnen i Ormspott som vuxen kvinna komma tillbaka långt bortifrån och se det här landet där folk som Sune skötte politiken och skolväsendet och biståndsfrågorna och inte minst betongläggningen, asfalteringen och giftdumpandet. Han var en ståtlig och välbyggd man på femtiotvå år som alltid såg ut som om han representerade någonting. Eftersom en koltrast ätit ur handen på honom och han fött opp en ekorrunge som fallit ur boet kunde man tro att han hade god hand med barn och djur men så var inte fallet. När han klappat salig Jeppe på huvudet hade hunden rest sig opp och skakat på sig och Tompa stal sin fars pengar i stället för att be om dem.

Även om barn och djur var skeptiska till Sune så var det inte honom jag var ute efter. Jag var inte ens särskilt nyfiken på honom. Det var deras umgänge och atmosfären kring den här tätt ihopklottrade maktkonstellationen jag ville åt. Men jag skulle få mer av Sune än jag kunnat drömma om när jag äntligen kom till Borlängevillan och in i det liv som levdes där. Fast det fattade jag inte riktigt. Inte på en gång.

När de skulle ha en middag som Lillemor kallade ett stort svep propsade jag helt enkelt på att få vara med. Arton personer, nitton med mig, skulle sitta vid bord som var inlånade från Folkets hus. De trista plywoodskivorna doldes med färggranna dukar från Marimekko. Det såg verkligen frappant ut, för att använda ett Lillemorord som hon växt ifrån: djupröd bomull med stiliserat svart växttryck med enstaka utbrott av starkt violett. Vi dukade med mörkbrun keramik från Arabia, så det var finskt hela vägen. Servietterna var av bomull, Marimekko de också och omväxlande djupröda, orange och violetta. Hon hade klippt till och fållat både dem och dukarna från metervara. Hur hon hade tid med detta när hon läste korrektur på tredje delen av Ormspott och slet med sitt inträdestal begrep jag inte. Dessutom försökte hon leta på Tompa så fort hon var i Stockholm. Ibland hade han en adress men lika ofta försvann han i underjorden.

Det var senhöst och hon dekorerade bordet med bronsfärgad krysantemum i vaser där hon stack ner vildvin som börjat flamma i rött. Varför hon la ner så mycket arbete på en middag begrep jag aldrig, men jag har noggranna anteckningar om alltihop, så jag kan gå i god för att det var som jag beskriver det. Kanske med undantag för utsagorna på slutet av denna minnesvärda kväll. För vem kan komma ihåg repliker ordagrant? Men deras förbittrade innehåll minns man. Jag hjälpte henne med dukningen och senare också med serveringen. Det blev förevändningen för min närvaro som Sune egentligen inte ville tolerera. Serveringshjälp kunde de inte ha. Det skulle ha sett oanständigt ut om hjälpar i svartvitt svävat in när dessa människor av vilka åtminstone hälften var socialdemokratiskt rättänkande satte sig ner för att äta. De fick till att börja med ugnsbakad paprika med svampfyllning. Det låter påvert men vi ska minnas att dessa kretsar ännu hade några år kvar till champagnen, gåslevern, chèvren, löjrommen och serranoskinkan. Innehållet i paprikorna smakade för övrigt milt av skaldjur för Lillemor hade jäktat omkring i skogarna efter sillkremlor och satt mig i arbete med att rensa dem. Det finns såna som är klarröda, brunaktiga, olivgröna och guldgula lärde hon mig och man avgör deras matvärde genom att smaka på skivorna. Nu utgjorde de också i stunder av kort nödfall ett samtalsämne. Jag hade placerats mellan två rektorer i Sunes skolförvaltning, men var ju för det mesta på benen för att bära fat ut och in.

I mitten av bordets långsida hade Lillemor kommunstyrelsens ordförande till bordet, han som bara ett par år senare skulle bli en kortvarig försvarsminister i Palmes regering. Sune satt med chefen för tunnplåtsindustrins hustru som hade blommig brokad. Lillemor verkade van vid de oheliga allianserna och blängandet mellan damer i brokad och tanter som fortfarande bar Konsums basdräkt, lanserad tidigt på sjuttiotalet.

Jag bar in tre stora fat med inbakad oxfilé, skålar med mörkbrun madeirasås, karotter med brynt kulpotatis och andra med en grönsaksblandning av harrikuvert, morötter och blomkålsbuketter. Det hade naturligtvis inte varit möjligt för Lillemor att ugnsbaka hela oxfiléer i smördegsskal och samtidigt konversera kommunchefen på ena sidan och vd:n för pappersindustrin i stan på den andra. Men gästerna ovetande arbetade en kokfru i köket. Hon var svettblank i pannan och tog då och då en klunk ur madeiraflaskan. Och jag gnodde på. Ska jag vara ärlig hade jag rätt roligt. Konversationen ska jag lämna därhän; jag skrev förresten om den senare. Men det jag vill berätta nu om den här kvällen skedde långt efter att de sörjiga skålarna efter glass, mandelspån och hjortron hade burits ut, långt efter att kaffet med konjak i stora kupor och Drambuie åt damerna var avslutat och när klockan hade blivit över två på natten och groggarna var urdruckna eller stod kvar i slattar när jag bar ut glasen.

Det skulle komma två hjälpar nästa förmiddag och ta hand om disken så jag kunde åka hem nu. Jag gick först ut en sväng med Musse för jag behövde känna efter om jag kunde köra hem. Jag hade varit mycket försiktig med vinet men var genomtrött. Sune sa gonatt åt mig när vi stötte ihop i hallen och han tackade mycket vänligt eller i varje fall nådigt för hjälpen. Sen försvann han för att hjälpa Lillemor. Jag hörde hennes röst inifrån vardagsrummet när hon bad honom bära ut askkoppar och tömma dem. Den lät vass av trötthet.

Jag tänkte att det här var min chans att se hela villan för det var väl inte troligt att jag skulle bli bjuden igen. Så jag pilade opp för trappan och besåg hela härligheten, teverummet med gräddfärgade skinnsoffor på övre hallen, de båda sovrummen, Lillemors i rosa och ljusgult, Sunes mera herrbetonat med en skotskrutig pläd på det bruna överkastet. Hans arbetsrum och hennes, båda prydliga. Musses korgar på hallen och i Lillemors rum.

På nervägen i trappan hörde jag Lillemors röst. Den närmade sig och var skarp:

Jag vet att du inte gillar henne.

Och Sune svarade:

Det handlar inte om det. Fast gud ska veta att hon är oförskämd. Jag fattar inte varför du släpper in henne här. Hon är inte rumsren. Hör bara hur hon låter när hon skrattar. Det är som att få in en hyena i huset.

De trodde tydligen att jag hade gått. Men jag var ju bara på väg ner från övervåningen och hade hunnit få en glimt av Lillemors ansikte som var blekt av trötthet med hektiska röda fläckar på kindbenen. Nu drog jag mig tillbaka en bit och satte mig ner. Det hördes att Lillemor var arg fast hon försökte dämpa det genom att tala lågt.

Det är väl att ta i, sa hon. Hon är väl inget vilt djur heller. Bara rätt oförutsägbar.

Sune höjde rösten.

Du borde inte ha låtit henne komma in här.

Inte?

Jag gör inte sånt, sa han. Dom delar av mitt liv som jag vill ha för mig själv drar jag inte in i umgänget och politiken. Det borde inte du heller göra.

Lillemor var arg men hon lät gnällig när hon svarade. Det var väl trötheten.

Det är väl inte samma sak!

Är det inte? Vad finns det annars för förklaring?

Sen drog de sig tydligen in i vardagsrummet igen och jag hörde skrammel av glas och prat om askkoppar så jag insåg att jag måste ge mig iväg på en gång om jag skulle förbli oupptäckt.

Jag häktade ner min kappa från kroken, struntade i bagen som stod nånstans och smet ut genom ytterdörren och stängde den så tyst som möjligt efter mig. Musse gläfste till.

Annars hände ingenting och jag förstod inte riktigt vad jag varit med om. Vad var det för delar av sitt liv som Sune aktade sig för att dra in i umgänget och politiken?

Jag har god lust att göra en proleps här men Lillemor har alltid varit emot dem. Hon gillar inte analepser heller, säger att läsaren under tillbakablickar bara sitter och längtar efter att komma in i berättelsens nu igen. Dessutom är det ett evigt krångel med pluskvamperfekt som omärkligt ska gå över i imperfekt och sen liksom smygas tillbaka igen för att markera var man befinner sig.

Prolepsen gör författaren allvetande brukar hon säga. Det hör inte hemma i en modern roman att se in i framtiden. Jag stod på en gata i ett av Borlänges bättre villakvarter och det var frost i vresroshäckarna. Den låg som en hinna också över bilarnas plåtskal. Och jag traskade fram där, tankfull och fortfarande ovetande.

FÖRST KÄNDES DET som en triumf att Babba faktiskt inte vetat vad Sune ville ha för sig själv. Sen kom de där meningarna om att hon kunde se in i framtiden. Det är berättarens demonstration av sitt totalitära grepp och Sune kommer alltså inte att kunna försvaras mot Babbas giftigheter. De kanske lurar i berättelsens framtid. Nu får Lillemor en modlös känsla av att inte ens kunna försvara sig själv. Inte bara därför att hon saknar språk och bara kan göra anekdoter i muntlig och roande form. Utan därför att hon är en skapelse av Babba. Som hon går och står har hon kanske blivit det. Om man lägger beslag på någon så tidigt som hon gjorde med mig, tänker Lillemor, så tillverkar man inte bara en docka utan en människa som aldrig kommer att uppföra sig på annat sätt än som hennes utformare förväntar sig av henne. Möjligen kan hon gå sönder.

Hur gick det med Olympia? Föll hon inte sönder i en skramlande skrothög till slut?

Det är en skrämmande tanke. Hon måste fortsätta att läsa för nu har hon en känsla av att bara därinne i texten är hon skyddad mot sönderfall.

Majblommor Allers Cykel

Jag kunde aldrig följa med Lasse opp till Bånn igen för morsan ringde och sa att jag måste komma hem. Farsan var sjuk. Fast när jag väl kom dit var det ingen som sa nåt om hans sjukdom. Han såg ut som vanligt fast magrare och så verkade han retlig. När vi ätit gick han och la sig vilket jag tyckte var konstigt. Jag tror inte klockan var mer än åtta.

Vi måste sälja kåken, sa morsan när vi blivit ensamma i köket. Du får lov å hjälpa mig å röja ut.

Jag fattar inte varför, sa jag.

Nej, du fattar förstås ingenting, sa hon och verkade lika retlig som farsan. Men hur ska vi kunna sköta kåken? Allting läcker ju och fönsterbågarna måste målas om och trägårn växer igen.

Nån trägård har det väl aldrig varit precis, sa jag. Lite syrener och så där.

Då blev hon arg.

Nu går du opp tidigt i morgon bitti å så börjar vi röja oppifrån och ner. Hör du det!

Mina föräldrar var ju människor som levt ett stillsamt liv och morsan var för det mesta sansad. Den rasande demon som nästa förmiddag skyfflade ner tidningsbuntar och gamla skor från vinden i kartonger från Konsum kände jag inte igen. Men förklaringen kom i små utbrott av ilska: Fattar du ingenting? Hur ska han kunna sköta kåken? Han dör! Det sista väste hon för att han inte skulle höra det. Han låg fortfarande. Alltihop var konstigt. Men jag visste ju att han hade prostatacancer.

Jaså du vet det! Så mycket har du tänkt på oss i alla fall så du minns att din far har cancer! Men det var ju länge sen, sa jag. Han skulle ju kunna leva länge med det där. Tio år tror jag doktorn sa. Dom tio åren har gått. Ja, dom hade förstås gått nu. Jag skämdes. Han hade levt i skuggan av det som doktorn sagt och nu skulle den sluka honom. Jag ville inte tänka på honom på det sättet. Han var ju farsan, inte nån man tyckte synd om. Men nu gjorde jag det. Jag tänkte på att han hette Knut och att han var född här i huset. Det visste jag. Men sen? Fram till att han började på bruket fanns det en lång tid som jag inte visste mycket om. Och varför hade han fått just det här livet med lånebiblioteksböckerna och morsan? Ännu kunde jag fråga honom men jag visste att jag inte skulle göra det.

Nu måste vi röja våra liv ur kåken. Det var en helvetes massa prylar, grunkor och manicker. Farsan hade till och med sparat på krokig spik som han tänkt räta ut nångång och använda på nytt. Gamla kläder. Halta bord och trasiga solstolar. Blomkrukor. Skolböcker som jag mådde illa bara jag såg. Och den där skära barncykeln var kvar. Var det när jag släpade opp den ur källarn som morsan fick idén att ställa mig till svars? Jag vet inte.

Det blev i alla fall samma sak som kvällen förut. När vi hade ätit saltströmming med vit sås och skalpotatis gick farsan och la sig. Han hade förresten inte fått i sig mycket. Morsan kokade kaffe och med ryggen åt mig sa hon:

Hördu du, vad lever du av egentligen?

Det vet du väl, sa jag. Jag skriver ju artiklar.

Var då?

Äsch, det har jag ju sagt. I Arbetarbladet och Gefle Dag-blad och – ja, en del andra.

Man ser aldrig till dom, sa hon.

Nej, ni har ju bara Nya Norrland.

Det finns bibliotek.

Sen vart det väldigt tyst ett tag. Vi satt mittemot varandra och såg ner i vaxduken och drack vårt kaffe. Det verkade som om hon ångrade sig för nu sa hon lite lamt:

Du får ta mariekex. Jag har både obakat och ostädat för jag har nog med att röja opp här.

Men efter en stund ilsknade hon till igen.

Jag tror dig inte! Du skriver inga artiklar.

Vad menar du med det?

Ja, vad vet jag. Du kanske skriver såna där porrnoveller. Det skulle inte förvåna mig.

Porrnoveller? Det flög för mig att hon kanske hade läst den där antologin som hette Kärlek och hade getts ut i en massa delar för snart tio år sen. Där hade så kallade seriösa författare skrivit pornografiska noveller och just nu när jag stirrade ner i vaxduken och rörde och rörde i min nästan tomma kaffekopp tänkte jag bara på en novell om pappan som mjukt och gulligt förför sin tonårsdotter. Gode gud måtte dom inte ha läst den. Men var fick hon det här ifrån? Porr var ett ord som verkade omöjligt i hennes mun.

Porr, sa jag. Vilket ord.

Nån skit är det du håller på med för du har råd att byta till en dyr bil och du kommer med julklappar så man måste undra. Du gör nånting som du skäms för. Du har alltid varit sån.

Jag förstår dig inte, sa jag. Vad skulle jag haft att skämmas för?

Majblommorna.

Å gudihimlen! sa jag. Det är fyrtio år sen.

Det är det. Men du är dig nog lik.

Med majblommorna var det så att vi fick ut en kartong i skolan med pappkartor som det satt majblommor på. Vi skulle sälja dom vid dörrarna och sen lämna pengarna till fröken. Men jag tog pengarna och köpte nåt för dom, jag minns inte vad. Jag hade inte tänkt så långt framåt som att det skulle bli redovisning. Så jag sa till fröken att jag hade tappat pengarna. Hon trodde mig inte. Då sa jag att några pojkar hade rövat asken med pengar ifrån mig. Fast det var en ganska bra historia med många detaljer trodde hon inte den heller utan ringde hem. Jag kan fortfarande se telefonen på väggen med riksvapnet på trälådan. Det var ju inte konstigt att det kom katastrofer ur den.

Knutte fick lägga ut pengarna, sa morsan. Det minns du nog.

Det var då det, sa jag.

Och så var det Allers.

Det där minns jag inte, sa jag fast jag gjorde det. Farsan köpte Hemmets Journal i brukskiosken och jag var arg för att han inte köpte Allers som enligt min mening var mycket bättre. Men det gick inte att rubba honom. Då skaffade jag den själv. Morsan brukade skicka mig till Konsum för att köpa tre liter mjölk i vår hämtare av aluminium. Mjölken kostade 27 öre litern. Tre gånger 27 blev 81. Jag kunde alltså ta 19 öre själv. Inte alltid. Men rätt ofta. Jag tror jag fick ihop till Allers på det viset. En och annan norpade jag väl förstås. Så jag var noga med att gömma dom.

Jag hitta Allersar under din madrass, sa morsan och såg lika hotfull ut som den gången hon kom med bunten och la den på köksbordet med en smäll. Hon hade fortfarande mörka sammanväxta ögonbryn och om man satte horn i pannan på henne skulle hon se ut som Mose med lagens tavlor.

Nu får du ge dig, sa jag som bara väntade på att hon skulle komma till den skära cykeln. Men det gjorde hon gudskelov inte. På den tiden hade jag sagt att jag fått den för att hon som ägde den hade fått polio och inte kunde cykla längre. Jag hade norpat en burk lack på Konsum och målat om den ute i skogen där jag hade den gömd. Jag var ju rädd att den skulle bli igenkänd. Men första gången jag åkte ut i samhället med den mötte jag farsan fast det var alldeles fel tid. Skiftet hade inte slutat än. Det förklarade han aldrig, han tog bara tag i cykeln och glodde ilsket på målningen. Jag hade varit ganska nöjd med den men nu såg jag att det var tallbarr och insekter i lacken.

Vems är den här? sa han.

Jag vet än idag inte om dom trodde på min förklaring med polion. Kanske var dom helt enkelt rädda för att få veta hur det hängde ihop. En cykel är en ganska stor sak att norpa och det fanns tydligen gränser för deras kurage och moral. Flickan som ägt cykeln var dotter till en ingenjör på bruket. Hon fick allting. Vita rörskridskor med skaft som gick opp på smalbenet. Lekstuga med riktig spis. Ja, man kunde förstås inte elda i den. Men i alla fall. Och så den här cykeln. När dom hade flyttat till Övik tänkte jag alltid på henne som hon som fick polio.

Vi har alltid varit hederliga människor, sa morsan som om hon läst mina tankar.

Jaha, sa jag för det där visste jag ju. Det var ju liksom inskriften över deras levnad och det borde ha stått som devis på kåken.

Och vi har gjort rätt för oss, mässade hon.

Jadå, sa jag. Ni har alltid handlat i Konsum och röstat på socialdemokraterna.

Nej, sa hon. Inte förra valet.

Taket ramlade inte in, konstigt nog.

Är du inte klok? Vad rösta ni på då?

Thorbjörn, sa hon. Men det begriper väl inte du.

Men det gjorde jag faktiskt. Dom trodde att Thorbjörn Fälldin skulle rädda landet. Han skulle bevara landsbygden och småorterna och låta dom leva och han skulle dessutom skydda oss från giftigt avfall från kärnkraftverken.

Efter denna bekännelse som hon nog själv tyckte var rätt skakande kom hon av sig och det blev inte mer tal om vad jag levde på. Den natten hade jag svårt att sova. Jag undrade om farsan också låg vaken eller om han var så trött att han inte orkade vara rädd. I salen, som de numera kallade vardagsrummet, hade jag hittat en biblioteksbok som jag låg och läste. Det var Ivar Los Pubertet. Han skrev att han följde en överväxt skogsstig till sin ungdom och att skogen var hans biktstol och förlossare. Det var nog att ta i. När man sitter vid skrivbordet och skriver sina minnen kan saker och ting te sig större och mer betydelsefulla än de verkligen var. Min skog. Så skrev han. Det inre rummet som vidgat världen åt honom.

Min skog var en tallbacke där jag målade en cykel och fick barr och fnas och små flugor i lacken. Nu skäms jag. Inte för cykeln, det är så länge sen. Men för att jag i alla fall skriver om mitt eget liv.

Kassaskåp Fåtölj Dödsvarning

Lillemor försökte förklara för mig att om man år efter år nolltaxerade så fick man skattemyndighetens ögon på sig. Man måste helt enkelt ha en inkomst. Jag brydde mig inte om det för det verkade inte klokt. Var inte lösdriverilagen upphävd? Vad fan angår det myndigheterna hur jag lever! Varför ska dom ha insyn i mitt liv? Du betalar ju skatt på det vi tjänar på böckerna och vi låtsas att du lever opp det mesta men du ger i själva verket hälften till mig – vem angår det? Hon hade inget svar på det utan sa att det bara var så. Det här är groteskt, sa jag. Jag stjäl inte. Jag mördar inte. Jag klår inte ens opp nån. Vad har myndigheterna med mig att göra? Jag skiter i dom. Lillemor bara suckade och sa dunkelt: Gör som du vill. Det blir ju inte jag som råkar illa ut.

Jag tänkte att det kunde bli intressant att se vad som hände. Men när morsan undrade varifrån jag fick pengarna förstod jag att jag måste göra nåt åt det. Det var då jag gick med på att köpa antikvariatet på Vegagatan vilket var Lillemors idé. Vi skulle nämligen allihop, Sune och Musse också, flytta till Stockholm den hösten. Nånting hade hänt med Sune Sanning. Han var inte längre aktuell på riksdagslistan och han sökte sig ifrån Borlänge till Stockholm och SIDA.

Ägaren av antikvariatet hette Apelgren och han var tvungen att sälja om han inte skulle göra konkurs. På senare år hade han inte sålt mycket och det deklarerade han ärligt när jag sa att jag var spekulant. Hans ögon var rödkantade. Han hade tunna flottiga hårslingor över flinten och gick alltid i brunrutiga filttofflor. Men han älskade böckerna och kyffet som han ställt opp dem i. Han började gråta på allvar när jag sa att han kunde sitta i butiken och sälja så mycket eller så lite han ville. Han kunde inte räkna med så vidare bra betalt. Men han hade ju sin pension.

Jag tror han sov i butiken för han hade en smal säng i den inre skrubben. Det där la jag mig inte i. Det luktade ofta mat när jag kom. Han hade en kokplatta och det fanns en liten vask. Jag tror inte han hade någon annan adress än antikvariatets. Men det var ju inte min sak om myndigheterna spårade honom som räven till lyan. Kunde förresten bli intressant att se hur det gick. Själv hörde jag ju inte längre till lösdrivarna.

Bland inventarierna som jag övertog vid köpet fanns ett kassaskåp, grönmålat och med guld på ornamenten. Skåpet var lika utsirat som en gammal järnspis. Apelgren hade gett mig ett kuvert med en lapp där sifferkombinationen till låset var antecknad. Jag förseglade kuvertet med julklappslack och en signetring som jag köpte i en butik på Jakobsbergsgatan. Ringen släppte jag ner i en gatubrunn sen så att inte Lillemor av en slump skulle hitta den hos mig. Jag sa att jag köpt kassaskåpet begagnat för att hon skulle förvara sina dagböcker i det. När jag gett henne kuvertet var hon helt övertygad om att hon ensam hade tillgång till sitt förflutna. Lillemor är på sätt och vis en ärlig själ.

Ända sen jag hittade det där refuseringsbrevet från förläggaren hade jag naturligtvis läst hennes korrespondens. Den var inte särskilt svår att komma åt. Med dagböckerna var det en särskild historia. Jag krävde nu att hon skulle förvara dem hos mig så att ingen nyfiken städhjälp kunde titta i dem. Eller Sune, fast det sa jag inte. Det var ju stor risk att de innehöll vad hon kallade sanningen om oss.

När hon kom för att lägga en fullskriven bok med svarta vaxdukspärmar i kassaskåpet brukade hon sätta sig i Viktor Rydbergs fåtölj och läsa i ett par volymer i taget. Då hade hon alltid med sig en påse med chokladdragerade jordnötter, skumbananer, geléhallon och lakritskonfekt. Jag som kände innehållet i dagböckerna förstod att hon behövde tröst. Men varför läste hon dem? Och varför måste hon skriva opp allt sitt trassel.

Apelgren hade släpat dit en del saker som han inte ville göra sig av med när han blev tvungen att säga opp våningen ovanför butiken. Där fanns bland annat en öronlappsfåtölj klädd med tjockt ripsartat tyg som var brunrött och blommigt i något orientaliskt mönster. Den var svårt sliten men man satt bekvämt i den. Jag började tycka om att sitta där och läsa vid mina besök. Däremot ville jag inte att folk skulle sätta sig i den och bli kvar i evigheter i affären. Så jag försåg den med ett rep, som egentligen var en gammal badrockssnodd, som jag kunde haka fast över sitsen när dörrklockan pinglade och jag blev tvungen att resa mig. Jag hade satt fast ett kort på ena armstödet där det stod VIKTOR RYDBERGS LÄSFÅTÖLJ. Den väckte förundran hos de flesta, vördnad hos dem som visste vem Rydberg var. Ibland broderade jag ut det hela lite och sa att han skrivit Lille Viggs äventyr på julafton i den.

Det började bli trivsamt. Apelgren störde mig inte. Jag hade köpt mig en tvåa på Birkagatan där jag bodde med Lasse som rörmokade i Stockholm under vintern. Där satt jag och skrev. Men det var inte så dumt att gå till Vegagatan och vara bland böckerna. Jag ville inte att Lillemor skulle komma hem till mig när Lasse var där. Våra genomgångar gjorde vi till att börja med i Sollentunavillan som hon och Sune köpt. Jag har aldrig litat på en människa som jag litade på Lasse. Vi hade inte talat så mycket om det jag anförtrott honom om Lillemor och mig. Men det var inte bara det att jag litade på honom. Jag ville också vara helt ärlig mot honom. Inte mot nån annan. Men just mot honom.

Det var ju inte så att jag från början hade begripit vad jag gjorde, sa jag till honom. Först förstod jag inte det där som du kallar problemet. Jag var bara ute efter ett foto på en som var så snygg att novellen kunde få pris i bildtidningen. Sen var jag ju rädd också. Annars har jag nog ett självförtroende som är gott, möjligen lite för gott. Det har jag alltid haft. Men när det gällde det jag skrev så var jag så ömtålig att min första refus gjorde mig sjuk. Den var förresten min enda. Hittills.

Vad var det? sa han.

En novell. Jag blev lurad att skicka in den. Den var bara skriven på skoj och det värsta var att jag visste att jag kunde bättre.

Och du blev sjuk?

Ja, faktiskt. Sen var ju alltihop bara ett stort skoj i alla fall. Jag menar jag kunde ju inte ta dom där deckarna vi fick ihop på allvar. Men jag ville att dom skulle vara välgjorda. Och jag lärde mig mycket av att skriva dom. Lillemor handskades så bra med journalister och på bild var hon perfekt.

Vi fick ihop sa du? Skrev ni dom ihop alltså? Gör ni det fortfarande?

Nej, egentligen gjorde vi det inte då heller. Men hon måste ju få tro det. Det har varit rätt svårt att få henne att hänga med.

Ja, hur i helvete har du fått henne att gå så här långt? Akademiledamot!

Han började gapskratta.

Lugna dig, sa jag. För det första så är hon lite girig. Eller

333

det kanske är mycket sagt. Men sugen på pengar i alla fall och vi delar lika. Det har vi gjort hela tiden. Och så har hon ett liv som inte har varit så kul. Men hon har alltid velat vara lyckad. Hon har velat det väldigt gärna.

Vad säger hennes man om det här då? Var inte han politiker?

Han vet inget. Det är bara du som vet om det och så hennes morsa som kom på det av sig själv. Men hon är ofarlig nu för hon är så stolt över att ha en dotter i Svenska akademin.

Lasse satte en tugga limpsmörgås i halsen.

Låt bli, sa jag. Om du ska skratta åt eländet så får du svälja först.

Jag fick ta hand om Lillemors hund när hon och hennes man gjorde sina utlandsresor. Som alla välbeställda människor i övre medelklassen ansåg de att de måste se hela USA samt Kina, Japan, Egypten, Kambodja och helst också Peru innan de dog. Lillemor hade dessutom årliga resebidrag från akademin. Jag vet inte om det var tänkt att hon skulle leta efter nobelpriskandidater i Yellowstone Park.

Jag gick Tegnérlunden med den hund som efterträtt Jeppe med skruvtappen och Musse som kunde sjunga. Den här var en pigg ordning som hette Polly. Hon var av rasen parson russel terrier fast det visste hon förstås inte om. Jag är inte säker på att hon ens visste att hon var en hund för hon var påtagligt ointresserad av såna. Vi kom bra överens, så bra att Lillemor tyckte att jag borde skaffa mig en egen.

Hon ville gärna av dåligt samvete pracka på mig allt möjligt utanför vår fifty-fiftyuppgörelse. På det viset har jag fått en kaffekokare som kan göra både cappuccino, latte och espresso, två motionsstavar med pumpeffekt, en jättelik plasmateveskärm, ett hektar skog planterad i Kenya och en sofistikerad kopieringsapparat som både kan förminska och förstora. Jag använde den till att göra kopior av parkeringsapparatens kvitton med klockslag som passade mig. De blev mycket trovärdiga men för säkerhets skull såg jag alltid till att bilrutan var lite skitig framför dem.

Jag fick också en turban. Den var hopvriden av olivgrön jersey och fodrad med något som var stelare än vlieseline. Lillemor kom med den och sa att jag skulle ha den inne i butiken i stället för min stickade luva. Jag fick huvudvärk av att sitta i drag och dörren öppnades ju flera gånger om dagen numera. Folk kom och gick, det var inte alls så fridfullt som i början. Jag brukade ha en mössa som morsan stickat åt mig nångång under kriget. Den var gjord av restgarner och randig i gult, grönt och brunt. Morsan var ingen riktigt kompetent stickerska så den hade blivit för stor och gick ner ända till ögonbrynen. Därför var den också ett utmärkt skydd mot tjyvdrag. Den passade mig utmärkt så jag slängde undan turbanen som såg ut att vara ett damplagg från fyrtiotalet. Men sen köpte jag en dödskalle i benvit plast på Buttericks, satte turbanen på den och ställde den i skyltfönstret. Det gick tre veckor innan Lillemor kom och fick syn på den. Ursinnig stormade hon in i affären och ryckte ut den från skyltfönstret. Hon stuvade ner både skalle och turban i en plastpåse och försvann. När hon kom tillbaka vägrade hon att säga var hon slängt den.

När Lillemor var ute och reste gick jag med Polly i Tegnérlunden och oppe på Observatoriekullen. Hon var intresserad av allt möjligt på de genompissade gräsmattorna utom tomma cigarrettpaket. Men jag hade börjat samla in dem. Jag läste också varningstexterna på vinflaskor som låg slängda under träden. Efter ett tag började jag också samla texter ur vinannonser i tidningarna. Jag hade kommit på att jag i min fina kopieringsapparat kunde tillverka lappar med texter anpassade till min verksamhet. Till exempel:

Litteratur
påverkar hjärnan
och minskar
fruktsamheten.

Jag klistrade in en sån lapp längst bak i varje bok jag sålde. Lillemor hade anslutit mig till antikvariat.net, vilket skulle innebära en lättnad. Meningen var ju att jag skulle få mindre kunder i butiken och kanske kunna strunta i att ha öppet. Då började jag klistra in varningslappar också i de böcker jag paketerade och sände iväg. Det hände att jag fick upprörda brev och vykort från människor som ville låta köpet återgå därför att de tagit illa opp av lappen. Jag skiter i dom, tänkte jag. Begagnat är begagnat.

Att sälja böcker via internet resulterade inte i att jag fick mindre folk i butiken. Tvärtom kom det nyfikna unga män och handlade på måfå. De flinade uppskattande om de hittade en varningslapp i en bok.

När jag fick in en upplaga av Karin Boyes Astarte kunde jag inte låta bli att klistra in den här:

Litteratur
är orsaken till
de flesta självmorden
i vårt land.

Den gjorde nytta. Den kalhuvade medlem av den ironiska generationen som köpte boken bara för den inklistrade varningens skull kanske skulle komma att läsa Astarte. Glömda böcker ligger mig om hjärtat eftersom jag vet att också mina ska stuvas ner i dödsbokartonger, avvisas från de överfulla antikvariaten och via Erikshjälpen eller Myrorna så småningom hamna på tippen.

Jag upptäckte att en viss sorts kunder förväntade sig en varningslapp, det hände till och med att de frågade efter den när de stod och bläddrade i en bok framför hyllorna. Då svarade jag att varningen klistrades in när boken var betald. Men bland unga eller yngre medelålders män, såna där med svarta stuprörsjeans och våldsamt långa skor blev lapparna vad man kallar kult och affärerna började gå mycket bättre än jag önskade.

Läsning ger förträngningar
i hjärnans blodkärl
och orsakar
hjärtinfarkt och stroke.

När man är mellan tjugo och trettio och kanske till och med nästan fyrtio år tror man inte på döden. Men man älskar dödsmedveten musik. Ju tyngre och hårdare desto bättre. Därför hade jag alltid cancer- eller infarktlappar redo när en trettioåring i kort svart överrock började se sig om i butiken.

Bokdamm orsakar
dödlig lungcancer.

En gång tror jag att jag fick en fullträff på en ung kvinna. Hennes ögon blev stirriga när hon läste:

Läsning under graviditeten
påverkar ditt barn.

Egentligen är det väl inte så svårt att se om nån är gravid. Jag var rätt säker på att hon ganska nyligen hade suttit på toalettstolen och stirrat på sitt test. Då kände jag mig som en häxa och det var inte dumt. Ungefär som gumman Pflöke i Jag, Ljung och Medardus. Hjalmar Bergman visste konstigt nog vad som kan röra sig innanför tyglagren i en gammal kvinnokropp.

När det kom in hurtiga småbarnsmammor och nästan militant frågade efter Pippi Långstrump letade jag efter en Astrid Lindgrenbok. Jag hade en alldeles utmärkt lapp att klistra in för att värna barnen mot den moderliga kulturimperialismen.

Läs inte högt för barn.
Det kan skada deras hörsel.

Det sista klistrade jag in eftersom jag redan i butiken kunde höra vissa mammor med gäll övertygelse överföra sina preferenser på ungarna.

Bör inte barns läsning till stor del vara hemlig? Nu har jag en känsla av att den är myndighetsorganiserad. Det fanns ett dagis i närheten av min lägenhet i Birkastan. Grinden till lekgården var låst mot pedofiler. Därifrån vandrade småbarnen två och två på led hållande varandra i hand. De bar gula västar som skulle skydda dem från trafiken. Kan det vara särskilt svårt att få dem att marschera i takt när de blir vuxna? Kanske kommer ett sånt barn som vuxen att hitta den här lappen och tro att den faktiskt är ditklistrad på ett myndighetskontor:

Läsning är mycket
beroendeframkallande.
Börja inte läsa.

De där kalhuvade eller med råttsvans i nacken försedda bärarna av svarta trånga jeans började nu komma till antikvariatet med böcker som de ville sälja och som skulle ha skrämt gubben Apelgren om han levat. Den första vill jag minnas var Trainspotting. Men gubben hade i god ordning dött på Danderyds sjukhus och jag hade suttit hos honom de sista dagarna. Om jag inte skulle bli fast i butiken måste jag skaffa en ersättare. Det gick ju faktiskt att betala en sån nu för det var alldeles för mycket fart på affärerna för min smak. Men på sätt och vis är det ändå roligt när något lyckas. Nu slutade jag ta emot allt som kom in och sa också åt Apelgrens efterträdare att han måste vara kräsen. Det var svartjeansens böcker vi skulle koncentrera oss på. Och alltid med varningar som de verkligen uppskattade.

Frack Löshår Kungablod

Efter vår chock i Örnäs med blågula buketter och journalister som tog sig ner för den gropiga vägen från Lostbyn var Lillemor hela sommaren sysselsatt med sitt inträdestal. Jag ville skriva det efter hennes research vilket var vårt normala sätt att samarbeta. Men det fick jag inte. Strax innan det skulle lämnas in för censur (det kallades naturligtvis inte så, men sekreteraren tog bort ett par namn i den samtida litteraturen som han ogillade) blev hon skräckslagen och lämnade det i alla fall till mig så att jag fick sätta fason på skolflicksuppsatsen.

Den tjugonde december tog hon sitt inträde som det hette.

Vi anlände till Börshuset i snöyra och lät taxin köra opp vid Trångsund för att Lillemor skulle slippa de fotografer och journalister som väntade i Källargränd. Astrid var förstås missnöjd med detta. Hon kunde aldrig få nog av sin dotters tidningsfotografier och hade lagt opp en stor klippsamling. Jag måste beundra hennes omläggning av kursen. Det var inte längre fråga om att triumfera med den kunskap hon ägde om vem som skrev böckerna. Jag undrar om hon till och med hade glömt alltihop eller i varje fall sorterat undan det som jag hade gjort med farsans cancer.

Nu undgick vi för tillfället fotograferna och Lillemor kastade sig in i porten som jag höll opp för att inte snöblåsten skulle ställa till henne i håret. Vi kom opp i Nobelbibliotekets korridor och gick stengolvet fram (det här var långt innan den röda mattan kom till). Astrid hade gärna stannat och hälsat men det var tomt i korridoren så när som på vakterna som förmodligen var ur Livgardet. De stod redan uppställda och hade lagt björnskinnsmössorna med syntetisk ragg bredvid sig på golvet. De sa att de fick huvudvärk av dem. Astrid som ville hålla sig kvar därinne så länge som möjligt pratade med dem om deras mössor och k-pistar. Men Lillemor skjutsade bestämt ut oss i trapphallen och sa åt oss att gå ner och hänga våra kappor på nästa plan. Hon ville bli av med oss och på det sättet har hon alltid försökt skyffla ut mig ur dessa tysta och takhöga rum och sin tillvaro där.

Vi fick vänta i evigheter innan vi ens släpptes in i Börssalen för Lillemor hade velat komma så tidigt att hon hann sminka om sig i det stora toalettrummet. Hon hade med sig hela attiraljen i en liten bag. Håret hade hon varit hos en frissa och låtit sätta opp. Hennes modesta page räckte inte till en knut men hon fick den ifylld med löshår. Astrid var missnöjd med frisyren men nöjd med klänningen. Den var alla småflickors dröm om prinsesskläder, en djupblå sammetsklänning med empireliv och med rätt generös urringning men med långa ärmar. Det fanns pärlbroderier både på ärmlinningarna och runt ringningen. Hon hade silverskor förstås och en liten aftonväska i samma tyg som klänningen. Sitt inträdestal hade hon lämnat till vaktmästaren så att han skulle lägga det på hennes plats vid bordet.

Salen fylldes sakta av lågmält sus och parfymdoft. Jag satt och lyssnade till sorlet som var så annorlunda än i en biograf eller ett Folkets hus. Det hördes små diskreta hostningar. Jag såg bara ett par jag kände igen: Lillemors förläggare som donerat pengar till ett pris och den fryntlige kulturministern som hade hår som fiolisten i en restaurangtrio för sextio år sen. Men den högre förvaltningen som Lillemor sagt mig var inbjuden var magerlagd och grå, dess damer hade urmodiga aftonklänningar med docerade pärlhalsband, granatbroscher och tygblommor som varit med förut. Vi satt så nära dem att jag kände en lukt av kläder som länge varit undanhängda. Jag tänkte att det fanns nischer i Sveriges offentliga liv lika okända som djuphålorna i Atlanten. De som levde där var inte vana vid att vara utsatta för bespejande. Jag förstod att de missräknat sig på kvällens pressuppbåd och på televiseringen av evenemanget som aldrig hade förekommit tidigare. Den som vetat det hade kanske köpt sig en ny tygros.

Dessa människor måste också ha en sorts extrasensorisk vittring av kungligheter, för strax innan dörrarna till Nobel-biblioteket slogs opp förändrades atmosfären och sorlet sjönk till tystnad. Sen blev det ett lätt skrapande och frasande när alla reste sig opp och så kom kungen in, förvånansvärt lite dekorerad, och drottningen i något mycket enkelt och långt och med ett för kvällens intellektuellt betonade solennitet anpassat leende. Astrid var så tagen att hon grep tag i min hand och klämde till. Och när Astrid Troj klämmer till känns det.

Det finns hos många människor en atavistisk önskan att hänge sig åt oreserverad vördnad. Är den förresten atavistisk? Hursomhelst kan man ju inte ägna folkvalda politiker vördnad och det är väl inte heller vad den hänförda publiken med lågorna från sina cigarrettändare demonstrerar på en rockkonsert. Politiker och sångare är ju folk man bedömer. Kungar och drottningar är i det ögonblick de inträder i en sal (och de inträder mest i salar) höjda över allt som liknar bedömning och betygssättning. Man kan veta det mesta om deras intellektuella kapacitet eller sexuella preferenser och skriva om det i tidningar. Men allt detta sjunker undan när de överdekorerade och praktfulla träder in i gemak där det endast i bokstavlig mening är högt i tak. När offerdjuret framträtt vid altaret slås det ihjäl och det sublima ögonblicket är över. Då kan man kalasa på dess kött. Härinne i Börssalen var det ännu inte riktigt dags att ägna sig åt att diskutera hur drottningens kosmetik utfallit och om kungen verkligen sov eller med fällda ögonlock ägnade sig åt sitt rika inre liv. Men allt registrerades för kommande utredningar under kvällen.

Först efter kungaparet med dess uppvaktning av två kammarherrar, en hovdam och en adjutant tågade märkligt nog akademin in. De gick två och två som djuren på väg in i Noaks ark. Annars brukar ju folk inte i något sammanhang få ens slinka in efter de kungliga. Här kom de i en procession av frackar och trampande lågskor i den tysta salen. Stjärnor av emaljerad silverplåt lyste på frackslag. Lillemor, som inte var med ännu (hon antichambrerade som det hette), hade lärt mig att detta var ren rokokoteater. Kungen ansågs liksom Gustav III delta inkognito i sin för tillfället uppbyggda box, alltså låtsades man inte om honom. Fast det gjorde man ändå för konsekvens är nog inte akademiers sak; varje ledamot ställde sig framför kungaboxen och bugade innan han uppsökte sin stol.

En av kufarna bar vita joggingskor till fracken. Lillemor berättade senare att han led av gikt som han envisades att kalla podager eftersom den smärtande sjukdomen i tårna då fick en historisk touche. En annan hade en vintergata av mjäll på fracken, det såg jag när han hittade sin stol alldeles framför Astrid och mig. Vi satt så nära det långa bordet att jag såg hur ett av ljusen brann snett och jag kände lukten av stearin, ja så nära att jag kunde urskilja fläckarna på den urblekta sidenduken. Stolarnas gråblå siden såg yngre ut, de var väl omklädda, kanske flera gånger under två århundraden. Det var en malande lång seans. Tal hölls av ordföranden som för ingen del hette så. Han kallades direktör och var gul i ansiktet. En gammal skald ömsom röt och ömsom viskade sina dikter och sekreteraren läste opp en lista på dem som fått akademins priser. Han var i alla fall snabb. Intill mig suckade Astrid med en lätt konjaksdoft i utandningarna. Hon satt och småstudsade på den obekväma bänken. Hans majestäts ögonlock var fortfarande fällda, hans gemål såg ohyggligt intresserad ut. Lillemor leddes in av sekreteraren som rest sig för att hämta henne när ena dubbeldörren mot sammanträdesrummet slogs opp av en frackklädd vaktmästare.

Hon nöp tag i kjolen och bugade på det sätt som ett socialdemokratiskt kvinnligt statsråd en gång hade infört som kvinnliga undersåtars hälsning på majestäter. Sen skrev hon vid bordsänden under det där digra dokumentet på stelt papper, möjligen pergament, som i fall av lösmynthet om akademins angelägenheter hotade med en uteslutning men som aldrig tillämpades. Så talade hon med sin späda stämma i tjugofem minuter utan att låta alltför pipig. Astrid suckade, fast inte av hänförelse. Hon hade nog velat ha mer spektakulära ceremonier än en föreläsning. Varför inte svärd, dödskallar och mantlar? Och att kranvattnet i glasen på bordet transsubstantierades till högtsalig Gustav III:s blod när de invigda smuttade på det.

När alltihop var slut och kungaföljet troppat av blev det en fruktansvärd trängsel. Astrid hade förmått Lillemor att bjuda in några släktingar till ceremonin men de flesta hade tackat nej. På anhörigbänken satt bara hon och jag och en faster till Lillemor som hette Elna och som var en rätt från tant.

Ska den där lilla knorpen vara intellektuell, sa hon om Lillemors knut på hjässan.

Då höll det på att bli handgemäng och i knuffandet och trängseln hamnade Astrids kastanjebruna peruk på sned. Jag hade en känsla av att Lillemor flydde från oss in i sekreterarrummet där middagen stod dukad. Hon var dödsblek. För de inbjudna till Svenska Akademiens högtidsdag är slutet på kvällen en snopen historia. De klär sig i aftondräkt med ordnar och smycken och när det hela efter någon timme är över får de precis som kungaparet åka hem och se på Rapport. Men Astrid ville gå ut och fira på restaurant och fick med sig faster Elna. Jag kan tänka mig stämningen, för Elna var nog kapabel att ge sin svägerskas pyramidala högmod några stukningar till.

Jag tackade nej till restaurantbesöket med de innebördsdigra orden:

Som du förstår måste jag gå hem och skriva.

Men Astrid var bortom såna subtiliteter. I garderoben hade hon tagit en rejäl hutt ur fickpluntan i pälsfickan. När de avtågade i snöyran gestikulerade hon som en stridsberedd krabba.

LILLEMOR LÄGGER IHOP manuset, sluter ögonen och hasar ner från kudden som hon haft som sittstöd i sängen. När hon ligger försöker hon minnas hur det verkligen var. Snöyran kommer hon ihåg och att hon var rädd om håret. Men annars tycks hela händelsen vara utplånad. Det finns fragment. Hon hör den gamle sekreterarens ordnar rassla när hon hjälper honom på med överrocken och hur han tappar käppen när han ska in i den stora bilen från Freys hyrverk. Ja, käppen minns hon och halkan och dödsaningarna men hon inser att det är från en tjugonde december längre fram. De få år han hade kvar att leva åkte de alltid i samma bil för att hon skulle hjälpa honom.

Inträdet tycks bortbränt. Fragmenten kan vara från vilka år som helst. Rasslande kameror. En stor stearinfläck på det ljusblå bleka sidenet. Hon minns en gammal skald som fått Kungliga priset, hur han full och överlycklig rasade ihop på stengolvet i trapphallen när middagen var över.

Babba har tagit hand om den händelse som var Lillemors inträde i akademien och gjort den till en historia. Det går att urskilja bitarna som hon satt ihop den av. Joggingskorna förekom inte alls på någon akademiens högtidsdag utan på Svenska Litteratursällskapets i Finland 100-årsjubileum. Då hade jag feber, minns hon, och jag frös så jag satte på mig ett par mörkblå yllekalsonger under aftonklänningen. Nästa morgon fanns en bild i Helsingin Sanomat där jag dansade med utrikesministern och min kjol av plisserad chiffong stod ut i valssvängen så att kalsongerna kom till synes. Gudskelov har jag aldrig berättat detta för henne. Lillemor är maktlös inför Babbas berättelse. Hur skulle hon kunna definiera sig själv när hon varken har språk eller narrativ instinkt som hon. Mitt språk är allmänt och jag vet det, tänker hon. Det finns ingen "verklighet", det finns ingen "sanning" som inte är beroende av sociala och diskursiva aspekter och strategier. När de är svaga förlorar man kampen om makten.

Men dominans är något vi ger vårt medgivande till, det har Lillemor sannerligen begripit. Men inte varför. Hon inser att Babba och hon aldrig varit vänner och att hon vetat det hela tiden. Men vi var tydligen inte ens kompanjoner, tänker hon. Från början till slut har jag blivit använd. Babba brukade säga att min mamma använde mig som spegel och kråmade sig framför våra likheter, som blev så underbart förskönade av min ungdom och så småningom av min sociala position. Själv använde Babba mig som skyltdocka under många år, ja årtionden och nu använder hon mig som material. Men om jag vill protestera så kommer invändningarna att bli lama för jag äger inget språk i jämförelse med hennes. Jag kan ju inte gå ut och kasta gatstenar på henne och sätta hennes bil i brand.

Hon är lika stark som den där blekfete och sjuklige diktatorn i Nordkorea och bara begriplig på samma sätt som han – genom sin berättelse. Han fick makten genom att berätta sitt folks historia och framförallt handlade berättelsen om detta folks fiender. Hitler berättade på samma sätt. Vad hade han blivit om han inte haft sin narrativa instinkt och behärskat berättandets strategier inför ett folk som ville övertygas om sin egen renhet och den judiska rasens smutsighet. Det

347

var inte historia han berättade utan historier om judarnas manipulativa ekonomiska hot mot Riket. Samma sak med Jesus. Vem vore han utan perikoperna? Alla dessa små underfundiga berättelser ur judiskt vardagsliv som på slutet vänds till något man aldrig hade hört förr. Den förlorade sonen slösar bort allt och kommer hem fattig och utsvulten och tas emot med kärlek och överdåd. Vem skulle ha lyssnat om han lagt ut budskapet som en abstrakt moralisk traktat? Det orimliga kan bara berättas, det absurda blir trott genom berättelsens gåva till lyssnaren.

Men den som blivit berättad sitter tystad kvar vid väg-kanten där den färggranna och larmande processionen av berättelser dragit fram.

Julglögg Nosserot

Lasse skulle spela vid en vernissage på kulturhuset i Rätt-
vik. Jag följde med förstås men när jag steg ur bilen mötte
jag Lillemor och ett helt anhang kulturdamer. Jag tänkte att
jag inte skulle låtsas om att jag kände honom och att vi nog
skulle komma därifrån utan att hon märkte nånting.
När kultursekreteraren hållit ett alldeles för långt väl-
komsttal steg Lasse fram på podiet klädd i sin högtidsdräkt
från Rättviks socken. Hans berömmelse susade i salen liksom
Lillemors hade gjort när hon kom in. Rocken han hade på
sig var nog varm för den var av blå vadmal, prydligt kantad
med rött framtill och runt ärmarna. På axlarna var den rikt
broderad. Han la ifrån sig den svarta hatten som hade rött och
vitt krusband runt kullen med röda tuppor i ändarna. De vita
ullstrumporna var grova och de svarta skorna handsydda och
prydda med silverspänne. Han brukade säga att han såg ut
som ett helt jävla hembygdsmuseum i dräkten och att den var
bra varm. På spelmansstämmorna spelade han ofta i skjorta
och väst men här var det väl högre krav.
Men han skulle ta av sig både rocken och västen sen och
det är det jag måste berätta om fast det gör ont. Lillemor var
väldigt i gasen och när spelningen var slut och de hade traskat
runt ett tag och tittat på bleksiktiga landskapsmålningar fick

hon tag på Lasse som var på väg ut till bilen. Jag hörde aldrig vad hon sa men jag anade djävulskap och skyndade mig fram till dem ute på gården.

Du följer väl med? sa Lillemor.

Vart?

Till Örnäs, sa hon. Lasse har lovat spela för oss om han får lite mat. Du får gå in och handla på vägen.

Så kom det sig att jag kom långt efter de andra med kassar med falukorv, köttbullar, grillade revbensspjäll och annat som jag visste att han gillade. Pilsner hade jag också köpt. En kulturtant körde mig. Hon var väl också en sån där som fick bära kassar åt andra. Lillemor stekte potatis och damerna sorlade och drack vin. Det var jävligt kulturellt och jag tänkte att de aldrig skulle få Lasse att spela utan brännvin. Men Lillemor var inte rådlös. När han klagade över torka i strupen slog hon opp pilsner och sen tog hon fram Sunes whisky och hans Jubileumsakvavit ur skåpet.

Jag ska inte dra ut på det här för det är bara pinsamt. Till slut drack Lasse gammal julglögg som hon hittat längst inne i ett skåp. Han var svettig och hade för länge sen kastat långröttjen och västen i soffan. Linneskjortan hade stora svettfläckar under ärmarna. Han spelade så att tanterna sa att det lät trevligt. Då blev han förbannad, slet opp skjortknäppningen så att raggen syntes och började spela på allvar.

Lillemor som aldrig brukade dricka särskilt mycket hade blivit på sniskan. Nån annan förklaring finns inte. Hon kallade honom för Djingis Khan och sen började hon läsa Karlfeldtdikter utantill medan han spelade. Det var sånt där som "mörkögda augustinatt" och "ljuvligt berusad och matt" och annat halvpornografiskt jox. Eftersom Lasse bara ägnade sig åt Lillemor och uppenbarligen spelade för henne började tanterna frampå nattkröken bryta opp för att dra sig hemåt. Hon hörde inte på när de tackade henne för hon låg i soffan och läste om Veneris blomma nosserot och hur "ur mörkret ett lidelsens stråkdrag svingar". Han improviserade på fiolen till hennes deklamationer och jag tyckte inte det lät nåt vidare. Han var packad för han hade ju klämt i sig julglöggen ovanpå Sunes whisky och hans akvavit. Följande tirad från Lillemor har jag enkom slagit opp för jag mindes nyckelorden i den:

Djupt i din rot går ett hemligt flöde,
en jordbrygd skum,
Veneris blomma, Satyrium.

Jag började få kväljningar. Det sista jag hörde innan jag gick ut för att se till att tanterna kom iväg och varna dem för den obevakade järnvägsövergången var Lasse som läste basmullrigt och sluddrigt:

Se min kurbits, dess resning och snits!
Allt högre den gror, blir kunglig och stor.

Nu mådde jag riktigt dåligt och det var skönt att komma ut i friska luften ett tag. När jag kom in igen var de borta och det var tyst i huset. Jag kände mig vaksam och stod tyst i röran i storstugan och glodde på bordet med glas och flaskor och tallrikar med avätna revbensspjäll. Då hördes ett ljud som man inte misstog sig på. Den ena sängen i gavelrummet ovanför mig brakade till. Sen hördes Lillemor fnissa. Brak igen och ett långt stönande från Lasse. Nytt fniss.

Nu kunde jag inte lyssna längre. Jag gick ut i nattsvalkan och visste att jag måste därifrån. Men jag hade ingen bil att åka i för jag hade ju kommit till kulturhuset i Lasses Isuzu. Då gick jag ner till bryggan och gjorde loss båten.

Allting var så enkelt. Det kunde ha varit komiskt. Men det

kunde jag inte uppfatta då. Smärtan var ofattbar. Det fanns en rasande energi i mig och jag förstod att den inte skulle vara länge så det gällde att raska på. Jag rodde och rodde mig fram till det innersta av viken, klev ur ekan och skjutsade den tillbaka ut i vattnet. Det var frånlandsvind och den åkte ut bit för bit, avsiktslöst. Något man sköt ifrån sig och lät slumpens vindgunga ta hand om. Om alltihop hade varit så enkelt. Men i mänskliga förhållanden är alltid praktiken inblandad. Vardagligheter som man inte kommer ifrån.

I den beska gryningen traskade jag oppför en sluttande lägda, gick över järnvägen utan att vare sig lyssna eller titta åt något håll. Att bli plattmosad av ett tåg skulle naturligtvis ha varit en storslagen gest. Men det är något som jag tänker nu. Då traskade jag bara på, hittade grusvägen opp till Lostbyn och lunkade halvspringande i oppförsbacken. När jag kom in i huset tog jag fram stora konsumkassar av papper ur skåpet under diskbänken. Nån del av hjärnan hade funderat ut det, medan resten etsade fast sveket.

Vi är som påsar. Häng opp oss och vi fylls av vind. Vi rör oss i kärlekens åtbörder. Prasslar i svekets. Men smärtan drabbar ingen tompåse. Den skär i kött.

I kassarna packade jag ner hans grejor. Varje kalsong, varje ren och varje smutsig skjorta. Ända till tuben med vax som han använde för att spetsa de svarta ändarna av mustaschen. Gympadojor, svarta skor. Grammofonskivor. Kassettband. Hans jävla skära tandborste. Rakdon. Boken om tonalitets-problem i svensk folkmusik. Deckare i rämnande pappband. När jag tänkte på vad de gjorde nu därnere i Örnäs, deras bråda njutning, hans stötar och ejakulation, ville jag ta kött-hackan från timmerväggen och gå ner till stugan och driva den genom hår, svål, ben och hjärnsubstans.

Fast det var förstås bara påssmällar i vinden. Mitt kött och mina ben och mina verksamma muskler packade ner hans liv i fem konsumkassar och tre från ICA plus en systempåse. Jag ställde alltihop på den humleöverväxta bron och kan fortfarande se bilden av den framför mig. Så jag måste ha stått och stirrat på den en stund. Dividerade jag med mig själv om en återgång? Jag tror inte det. Min vämjelse var för stark. Jag måste ge mig av därifrån. Man kan hitta åtskilligt i sig själv som man inte visste om när man blir utmanad. Nu förstod jag det äckel som en del kände inför prostituerade. Förstod på sätt och vis århundradens, ja årtusendens vakthållning kring den jungfruliga kvinnans renhet. Fast här gällde det en karl. Han var använd och solkad nu. Hans spermaflöden, hans svettfuktiga hud, hans saliv var vämjeliga. Han hade gjort det på skoj som vi gjorde på allvar. Han skulle komma traskande opp till Lostgården på förmiddagen och försöka skratta bort alltihop. Säga att han var full och dum och inte förstod varför han hade burit sig så idiotiskt åt. Och jag skulle, om jag hade varit kvar, ha sagt att nu var det försent. Han var sölad och orenad. Men jag kunde inte vara kvar. Jag vågade inte utsätta mig för frestelsen att ta emot honom och ställa till ett helvetes liv ett tag och sen ta tillbaks honom. Det vore som att med berått mod svälja en bit skämt kött.

Docka Padda

Igår såg jag Lillemor på teve. Intervjuaren hette Skavlan. Det har funnits många andra, rader av dem faktiskt: Grosvold som också var från Norge, Bredal i Köpenhamn, Bardischevska för den europeiska Artekanalen, den tyske herr Hauke, dansken Thomas Thurah, den blide Daniel Sjölin och långt tillbaka till och med Lennart Hyland med sitt falskskyltande leende. Nu var det Skavlan och precis som de andra sjönk han undan, i alla fall för mig. Lillemor satt där och var fulländad. Jag tog en näve chips med bacon- och löksmak. Hennes ögon är sannerligen själfulla. Hon har ärvt dem av Astrid Troj som till slut inte hade mer själ än en tomflaska. Men också hennes ögon hade ägt den där djupblå färgen och i synnerligen drömska ögonblick som framkallats av Rosita, Marinella eller om hon var vid kassa Campari, hade de delvis skymts av tunga ögonlock. Jag vet att Lillemor sminkar sina med ett underlag av ljus concealer för att de inte ska bli tunga och mörka och visa en alltför stor portion dyster själ.

Och så smart hon är nuförtiden! Hon säger alla de rätta sakerna och hon säger dem med något som låter som naturlig eftertänksamhet. Jag fnissade till och frustade chipssmulor på soffbordet. Jag behöver inte längre sitta därnere bland publiken, hon begriper nog ändå att jag håller ögonen på henne. Men egentligen behövs det inte. Hon är fullärd och fulländad.

Det har hänt att jag tyckt synd om henne. Jag minns en gång då vi var på en vårdcentral för att få sprutor med influensavaccin. Det dröjde länge innan det blev vår tur och väntrummet var fullt av folk. Alla tittade på Lillemor förstås. Till en början blev det snabba blickar för att registrera in en kändis. Det finns inget så avskyvärt ord i språket brukar Lillemor säga. Det låter som tjaskandet av lösgodis mellan tänderna. Men hon gillar lösgodis. Först alltså den snabba blicken som noterade att ett stycke allmän egendom trätt in. Sen började blickarna krypa som flugor på blottat kött och likt flugor lyfte de och gjorde en sväng i omvärlden för att strax komma tillbaka. En av kvinnorna var utan skam. Hennes blick lyfte aldrig. Den satte sig fast på Lillemor och noterade varje por i hennes ansikte, varje sminkskiftning, ögonhår och läppflaga. Det var omöjligt att förstå vad den kvinnan tänkte.

Tänkte hon alls? Kanske var hennes inre tomt och lika brungrått som hennes yttre? Omöjligt att veta. Nu fyllde hon sig i alla fall med Lillemor Troj men hon drack henne inte till mättnad. Hennes stirrande var obscent, men bara för oss. Själv hängav hon sig åt det lika obesvärat som ett mycket litet barn fingrar på sitt könsorgan. Jag tror inte hon ens hade skuggan av en tanke på att hon besvärade Lillemor. Om man hade sagt det till henne skulle hon ha hållt på sin rätt. Den hon tittade på var ju till beskådande. Hon ställde ut sig i teve och lät tidningsfotografer avbilda sig för att människor skulle se på henne. Här satt originalet. Vad var det för fel att titta på det?

Till slut stod inte Lillemor ut längre. Hon hade försökt stirra tillbaka men blev naturligtvis den som fick ta åt sig blicken. Hon vände på huvudet och gav stirrerskan en ny

355

sida att se på. Hon famlade efter Vårdguiden på bordet men visste när hon satte den för ansiktet att nu var det hennes skor och ben och kläder som var under observans. Till slut reste hon sig och viskade till mig att hon skulle gå ut i farstun och att jag fick säga till när hon ropades opp. När hennes namn hördes var det en fanfar. Huvuden vändes. Det rådde nästan förvirring en stund. Men när jag kom tillbaka med Lillemor blev ju allt som det skulle. Hon fanns. De kunde gå hem eller tillbaka till jobbet och säga vid kaffet: Jag såg den där Lillemor Troj på vårdcentralen idag. Hon är inte så snygg i verkligheten.

Det var för tre år sen som Lillemor sa nånting som jag inte trott att jag skulle få höra igen. Hon sa att hon inte ville mer och hon sa det rakt ut:
Jag vill inte längre.
Fast det var länge sen sist visste jag vad hon menade. Men jag gick några turer i alla fall.
Vadå vill? Vad är det du inte vill?
Jag tycker inte vi ska hålla på med det här längre, sa hon. Jag är trött.
Trött?
Ja, jag är gammal. Det är du med.
Du är sjuttiosex, sa jag.
Ja, då kan det väl vara lagom att sluta. Författare tystnar.
Jaha, sa jag. Jag ska tystas och du ska sitta där i ditt akademiska dagis och skriva minnesteckningar och hålla direktörstal och fjompa omkring på nobelfester. Är det så du har tänkt dig det? Va!
Hon teg förstås.
Jag vet att du inte gillade att jag kom på högtidsdagen förr och att jag satt på första bänk när du uppträdde på bokmässan och Vasateatern och Akademibokhandeln och gudvetvad.

Du ville inte ha mig där. Och på senare år har jag ju inte kommit heller. Har jag besvärat dig? Jag fick säga det en gång till för att hon skulle svara och då gjorde hon det bara med en huvudskakning och utan att titta opp.

Vi har ju bara haft ett rent professionellt samarbete på senare år, sa jag. Gått igenom manusen tillsammans. Du har läst korrektur och presenterat böckerna. Hur mycket pengar du har håvat in, inte minst på utländska upplagor, ska vi inte tala om. Men du har så det räcker nu och jag vet att du har gjort bra placeringar genom kapitalförvaltningsbolaget. Vilket jag inte har kunnat göra. För mina pengar är svarta och går inte ens att sätta in på ett konto.

Jag tänkte hon skulle svara men det gjorde hon inte så jag fortsatte.

Och du tror att du kan tysta mig.

Hon teg och tittade ner på händerna. Sen mumlade hon något om att hon var rädd.

Vadå rädd? Tror du att du ska bli avslöjad *nu*? Det är ju löjligt.

Hon mumlade igen och jag måste fråga om:

Rädd? För mig!

Huvudet hängde och hon såg ner i knät. Nickade flera gånger.

Det är otroligt, sa jag.

När hon fortfarande inte såg opp blev jag arg. Varför bar hon sig åt så här? Hon spelade skrämd barnunge. Det var hennes vanliga hjälplöshetstrick.

Lägg av, sa jag. Men sen insåg jag att jag inte ville gå vidare med det här. Hon kunde gärna sitta där och stirra på sina händer som låg i knät. Knogarna lyste vitblanka och rödstrimmiga så hårt knutna var de. Alltid dessa elaborerade uttryck. Kroppen tillhandahöll lydigt emblematiken.

Ja, var hon inte en automata som sprattlade och grät och sjöng framför betagna åskådare? Men jag var inte betagen. Jag hörde maskineriet knirka i henne och reste mig för att gå därifrån. Så fort hon blev ensam upphörde demonstrationen, det visste jag. När jag stängt dörren efter mig skulle det höras en suck som ur en hydraulisk pump. Nu satt hon som en tompåse i soffan. Det behövde jag inte vända mig om för att veta.

Vad hon inte tänkte på var att det var jag som kunde berätta sanningen om oss. Jag tänkte inte på det själv och hade faktiskt aldrig gjort det, konstigt nog. Men när jag kom hem rann detta enkla faktum opp i sinnet med den omedelbara kraft som bara kan liknas vid ett utbrott ur en artesisk brunn. Jag stod i köket, höll faktiskt en urvriden disktrasa i handen. Det blev alldeles stilla inom mig, dagen och tiden sjönk undan. Jag såg min roman på samma sätt som Proust hade sett sin när han snavade på gatstenen utanför Guermantes palats.

Berättelsen om Lillemor Troj var en gåva från vreden och den tände alla ljus inom mig. Så kan den avvisades vrede åstadkomma en stark kraftutveckling i stället för att vändas inåt mot självförstörelse.

Jag vet inte hur länge detta tillstånd varade och när det var slut befann jag mig inte längre i köket utan satt vid skrivbordet. Jag höll pennan i vänsterhanden och famlade efter papper. Berusningen var över men visionen fanns kvar. Jag hade den inom mig nästa dag och nästa. Den försvann inte och jag tänkte: Tack, Lillemor Troj. Äntligen är jag av med dig. Nu ska jag skriva min roman själv och jag vet vad den ska heta. Det tog mig ganska lång tid att leta på ett kort som jag skrivit för länge sen, på den tiden då det börjat gå bra för oss. Jag tog fram mina gamla kortboxar och jag hittade det till slut. Så här står det:

Det var en kvinna som såg en stor tjock padda som skulle
föda. Hon sa: Ska jag komma och hjälpa dig när det är
dags? Det var ett skämt förstås. Men en dag blev kvinnan
kallad till en håla under en sten. Hon hjälpte varelsen som
knappast var någon padda att föda. Och fick silverskedar.

LILLEMOR DELAR NU Max rädsla för att manuskriptet ska komma utanför förlagshuset. Ända sen hon samlade ihop sidorna som ramlat ner från sängen har hon haft ordning på det och lagt varje blad hon läst längst bak. På det sättet har hon alltid haft hela paperassen med sig när hon förflyttat sig i lägenheten. Det är därför hon får en chock när titelsidan kommer upp. Det är som om manuskriptet vore slut här. Vilket ju inte är möjligt.

Hon går tillbaka och läser det lilla stycket om paddan. Bläddrar tillbaka, men hittar inga överhoppade sidor och inser att hon måste bläddra igenom alltsammans från början. Hon är nervös nu och bestämmer sig för att lugna ner sig genom att duscha, klä på sig och göra i ordning frukost. Sen kan hon ta manuset med sig till köksbordet och noggrant bläddra igenom det för att hitta den del som fattas.

Babba har faktiskt paginerat hela pappersbibban. Det är märkligt att hon vet hur man gör. Att skriva in allt det handskrivna i ett ordbehandlingsprogram måste ha varit mödosamt för henne. Men det vore att hoppas för mycket att det inte skulle finnas säkerhetskopior. Om inte annat har de gjort såna på Rabben & Sjabben och Max har förstås också låtit framställa minst ett par och lagt dem i kassaskåp. Hela cyberrymden blixtrar och flimrar av kopiors kopior av all möjlig smörja, så det här manuset finns förstås i elektroniska duplikat på datorer och kommer inte att kunna raderas ut på riktigt. Lillemor önskar att det vore nergrävt i en förseglad lerkruka i den egyptiska öknen så djupt att det aldrig kunde hittas och bli uttytt.

Babba har alltid flinat åt författares självbiografier och sagt att de är falskast i beskrivningarna av egna tillkortakommanden. Det självkritiska koketteriet har hon kallat det. Och nu har Babba skrivit en. Det här är förstås en mock autobiography, en lika vanskapt hybrid som the mock turtle i Alice i Underlandet. Bland annat därför att den inte har ett slut. Det är som om den falska sköldpaddan hade fått sitt kalvhuvud avhugget. Head off! Tvärt och utan vidare.

Antagligen skulle allt hon skrivit varit så här om inte jag gått in i texterna och satt fason på dem, tänker Lillemor. Det skulle ha varit abrupt, ostrukturerat – och fränt. Hon är ju inte ens intellektuell. Det har alltid varit något rått över hennes läsande. Hon har bökat som en vildsvinssugga efter tryfflarna och lämnat potatisen och kålrötterna. Men en intellektuell människa får inte vara så kräsen. En humanist måste väl i alla fall omfatta och försöka förstå sin tids tankeverksamhet! Det är hybris att göra Vergilius till sin samtida, vansinne att påstå att Mölnaelegin är den enda giltiga beskrivningen av den moderna världen som gjorts i Sverige och ett skämt att Thomas Mann har den beskaste humorn i vår tid. Usch. Lillemor ser Adrian Leverkühns tvetydiga leende när pappan i Doktor Faustus visar pojkarna naturens abnormiteter. Thomas Mann var osund!

När hon sitter med kaffemuggen bredvid sig försöker hon intala sig lugn. Men händerna är inte stadiga när hon bläddrar igenom manuskriptet. Hon stannar upp när hon kommer till den sida där det står:

Medan Lillemor Troj så framgångsrikt svindlat sig fram i världen har jag naturligtvis också haft ett liv. Men nu är det här hennes biografi för det är ju hon som har synts på bilderna.

Vem har svindlat? Och skulle jag vara protagonisten? Jag är ju antagonisten i den här halshuggna berättelsen. Det är mig hon vill åt. Hon vill hämnas och hon har tagit bort allt jag på senare år gjort för författarskapet. Fast det ordet skulle hon inte använda. Hon hade hånat den författare som sa att han inte skrev böcker utan byggde ett författarskap. (Vem var det, Gyllensten?) Författarskåpet, sa Babba försmädligt. Det är det han bygger.

Allt är borta, allt är henne likgiltigt. Att jag rest runt och pratat för våra böcker, att jag suttit i otaliga tevesoffor och på scener med skarpt strålkastarljus i ögonen är bara löjligt. Skulle hon själv ha kunnat hålla talet i Blå hallen när vi fick Nordiska Rådets litteraturpris? Det kallade hon för Grand final i skojarbranschen och hon vägrade att ha någonting med mitt tacktal att göra.

Lillemor sluter ögonen och lutar sig tillbaka och undrar hur Babba skulle ha sett ut de två gånger som romanerna belönades med en August? Skulle hon ha kommit klafsande i sina stora Schollskor? Skulle hon ha gått omkring i det litterära Stockholm med den stickade mössan nerdragen i pannan och över öronen? På Rönnells, på Hedengrens och i Börssalen, i Kulturhuset och ABF:s Z-sal. Hon bar den ännu mer envist sen Lillemor sagt åt henne att kasta bort den. Hon sa att den var alldeles utmärkt. Och sen slog hon på Canettis Masse und Macht så att dammet bolmade upp ur den och sa att det faktiskt fanns motståndsfickor i alla tider och grävde man bara i kartongerna som dödsbona lämnade in så kunde man hitta kontraband mot fördumningen.

Detta högmod. Var kom det ifrån? Hon skulle aldrig ha kunnat arbeta med de andra i Nobelkommittén, i varje fall inte utan hånfulla kommentarer. Hon skulle ha kallat flera författare på listan för oläsliga och flabbat åt den höga tonen. Aldrig skulle hon tålmodigt ha läst svenska och samtida författare och pläderat för att de skulle prisbelönas, hon som bara haft förakt för dem och ständigt talat om de stora döda. Och det är faktiskt den enda form av ödmjukhet hon någonsin visat. Det 1950-tal då hon började skriva anser hon ju vara litterärt sett mycket märkvärdigt. Då kom Eyvind Johnsons Hans Nådes tid, Lars Ahlins Natt i marknadstältet och Gilla gång, Willy Kyrklunds Solange och Mästaren Ma och Harry Martinsons Aniara. Hon menade att då kunde man känna skygghet inför försöket att ge ut en bok och att det var därför hon beslutat sig för att pröva med en deckare. Hon trodde inte att debutanter idag hade anledning att känna sig blyga och darriga inför sin samtids storheter.

Det tog alltså ett helt liv innan hon vågade sig på att skriva en roman helt på egen hand och sända den till ett förlag. Och inte var det av vördnad för de stora döda som hon hade väntat så länge. Det var av feghet. Hon var livrädd att bli refuserad. Och nu har hon blivit det.

Hon är djupt förödmjukad nu, tänker Lillemor, antagligen vild av skam för att Rabben har avböjt att ge ut hennes roman. Max har nog inte hört av sig till henne än. Han tror ju att det är jag som skrivit den.

Än så länge tror han väl det? Kanske.

Men smäleken kommer så småningom att tona bort. När hon sansat sig kommer hon att genomskåda förläggarnas manövrar. Då begriper hon att de försöker skydda Lillemor Troj. Hon vet också att de inte kan göra det i längden. Det finns många förlag att välja på och att kvadda det här varumärket kan bli en god affär.

Nu tycks Babba tro att hon kan skriva utan mig. Men det går antagligen bara så länge som hon håller sig till det här ämnet. Hon gör slut på det allt eftersom hon skriver. Det här är i själva verket hennes egen Grand final i det hon kallar skojarbranschen. När hon har förintat Lillemor Troj kommer hon inte att ha någonting kvar.

Två gånger har Lillemor bläddrat igenom manuset denna förmiddag och varit tvungen att inse att ingenting har blivit gömt inne i paperassen. Romanen slutar med texten om paddan och silverskedarna. Det dröjer ända till natten innan hon inser vilken lättnad det också är. För Sunes skull. Nu har ett minne kommit till henne: Babba käftande med Sune om litteratur.

Politiskt tänkande är systematiskt-analytiskt och utesluter röriga och motsägande delar av verkligheten vare sig de är kommunistiska eller socialdemokratiska, sa hon en gång. Systematiskt tänkande människor skriver böcker som är som rensade rabatter. Man får inte en Arthur Rimbaud eller en James Joyce i en rättvis och rättänkande folkbildarkultur som vår.

Sune måste ha fått färg på kinderna. Han sa att han föredrog analys framför aldrig så litteraturbefrämjande tankeoreda.

Du har ju fått oredan ändå, sa Babba. Fast den är förstås inte så omfattande, den går väl mest ut på att dom vill slänga ut en del böcker från skolbiblioteket. Och det kommer inte att vara så länge heller.

Det måste alltså vara ett minne från sjuttiotalet då folkhögskolan blev brinnande marxistisk. Nu minns Lillemor att det står i manusct om den där obehagliga episoden i Släkten Thibault då Rachel som levt med Hirsch i Afrika överger den hygglige Antoine för att få stryk av Hirsch igen och leva i den där... *atmosfären.* Den allt tillåtande där inte ens ett människoliv betyder nåt. Och att hon själv hade varit med om att reta Sune med den sortens nihilism. Hon vill inte tänka på det mer, inte minnas hur Babba en gång kunde påverka henne. Men Sune kom i alla fall undan tänker hon. Han slapp ifrån Babbas hån. Han är visserligen död men Lillemor skulle inte vilja att han utsattes för posthuma smädelser. När Babba retades med honom om Afrika och Hirschs liderlighet var hon mycket nära det smärtsamma i Sunes liv. Visste hon det? Lillemor tänder lampan ovanför sängen och går upp efter manuset. Hon letar fram stället: *Hela jävla Afrika var som ett stort mjukt mörker där man knullade sammetslena negrer och sköt dom utan konsekvenser.*

Det är något otäckt med Babba. Hon påstår sig kunna se rakt igenom folk, byggnader och tider. Lillemor har tänkt att det bara är skrytsamt prat, genifasoner och självförstoring. Men ibland har hon undrat om det är något med Babbas blick, någonting inte övernaturligt utan snarast alltför naturligt. Hon måste ha sett Jonathan Tegete på skolan. Visste hon att det var honom Sune följde till hans hemby i Tanzania? Att han älskade honom.

Lillemor hade inte förstått någonting. När Sune läste Sissela Boks Lying fick han ett sanningsryck igen, men han sa inget namn. Efteråt har hon tänkt på att han varken sagt hon eller han. Men det är klart att hon trodde det var en kvinna.

Han hade samvetskval, riktigt hur omfattande och egentligen för vad visste hon inte. För att Jonathan Tegete var svart och för att han i alla fall från början varit en mycket ung pojke? Men samvetskval hade han förstås också för hennes skull. För till slut blev det ju ingenting kvar av deras sexualliv. Ordet är kliniskt och passar bra i en tid som ser på sexualitet som både en rättighet och en skyldighet. Gud vet om inte det är samma sak med lycka, tänker Lillemor sen hon åter släckt sänglampan. Den är man skyldig att skaffa sig. Liksom man måste se kinesiska muren och ha barn som spelar fiol eller rider på islandshästar. Det är höga krav på medelklassen. Hur kom det ut? Sune hade ju gått in i Broderskapsrörelsen för kärleken till Jonathan hade skakat hans grundvalar så att han blev kristen. Han läste sin konfirmationsbibel tills den fick hundöron. Det kan inte ha gett mycket tröst. Alla som lever så förtjänar döden, skriver Paulus om män med samma läggning som han. Och att Sune dog bara sextiotre år gammal var kanske Paulus och Broderskapsrörelsens fel. De slet ut hans hjärta. Och det kanske också Jonathan Tegete gjorde, för han gifte sig, blev revisor i en bank i Dar-es-Salaam och fick tvillingar. Till jul det året då Sune dog skickade Jonathan ett blankt och färggrant Merry Christmaskort på barnen. De hade i alla fall inte tomtemössor, tänker Lillemor.

I Borlängevillan satt Babba en gång efter en fest i trappan och var så nära sanningen att ett ord till kunde ha gett henne den. Men den gången såg hon inte igenom oss. Hon vädrade bara som en råtta i mörker.

Men till slut måste hon ju ha förstått. Varför skonar hon honom ändå i den här berättelsen? Svaret är egentligen enkelt:

För att det är mig hon vill åt.

När Lillemor inser det vet hon att hon måste få tag på Babba.

EN HOTMAIL-ADRESS är allt hon har. Över den har hon sänt sina genomgångar och ändringsförslag de senaste tre åren då den underliga iskylan har rått. Men nu anar hon i alla fall varför Babba blev så arg på henne. Det måste vara den där löjliga historien med Rusken. Är det därför hon hämnas nu? Den historien kan man inte prata om via e-post. De måste träffas och det borde vara möjligt att spåra henne genom folkbokföringen. Eller skulle det verkligen gå? Om Babba vill hålla sig undan är hon säkert skriven på ett annat ställe än där hon verkligen bor. Men på antikvariatet måste man i alla fall ha hennes adress.

Nu bryr hon sig inte om ifall Max får syn på henne i Vasastan. Det känns konstigt att stiga av 4:an på Odenplan och inte vara på väg till Läkarhuset där hennes alltmer sviktande hörsel provas och hon brukar få tröst om inte bot för allergierna som får näsa och ögon att rinna. Hon traskar förbi Åhléns och upp på Vegagatan och ser att bokboden fortfarande heter Apelgrens Antikvariat. Den enda skillnaden är att skylten numera har sin internetadress utsatt. Hon har faktiskt sett det förut när hon av nyfikenhet gått upp på Vegagatan efter ett läkarbesök. Då tänkte hon att Babba till slut accepterat att sälja över antikvariat.net och att butiken kanske gick runt nu.

Det har aldrig flugit för Lillemor vad som skulle hända

om hon slutade sända Babba hennes pengar i avräkning. Det måste ha funnits en blind fläck i hjärnan för hon har inte känt sig hotad. Tvärtom har hon alltid trott att hon haft det övertaget att kunna dra sig tillbaka. Och till slut hade hon gjort det. Det måste vara det som hämnden gäller. Inte den där historien med den berusade spelmannen. Det är ju så länge sen. Först försvann Babba och var borta – hur länge? Kanske ett år. Sen kom hon tillbaka med en romanidé och de började åter arbeta med genomgångar och korrektur. Lillemor hade tyckt att det var skönt att slippa träffa henne så mycket för Babba hade blivit elak. Förbindelsen hade inte brutits definitivt förrän för tre år sen. Det var då Lillemor hade sagt åt henne att hon ville sluta.

Jag gör mig en kropp av ord, sa Babba en gång. Lillemor trodde då att Babba var missnöjd med sin oformliga kropp och att skrivandet var en kompensation. Nu blir hon generad inför sig själv när hon tänker på den naiva tolkningen. För Babba gjorde sig verkligen en kropp av ord och den kroppen har Lillemor saknat i tre år.

Antikvariatet är förstås stängt och öppnar inte förrän klockan elva och det retar henne. Må vara att fina boutiquer har såna öppningstider men det här är bara en lumpbod för kasserade böcker. Hon traskar iväg upp mot Dalagatan och hittar ett konditori där hon kan sitta en timma och röra i kallnande kaffe. Hon äter en dammsugare av grön marsipan med chokladdekor. Den är så äcklig att hon knappt får den i sig. Men bit för bit går det och när hon två gånger bläddrat igenom gårdagens Expressen är klockan äntligen strax före elva.

En man i totalt obestämbar ålder tittar upp från sin kaffemugg när klockan pinglar och Lillemor kommer in i antikvariatet.

Jaha, säger han.

Han har tydligen lärt sig av Babba att det är fjantigt att vara hövlig.

Jag söker innehavaren, säger hon.

Hon är inte här.

Sen återgår han fullständigt ointresserad till det seriealbum som ligger framför honom. Hon vet att det finns serier för vuxna. Den här karln är mer än vuxen. Han har hästsvans, håret är grått eller nästan grått och ansikte och kropp är magra.

Jag vill bara ha hennes adress, säger Lillemor.

Nu tittar han verkligen upp.

Om du vill klaga på nåt så kan du göra det här, säger han och vänder blad i albumet.

Hon undrar hur många såna här figurer Babba haft anställda sen gamle Apelgrens tid. Den förste minns hon. Han vaktade Hammarbyslussen innan han kom till butiken, stod för broöppningarna och hade gott om tid att sitta i sin kur och läsa. När hon besökte antikvariatet för att Babba och hon skulle gå igenom ett kortare manus, ett föredrag till bokmässan eller en presentation inför förlagets säljare, såg hon flera karlar av den här typen bland kunderna.

En gång hade hon en vattenskada i våningen på Breitenfeldsgatan och var tvungen att ta hem en städfirma för att göra rent efter hantverkarna. Den kraftfulla jugoslaviskan som drev företaget hade med sig två underlydande. De var precis samma typer som den här hästsvansförsedde och grånade kufen. De dammade hennes böcker med stor omsorg och talade med henne om dem. Särskilt minns hon att en av dem hade gillat Robert Musils Mannen utan egenskaper och velat diskutera den med henne. Hon minns att han sagt något om moraliska tilldragelser i ett kraftfält men hon hade inte förstått någonting. Han hade faktiskt tålmodigt och utan att tveka slagit upp ett ställe åt henne i detta fyrabandsverk som hon för sin del aldrig läst till slut. Hur skulle hon ha haft tid att läsa döda författare när hon satt i Nobelkommittén?

Hon hade flytt men den hästsvansade hade lagt in ett bokmärke på det där stället och det hade hänt att hon tittat på det och fortfarande inte begripit det. Hon frågade sina kamrater i akademien om de kände till den sortens människor, karlar tydligen mest. En av de äldre sa att de hörde till de kvasiintellektuella och att sådana alltid hade funnits. En som var yngre sa att det intellektuella livet numera var nischat. Det blev det hela inte mer begripligt av. Det var tvärtom en skrämmande tanke att det fanns horder av unga män med ringar i öronen, kala huvuden eller håret samlat med gummiband i en mager piska och att de var en sorts intellektuella. Man hade inte en aning om vad de hade för sig. Men städaren av hennes bokhylla var åtminstone inte fientlig som den här.

Jag lämnar inte ut adressen, säger han. Vill du henne nåt får du skriva hit.

Hon blir tveksam stående kvar och han snärtar till: Ska du köpa nåt – eller?

Hon avskyr det där sättet att sätta ett "eller" efter en utsaga. Det hör inte hemma i vår syntax, tänker hon. Kanske är hela företeelsen med illa klädda män, som inte ser vuxna ut men faktiskt är det, från början osvensk. Var har de varit för att lägga sig till med denna attityd av självtillräcklighet? I Paris eller New York? Är de homosexuella?

För att dra ut på tiden och möjligen för att få honom att vekna går hon en sväng utefter hyllorna och hittar faktiskt en bok hon vill äga. Den står på hyllan med Apelgrens gamla beteckning TEOLOGI OCH RELIGIONSVETENSKAP och det är Gustaf Wingrens Credo. Hon säger att hon vill köpa den och ser sig omkring medan han lägger den i en påse. Sen försöker hon igen.

Jag är faktiskt en mycket gammal vän till Barbro Andersson, säger hon. Kan du inte vara snäll och ge mig hennes adress.

Den här gången svarar han inte utan ger henne bara bokpåsen och säger:

Hundratjufem kronor.

Han är fattig tänker hon. T-tröjan som skulle vara svart är så urtvättad att den skiftar i grått. Joggingskorna är slitna. Hon får en idé hur hon ska kunna övertala honom. Hon går tvärsöver Odenplan till Handelsbanken i hörnet av Norrtullsgatan. Medan hon väntar på sin tur sätter hon sig och bläddrar i Wingrens bok. Då ser hon att han i den bakre pärmen har klistrat in en av de där lapparna som Babba ansåg så kvicka.

Läsning får din hy att åldras.

Det driver upp blodet på hennes hals och kinder. Fan också, tänker hon, Babba måste ha varnat honom speciellt för mig.

Fattig är han och kan därför inte vara omutlig. Först lägger hon upp två tusenlappar på disken.

Är du inte klok? blir hans svar.

Då lägger hon upp en till.

Han går ifrån henne och sätter sig med sin kaffemugg och sitt seriealbum.

Jag måste få tag på henne, vädjar Lillemor. Du kan få mer om du ger mig adressen. Säg bara ditt pris.

Då tar han omständligt av sig läsglasögonen och säger:

Du fattar inte att jag säger nej va?

Jo, men jag förstår inte varför.

Jag vill inte mista jobbet.

Det är första gången han låter mänsklig.

Hon vill inte gärna tänka sånt som Allt Är Slut. Det är för patetiskt. Men när hon kommer hem känns det i alla fall som om hon kommit till slutet. Det har nog väntat på henne ända från början. I sitt vanliga liv, det som nu är uppbrutet av skräck, har hon mycket att göra. E-post och brev ska besvaras, ett föredrag till Söderbergsällskapet skrivas och hon måste hitta en text att läsa på Fängslade författares dag. Hon ska också läsa korrektur på en av deras gamla romaner som ges ut från förlagets backlist. Hon vet att det finns en del fel i den.

Tomas väntar på pengar, sextusen den här gången. Han flyter omkring och försöker klara sina sms-lån. Ändå har han en pr-byrå ihop med en annan karl som också har snygg kostym. De har också sålt dataspel som ett geni med flottigt hår konstruerat och ett tag sålde Tomas smycken på internet.

Hon tappar taget. Kan inte minnas att hon gjort det sen den mycket avlägsna tid då hon satt bakom en fåtölj på Akademiska sjukhusets psykiatriska klinik. När hon kommer in i lägenheten sjunker hon in i ett skymningstillstånd och längtar tillbaka till avdelning 57. Rena, styvt manglade landstingslakan. Starka och dövande mediciner. Inget ansvar. Ingen framtid.

Lillemor sitter med manuskriptet tryckt mot kroppen och håller händerna över det som om hon skyddade ett foster. Men det är ett huggormsbo hon har vilande mot magen. Paniken stiger inom henne och en lång stund ägnar hon sig åt en plan att ge sig ut i världen och försvinna från landets litterära scen. Att leva långt borta och obemärkt borde vara möjligt med de tillgångar hon har. Eller kommer Babba och förlaget att tvinga henne att betala tillbaka pengar? Hon tror inte det. Det är aldrig inkomsterna som varit det viktiga för Babba. Hon vill kvadda mig, tänker hon. Mitt anseende och mitt liv med akademien. Min berömmelse. Mina läsare som älskar mig. Mig! Faktiskt.

Hon försöker tänka sig in i en tillvaro långt borta med kontonumren till de tre bankerna som enda livlina. Ett kloster på Kreta? En takvåning i Montparnasse. En villa på Mallorca där Chopin bodde med George Sand. En riad med öppet tak i Marrakech och sovrum längs ett galleri en trappa upp. Hon har besökt ett sånt hus och sett tygsjoken som skulle dras över när det regnade eller när solen var för stark. Hon hade darrat av köld i december. Det fanns inte ens en gaskamin. Florida? Tyfoner. Olja på stränderna.

Hon vill inte ge sig iväg för hon hör hemma här. I Stockholm kan hon gå på Dramaten och Berwaldhallen och handla på NK. I Sverige kan hon besöka lövskogar med sällsamma fynd som toppfrossört och stenbärshybrider, fjällsluttningar med gentiana (om de inte ligger alltför högt upp för hennes usla knän), ängar och rikkärr med orkidéer och hagar som ännu har förekomster av låsbräken. Det enda hon vill är att mardrömmen ska ta slut så att hon kan ta tunnelbanan till Gamla stan varje torsdag och gå på akademiens sammankomst. Där är dom snälla mot mig tänker hon och dom kommer att vara det även när jag blir – ja förvirrad kanske. Mamma blev dement. Men det var Wernicke-Korsakoffs syndrom. Själv har inte Lillemor druckit mycket. Som en blåmes, säger de vänliga unga männen i akademien.

Telefonjacken är utdragna och hon tänder inga lampor utan ligger på sängen och försöker återkalla känslan av tidlöshet som hon hade bakom fåtöljen på avdelning 57. Tills Babba kom. Skillnaden är att då hade hon varit dövad av mediciner och insulinsprutor. Nu blir hon så småningom hungrig.

DET BLIR MÅNDAG. Hon har dåsat i nästan två dygn när posten dunsar ner på hallmattan. Den får ligga där den ligger för hon har hamnat i en hopplöshet som gör det svårt att komma ur sängen. Men gamla vanor sitter i kroppen och får henne så småningom på benen. Hon börjar med att diska efter söndagens middag på en primitiv carbonara med bacon från frysen. Sen plockar hon upp breven och reklamförsändelserna på hallgolvet. Där finns ett stort kuvert från förlaget och när hon tar upp det ser hon att det är royaltyredovisningen för årets försäljning. Då sker det med henne som det skedde med Babba när hon stod i köket med en urvriden disktrasa i handen och med Proust när han snavade utanför Guermantes palats. Lösningen rullar upp sig för henne och inom henne tänds allt upp. Blodet får fart, hon rör sig raskt och händerna darrar av iver när hon fattar pennan för att göra beräkningar.

Egentligen är det så enkelt. Hon ska skicka Babbas andel av royaltypengarna tillsammans med kopian på avräkningen. Babba vill ha pengarna i postens vadderade kuvert och i portioner. Det är förstås en försiktighetsåtgärd. De ska skickas till henne på antikvariatets adress och det ska stå PRIVAT både på ytterkuvertet och på det inre där pengarna ligger. Uppgörelsen är att Lillemor så snart hon lagt försändelsen på lådan ska sända ett e-postmeddelande till Babbas hotmail-konto att det avgått.

374

Numera krånglar ju bankerna inför stora kontantuttag. Man måste beställa i förväg och summor som denna på 175 500 skulle dra uppmärksamheten till sig. Det är ju bara svarta affärer som numera görs upp med kontanta pengar. Därför har Lillemor under de tre åren då de inte träffats tagit ut pengar i mindre portioner som hon lagt i bankfack. Hon har öppnat konton i två banker till. Förutom Handelsbanken har hon nu pengar i Swedbank och SE-banken. Under året som gått sen förra redovisningen har hon samlat 110 000 på det sättet. Det gör att 65 500 fattas och måste tas ut nu. Det tänker hon göra via kapitalförvaltningsbolaget där man inte ställer frågor.

Summan är lite större än hon trott. Det är ju ändå mer än tre år sen de gav ut en roman. Men med backlist och utländska utgåvor har det ändå blivit 351 000 kronor och 54 öre. Förlagets bokföringsprogram räknar fortfarande med dessa imaginära ören.

Hon får aldrig skicka mer än 30 000 i taget har Babba bestämt. Men nu ska hon skicka alltihop på en gång. Hon ska ge henne en summa som får henne att störta till antikvariatet av rädsla för att den ska upptäckas och bli stulen.

Onsdag morgon klockan åtta sitter Lillemor i en hyrd Nissan Micra på Vegagatan. Hon har fått mycket svävande besked från posten om utdelningstiderna i Vasastan. Man har sagt att hon inte kan räkna med att posten kommer före nio. Men hon vill vara på den säkra sidan. Eftersom det kan bli ett par timmar eller mer i den kalla bilen har hon klätt sig i sin gamla sjubb som hon inte vågar ha annars. I bilen kan knappast djurrättsaktivisterna ge sig på henne. Hon har en persianhatt nerdragen i pannan. En gång var den Astrids och hörde till en päls som ansågs stilig på den tiden då Trojs plastbåtar gick som bäst.

Fram mot klockan nio kryper ändå kylan upp för benen trots skinnstövlar och långbyxor och hon startar motorn ett tag. För att få sitta ifred för lapplisorna har hon lagt mycket pengar i parkeringsautomaten. Folk kommer till affärerna och öppnar dem. Hon bryr sig inte om vad hon ser och skulle inte kunna redogöra för det om någon frågade. Hennes uppmärksamhet är riktad mot backspegeln i väntan på den bil som måste komma. Det sämsta scenariot är om det blir en plats ledig framför Micran så att Babba kan ställa bilen där och få syn på henne. Hon vill absolut inte tala med henne inne i antikvariatet där hästsvansen kommer att dyka upp vid elvatiden. Hon vill ha henne för sig själv. Det måste bli en förhandling. Lillemor vet inte om hon har något att erbjuda och hon vill inte tänka på det just nu. Hon tittar också på trottoarerna på båda sidor och på gatmynningen. Det kan ju tänkas att Babba kommer till fots och då kan hon ju ta sig in från Odenplan på den enkelriktade gatan.

Hon sitter och småhuttrar i sin utdragna väntans leda när brevbäraren kommer cyklande mot enkelriktningen in på Vegagatan. Det dröjer över tjugo minuter innan han är framme vid Apelgrens Antikvariat. Han släpper ner några försändelser i brevlådan på dörren och hon kan urskilja den vadderade brungula påsen hon skickat. Sen dröjer det bara en kvart innan en oformlig gestalt i brun täckkappa går förbi bilen. Ryggen, gången – alltihop är Babba. Och dessutom stannar hon vid Apelgrens Antikvariat och låser upp med nyckel. Klockan är tjugo i elva. Precis som Lillemor trott har hon sett till att komma före hästsvansen för att hämta sina pengar.

Tjugo minuter räcker inte för förhandlingar. Hon måste passa på henne så att hon kan följa efter henne när hon går ut. Om Babba går tillbaka samma väg som hon kom, måste

Lillemor köra mot enkelriktningen. Det har hon aldrig i sitt liv gjort. Hon betänker detta samt att hon aldrig gått och lagt sig utan att tvätta sig och borsta tänderna. Inte ens under de där kärleksfebriga dagarna på Bäverns gränd i Uppsala. Tankarna virrar iväg. Hon måste koncentrera sig. Går Babba upp på Observatoriegatan kan Lillemor följa efter åt vilket håll hon än tar vägen. Den gatan är inte enkelriktad. Hon drar ner hatten så långt hon kan och lutar sig tillbaka inställd på lång huttrande väntan. Då kommer Babba ut med en plastpåse i handen. Hon går mot Odenplan och Lillemor startar bilen och kryper sakta efter henne på ett avstånd som hon tycker verkar lagom.

Tänk om hon tar sig ner till Centralen för att åka nånstans – vad gör jag då? Det har blivit så många möjligheter nu som hon inte tänkte på när hon planerade. Den där gestalten i brun täckkappa är som ett stort djur som kan lunka iväg vartsomhelst utan att lämna spår efter sig. Just nu traskar hon tryggt på, tar till höger mot Åhléns och ställer sig sedan och väntar på övergångsstället. Lillemor är tvungen att köra över när det blir grönt för annars skulle hon få en ilsken kakofoni av bilsignaler efter sig. Och sen tänker hon ta åt vänster för Babba kan ju inte vara på väg nerför Odengatan om hon gått över.

Hon anar att hon är på väg för att lägga pengarna i ett bankfack. Men här går det inte att svänga vänster och Lillemor inser att Norrtullsgatan kan vara enkelriktad. Då är det lika bra att fortsätta ner mot Sveavägen. Hon tar till vänster på den när det äntligen blivit grönt och kör ända fram till Frejgatan där hon lyckas vända och komma ut i Sveavägens filer söderut.

Nu måste hon lugna ner sig. Hjärtat bultar och hon är svettig fast hon var iskall för en stund sen. Det är en helvetisk förmiddagstrafik nu. Hon svänger höger upp på Odengatan igen och när hon kört förbi banken i hörnet av Norrtulls-gatan hittar hon faktiskt ett ställe att stanna på. Där kan hon se i backspegeln om Babba kommer ut från banken. Men rätt snart börjar bilar tuta på henne och hon måste flytta sig. Efter ett tag har hon inte bankens entré i backspegeln längre. Chansa? Det är väl ändå troligt att Babba går tillbaka till antikvariatet och byter några ord med medhjälparen. Kanske har de räkenskaper att gå igenom. Hon fortsätter fram till Upplandsgatan, kör upp till Observatoriegatan igen och kommer så tillbaka till Vegagatan. Men nu är förstås hennes parkeringsplats upptagen. Hon står dubbelparkerad ett tag, får flytta sig och står ännu en stund bredvid en annan bil. Men då lossnar det. En skåpbil ger sig av längre ner på gatan och snabbare än hon trodde om sig själv kör hon fram och tar dess plats.

Det är skönt att pusta ut. Svetten har torkat i pannan och hjärtklappningen går över. Hon begär inte bättre än att få sitta så här en bra stund. Det blir över en halvtimma men det blir rätt snart en plåga. Hon har blivit kissnödig. Ändå drack hon inget te på morgonen bara för att undvika den här komplikationen. Kan det vara någonting nervöst? Men det är i så fall lika tvingande. Hon måste kissa. Snart.

När Babba kommer tillbaka bär hon en brödpåse i handen. De ska alltså dricka kaffe därinne. Det betyder att Lillemor har en stund på sig och hon rusar ut mot Odenplan. En offentlig toalett har hon aldrig i sitt liv besökt och skulle inte våga det nu heller. Hon springer mot Läkarhuset och åker hiss till femte våningen. Mottagningssköterskan hos halsläkaren känner henne, men hon har inte tid att förklara sitt ärende utan går direkt in på toaletten och blir befriad. Sen rusar hon igen. Hinner inte lägga pengar i parkeringsauto-maten som hon tänkt.

Tre timmar. Hon ska ofta tänka på det sen. Dessa tre iskalla timmar på en gata där folk som inte angår henne går med nerböjda huvuden, där man inte kan se vad det är för årstid och inte urskilja meningen med den verksamhet som försiggår. Då och då startar hon för att få värme i kupén men hon är så genomfrusen att den inte tycks nå in i henne. Hon vill inte ge upp. Hon *ska* inte ge upp. Men hon skulle behöva en varm korv. Hon tänkte på att ta med en termos med kaffe men avstod för att hon insåg att hon skulle bli kissnödig. Men varför tog hon inte med sig några smörgåsar? Tjugo i tre kommer Babba ut. Hästsvansen står i dörren och pratar med henne in i det sista. Sen lunkar hon iväg och som Lillemor gissat går hon upp mot Observatoriegatan. Nu är det så fullparkerat att Lillemor inte har en chans att vända och köra mot enkelriktningen. Hon får ta sig ut till Odenplan igen och köra Upplandsgatan. Vid trafikljusen börjar hon nästan gråta vid tanken på att hon kan förlora henne nu. När det äntligen blir grönt ljus går det inte heller att köra så fort, folk springer över gatan utan att bry sig om några övergångsställen.

Hon tar vänster in på Observatoriegatan och stannar i samma stund och böjer ner huvudet så bara persianhatten ska synas. För nu kommer Babba lunkande. När hon passerar Micran böjer sig Lillemor ner som om hon letade efter något på bilgolvet. Men hon är ganska säker på att Babba inte tittar.

Nu måste hon vända och det kan hon inte förrän hon kommer till änden på gatan. Men hon försöker hålla uppsikt på Babba i backspegeln och se om hon går in på nästa tvärgata och i så fall åt vilket håll. Enkelriktningarna som hon försöker räkna ut snurrar i huvudet. Då ser hon Babba stanna vid en liten röd bil och låsa upp den.

Lillemor vet inte om hon ska försöka vända. Men hon hinner aldrig. Babba har startat och efter någon minut kör hon förbi Micran. Den står alltså åt rätt håll och det är bara att följa den röda bilen nu. Hon gör det nästan som i trans. Nu behöver hon inte tänka längre. Men händerna darrar.

Lillemor äger inte längre någon bil men om somrarna brukar hon hyra en när hon ska åka på Svensk Botanisk Förenings exkursioner. Ibland gör hon också en bilutflykt till någon intressant floralokal ensam. Vid såna tillfällen kan hon starta tidigt på morgonen innan den malande trafiken riktigt kommit igång. Den skrämmer henne. Hon brukar åka turistvägar för att slippa fartpressen på motorvägarna.

Så länge hon åker efter Babbas röda bil, som hon nu ser är en liten Citroën, tycker hon det är lätt att köra. Hon rättar sig bara efter den bil som kommit att ligga mellan dem och stannar vid trafikljusen och kommer igång igen utan rädsla. Men när de kommer till Sveaplan inser hon att de kan vara på väg mot E4:an norrut och det skrämmer henne. Men Babba svänger in på Vanadisvägen och letar sig så småningom fram till den stora matmarknaden i det som en gång var Norra station. Lillemor måste krångla sig ner dit och ta en parkeringsplats en bit ifrån henne.

Det blir en lång väntan igen och hon är genomfrusen nu. När Babba äntligen kommer ut med matkassar och en drickaback i en vagn vänder hon bort huvudet. Efter mycket packande i den lilla bilen kommer Babba iväg och hon gör det utan att ha kastat en blick på Micran.

Det blir i alla fall E4:an hon åker ut på. När de passerat Karolinska kör flera bilar om Lillemor och två av dem tutar. Hon inser att hon måste hålla farten, inte minst för att hon håller på att tappa bort Babba. Hon vågar sig ut i vänsterfilen och kör förbi ett par bilar så att hon åter får hennes röda Citroën i sikte. Det är hisnande att göra såna manövrar. På tio, kanske femton år har hon inte vågat sig på att köra om.

När de kör förbi kyrkogården tänker hon förstås på döden och undrar om de andra förarna gör det eller om de är ett med sin transport framåt på motorvägsbandet och inte tänker på hur den kan sluta. Sen försöker hon klara ut vad som kommer att hända när hon dött i en trafikolycka. Blir hon totalt utskämd och får postumt avsked ur akademien? Då kommer hennes efterträdare att i stället för ett tal om henne hålla ett om de store Gustaver enligt instiftarens stadgande. Detta tankefladder gör att hon tappar fart och nu har flera bilar mellan sig och Babbas Citroën. Nu koncentrerar hon sig och motar bort alla tankar. Två bilar mellan dem är lagom. Nu går det rätt bra. Babba är ingen fortkörare men hon håller farten så pass att ingen irritation uppstår. Fortare än Lillemor anat kommer skyltarna mot Arlanda och när Babba tar av där inser Lillemor att all hennes möda att spåra henne kanske är förgäves. Det kan ju vara en hyrbil hon har. Sätter hon sig på ett plan kommer Lillemor att tappa bort henne.

Men det blir inte Arlanda flygplats fast de är så nära. De kör bort från motorvägen och tar flera avtagsvägar. Till slut ser hon skylten ALMUNGE. Hon får en underlig känsla av att rasa neråt genom tiderna men vet ännu inte riktigt varför. Först när de är ute på den långa raka vägen som förr var kantad av mörk granskog, nu mest av kalhyggen, förstår hon var hon är. Hon reser in i det förflutna och det virvlar emot henne med flodkräftor, nattviol, olvon och mörkrädsla, med betande kor, näckrosor i svart vatten, sömnlöshet och skrämmande tjäderuppflog.

Hon vågar inte ligga så nära nu för det vore fatalt om Babba skulle upptäcka henne och stanna och förmodligen avvisa henne. Det kan hon naturligtvis göra när de kommer fram också men det skulle kännas tryggare att ställa ifrån sig bilen och gå till fots fram mot huset.

Om det nu är torpet hon är på väg till. Det finns ju samhällen längre bort och det här kanske bara var ett sätt att ta sig till Hallstavik. Eller till och med Norrtälje.

När de har passerat den stora sjön Vällen drar Lillemor ner persianhatten så långt ner i pannan hon kan och kör fram och lägger sig så att det bara är knappa hundra meter emellan dem.

Det är rätt! Hon tar av in mot Rotbol.

Nu stannar Lillemor vid vägkanten och låter henne få ett långt försprång. Utan att förstå varför känner hon sig gråtfärdig och kommer att tänka på de där kläderna som Babba sparade. Den ljusgröna aftonklänningen och allt det andra. Solkiga rester av ett förflutet som det inte går att ändra på. Det kunde vara så barmhärtigt att det utplånar sig självt alltefter som minnena blir suddiga. Men om man skriver om dem utplånas visserligen minnena men händelserna står upp hårda, liksom emaljerade av språket. Nästintill oförstörbara.

Det dyrbaraste vi äger är det som vi aldrig berättat för någon. Det kan inte förvanskas. Så tänker hon men vad man än tänker för tankar, vilka känslor som än rusar genom själen så arbetar kroppen oförtrutet på med sitt. Hon är plågsamt kissnödig igen. Men nu kan hon stiga ur, ta sig över ett dike och sätta sig en bit in i skogen.

Efter en stund startar hon igen och kör sakta in på vägen till torpet. Ekarna är kvar. Det gör henne rörd. Det är höst och träden börjar fälla bladen men eklöven har bara vissnat och hänger kvar. Hon minns hur de rasslade i blåsten.

Hon kör upp på vägkanten vid en mötesskylt som inte fanns förr och stiger ur för att gå till fots. Och ekarna prasslar och frasar verkligen som förr. En doft av mossa och myr stiger upp och gör henne nästan gråtfärdig igen.

Där ser hon brunnen med sin gjutjärnspump. Ladugården, vedboden, jordkällaren. Ingenting är nytt här men byggnaderna måste rätt nyligen ha rödfärgats för det finns inget vindätet grått förfall över dem. Hon dröjer lite på stegen när hon ser Babba på väg in i huset med stora matkassar. När hon kommer ut igen står Lillemor bara några meter framför förstubron. Babba stannar upp. Och sen kommer det underliga. Hon ler.

DEN OFORMLIGA GESTALTEN har varken gaddar eller klor. Men så är det väl med trollen, tänker Lillemor. De lockar en vänligt in i berget. Låter silver klinga och har honung på tungan. Fast det var länge sen hon blev lockad. Nu ska hon kastas ut. Offentligheten är mycket större än man tror när man är hemtam i den och har rört sig där, snyggt klädd och allmänt respekterad. Den har iskalla hörn där de förkastade håller till, de som är nästan glömda men för alltid märkta. Vad var det de gjorde egentligen? Ingen vet säkert. Klippte några kvitton? Våldtog en kvinna på ett hotell?

Häj, säger Babba och låter precis som den gången när de träffades i Engelska parken. Och sen kommer det ingenting mer ominöst ur henne än:

Var har du bilen?

Det ska komma någon på vägen, Micran måste flyttas. Det behövs egentligen inte eftersom hon ställt sig på mötesplatsen men hon är tacksam för avbrottet och traskar dit. Babba säger att hon bara ska bära in varorna och sen visa henne en plats. När Lillemor står bredvid Babbas Citroën C4 med den öppna bakluckan ser hon att det ligger ett paket prinskorv överst i en kasse. Hon är fruktansvärt hungrig och utan att tänka öppnar hon handväskan och tar fram en nagelfil. Med den öppnar hon korvpaketet och hon hinner äta tre korvar innan Babba kommer tillbaka.

Nu följer bilflyttningen utan att något annat sägs än praktikaliteter. Sen står de i den tätnande skymningen och ser sig om.

Det är sig likt, säger Lillemor.

Det börjar bli det igen, svarar Babba. Hyggena är ju planterade och växer opp.

Bor du här?

Ja, jag har fått ett nittinieårsarrende på torpet. Baron gillar sånt därnt gammalt. Han vill ju inte sälja. Eller får inte.

Vad hon pratar, tänker Lillemor. Är hon nervös?

Är gölen kvar?

Javisst, säger Babba och börjar lunka åt det håll där den ligger.

Lillemor tycker att det är märkvärdigt att den kan finnas också i verkligheten som förresten är mycket underlig nu. Den rasslar. Det finns väl ekar kvar där borta i skumrasket. Eller aspar med vissnade löv. Man går upp för en liten backe i aspskogen och sen är det en sluttning neråt. Där ligger den. Inte nersänkt i minnet med sin befrielse utan blänkande i det som är nuet och som så snabbt kilar förbi att det lämnar efter sig speglingen av en göl som inget annat är än en spegling av en spegling av en göl långt ner i tiden.

Lågt vattenstånd, säger Babba.

Lika underlig är gölen som allting annat denna stund då mörkret tätnar. Hur kan den på en gång vara svart och blänka som ljus metall? Babba har inget sinne för skymningsmystiken, hon ryter till:

Va fan är det där?

En gren, säger Lillemor för hon ser också att det sticker upp något ur vattnet.

Babba går ner mot kanten av gölen, klafsar i det sanka.

Nej, det är ingen gren, ropar hon. Titta får du se.

Lillemor går efter henne och när hon kommer ner ser hon

att det inte kan vara en gren med några kvistar ytterst. Det ser ut som en hand.

Va i helvete! säger Babba.

De står och stirrar på handen som har beniga fingrar. Det ser ut som om den sitter på någon som försöker komma upp ur vattnet.

Vi bryr oss inte om det här, säger Lillemor.

Hon har fått starka magsmärtor. De kommer nog av de tre råa prinskorvarna på fastande mage men följs också av ett illamående som mer har med handen och fingrarna därute att göra. Men Babba säger bara: Stå kvar. Jag kommer snart.

Lillemor står kvar fast hon inte vill det. Men hon har så ont i magen att hon inte förmår röra sig. Och vad det än är därute så kan det ju inte komma upp och gripa efter henne. Det är dött.

Hon står alldeles stilla i ensamheten som är fylld av lövrassel och små kårar på gölen, köld innanför sjubben och smärtor i magen. När Babba kommer tillbaka bär hon en kratta och har stövlar på sig. Hon går ut i gölen försiktigt trevande med fötterna tills hon når fram med krattan och får tag på handen. Måtte den falla ihop och försvinna, tänker Lillemor. Hon ber faktiskt. Men den håller och den dras allt närmare strandkanten medan Babba backar.

Kom får du se.

Hon har det där alldeles framför sig nu, till hälften fortfarande i vattnet. Lillemor vill inte gå dit.

Men kom nu för fan!

Varför lyder hon? Just nu är allting oförklarligt. När hon står vid kanten av gölen drar Babba åt sig det där. Vad det nu är. Ett djur, fast stelt. Tungt också. Tentakler åt alla håll. Det dryper svart när det kommer upp.

Låt det vara, ber Lillemor.

Men ser du inte vad det är!

Då hakar Babba av det stela svarta från krattan, tar tag i det och skakar det i vattnet. Hon drar upp det igen men Lillemor kan fortfarande inte förstå vad det är. Då skakar hon det på nytt under vattnet och ber Lillemor hämta en kvist eller tunn gren. Och hon lyder förstås, som förhäxad. Med grenen skrapar Babba det som var handen och det som var en andra hand som inte syntes. Svarta sjok av växtlighet faller ner i vattnet. Konturer träder fram i halvmörkret.

Nu ser du väl i alla fall.

Ja, viskar Lillemor. Det är en av dom där kandelabrarna.

Javisst! Lysningspresenten. Varsågod.

Lillemor hoppar undan.

Kasta i den igen, säger hon.

Ånej, ett sånt fynd kastar man inte bort för andra gången.

Tänk att hon måste bli stående igen medan Babba går efter en kratta till. Och att hon lyder. Det är för att hon har ont i magen och fryser och för att hon känner minst av det om hon står alldeles stilla inne i pälsen och försöker att inte tänka på någonting alls.

Nu ska de söka systematiskt och hitta också den andra av generalens kandelabrar. Om man går en bra bit ut i gölen når man dess centrum med en kratta, större är den inte nu i det låga vattenståndet. De krafsar runt. Det är otäckt att få något på krattpinnarna och lyfta upp det. Men det är mest grenar. Det finns också sånt som inte följer med upp men när man slår på det känns det som plåt.

Lillemor gråter nu. Hon vet att Babba driver henne hårt men förmår inte kasta krattan och gå därifrån. För då kommer tankarna på den uppgörelse de måste ha. Det vore inget bra utgångsläge att ha vägrat lyda.

Det blir hon som hittar den andra kandelabern. Den ligger inte långt från gölens mitt. Jag var ung och stark, tänker hon, och jag kastade långt. Sen får hon ta båda krattorna på tillbakavägen och Babba som redan är våt och smutsig om handskarna tar kandelabrarna. Konstigt nog står den lilla slaktbänken kvar framför förstubron. Det har den inte alltid gjort, säger Babba. Redan de första som hyrde sommarstuga här bar undan den och satte dit trädgårdsmöbler i stället. Redan de första? Har hon åkt hit ofta och långt tillbaka? Är inte det underligt? Lillemor vill inte tänka på det. Babba ställer kandelabrarna på slaktbänken och ser på dem och antagligen är hon mycket nöjd. Men det är mörkt nu och inte lätt att avläsa hennes ansiktsuttryck.

Lillemor klär av sig allt som blivit vått och dyigt och duschar i ett toalettrum som byggts invid förstugan. Det är kaklat med rysliga blommönstrade plattor men mycket bekvämt trots att det är trångt. Förr i tiden fanns här inget rinnande vatten och man fick gå till ett utedass bredvid ladugården.

När hon är ensam med det ljuvligt varma vattnet hinner hon tänka. För nu måste de göra upp om paperassen. Det underliga är att hon nästan verkar glad att jag har kommit tillbaka. Eller triumferar hon bara?

Sen slår det henne att Babba kanske inte vet att manuset har gått vidare och att hon har läst det. Var ska hon börja? Kanske med det som en gång utlöste hat.

Fast det är groteskt, tänker Lillemor. Hon kan väl inte på fullt allvar tro att jag hade samlag med den där svettige fiolspelaren. Det var en fet och undersätsig rörmokare (för det var vad han var, det skriver hon ju) med den sortens dalmål som jag hade lärt mig att männen talade i Orsa och finnmarkerna, en djup mullrande manlighet som togs nerifrån buken.

Alltihop är ett missförstånd, ska hon säga.

Det är ju som i en Jane Austenroman. Men där rättas

missförstånden till. Lillemor är rädd att Babbas bitterhet kan bli ännu mer frätande om hon begriper att alltihop var en vanföreställning. Det var ju bara en schablontolkning av ett bord med tomma flaskor och rester av revbensspjäll och osande havartiost och ett knakande från en säng, ett stön. Hon tänker att det är mycket möjligt att hon fnissade. Han var ju så full att han knappt kunde stå på benen. Hon kunde inte köra hem honom för hon hade själv druckit och visste inte var han bodde. Själv var han inte i stånd att tala om det. Babba var borta, hon trodde att hon hade åkt med de andra gästerna. Oändligen långsamt hade hon lett den tunga kroppen uppför trappan och fått honom upp i den höga sängen i gavelrummet. Demonstrativt ställde hon fram en potta innan hon gick ut och stängde dörren.

Kanske skulle det gå att rätta till missförståndet. Men behövs det? Det verkar som om mycket vvs-arbete vore utfört i huset. Han är kanske tillbaka. När hon kikade in i vardagsrummet såg hon att det hängde två fioler på väggen. Det var väl inte troligt att Babba kunnat skriva hela trilogin om det resande folket utan hans historier från finnmarken och utan att han funnits där hos henne. Skulle hon förresten vilja göra ett av sina allra bästa porträtt av en bit skämt kött?

Lillemor sitter på toalettstolen och prövar en dialog med Babba. Hon vågar nog inte säga: Jag låg aldrig med honom. Hon måste försöka få fram det på ett neutralare sätt.

Jag menade inte att förstöra för dig, vore bättre.

Babba kommer att iaktta henne som man ser på en bjäbbande hund som står bunden utanför en affär. Lillemor vet det.

Det var ett missförstånd.

Vilket då?

Nej, det går inte. Hon vet vad svaret blir.

Jaha.

Och om hon försöker säga:
Jag är verkligen ledsen, blir svaret:
Varför det?
Eller bara: Va?
Det brukar Babba alltid säga för att vinna tid. Eller också
kommer hon att svara:
Du tycks inte ha klart för dig att det är en roman du läst.
Du menar att det inte är sant!
Ja, vad tycker du själv?
Hon har makten, tänker Lillemor där hon sitter på toalett-
stolen och är rädd.
Babba har gett henne ett slags mysdress i ljusblå fleece
som är alldeles för stor för henne. Hon har fått ett par stora
fårskinnstofflor också. Hon kan svära på att de tillhör en
karl. Dressen är varm och skön och när värmen sprider sig
i kroppen lägger sig paniken och magvärken går över. Hon
hör att det kommer någon medan hon är i duschrummet. En
karlröst pratar högt och muntert. Men när hon kommer ut
är han borta och en hund nosar på Lillemors byxben. Det är
en gammal tik av blandras, grå om nosen och med ett kort
hårlag, melerat i gult och svart. Hon haltar på höger bakben
när hon går till sin korg.
Det är Sassa, säger Babba.
Är hon din?
Jadå. Fast grannen har henne i sin hundgård om jag åker
till stan.
Du är lycklig du som kan ha hund, säger Lillemor.
Kan inte du det då?
Då tänker hon på hur ensam hon egentligen varit sen Sune
dog. Hon vet ingen bland alla sina bekanta som kan ta hand
om en hund när hon åker bort.
Babba har tänt i vedspisen som verkar ny. Den är vit och
emaljerad. Bredvid den står en liten elektrisk bänkspis och

på den kokar redan en kastrull med potatis. Men det är på vedspisen Babba sätter en stekpanna. Hon tar fram två isterband åt dem och steker dem i smör. Hon har lättöl men hon slår också upp varsin Aalborgs jubileum åt dem. Det är länge sen Lillemor slutade dricka starksprit men den här snapsen tar hon. Så småningom äter de isterbanden med rödbetor och varsitt stekt ägg.

Nu sitter de mittemot varandra och det går inte längre att tänka bort hur Babba ser ut. Lillemor blir arg när hon ser de tunga kinderna och den oformliga näsan. Ögonen ligger inbäddade i fett. Varför tillåter hon sig att bli så tjock? Men hon har aldrig brytt sig om det. Är det högmodet igen?

Efter maten brygger Babba kaffe och med kopparna sätter hon fram en stor påse lösgodis på bordet.

Färskt, säger hon. Köpte det åt dig.

På PrisXtra?

Hon nickar.

Du visste att jag åkte efter dig.

Ja, Steve varnade mig för dig. Sa att du hade varit där i slutet på förra veckan.

Du såg mig i bilen idag?

Babba nickar.

Det är inte mycket annat att göra än att börja äta ur påsen. Och det går inte att prata om det hon kommit för. Hon vet helt enkelt inte hur hon ska börja och hon är så trött att hon inte kan tänka ut det.

När de ser Rapport inne i vardagsrummet somnar Lillemor i stolen. Hon vaknar av att Babba ger ett ljud ifrån sig och i rutan ser hon blod på asfalt och trasiga skor. Det har varit ett attentat igen. Femtiotvå människor har sprängts sönder i Bagdad. Bland dem fanns det barn.

Jaha, säger Babba vasst, var har du Gud nu då? Vad gör han åt det här?

Först tänker Lillemor inte svara på utfallet. Det gjorde hon ju aldrig förr. Men i denna halvdvala av trötthet säger hon i stället precis som det är:

Gud handlar genom människor.

Va?

Tänk på all omsorg och allt vardagligt arbete. Allt det som människor gör som är gott för andra. Det finns såna handlingar i världen. Överallt. De finns samtidigt som terrorn och destruktionen.

Babba säger konstigt nog inte emot henne utan muttrar bara att hon ska bädda. Hon skakar ut ett illgult påslakan med turkosa blommor på.

Nu ska Lillemor gå till sängs i det rum där hon långt bort i tiden låg ensam, sömnlös och ångestfull. Bäddsoffan har samma plats som sängen hade för över femtio år sen. Allting är så underligt. Men hon somnar ifrån det.

PÅ FÖRMIDDAGEN SITTER de åter mittemot varandra vid köksbordet. När Lillemor ser Babba i dagsljus så tänker hon: varför ska jag ha skam för det jag har gjort? Det var ju bra att jag gjorde det. Jag har förlöst ett författarskap. Hur mycket hon än avskyr det ordet, så är det vad jag har gjort. Hon hade aldrig haft en chans. Inte i vår värld. Inte med det utseendet. Men skam har Lillemor ändå, fast det är för något annat. Hon tänker på hur besvärad hon var om Babba följde med när hon skulle uppträda. Eller på akademiens högtidsdag. Jag skämdes för henne, tänker hon. För hur hon såg ut. Det finns inget annat ord för det. Jag skämdes alltid för att visa mig tillsammans med henne och jag gjorde det redan första gången då vi skulle träffas på ett konditori. Det var därför jag valde Güntherska. Till Landings kom folk jag kände och i min värld skulle man inte se ut så där. Det gick an i Ångermanland, till och med i Dalarna. Åtminstone på den tiden och på landet. Men inte i Stockholm. Det är därför jag inte minns så mycket av inträdet i akademien, tänker Lillemor. Jag minns bara att hon satt på anhörigbänken bakom mig. Ful och tung.

Vet du att jag har läst din roman? frågar hon.

Jag har väl börjat ana det, svarar Babba. Det var en som skrev från Rabben och Sjabben att den inte passa dom riktigt.

393

Han hade skickat manuset vidare till ditt förlag sa han. Så dom håller väl ihop och vill skydda dig.

Nej, det tror jag egentligen inte, säger Lillemor. Om det hade hamnat hos en annan förläggare, till och med en annan hos Rabben och Sjabben, så hade det här manuset nog blivit sett som nånting som kunde bli intressant. Och lönsamt. Det råkade slumpa sig så att den förläggare som läste det hade lämnat mitt förlag och ville tillbaka. Då gör man tjänster ser du.

De tiger medan Babba går till spisen efter kaffet. När hon satt sig igen säger hon:

Och nu vill du att jag ska avstå från att ge ut den enda roman jag fått ihop utan dig. Men det kan du glömma.

Det är när hon säger det som Lillemor blir alldeles lugn.

Inte alls, säger hon och får verkligen Babba att titta upp. Hon ser faktiskt häpen ut. Har jag någonsin lyckats förvåna henne förut? Nej, jag har nog alltid varit förutsägbar. Till och med när jag tramsade med den där fiolspelaren som var hennes karl fast jag inte visste det. Men det här gäller inte alls honom. Det handlar om att jag inte ville träffa henne mer än nödvändigt och att jag för tre år sen gick ifrån henne. Jag övergav henne faktiskt. Det är det som alltihop rört sig om.

Nu vet jag vad jag har att erbjuda i en förhandling. Mig själv.

JAG RINGER TILL min förläggare nu, säger Lillemor. Det fattar du väl att jag inte nöjer mig med ett avslag därifrån.

Babba låter elak igen.

Det finns många förlag, förtydligar hon.

Jag vet, säger Lillemor.

Sen reser hon sig och lyfter ner väggtelefonen. Hon slår vant siffrorna till förlaget och Max anknytning. Hon är rädd att det ska bli trassligt för han kan sitta i sammanträde eller vara borta. Och i möte sitter han verkligen men den som svarar på hänvisningen säger att hon strax ska få prata med honom och att hon absolut inte får lägga på.

Han är väldigt angelägen om att få tag på dig, säger assistenten.

När han kommer är han andfådd.

Hej Max, säger hon.

Är du tillbaka?

Jag åkte aldrig ser du. Jag har varit hemma och läst manuset du gav mig. Läst om det menar jag.

Medan han säger några meningar där orden snubblar på varandra hinner Lillemor se på Babba och på hunden som sitter bredvid henne. De ser med samma oavvända uppmärksamhet på henne.

Jag tycker i alla fall att jag vill ge ut det, säger hon. Det var dumt av mig att skicka det till ett annat förlag och fånigt med pseudonymen. Men nu står jag för det. Ska bara se över det för jag tycker det är lite rumphugget. Eller snarare att det har fått huvudet avhugget.

Nu skiftar Babba ansiktsuttryck. Hon har aldrig gillat att få kritik. Men hunden ser fortfarande likadan ut.

Men Max, det är inget att resonera om. Och det är absolut ingenting farligt. Har du inte hört talas om autofiktion?

Hade han det? säger Babba när hon lagt på.

Det är klart. Det är ju det senaste.

Det är torsdag. Hon måste in till den definitiva röstningen om nobelpriset i litteratur och hon måste se till att få iväg sextusen till Tomas.

Tar du med dig kandelabrarna? frågar Babba.

Nej, jag tycker att vi har dom här.

Sen åker hon och har fleecedressen på sig under sjubben och de dyiga kläderna i en plastkasse. När hon kommit till mötesplatsen har hon lust att stanna motorn och veva ner fönstret bara för att få höra eklöven prassla. Men det behövs inte. De har bestämt att hon ska komma tillbaka efter helgen och då ska hon ta bussen. De har ju mycket arbete framför sig.